聖夜の罪はカラメル・ラテ

クレオ・コイル　小川敏子 訳

Holiday Buzz

by Cleo Coyle

コージーブックス

HOLIDAY BUZZ
by
Cleo Coyle

This edition published by arrangement with
The Berkley Publishing Group,
a member of Penguin Group (USA) Inc.
through Tuttle-Mori Agency,Inc.,Tokyo

挿画／藤本将

心にやましさがなければ、いつでも気分はクリスマス

ベンジャミン・フランクリン

それは、愛すべきニューヨークの街以外では起こりえなかったはずだ。

O・ヘンリー

聖夜の罪はカラメル・ラテ

主要登場人物

クレア・コージー……………………ビレッジブレンドのマネジャー
マテオ・アレグロ……………………同店のバイヤー。クレアの元夫
マダム…………………………………同店の経営者。マテオの母
ブリアン・ソマー……………………《トレンド》誌の編集長。マテオの妻
マイク・クィン………………………ニューヨーク市警の警部補。クレアの恋人
タッカー・バートン…………………ビレッジブレンドのアシスタント・マネジャー
ダンテ・シルバ………………………同店のバリスタ。画家
エスター・ベスト……………………同店のアシスタント・バリスタ。学生詩人
ナンシー・ケリー……………………同店の新人バリスタ
ジャネル・バブコック………………ペストリーシェフ
ムーリン・ファガン…………………ジャネルの店のアシスタント。アイルランド出身
ロス・パケット………………………アイスホッケーのスター選手
パイパー・ペニー……………………歌手
ドローレス・デルーカ………………通称〈リトル・ディー〉。リアリティー番組のスター
ダニ・レイバーン……………………通称〈ビッグ・ディー〉。リアリティー番組のスター
エディ・レイバーン…………………通称〈イーヴィル・アイズ〉。ダニの夫
ロリ・ソールズ………………………ニューヨーク市警の刑事。通称〈アマゾネス〉
フレッチャー・スタントン・
エンディコット………………………ニューヨーク市警の刑事。通称〈ミスター・DNA〉

プロローグ

来た。彼女だ……。

小柄できゃしゃな体格、前髪はまっすぐに切りそろえられ、安物の黒いコートをまとった彼女はベーカリーのアシスタント。裕福な人々のあいだを進んでくるその姿は、クジャクのあいだをカラスが気取って歩いているみたいだ。夜の空気は凍りつきそうなほど冷たいというのにコートの前をはだけ、歩きながらタバコを吸っている。

「ちゃんと来たわよ」彼女は余裕たっぷりの態度で、火がついたままのタバコを持った手をあげる。

「わかっている」

寒いなか、故障したメリーゴーラウンドの暗いフロアにふたりきりで立つ。すぐ目と鼻の先には公園のスケートリンクが光り輝き、氷上では子どもたちがすいすい滑っている。凍えるような空気のなかで笑い声があがり、スピーカーからは軽快なリズムの音楽が流れる。

「それで?」彼女をうながす。

「持ってきたわ」

「すぐに見たい」

「わかっているから！　落ち着いて！」

思わず身体がこわばるが、ここはがまんだ。相手は無名の若い娘。野暮ったいアイルランドなまりと生意気な口の利き方をのぞけば、取り立てて印象に残ることもない存在だ。いい返すだけ息の無駄だろう――それに、あと一分やそこらのうちに彼女の態度など、どうでもよくなる。

六十メートルも離れていない場所には公園内の高級レストランがある。そのガラス張りの箱のような建物のなかでは、わがままな金持ち連中と浮かれたセレブたちがグルメ料理をお上品に口に運んでいる。外では高額で雇われたベビーシッターたちが氷の塊の周囲に陣取り、照明で明るく照らされながらスケートをする子どもたちの足だけを、寒さをこらえながらひたすら見つめている。メリーゴーラウンドの暗い円形のフロアに立つ若い娘に、注意を払う者はだれひとりいない。

エプロンのポケットに手を入れて、ごそごそしている彼女にたずねてみた。

「このこと、だれかに話した？」

「いっさい話していないわ！　だれにもね。見ての通り、確かよ……」

手袋をはめた片方の手をコートのポケットに深く入れて、なかに隠している固く重いものの感触を味わう。こちらのほうが、ずっと確かだ。

ついに彼女が約束のものを取り出した。「ほら、どうぞ」といって紙を差し出す。受け取ろうと手を伸ばすが、わざと受け取りそこね、紙はひらひらと落ちてゆく。

「拾うわね」彼女がいう。

うなずいて見せると彼女は使用人がかしずくように身をかがめ、ひとけのないメリーゴーラウンドのフロアに顔をちかづける。

もう一度だけ周囲に目をやり、隠し持っていた固いものをつかみ、その手を大きくふり上げ、そして——。

一撃を加えた。彼女はあっけなく倒れる。母鳥のいる巣からヒナ鳥が転げ落ちるように。彼女は短い悲鳴をあげたが、その甲高い声はクリスマス・シーズンの華やいだ喧噪にほとんどかき消された。二度目に手をふりおろすと、それっきり彼女はぴくりとも動かなくなる。しかし念には念をいれて何度も殴りつけた。

ようやく立ちあがり、彼女を殺すのに使った凶器を手早く拭《ぬぐ》って捨てた。暗がりのなかにペンキを塗られた馬たちの姿がぼんやりと浮かぶ。その足元のフロアでは、クリスマスに似つかわしい赤い色にべったりと染まった彼女の髪を冷たい風がかき乱していく。落ちて転がったタバコは、命が尽き果てる合図を送るように煙をあげている。

すぐそばでは「ジングルベル、ジングルベル、鈴が鳴る……」の歌に合わせてスケーターたちがすいすい滑り、スピンをしている。

レストランのなかではキャンディケーンをなめる子どもたち、談笑する親たち、手をつないでロマンチックな乾杯をするカップルの姿。その外で、落ちたタバコが冷たくなり最後の煙が天国へとのぼっていく。

「今日も楽しい……」鼻歌が出る。

人目はたくさんあった。けれども、だれひとり見てはいなかった。

1

流れ星がひとつ落ちた時には、だれかの魂が神のもとに昇っていこうとしている。
ハンス・クリスチャン・アンデルセン
『マッチ売りの少女』

同じ日、時計がまだ早い時刻を指しているころ……。

「空模様はどうかしら？　荒れそう？」わたしはたずねた。

「いいえ、全然」タッカー・バートンはこたえながら毛糸のストッキングキャップをひっぱるようにして取る。もしゃもしゃした茶色の柔らかな髪の毛があらわれた。「雪が降る気配すらないですね……」

そして殺人が起きる気配も、なにもなかった。この時にはまだ。

この数時間後、あわれにも撲殺された若い彼女をわたしは見つけることになる。そして血も涙もない犯人を、わたしクレア・コージーはじきに突き止めることになるのだ。とはいえ、いまコーヒーハウスのカウンターの内側にいるわたしの頭にあるのは、殺人に使われた凶器や状況証拠といったことではない。ましてリアリティ番組のスターを尋問しようと企んだり、ニューヨークのホッケー選手を手玉に取る計画を立てたり、ニューオリンズ出身の曲者《くせもの》のベーカーと鉢合わせするなどということは、夢にも思っていなかった。ニューヨーク市警で指折りの科学捜査フリークの捜査官の鼻をへし折ろうなどとは露《つゆ》ほども考えておらず——そしてまた、中年期に足を踏み入れた自分にとってひどくつらい思いを味わうことになるとは想像もつかなかった。

十二月のその日の午後、わたしの心配は殺人事件とはなんのかかわりもないところにあった。空模様だ。

ひょろりと背が高いタッカーはわがビレッジブレンドのアシスタント・マネジャーだ。いましがた凍るような外気とともに入ってきたが、彼の言葉はパチパチと音を立てて薪《まき》がはぜている店の暖炉よりもはるかにあたたかい知らせだ。〝雪が降っていない〟。すばらしい！　個人的には、雪は大好きだ。

斜陽化が進む工場の町で育ったわたしは初雪が降るのが待ち遠しかった。キラキラ光る雪の毛布は、おんぼろの建物とひびの入ったコンクリートを瞬く間に美しくしてくれたから。近所の工場の煤《すす》けた大煙突ですら、サンタがおりていく煙突みたいに見えたものだ。

ニューヨークに移ってからは、べつの理由で雪が大好きになった。当時わたしはまだ二十歳そこそこで、美術を学ぶ学生という立場を捨て、結婚した夫と生まれたばかりのわが子とのあたらしい暮らしになじもうとしていた。それまでのわたしには小さな町の暮らしのリズムが刻み込まれていた。ところがマンハッタンときたら、果てしない過酷な冒険の旅を続ける人々の島だったのだ。男女を問わずアップタウンとダウンタウンを猛然と突進し、ぶつかりそうになってもほとんど無言のまままきわどいところで相手をかわす。

天国からの魔法のような結晶は殺気立った雰囲気を鎮め、往来は静かになり、人の数が少なくなる。日頃は熾烈な競争に明け暮れる人々も、雪が降ればいやおうなく静かな思いに浸る。

あれからほぼ二十年、いまのわたしはそんなやすらぎのあるオアシスのような場として――天候にかかわりなく――このコーヒーハウスをお客さまに提供しようと心がけている。混沌に満ちたマンハッタン島でこの店は心地よくくつろげる空間となっていて、クリスマスを控えたせわしない時期には、いつもにも増して多くの人々がここを必要としてくださる。

クリスマスまであと三週間とあって、大理石の天板のテーブルにはスマートフォンとノートパソコンに加えて華やいだショッピングバッグやギフト用に包装された箱が並んでいる。きれいに飾りつけたクリスマス・ツリーの枝からはマツ科特有のかぐわしい匂いがひろがる。ジャズ調にアレンジされた定番のクリスマス・ソングが店のオーディオシステムから流れ、煉瓦《れんが》造りの暖炉ではオレンジ色がかった赤い炎が揺らめき、あたたかい空気を送り出す。

買い物の休憩で訪れたお客さまはくつろいでエッグノッグ・ラテやキャンディケーン・フロステッドブラウニーを味わっている。目が回るような忙しさのなかで、ようやくほっとひと息ついているのだ。

皮肉なことに、わたしの仕事のスケジュールはフルスロットルの状態に達している。今夜はバリスタたちとともに『グレートニューヨーク・クッキー交換パーティー』会場でドリンクのサービスを受け持つ。招待客限定のこうしたパーティーはこれから三回ひらかれる予定で、今夜が第一回目だ。毎年恒例のクッキー交換パーティーは、この街でベーカリーをいとなむ菓子職人たちのデモンストレーションの場であり、同時にサンタが配るプレゼントのための寄付金をあつめる機会でもある。

今夜のパーティーの招待客の多くは、郊外のおしゃれな住宅地から車で会場にやってくるお金持ちだ。となると吹雪が接近すればイベントそのものが中止に追い込まれる可能性がある。もちろん、猛吹雪《ブリザード》が迂回してかすりもしない可能性も捨てることはできない。いまや気象予報士の解説は賭けの胴元じみてきている気がする。目下のところ、わたしたちが雪の弾丸を回避できるチャンスは「五十パーセント」だそうだ。

本物の賭けの胴元をしていたわたしの父は五分五分の勝ち目ではいい顔をしなかったけれど、わたしはマグのなかのラテが半分になっても、まだ二分の一もあると考えるタイプ。

「最後に雪がちらつくのを見たのは今年の二月だったなあ」タッカーは残念そうだ。「おまけに長期予報では今年は乾燥した冬になるらしい。この調子でいくとニューヨークがホワイト・クリスマスを迎えるチャンスは、わたしがイケメン俳優のチャニング・テイタムとデートできる確率とほぼ同じくらいってことか」彼はきゃしゃな肩にかついでいた真っ赤な袋をいきおいよくおろす。「生きているあいだに叶うことはなさそうだ」

「あなたにはれっきとした彼氏がいるでしょう。ホワイト・クリスマスなら十二月二十五日のほうがいいわ。今夜ではなくて……」

店のフレンチドアの向こうに見える十二月の空には雲ひとつなく、そのコバルト色はわたしが大好きな警察官の落ち着いたまなざしと同じできれいに澄みわたっている。いま重要なのは、この状態がそのまま続くこと。

「そうよ、いまから気をもむことないわよ。まったく……」エスプレッソマシンの向こう側からエスター・ベストが豊満なヒップに両手を当ててあらわれた。「だいいちサンタのそりは三週間も飛びません。それにあなたが好きなブリザードも、そんなに続いたら長すぎるわ」

エスター・ベスト（ベストヴァスキーという名字を彼女の祖父が縮めた）はわたしの店のアシスタント・バリスタ。ニューヨーク大学の学生で、ハドソン通りではポエトリー・スラムの詩人として不動の人気を誇るエスターは、ルーベンスの絵に描かれた女性のような胸の谷間を持ち、黒っぽいワイルドな髪をいまはハーフアップのビーハイヴ（ミツバチの巣箱のように高く盛り上げた髪形）にしている。インターネット上では〈病的な夢《モービッドドリームズ》〉〈シャーク・キャンディ〉などという遊び心に満ちたハンドルネームで知られている。

エスターは黒ぶちのメガネを押しあげながら、いまタッカーが青い大理石のカウンターにおろした赤い袋をしげしげと眺める。「それで、サンタの小さな助手は、この真っ赤な袋になにを入れてきたのかしら？　まっとうな人間なら絶対に人前で着られないようなデザインの使い古しの衣装？」

「きみみたいに末期的なまでに流行の最先端をいけばいいというものではない」タッカーは説教するようにこたえる。「クリスマスにはキッチュなものが欠かせない。とりわけ子どもたちには絶対に必要だ」

「子どもたち？　なぜいきなり子どもたちが出てくるの？」

「クッキー交換パーティーは家族ぐるみで参加するイベントなのよ」わたしが解説役にまわる。「わたしたちがドリンクサービスをする場所は公園内にあるレストラン〈ブライアント・パーク・グリル〉だけれど、公園内のスケートリンクもパーティーの出席者のために貸し切りになっているの。だからきっと子どもたちがおおぜいいるはずよ」

「それはつまり、ベルギーチョコレート・ココアとシュガークッキー・スチーマーの注文が大量にあるだろうから、その心づもりでいろということですか？」

「ええ、そうね。それからわたしたちはプロフェッショナルにふさわしい出で立ちとしてエプロンをつけるけれど、それだけでは陽気な祝祭ムードを演出するにはじゅうぶんではない。だからタッカーにちょっと知恵を拝借したというわけ。ほら、あなたたちにいつもいっているでしょう――」

「はいはい、わかっています。舞台に立っているつもりでお客さまをもてなすこと」エスターはきき飽きているといいたげだ。

「そしてこのわたしは、衣装はリサイクルすべしという固い信念の持ち主だ！　この袋になんでも入っているから好きなものを選んでくれたまえ」

エスターが腕組みをしてタッカーにいいかえす。「そういわれてもね。赤と緑だとせっかくのゾンビ風アイメイクに合わないし……お古のサンタの衣装はわたしの官能的な曲線美をすっぽり覆ってしまうからごめんだわ」

「サンタを演じるのは、わたし《モア》以外にいない」タッカーが引っ張り出したのはキャンディケーン柄のマフラーだ。小さな鈴がたくさんついているそのマフラーは、クリスマスシーズンにやるべきことを並べたわたしのリストよりもはるかに長そう。「それにここに入っているのはただの〝お古〟ではないからね、都会の苦悩に酔うダーク・クイーンよ。これは昨年、ニューヨーク公立図書館でひらかれた『北極へのチケット』のパーティーで使った高級品だ。あの盛大なパーティーをおぼえていますね、ボス？」

「北極のパーティー？　しびれる！　すてきな〝クラック〟って感じ！」もうひとり会話に加わった。

　焼きたてのクッキーをのせたトレーを運んで、店のいちばんあたらしいスタッフ、ムーリン・ファガンが通りかかったのだ。トレーにのっているのは、キラキラ輝く水晶のような砂糖に覆われたひと口大のつややかなジンジャークッキー。

「すてきなクラック？」タッカーはあっけにとられている。「はて、わたしが知るかぎりサンタの白い粉はコカイン用のパイプとは無縁のはずだが」

「クラック・コカインのことじゃないわ！」ムーリンが笑う。「アイルランド語のスラングでクラックは……いくつか意味はあるけれど、いまは〝楽しい時間〟に感じられるといいたかったの」

エスターはクンクンとにおいをかぐしぐさをして、ムーリンが持っているトレーを指し示す。「そのジンジャーブレッド・クラックルクッキーの香り、わたしにはまるでクラックみたいに感じられる」

タッカーが意味ありげな表情をわたしに向ける。「まぎれもなくミセス・クロースのキッチンにいるみたいな錯覚を起こしますね」

わたしはにっこりした。「そうよ、それが狙いなの」

ニューヨークのクリスマス・シーズンは、口コミ効果を狙う店同士の競争がすさまじい。その闘いに勝つために、わたしは毎年知恵を絞る。今年はクリスマスの特製クッキーのにおいでお客さまを刺激しようという作戦だ。

シナモン、ジンジャー、カラメル、糖蜜、チョコレートの香りで店内を満たし、さらに外にも漂わせ（通気口と換気扇をフルに活用して）、寒い通りを歩く人たちを店に惹きつけ、店に入った人々を魅了し、お友だちを誘ってもらう（コーヒードリンクをふたつ購入すれば、もれなくクッキー二枚を無料でサービス！）。クッキーがあまりにもおいしいので、お客さまはほぼ例外なく追加して購入し、さらに持ち帰り用にひと箱購入してくださる。

あたらしいこのアイデアを実行に移すことができたのは、ペストリーシェフをしている友人ジャネル・バブコックの協力があったから。この作戦のためにビレッジブレンドは彼女から小型のコンベクションオーブンを借り、冷蔵のクッキー生地を彼女から仕入れている。

午後二時から八時まで一時間ごとに種類のちがうクッキーをオーブンで焼く。焼く作業はジャネルの助手ムーリン・ファガン、またの名を〈M《エム》〉が引き受けてくれている（ジャネルは彼女もわたしたちに貸してくれたのだ）。

（ムーリンという名前はとても発音しやすくて、いっぺんで憶えてしまうのだが、彼女は初日から頭文字のMで呼んでくれと強く希望したので、店ではみなそうしている）。

Mはものおじせず、いい出したらきかないところがある。わたしの祖母なら「口がへらない」というだろうし、マダム（ビレッジブレンドのオーナー）は「神経が太い」と表現するかもしれない。でもわたしにいわせれば、「マンハッタンの小売業にぴったりの資質の持ち主」。

彼女は常識的なお客さまに対しては気さくに手際よく応対し、非常識なお客さまには毅然とした態度で接する。そしてシフトに入っている時には毎回、故郷のエメラルド島《アイルランド》で使われているアイルランド語のスラングをわたしたちに伝授してくれる。

彼女はたちまち、店のスタッフたちに溶け込んだ。みな彼女のことをとても気に入り、毎年恒例のシークレットサンタのイベントにも参加してもらうことになった。奥の保存庫のクリスマス・ツリーのところには、すでにプレゼントが積まれている。高さ二十センチのツリーには電池式のライトが輝き、その脇には人感センサーつきのプラスチック製のビング・クロスビーの人形がある。これを置いたのはタッカーだ。

「ビングが『ホワイト・クリスマス』を口ずさむのがきこえたら、ああ、だれかがシークレットサンタのプレゼントをあそこに置いたのだなとわかる仕掛けだ！」

その日の午後、わたしの耳につぎに入ってきたのはビングの歌ではなく、店の正面のドアに取りつけた鈴の音だった。焼きたてのクッキーの香りに誘われたあたらしいお客さまとともに、ふたりのバリスタが出勤してきた。

ビッキとガードナーに手をふり、わたしはタッカーのほうをふり向いた。

「そろったわね。衣装合わせと打ち合わせを兼ねたプレパーティーといきましょう――クッキーをつまみながら」


わたしは隅のカフェテーブルに陣取った。エスターが皆にコーヒーを注いだところで、タッカーがさきほどの袋に手を入れ、衣装の一部をもったいぶって見せる。赤いベルベットにフェイクファーの縁取りがある衣装だ。

「どうだいエスター、サンタの小さな助手になってみるかい？」

エスターが目をかっと大きく見開き、クッキーをばりばりと噛み砕く。

「そのスカートの丈よりも幅の広いベルトを見たことがあるわ。やっぱりサンタの衣装にしておこう」

わたしは思わず身震いし、タッカーの手からぺらぺらの衣装をひったくって袋に押し込んだ。

「でもこれはサンタの小さな助手の衣装じゃないですか」タッカーが切々と訴える。「忘れたんですか、クレア？　昨年のクリスマスにあなたはこれを着て――」

「二度とごめんよ。それにこんな露出度の高い衣装はこのコーヒーハウスには不適切よ」

「それをきいて安心したわ、ああよかった！」ムーリンは言葉だけでは足りないとばかりに、首を縦に激しくふる。「前にパブに勤めていた時のマネジャーがとんでもない人物だったんです。ほんとうにイカれた奴だったの！　彼は女の子全員に、スカートをおへそまであげて着用させたんですよ。うっかりかがんだら大変――バーテンダーにお尻を見せたいならべつだけど。なかにはわざとそうしている子もいたかもしれない」

「ケータリングの際にはスタッフに黒いズボン、黒い靴、白いシャツ、ビレッジブレンド特製のエプロン以外のものを着用してもらうことはないわ――ただし、今夜は例外」わたしはさっとタッカーに視線をもどす。「その袋から手品みたいに〝帽子〟が出てくると、当てにしていいんでしょうね」

「もちろん！　ではさっそく」タッカーが袋のなかをごそごそあさる。

ひとつ、またひとつ、彼が帽子を取り出す。雪だるまの形がふたつ、ペンギンの形（オレンジ色のくちばしもちゃんとついている）、霜の妖精ジャックフロストの形の帽子には氷柱《つらら》が垂れ下がっている。

「どれもいいわね。じつはね、バリスタのあなたたち全員にこれをかぶってもらおうと思っているの――店のなかでも」

エスターがうめき声をもらす。

「やってみよう」タッカーがわたしに加勢してくれる。「おもしろそうじゃないか！　エスター、きみにぴったりの帽子がある……」

彼が取り出したのは、『キスミー！』という文字のついた緑色の山高帽で、つばの部分が赤く、プラスチック製のヤドリギの小枝がワイヤーでぶらさがっている。これをかぶってお目当ての人にちかづき、相手の不意をついてキスを迫るということか。

エスターは遮るように両手をあげた。

「お断り。死んでもかぶらない。それはムーリンがかぶればいいわ」

ムーリンがどう反応するか、わたしたちは注目した。が、彼女はぽかんとした表情で帽子をじっとみつめている。なぜか、いつまでたっても口をひらこうとしない。

「M？」

エスターにうながされて彼女が小首をかしげる。「なに？　どうしたの？」

「この帽子、かぶりたい？」

「その帽子？　わたしをからかっているの？」いせいよくアイルランド語のスラングが続く。

「ぺらぺらのスカートをはくほうがまだましよ！」

タッカーが肩をすくめて山高帽を脇に放った。

「これはどうかな？」つぎに彼が取り出したのは、道化師の緑色の帽子。偽の耳がついていて、とがった先端にはそれぞれに小さな鈴がついている、タッカーがふるとリンリンと鈴が鳴った。

「そんなにチリンチリン鳴ったら、うるさくてなにも考えられないわ」ムーリンは切りそろえた黒い前髪を手で払う。

「じゃあナンシーにぴったりね」エスターだ。「彼女はミスター・ボスにひどくのぼせ上がっているから」

タッカーが意味ありげに片方の眉をあげる。「カナリアが襲われないようにネコに鈴をつけようってわけか？」

「カナリアというのは、マテオのこと？」

わたしの問いかけにエスターがうなずく。

「物はいいようね。わたしの目にはどうしてもマテオはカナリアに見えないけれど……」

動物にたとえるなら、わたしの元夫は（さらにいえば彼はビレッジブレンドのオーナーの息子で、わたしのビジネス上のパートナーでもある）カナリアを食べてしまう雄ネコのほうがしっくりくる。

「鈴つきの帽子はナンシーにしましょう。そしてマテオ・アレグロには、大きくて目立つ角がついている帽子をかぶらせること」

「承知しました！」タッカーが節をつけてこたえ、長く茶色い枝角がついたトナカイの帽子を取り出した。

「完璧ね」

ふいにクラブミュージックの規則正しいリズムがきこえて、会話が中断した。ムーリンが着信音を止めて発信者を確認する。無言のまま彼女がにんまりとした。無邪気な笑顔ではなく、これからカナリアを食べようとしているネコみたいな表情だ。

「ずっと待っていた電話なの！」

電話に出ながらムーリンが奥の保存庫へと向かう。

「まあ、いそいそと」エスターがいう。「あれはたぶん、いとしのデイブからの電話ね」

それから数分後、わたしのポケットのなかで『エーデルワイス』の曲が鳴り出した。映画『サウンド・オブ・ミュージック』のなかのお気に入りの曲だ。発信者は確かめるまでもない――わたしの大事なマイクだ。

マイク・クィン警部補はわたしより少し年上で四十代半ば、身長はわたしよりもゆうに三十センチは高い。砂色の髪の毛はたいてい短くすっきりと刈り込まれている。声は低く、彼の忍耐強さがにじみ出ている。つねにストイックな態度を崩さず、瞳の色はミッドナイトブルー。仕事をしている時の彼の目は極寒の凍りついた湖よりも冷たいけれど、寝室では凍った水が溶けてキラキラとした光を放つようになる。

「お願いだから、ペンシルバニア駅にいるといってちょうだい」

「すまん。まだＤＣだ」

からかっているんでしょう、とアイルランドのスラングでいいたくなった。

「なぜそんなことに？」

「猛烈な吹雪のおかげで上司がシカゴに足止めされ、そのあおりを食らって大規模な報告会を仕切る役目がまわってきた……」

数カ月前まで、マイクはニューヨーク市警の一捜査官としてキャリアを築いてきた。さまざまなできごとが重なり（おもなできごとにはわたしもかかわった）、連邦検事が率いる麻薬取締タスクフォースに一年限定で加わることとなったのだ。だからわたしたちはいま遠距離恋愛を続けている。

「心配いらない。午後の便のチケットをとってラガーディア空港から直行する」

「それではよけいに心配よ……」

十二時間前からすでにミシガン、オハイオ、ペンシルバニア州は雪で街の機能がマヒしている。今日ボストンとワシントンを飛行機で移動するのは、かなり危険な賭けになる。

ほぼ一週間、マイクとはキスもしていない（ドッグイヤーでいえばひと月であり、わたしの感覚としてもそれくらいだ）。さらに一晩でもひとりで過ごすなんて少しもうれしくない。けれど、移動するのであればもっと早い時間の列車に乗るべきだった。いま動こうとしてはいけない！

「気象情報をチェックしてみた？　スノーマンが猛吹雪を引き連れて接近しているわ。そんな時にリスクを冒すのは愚かな行為よ――」

「心配しなくてもだいじょうぶだ。万事うまくいく……」

その言葉を最後にマイクの音声は途絶えた。かけ直してみても留守番電話にしかつながらない。しかたがないので、絶対に動かないでと強い口調でメッセージを残した——少なくとも今夜は移動してはいけない。彼の元妻とふたりの子どもたちがパーティーでスケートを楽しめるようにわたしがちゃんと責任を持ってお世話をするからと彼に請け合った。

「猛吹雪が収まるまで待って、それから明日の便に乗ってね。お願いだからそうして、マイク。絶対にあなたを危険な目に合わせたくないから——」

その時、静かな歌声が奥の保存庫に設けたシークレットサンタのスペースから流れてきた。機械じかけの人形が低音で感傷的に歌う声をきいて、ぞっとした。電池で動くわたしたちのビング・クロスビーもタッカーと同様に、ホワイト・クリスマスを夢見ている。

2

それから午後いっぱい、そして夜も、わたしはクッキー交換パーティーにかかりきりで心配事に煩《わずら》わされる間もなかった。しかしすでに十一時に近い。パーティーはおひらきになり後片付けも終えている。けっきょくマイク・クィンは姿をあらわすことなく、電話すらかかってこない。

これをどう解釈すればいいのだろう。

バリスタたちは店を出て、それぞれ夜遅くの予定へと慌ただしく向かっていった。ムーリンはパーティーの半ばでいなくなった（ジャネルに対するひどい裏切りだ）。八時半に休憩を取ってタバコを一服しに外に出たまま、もどってこなかった。

彼女がそんな行動を取るとは、思いもよらなかった。

ムーリン・ファガンはビレッジブレンドでの勤務時間帯には一度も抜け出したりはしなかった。それなのに責任を放棄して雇い主のジャネルをひとりで置き去りにしてしまうとは。

わたしはジャネルが気の毒で、店のスタッフをひとり彼女のテーブルに行かせ、パーティーが終わるまで手伝ってもらった。

このへんでわたしも切り上げることにしよう。クロークのハンガーにかけておいたフードつきの白いモッズコートを手に取り、レストランの清掃スタッフによいクリスマスをと挨拶した。外に出たわたしの後ろでガラスのドアが締まり、ガチャンとカギのかかる音がする。ブライアントパークの暗がりのなかに、ひとり佇《たたず》んだ。

手に電話を握りしめ、マイクにもう一度かけてみた——出ない。

あきらめて公園を横切るために歩き始めると、突風にあおられた。北極からの寒気が、鋼鉄とガラスでできたこの街の峡谷に吹いてきたのだ。風の音は夜の街路の騒音をかき消し、刺すように固い氷の結晶を運んできた。迫り来るモンスターが吐く凍るような息がついにここまで届いたのだ。

震えながらフードをいきおいよくかぶった。周囲にはおとぎの国のようなまばゆいクリスマスの風景が広がっているけれど、みとれる余裕もない。たくさんのモミジバスズカケノキの木に飾られた小さな電球が無数に輝いている。明るい照明で照らされたスケートリンクの脇に立つ豪華なクリスマス・ツリーが原色の強い輝きを放っている。

すぐに足を止めて、その場で立ち尽くした。頭上高くはるか遠くまで摩天楼がそびえ、その窓はどれも光り輝き、まるですぐそばで星がきらめいているみたいだ。けれども、わたしの視界を照らすには遠すぎる。さいわい四十丁目の通りが公園に並行して走っている。街灯の光は木々に邪魔されて届かないが、周辺からのぼんやりした光を頼りに、なんとか進んでいけそうだ。

また歩き出すと、向こうから足音がちかづいてくる。警戒心を募らせてもおかしくはない状態だ。足音とともに若い女性がクスクス笑う声と男性の笑い声が重なる。身なりのいい若いカップルが前方の暗がりから出てきた。

男性はシャンパンのボトルを手にし、若い女性はヒールの高いブーツで足元がふらついている。彼女が敷石につまずいて転びそうになった。連れの男性が彼女を抱きかかえ、よほどこれがおかしかったのか、カップルは楽しげに笑っている。

ふたりはそのまま大きな笑い声をあげながら、暗くなっているメリーゴーラウンドのほうに歩いていき、カギのかかっていないゲートを通ってなかに入っていった。ふいに、笑い声が止んだ。ひそひそと話しながらなにやらせわしなく動き、あわてた様子でその場を離れ、わたしとすれ違った。

「どうかしたんですか?」カップルにたずねてみた。

「あそこのメリーゴーラウンドで酔っ払った女性が眠っているんですよ」男性が指でさしてこたえる。

「そうよ、嫌ねえ!」若い女性がいう。

「女性? まちがいない?」ふたりに確認した。

「もちろんよ! フロアにじかに寝ていたわ」女性はあきれたような表情で目玉をぐるりとまわし、ボーイフレンドの厚いコートをひっぱった。「行きましょう……」

気温は下がるいっぽうだ。風はさらに強くなり、冷たい雪片が顔に嚙みつくようにちくちくする。けれどもいま若いカップルからきいたことが、どうにも引っかかる。

酔っ払った女性が寝ているのかもしれない。援助を必要としているホームレスかもしれない。どちらにしても、こんな夜にこのまま外にいたら凍死してしまうのではないか。わたしは急ぎ足でメリーゴーラウンドに向かった。その人物に声をかけるつもりだった。自力で歩行できないようなら三一一番（行政の総合窓口）に通報して助けを要請するつもりだった。

メリーゴーラウンドのゲートのすぐ外側でなにかにつまずいてしまった。さきほどもここでほろ酔いの若いカップルの女性がつまずいた。外れて転がっていた敷石にヒールを引っ掛けてしまったのだ——民間が運営する公園では、こんなことはめずらしい。下手をすれば訴訟沙汰になるだろう。危うく転びそうになったけれど、わたしを抱きとめてくれる若い男性はいないのだから、自力でこらえるしかない。

体勢を立て直し、ゲートのなかに入った。

「だれかいますか？」風にかき消されないように声を張りあげる。

メリーゴーラウンドはすっぽりと影に覆われた状態で、円形のフロアに乗ると少し揺れた。巧みに彫刻された馬たちにぶつからないようにフロアの端を通って移動する。どの馬も脚を少し曲げた姿勢で凍りついたように固まり、目を見開いてまっすぐ前を見つめている。

ようやく女性を見つけた。木のフロアに仰向けの状態で手足を伸ばして横たわっている。雪の上で天使の形をつくる時のような姿勢だ。切りそろえた前髪の下の目はどんよりとして生気がなく、凍りついたように動かない馬の目に似ている、彼女の視線は、ペンキが塗られた天井に向けられている。

黒い影に覆われて顔がよく見えないので、前屈みになって近距離から見ようとした時、ちょうど四十丁目の通りをバスが通りかかりヘッドライトの光がここまで届いた。ようやく女性の顔全体が見えた――そして頭の周囲に後光のように広がる血も。

悲鳴をあげそうになるのを必死でこらえ、かたわらに膝をついた。

ホームレスではない。パーティーに出席した女性客でもない。わたしのもとでパートタイムで働いていた人物、姿が見えなくなっていたムーリン・ファガンだった。そして彼女は眠っているのでも、酔っ払って気絶しているのでもない。

すでにこと切れていた。

3

三十分後、ムーリンとわたしはもうふたりきりではなかった。公園はふたたびライトアップされていたが、それはクリスマスのための照明ではない。

半狂乱で九一一番に緊急通報した直後、もの悲しい響きのサイレン音とともに二台の車で四人の警察官が駆けつけた。そのうちのふたりがわたしをムーリンから引き離し、スケートリンクの手すりのそばで待っているように告げ、事件現場一帯は警察によって封鎖された。続いて救急救命士が到着した。そして私服の刑事、鑑識班、公園の警備係、電気とガスの供給会社コンエディソンの職員がやってきた。四十二丁目の通り沿いに並んだ公用車は赤、オレンジ、黄色の光を点滅させている。

雪はまだ地面に降り積もってはいないが、猛然と渦を巻くように激しく舞っている。降りしきる雪のなかを、こちらに向かって歩いてくる人物がいる。警察官——知り合いのロリ・ソールズ刑事だ。

彼女の象牙色の頬には赤味がさしている。茶色いフェドーラ帽をかぶっているので、天使のようにクルクルとカールしている黄色い髪の毛はぺしゃんこだ。いつもいっしょの相棒、スー・エレン・バス刑事の姿はどこにも見当たらない。

ソールズ刑事とバス刑事はもう何年も前からビレッジブレンドの常連客だ。ふたりはビレッジの六分署でペアを組んで刑事としてのキャリアをスタートさせ〈アマゾネス〉と異名をとっていたが、最近ミッドタウンの署に異動になっていた。

「大丈夫、クレア?」ロリが口をひらく。

「ええ」こたえとは裏腹に、熱い涙が目に沁みる。手袋をはめた手でそれを拭っていると、ロリがポケットティッシュをひとつ手渡してくれた。

「鼻水も出ているわ」彼女がいう。

〝頭のなかもひどい状態よ〟。

へたしたら死んでしまうかもしれない状態で人を放ってはおけないと公園のメリーゴーラウンドのところにちかづいたのは、たった三十分前のことだ。けっきょく、ムーリン・ファガンを救える方法はなかった。いまも、そして永遠に。

ムーリンはパーティーではとても活き活きしていた。そう、確かに生きていた。その彼女を自分は見殺しにしたのだ、と思えてならない。ムーリンの姿が見えないと気づいた時、てっきり仕事を放棄したのだろうと考えてしまった。さがそうともしなかった。その動かしようのない事実を前に、胸が引き裂かれるように痛む。

いったいなにが起きたというの?　だれが、どんな理由からムーリンをこんな目に合わせたの?

「被害者とは知り合いなのね、まちがいない？」ロリがたずねる。

喉が詰まって声が出ないので、うなずいて見せた。ティッシュで鼻をかみ咳払いをして、返事をした。「彼女の名前はムーリン・ファガン、でも本人は〈M〉と呼んでもらいたがっていたわ。出身はアイルランドよ」

「ミズ・ファガンとの関係についてくわしく説明してもらえる？」

「ムーリンはわたしの店でパートタイムで働いていたわ。クリスマス・シーズン限定で」

「こんな夜更けに公園内であなたはなにをしていたの？」

「今夜は〈ブライアントパーク・グリル〉で参加者を限定したパーティーがひらかれて、わたしはコーヒーのサービスを担当していたの。遅くまでいたのは後片付けの手伝いと、それから……」

「それから？」

マイク・クィンを待っていた。けっきょく彼はあらわれなかったけれど。

「クレア？」

いっそ、いま頭にあることをなにもかも話してしまいたい――マイクがどうしてもこちらに移動しようと計画していること、彼が計画を断念しようとしないのではらはらしていること、パーティーで彼の元妻とひと悶着《もんちゃく》あったことについて。けれどもロリにとってマイクはあくまで同僚の刑事なのだから、そんなことを話したらきっと後悔するにちがいない。それにムーリンが殺されたことに比べれば、ひどく些細なことに感じられる。

「それから」ようやく言葉が続いた。「特にないわ」

「ミズ・ファガンはそのイベントに参加していたのね？　それは確かね？　あなたのもとで働いていたのね？」

「イベントにいたのはまちがいないけれど、彼女は本業のほうを、つまりペストリーシェフのアシスタントとして仕事をしていたの」

風が巻き起こり、遠くで低い雷鳴がとどろいた。雪にはあられの粒が混じるようになった。メリーゴーラウンドにはいかにも殺菌済みといった感じの白衣を着た鑑識班の捜査員たちがいるが、しだいに彼らの輪郭がぼやけて気味の悪い雪だるまのように見えてくる。

「ムーリンに危害を加えたいと考えそうな人物について、なにか心当たりは？」いきおいを増す雪とあられにロリは目をパチパチさせながらたずねた。

今日一日のことをふり返ってみた。「彼女がやりとりしている様子がちょっと気になったわ。店と、それからパーティー会場で。あなたにきいてもらったほうがいいと思う――」

ちょうどそこで、いらだった声がして会話が中断した。

「ソールズ刑事？　その証人からの聴取をさっさとすませてもらいたい。こっちでほんとうの仕事にかかってもらわなくては」

ロリは淡々とした口調でこたえる。「いまそちらに行きます」

彼女が眉をひそめてわたしを見た。「ごめんなさい、クレア。ここで待っていて。すぐにもどって事情聴取の続きをするから」

わたしは彼女の腕をぎゅっとつかんだ。「いっしょに行かせて。同僚の刑事さんからもわたしに質問があるんじゃないかしら」

「エンディコット刑事は証人に質問するのを好まないわ。彼はもっぱら聴取書を吟味するほうだから」

「なんですって？」

「いまいったとおりよ」

「でもわたしは被害者の知り合いなのよ。そして一日の大半はムーリンのそばにいた。時系列に沿って事実を組み立てるためにきっと協力できるわ。パーティー会場でムーリンは気になるやりとりをしていた。わたしが見聞きしたことを話すわ。見過ごせない重要な情報かもしれない」

ロリのまなざしには、ジレンマがにじみ出ている。彼女は同僚の刑事をいらだたせることは望んでいない。しかし、わたしの主張が正しいこともわかっているのだ。「わかった。いっしょに行きましょう。でも、あらかじめいっておくわよ、コージー。きっとフレッチャーはあなたにDNAのサンプルの提出を要求するわ」

「フレッチャー？　彼のファーストネーム？」

「フレッチャー・スタントン・エンディコット巡査部長よ」

「ス、タ、ン、ト、ン？」

「この街の現在の市長はウォレン・J・ス、タ、ン、ト、ン。母親同士が姉妹で、市長はフレッチャーの従兄弟《いとこ》にあたるのよ。そしてもちろん、フレッチャーはそのコネクションを有効利用している。悪びれることなく、自分が得をするためなら、いつでもどこでも」

「彼はあなたの上司？」

「年長のあたらしいパートナーよ――一時的な相棒」ありがたいことに、とロリはいい添えないけれど、彼女の目がそう語っている。

「スー・エレンは？」

「療養のために休暇を取っているわ」

「いったいどうしたの？」

「公務中に負傷したのよ。片腕を骨折して何カ所も重傷を負った」

「まあ、そんなひどい目に。せめて、それだけの怪我を負った甲斐があったのだと思いたいわ。ところでエンディコット刑事はどんな人物？　鼻持ちならない口のききかたをする人であるのはわかったけれど」

「あなたは優秀だもの、わたしが解説するまでもないわ――」

「ソールズ刑事？　聴力に問題でも生じているのか？」彼がふたたび大きな声で呼ぶ。「至急ここへ！」

「あれでわかるでしょ」ロリはそういいながら、先に立って事件現場へと向かう。

メリーゴーラウンドは照明で明るく照らされているが、もとからある楽しげなイルミネーションの光ではない。木馬の周囲にスタンド式のハロゲンランプのスポットライトが設置され、強烈な光の焦点は亡骸《なきがら》に絞られている。冷酷な光を浴びたムーリンの顔は蠟《ろう》人形のように青白く、その上の漆黒の髪、傷を負った頭の周囲に後光のように飛び散る血の真っ赤な色がコントラストをなしている。

鑑識のプロたちは全身白ずくめで紙製の靴カバーをつけて、慎重な様子で遺体の周囲を動きまわる。写真を撮り、髪の毛、ゴミ、手がかりになりそうなものを採取している。現場に雪が積もる前にできるかぎり証拠品をあつめようとすばやい仕事ぶりだ。

ロリとわたしがメリーゴーラウンドのゲートからなかに入ろうとすると、吠《ほ》えるような声で止められた。

「現場を荒らされるのはごめんんだ！　現場内に立ち入るな」

白ずくめの鑑識捜査官たちのあいだから、男性がひとりこちらに足を踏み出す。つぎの瞬間、わたしはフレッチャー・スタントン・エンディコット刑事と向かい合っていた。まわりにいる男性たちに比べて頭ひとつぶん背が低いエンディコットは、ツイードのジャケットに栗色のベストという粋な出で立ちだ。ただしビニール製の透明な作業用の防護服で全身がすっぽり覆われている。足には紙製の靴のカバー、丸くて小さなレンズのメガネの上にはゴーグル。頭にかぶったセロハンの帽子の下からは、後退した金髪の生え際がのぞいている。

エンディコットは手袋をした手でデジタル式の録音機をこちらに向けて掲げた。

「ソールズ、あたらしい小説の第一章から五章までの原稿でメモリがほぼ一杯になっている。

デジタルレコーダーを持ってきているか？」

「あいにくですが――」ロリが革製の細長い手帳をふってみせる。「まだ旧式の方法でやっているものですから」

「構わん。わたしが予備調査報告書を口述するから、きみは筆記して分署で清書すればいい」

ロリは堅苦しい面持ちでうなずくが、必死に歯を食いしばっている様子が見てとれる。

「フェンスのそばに寄ってくれ。そうすれば大声を出さずにすむ。しかし、くれぐれも現場内には立ち入らないようにな」

注意を払いながらフェンスにちかづくとちゅうで、わたしはロリと目を合わせてたずねた。

「あたらしい小説？」

「彼は犯罪小説を書いているの」彼女がささやく。

エンディコットは怪訝《けげん》そうな表情でわたしを見て、片方の眉をあげる。

「ところで、こちらはどなたかな？」

「こちらはクレア・コージー、被害者の雇い主です。遺体の発見者で――」

エンディコットが不機嫌な表情になってロリの説明をさえぎった。

「ミズ・コージーのせいで犯罪現場はすっかり荒らされてしまっている。サンプルとして毛髪と着用しているものすべてについて繊維を提出してもらう必要がある」

それに対してわたしがなにかいう前に彼はくるりと背を向けた。と思ったら、ふたたび顔だけをこちらに向けて、ぐっとわたしの目を見据えた。「よもやガムなど噛んではいないでしょうな？」

「とんでもない」

「では、DNAを採取する作業は可能と思われる――ただちに」

それに対しロリはうなるような声を出した。そしてわたしにそっとささやく。

「まずはラッキーなスタートね」

「それにしても電気はどうなっているんだ？」エンディコットが大声をあげる。「なぜメリーゴーラウンドの照明がつかない？　投光照明の光と木馬のあいだで写真を撮っても光と影しか写らないじゃないか！」

「電気会社がいま作業しています」技術者がこたえる。「しかし電気がつくまで三十分以上かかるかもしれません」

エンディコットは親指と人さし指で鼻梁《びりよう》を揉み、雪で埋め尽くされたような不穏な空を見上げた。

「天候とのたたかいだ。投光照明でなんとかしのぐしかないな。時間の経過によって消失するものについての証拠書類がまともな水準に達していなければ、公判前の証拠開示で役には立たない」

わたしは咳払いをした。「失礼ですが、裁判を話題にするのは少々早すぎるのではないかしら？　ムーリンを殺した犯人をまだ捕まえてもいないのに――特定の容疑者が念頭にあるというのなら別ですけれど」

「念頭にあるのは〝科学〟です、ミズ・コージー」彼はそこで一瞬、にやりとした。「現代の鑑識が殺人犯を割り出すのです」

「では、容疑者の心当たりはないと？」

「〝名前〟を知らないだけのことです。わが鑑識班の捜査官たちが忠実に職務を遂行すれば、規制線で仕切ったこの現場で殺人犯の身元を示すカギが見つかるでしょう」

「ムーリンとは六週間、仕事上で密接にかかわっていました。きっとお役に立てると思います」

「ミズ・コージーは貴重な戦力になるはずです」すかさずロリが加わった。「被害者と知り合いだなんて、まさしく幸運ですよ。それにミズ・コージーはすぐれた素質の持ち主で、これまでにも警察の捜査員は協力を仰いできました」

「なぜだ？　私立探偵なのか？」

「グリニッチビレッジのランドマークであるコーヒーハウスをいとなんでいます」わたしは自分で説明した。「長年、地域社会とともに歩んできました。近隣の方々の信頼を得ていますから、みなさん――」

「つまりあなたは情報提供者か。そうおっしゃりたいのかな？」見くだすような調子でエンディコットはわたしをさえぎる。そしてロリに向かって首を横にふってみせる。「情報提供者についてのわたしの見解は、きみだって知っているだろう。体《てい》のいいゴシップと大差ない。

信頼性に欠ける嫌いがある――したがってわたしは活用しない。わかっているね、ソールズ刑事」

ロリはすぐに申し訳なさそうな表情をわたしに向けた。そして咳払いをしてから、彼にふたたび食い下がる。

「しかし、現にミズ・コージーはパーティーのさい、被害者と第三者の気になるやりとりを目撃したそうです」

「ほんとうです」わたしが口を出す。「その時にはそれほど深刻には受け止めていなかったけれど、いま思い返してみて、やはりくわしくお話ししておくべきだと感じます。一度目は彼女のボーイフレンドとのやりとりでした。二度目は人気のあるスポーツ選手とのやりとり。それからわたしが目撃したのは――」

「人気のあるスポーツ選手？」エンディコットの目が輝く。「なるほど、やはり背景にある事情について直接きいておく必要がありそうですな。記録を取ってくれ、ソールズ」

「はい。どうぞ続けて、クレア……」

「ええ。すべての始まりは木製マドラーでした」

「木製、なんですって？」

「コーヒーを混ぜる細い棒です。クッキー交換パーティーが始まってから二時間ほどで足りなくなってしまって。だからレストランの備品置き場の戸棚をさがしてみようと思い入っていったら、そこにジャネル・バブコックがいたのです」

「で、そのジャネル・バブコックとは？」

「ペストリーシェフです。ムーリンはジャネルのもとでフルタイムで働き、わたしの店ではパートタイムの勤務でした。今夜、Ｍはジャネルのクッキーのディスプレイテーブルの担当として駆り出されていました」

「続けて」

「備品置き場で、ジャネルは必死にドイリーをさがしていました」

「なんだって？　ドイリー？」

「はい……」

4

「レースペーパーのドイリーよ！」ジャネルは顔をしかめているが、機嫌はよさそうだ。

「あと少しでなくなってしまいそうなの！」

「力を合わせましょう」威勢よくいった拍子に、頭にかぶっているミセス・クロースの帽子のボンボンが弾んだ。こちらは木製マドラーが足りなくなって焦っているのだと打ち明けた。

新作のカラメル・スワール・ラテは一口飲むたびにかき混ぜてカラメルのフレーバーを楽しむのがポイントなのだが、どうやらこれに、だれもがはまってしまったらしい。

バターたっぷりの甘いカラメルソースは退廃的なおいしさ。それがガラス製のマグに沈殿しているこのドリンクは、口コミでパーティーの参加者たちに広まった。予想外の事態に、用意してきた木製マドラーが底をつきそうになっていた。

「右の戸棚のなかを確かめてみて。わたしは左側の戸棚をさがしてみるわ」

「ほんとうに参ってしまう。まさかドイリーでこんなことになるなんて」ジャネルは早口でそういいながら、扉を一つひとつあけていく。

今夜の彼女は特製のシェフ・ジャケットとトーク帽でとても魅力的だ。ふだん着ているべーカー用の白衣ではない。絞り染めのパーティージャケットは、彼女の故郷ニューオリンズで盛大におこなわれる謝肉祭《マルディグラ》のためのもの。緑、紫、金色の色調が彼女のカフェモカ色の肌を引き立て、特別仕立てのジャケットはふくよかなヒップをいっそう魅力的に見せている。

「ドイリー一枚にクッキーを二枚のせてわたす予定だったのに、ここの人たちときたら自分勝手で――モデルや女優がうるさいのよ。『クッキーは一枚だけにして。それ以上はいらない』って。それでドイリーとクッキーのバランスがすっかり狂ってしまった！」

「ドイリーはなさそう。無地のペーパーナプキンで代用できない？」大きな声でジャネルにきいた。

「せっかくだけど、わたしの小さなベビーちゃんたちはレースの上に寝かせると最高にかわいく見えるのよ！」彼女が扉をバタンと閉める。「だからね、ちょっとくらいカロリーをオーバーしてもおいしければいいじゃない、ってわたしは思うの。しかもクリスマスの時期でしょう。でも彼女たちには通じない。『一枚だけで結構』って。おかげでドイリーは目にも留まらぬ速さで消えてしまった！」

「少しあったわ！」レースペーパーの小さなドイリー百枚入りの箱をジャネルに振ってみせた。

「あなたは命の恩人よ、クレア！」ジャネルは使い捨てのドイリーを宝物のようにぎゅっとつかんだ。「それから忘れないうちにいっておくわ。タッカーに、わたしの大恩人だと伝えておいてね。彼の〈ストーリーブック・クッキー〉のアイデアはまさに天才的……」

ジャネルは、今回のクッキー交換パーティーでベーカーたちが挑んだ初の挑戦についていっているのだ。今夜の寄付金は大掛かりな識字能力向上《リテラシー》プログラムのために役立てられる。そこで今回はベーカーたちが〈ストーリーブック・クッキー――クリスマスの物語に着想を得たお菓子〉をテーマとして出品している。

ニューヨーク公立図書館が小道具として書籍や出版物を提供し、高額なチケットで参加するゲストはテーブルを出しているすべてのベーカーのクッキーと、ビレッジブレンドのコーナーのドリンクを無料で味わい、さらにクッキーをボックスに詰めたお土産もつく。

「用意した名刺もほぼすべて渡して、なくなってしまったわ。ドイリーみたいにね！」ジャネルはとてもうれしそうだ。

「当然ね。あなたのテーブルはすてきだもの……」

ジャネルはタッカーの提案でO・ヘンリーの小説『賢者の贈り物』を下敷きにしてクッキーをつくった。貧しい夫はつやつやと輝く髪を持つ妻のために、宝石がちりばめられた鼈甲《べっこう》の櫛《くし》を贈ろうとした。妻は夫が大事にしている金の懐中時計のために、きらきらと光るプラチナの鎖を贈りたいと切に願った。物語のクライマックスは時を超えてわたしたちの胸を打つ。

「女優のリサ・ローガンが来ているわ、見た？　新作の奇怪なクリスマス映画に出ていた人」ジャネルがいう。

「『サンタクロース、ゾンビハンター』？　残念ながらまだ観ていないわ」

「じつはね、そのミズ・ローガンがわたしのクッキーを髪につけてくれたの。縁飾りのある櫛形のクッキーをつけた彼女の姿を、おおぜいのパパラッチが写真に撮るというショーが繰り広げられたのよ！　その後に見かけた時にも、まだわたしのクッキーを髪に飾ってくれていたわ！　いくらお金を積んでもそんな宣伝はできっこない。それから金の懐中時計クッキーは小さな子たちを魅了したわ——みんな夢中よ！　たいていの子は時計の読み方を教わったばかりだった。ディスプレイしたクッキーの時計はばらばらの時刻をさしていたから、テーブルにやってきた子どもたちにムーリンとわたしはクイズをだしたの。手に取った懐中時計クッキーの時刻を正しくいえたら、ご褒美にシュガープラム・フェアリーケーキボールをプレゼントするというわけ！」

「それはすばらしいわね。ただ、ひとつだけいっておくわね。タッカーがあなたのディスプレイテーブルを見て気づいたのよ。あの物語で妻が贈ったのは時計ではなくて、懐中時計の鎖だったはず」

ジャネルがストップをかけるように片手を挙げた。「きいてちょうだい。時計の鎖をクッキーでつくれるかどうか、やってみたわ。オーブンからトレーを出してみたら、ヘビがうじゃうじゃいるようにしか見えなかった！」

「納得しました」

ジャネルがちらっと壁を見た。「時計といえば、あの時計は合っているのかしら？」

わたしは自分の腕時計を確認した。「少し進んでいるわね。わたしの時計では八時十分前よ」

「いそがなくちゃ。八時に〈ニューヨーク・ワン〉のロジャー・クラークからインタビューを受けることになっているの、ほかのペストリーシェフふたりといっしょに！」

「それなら、もう行ったほうがいいわ。ドイリーはわたしがムーリンにわたしておくから」

「今回もあなたに窮地を救ってもらって大助かり。でも、マドラーはどうするの？」

「心配しないで、ちゃんと見つけるわ。行って喝采を浴びてらっしゃい！」

厨房のドアのところでわたしたちは別れた。ジャネルは〈グリル〉のパティオに向かった。パティオのクリスマスのディスプレイの脇には、すでに地元メディアのカメラが複数セットされていた。わたしはダイニングルームへと移動した。こちらはますますおおぜいの人でにぎわっている。

パーティー開始から九十分間はスケートリンクの付近がおおいに盛りあがっていた。ホッケーチームのニューヨークレイダーズのキャプテンが子どもたちと交流し、いっしょに写真を撮ったり即興のレッスンをしたりした。子どもたちにとっては人生で最高の瞬間だったにちがいない。〈グリル〉の大きな窓越しに、その様子が伝わってきた。

すでにホッケーのスターはスケートリンクから引きあげていたけれど、子どもたちはまだ思い切りスケートを楽しんでいる。いっぽうレストランのなかでは、そろいの衣装をつけた聖歌隊が歌を披露している。会場のおとなたちはお菓子とドリンクを味わいながらなごやかに談笑している。

張り切っているジャネルと話したら、ふさいだ気分がすっかり吹き飛んだ。彼女のディスプレイテーブルにちかづいていくと、硬い筋肉の塊にアルマーニを着せたような人物がアルコールのにおいをぷんぷんさせて壁のようにそびえ立っている。わたしは当惑して足を止めた。

「なあ、酒を使っているのがなにかあるだろう？　ウィスキースコーンとかラムレーズンとか、そのあたりのが」アイスブロンドの髪の巨体の主はしつこくたずねる。

「お気の毒ですが」ムーリンは後ろで手を組み、プロとして毅然とした態度だ。「このパーティーではアルコールをお出ししていません」

「いや、そんなはずはない。向こうで〈マッチ売りの少女〉というブランデースナップを食べたら、ホイップクリームに確かに酒が入っていた。だが、あれっぽっちじゃ足りない。このなかにあるだろう、酒が入っているのが！」

「見当はずれのことをいわれても困ります。このテーブルではアルコール類はいっさい扱っていません」ムーリンは突っぱねる。

筋肉の塊のような男が人の好さそうな笑顔を浮かべる。が、彼の青い瞳はその笑顔とは裏腹に冷淡な表情だ。「それは知らなかった。きみはずいぶん威勢がよさそうだ」

おそらくプロスポーツのプレーヤーなのだろうけれど、あきらかにプレイボーイでもあるようだ。

「そういえば、どこかで見かけたな」軽薄な口調だ。「ダウンタウンの——〈チェシャ〉と

〈ダディO〉だ。いつもクラブで遊んでいるんだろう？」

「好きなバンドがいくつかあるの。それだけよ」

「ホッケーは好き？」

それではたと気づいた、彼は——。

「ロス・パケット、ニューヨークレイダーズのキャプテンだ……」

今日のパーティーでマイク・クィンの息子を大興奮させたパケットではないか。髪がくしゃくしゃのままこのホッケーのスター選手が無料のジャージを配っていたのは知っていたが、ちらっとしか見ていない。氷上での彼はヘルメットをかぶり、かさばるユニフォームを身に着けていた。ホッケーの装備をつけていないと、すぐにはパケットとはわからない。おとなが集まっているこちらの会場に来る前に、更衣室で着替えてがらりとイメージチェンジしていたのだ。

パケットはニヤニヤしながら肉厚の手をムーリンにぐっと突き出した。が、握手を求めるような礼儀正しさを示したわけではない。「きみが持っている携帯用の酒瓶を渡してくれたら、引き換えに今は亡き大統領を渡す」

切りそろえた黒い前髪の下のムーリンの目がパチパチまばたきする。「どの大統領？」

「ベンジャミン・フランクリンだ」

彼女のくちびるがひきつる。「フランクリンは確かにアメリカの百ドル札に印刷されている。そしてすでに亡くなっている。でも彼はあなたの国の大統領ではない」

「きみはキュートだな」彼がますますニヤニヤする。「渡せ」

ムーリンがため息をつく。「なぜわたしが携帯用の酒瓶を持っているなんて思うの？」

「だって、アイルランド人だろう？」

まあ。嫌な男。けなげにもMは怒りをこらえている。

「確かにわたしはアイルランド人です。でもねミスター・パケット、ほんとうに持っていません。そういうものを持とうと思ったこともないわ」

するとパケットは、クッキーをディスプレイしたテーブルの向こう側にまわった。

Mは驚いて後ずさりする。巨体の男のずうずうしさに少し威圧されている。

「ほらほら、離れてくださいよ」あくまでも明るくかわすつもりなのだろう。「テーブルの向こう側にもどってくださいね！」

「隠し持っていないかどうか、調べてからだ」

これはパケット流の不器用なナンパなのか？　それとも単に押しが強くてアルコール依存症で、相手を脅迫するのを楽しんでいるだけ？

ムーリンが手を焼いているのは見てとれた。これが街頭やクラブなら、ここまでつけあがらせたりはしないだろう。でも相手はそこらへんの男ではない。パケットのような有名人とひと悶着あればジャネルの立場が悪くなる可能性もある。

わたしも協力して穏便にすませよう。彼が手を伸ばしてムーリンにふれようとした瞬間、ふたりにちかづいていった。「調子はどう、M？」

ロス・パケットは不意をつかれた様子できょとんとしている。かまわずディスプレイテーブルの向こう側にまわり、ふたりのあいだに強引に割り込んだので、少々驚いているようだ。

「ジャネルから、ここの備品が足りなくなっているときいたのよ。この箱にドイリーが入っているから届けるように頼まれたのよ」

手に持った箱をふり、ロス・パケットの岩のように硬い胸に偶然にぶつかった。

「あら！　すみません！　ジャネルからディスプレイについても具体的な指示を受けているの。わたしがやったほうがよさそうね……」

「ええ。そうしていただけると助かります」Mが笑いをこらえている。

箱をあけて、ドイリーを二十五枚ずつきれいに積んで四つの山をつくった。作業のとちゅうで肘《ひじ》を偶然に巨体の男にまともにぶつけた。仕上げに、彼のひじょうに高価な、ピカピカの靴のつま先を踏んだ。

効果はあった。彼が断念したのだ。

ディスプレイテーブルの〝アレンジ〟を終えた。ドイリーを補充した以外はたいして変わりばえしない状態だが、ロス・パケットは元の位置にまでもどっていた。

「できた。これですべてよし」わたしは宣言した。

「ありがとう、クレア。なにからなにまで」ムーリンが礼をいう。

「ところで」わたしはロス・パケットに話しかけた。「ポケットにブランデースナップが半ダース入っていますね。ということは、リタ・リモンのテーブルにいらしたのかしら。彼女には会っていませんが、すばらしいディスプレイだそうですね」

「ええ」さりげない強引さで割り込んできたわたしに、まだまごついている様子だ。

「そのブランデースナップはハンス・クリスチャン・アンデルセンの『マッチ売りの少女』から発想したものですね。茶色くて細いクッキーはマッチ棒みたいでしょう？　そして先端の赤いチェリーは——あなたのチェリーはなくなっているようね——マッチの先に似ているでしょう？」

「チェリーは食べてしまった。酒が入っているクリームも。しかし……マッチとしては〝火〟のいきおいが物足りなかった、わかるかな」

「わかります……」わたしは〝むずかしいお客さま〟用の笑顔を浮かべる。「どうでしょう、おいしいアイリッシュ・コーヒーをつくって差し上げましょうか——コーヒーよりもアイリッシュの比重を重くして。よかったら、いかが？」

「よさそうだな」そこでパケットは疑うようにかすかに目を細める。「ただし、注ぐ際に〝隣に立つ〟のはごめんだ」

「じゃあ、決まりね。コーヒーバーまでご案内しましょう」わたしは巨人をしたがえて歩き出した。

「また後で、クラブガール」パケットが肩越しにふり返って声をかける。

Mは返事をしない。

その直後、わたしはエスターの腕をつかんでドリンクのつくりかたを説明した。

「ダブルで」ロス・パケットが叫んだ。

「かしこまりました」エスターがかぶっているのは、グリンチの顔がついた緑色のペルービアンビーニー帽だ（彼女はクリスマス用の帽子として、このニット帽を選んだのだからあきれてしまう）。「ところでボス、マドラーはあったんですか？」

「しまった！　すぐに取ってくるわ……」

厨房にもどってマドラーの入った箱を見つけた。ふたたびコーヒーバーに向かうとちゅう、ムーリンがまたもやだれかとやりとりしているのが見えた。

この催しの出席者にしてはカジュアルな服装の若者だ。ぴったりと身体に密着したデニム姿——革のジャケットに合わせて、デニムも黒。黒っぽい髪はシャギーをいれて軽くしている。髪に縁取られた顔にはえくぼがあり、少年っぽさが漂う。ムーリンに向かって指をふっているが威嚇《いかく》しているわけではなさそうだ。どちらかといえば、からかっているみたいな様子。

Mはロス・パケットに対する落ち着いた態度とは対照的な反応だ。さきほどは後ろ手に組んでいかにもプロらしい姿勢だったけれど、いまは両手を激しく動かし、派手な身ぶりをつけて話している。笑顔を浮かべているが、ただニコニコしているのではなく、ニヤニヤしているという表現がぴったりだ。

もしかしたらムーリンのボーイフレンド、謎のデイブかもしれない。

午後、店で彼からの電話を受けた時のムーリンを思い出した。ずっと待っていたといって得意げな表情をしていた。

彼女の反応が妙にひっかかった――電話に出ながらそそくさと奥の保存庫に向かったことも。といっても耳にした会話の断片は深刻なものではなかった。だからそれ以上は詮索しなかったのだ。

ふたりに挨拶をしに（様子をさぐりに）いこうとしたその時、エスターに呼ばれた。そうだ、コーヒー用の木製マドラーが入った箱を持っていくとちゅうだった。任務を果たしてからもう一度見ると、すでにデイブの姿はなかった。

5

「つまりムーリンとその若者の会話はろくにきいていない、ということですね？」エンディコット刑事がたずねる。

わたしは首を横にふる。「店ではムーリンは席をはずしたし、パーティーでは距離がありすぎて。でもムーリンは身ぶり手ぶりつきで話し、若者は熱心な様子でした。興奮気味だったわ」

「興奮気味？　どんな感じ？」ロリだ。「敵意を感じた？　怒っていたの？」

「むきになっている感じだったわ」

「彼のフルネームはわからないのね。どこに住んでいるのかも」

「ええ。でもムーリンをフルタイムで雇っている彼女なら、もしかしたら……」ジャネルの名前、住所、電話番号をふたりに伝えた。

「もういいだろう、ソールズ。ミズ・コージーからはじゅうぶんにきいた」エンディコットが唐突に告げ、手の甲をこちらに向けてわたしたちの会話を遮った。指揮者がこれから大作にとりかかろうとするような動作だ。「準備はいいか？」

ロリがうなずき、手帳に向かってペンを構えた。エンディコット刑事は淡々とした口調で犯罪現場について詳細を述べ始めた。

「被害者の名前、ムーリン・ファガン。女性。白人。身長およそ一六五センチ。推定体重五十五キロ。年齢は二十歳から三十歳までの――」

「ムーリンは二十五歳」わたしが口を挟む。

「二十五歳」エンディコットが修正する。「居合わせた人物からの情報。註として、信頼すべき情報源で確認すること」

「どういうこと？　彼女の運転免許証とか？」わたしはさっとロリに視線を向ける。〝こんなボンクラがなぜニューヨーク市の刑事になれるの!?〟

ロリは声に出さす口の形だけでひとこと返した。地方自治体の昇進のシステムが、砂糖やスパイスやすてきなものでできていないと思い知らせてくれるひとことだ。

〝政治的駆け引き〟

「……摂氏一度という気温のため、捜査の現段階では死亡時刻の確定は困難である――」

「いいえ、そんなことないわ」わたしがまたもや遮った。「わたしが最後にムーリンを見たのは八時半。ほぼぴったりです」

エンディコットがロリに鋭い視線を向ける。「わたしが人間の証言というものを信頼しないわけがわかるだろう？　第一に、この女性は自分がパーティーで忙しく働いていたと主張している。そしていまは、被害者を最後に見た正確な時刻を正しく思い出せるといい、わたしたちにもそれを信じろと望んでいる」

「でも、ほんとうよ」

「彼女をレストランのなかで見たの？　それとも外の公園で？」ロリがたずねる。

「外で。スケートリンクからもどってくるとちゅうで」

「あなたは外でなにをしていたのですか、ミズ・コージー？」エンディコットはいぶかしむような口調でたずねる。「あなたはこのパーティーでウェイトレスを務めていたとわたしは認識していますが」

「正確には、このパーティーでのドリンクサービスの責任者です」わたしが正す。「ある理由から仕事の合間の休憩時間に外に出ました」

「続けて」ロリがうながす。

「わたしの恋人が来るはずでした。彼の子どもたちの付き添いとして。でも、間に合わなかったのでピンチヒッターを頼んだのです。わたしの店のオーナーに……」

「外の様子は順調ですか？」

ドリンクコーナーのカウンターの奥からわたしは声をかけた。

「とてもうまくいっているわ！」マダムは弾んだ様子でこたえながら、わたしが差し出すエスプレッソを受け取る。「マイクの子どもたちは氷の上でご機嫌そのものよ！」

マダム・ブランシュ・ドレフュス・アレグロ・デュボワはビレッジブレンドのオーナーで

ありわたしの元姑で、成人しているわたしの娘ジョイを溺愛《できあい》する祖母だ。パーティーの開始早々からマイクの子どもたちの付き添いをよろこんで引き受けてくれている。

ほっとして、ふうっとため息をついた。「機嫌よく過ごしているときいて、安心しました」

「いまはすてきなお友だちといっしょよ。いまごろあの子たちはフランコおじさんに人生初のアイススケートの手ほどきをしてあげているはず」

デミタスカップを落としそうになった。「フランコおじさん？　まさか――」

マダムがうなずく。

エマヌエル・フランコはニューヨーク市警の若手刑事で、以前はギャングの取締りを担当していたが、いまはマイクの班に所属している。フランコとわたしの娘が遠距離恋愛を始めてから、彼とは親しい友だちづきあいをしている。マイクが駆けつけられないとわかった時点で、フランコに電話したのだ。

「マイクの子どもたちの〝付き添い役〟を急遽頼《きゅうきょ》んだのは確かですけど。まさか、いっしょにスケートをするとは」

「大丈夫、心配いらないわ。あの子たちはふたりともスケートがとても上手よ。小さいモリーはロシアの有名なフィギアのスケーター、ガリーナ・クリコフスカヤみたいなポーズで滑るのが好きだし、ジェレミーは冬のあいだにスケートを特訓して、来年は学校のアイスホッケーのチームに入りたいんですって」

マダムはわたしの手にふれた。「外に出て自分の目で確かめてごらんなさい。エマヌエル・フランコがおおぜいの子どもたちに囲まれている光景は見るに値するわ」

「フランコがスケート？」タッカーがエスプレッソマシンの向こう側から顔をのぞかせる。

「休憩を取りなさい、クレア。外に出て自分で確かめてみて……」マダムがウィンクする。

「カメラも忘れずにね」

娘のリクエストにこたえて、物語をテーマにした今夜のクッキーのディスプレイをデジカメで撮り、すでにメモリーカードは半分ほど埋まっている。それにしても、なぜマダムはそんな提案をするのだろう。

「フランコの写真を撮るんですか？　なぜ？」

「わかった！」タッカーが指をぱちんと鳴らす。「マッチョな男性のカレンダーを売って来年のビッグアップル・リテラシー基金への寄付金をぐっと増やそうってわけか」

マダムは茶目っ気たっぷりの笑顔をタッカーに向ける。「そのアイデア、悪くないわね。でも今回の写真はわたしのためではないわ」

わたしはまだピンとこない。「いったいだれのために――」

そこでようやく合点がいった。わたしはマダムに目配せして、片棒を担ぐ意思を伝えた。かわいらしい子どもたちとスケートをする恋人の写真をジョイが見たら、なにかを連想するのではないか――たとえば、フランコは家庭的な男性である、とか。パリでの料理修業を切り上げて帰国し、ニューヨークに腰を落ち着けて、そして……。

孫という存在がひょいと頭に浮かび、わたしはすぐさまタッカーに声をかけた――。

「あとは頼んだわね。すぐにもどるから……」

エプロンとミセス・クロースの帽子を外し、カウンターの内側に置いていたバッグからカメラを取り出すと、コート掛けのモッズコートをつかんで外に向かって駆け出した。

テレビカメラがセットされたパティオの脇を通り過ぎると、〈ニューヨーク・ワン〉のジャネルのインタビューが終わろうとするところだった。そのままスケートリンクに直行し、フランコはわけなく見つかった——。

彼はすっかり注目の的となっている。

まじめな表情のモリーとジェレミーに両手をつないでもらってフランコはなんとか上体をまっすぐに保っている。見物人の大部分は若いシッターたちだ。筋骨隆々としたフランコ刑事を指さしてクスクス笑ったり、好奇心たっぷりの様子でひそひそ話をしたりしている。筋肉質でセクシーなロス・パケットが去った後、フランコは目の保養となるあたらしい対象なのだろう。といってもホッケーのスターとはちがい、彼はブレードつきの靴を履いて四苦八苦している。

「もっとゆっくり頼むよ。オリンピックじゃないんだから」フランコが訴える。

「これってゆっくりだよ、フランコおじさん。これ以上遅くしたら止まってしまうよ」十二歳のジェレミーは諭すような口調だ。

十歳のモリーが刑事の目をじっと見つめる。「気にしちゃだめよ。わたしだって小さいころにはゆっくりしか滑れなかったんだから」

フランコのヤンキースのジャケットとブルージーンズには、冷たそうなシミがいくつもついている。すでに一度や二度は転んでいるのだろう——その時にもマイクの愛らしい子どもたちが手を貸して立ちあがらせたにちがいない。

さいわい、プライド（とお尻）がこれ以上ボロボロになる前にフランコはコツを呑み込んだらしく、少しずつスムーズに氷上を滑り始めた。まだあどけないモリーとジェレミーは相変わらず彼の両脇にぴたりとついて、まるで補助輪のようだ。

わたしはスケートリンクの外で彼らとともに移動し、フランコ・オン・アイスショーの写真をパチパチ撮った。うまい具合に、クリスマス・ツリーやイルミネーションがキラキラ輝くプラタナスが背景になる。

さらに公園の有名なメリーゴーラウンド、〝ラ・カルーセル〟を背景にしてフランコと子どもたちの写真を何枚も撮った。

人気のあるメリーゴーラウンドなのだが、パーティー会場で流されたアナウンスによれば電気系統に不具合が生じているとのことで、暗く静まり返っている。それでもかまわず背景にして何度もシャッターを切った。遠くの暗がりとスケートリンクの周囲できらめくクリスマスのイルミネーションが、コントラストを描いて人物がポップな感じに見える。きっと傑作になるにちがいない。

レンズをのぞくのに夢中で、歩行者にぶつかってしまった。

「あら、ごめんなさい！」わたしはカメラをおろした。

「だいじょうぶですよ」女性が手をふりながらこたえた。

ひと目でパーティーの出席者ではないとわかる。髪に派手なハイライトも入っていなければ、凝ったヘアスタイルでもない。おそらく三十代の彼女はくすんだ茶色の髪をたくさんの三つ編みにして、それをまとめておだんごにしている。セーターについた食べこぼしのシミとパンパンにふくらんだウエストポーチから判断して、おそらく招待客に同行したシッターだろう。かたわらには、彼女よりも少し若い女性が立っている。たぶん、彼女もシッターだ。

「あなたのお子さん？」三十がらみの女性がたずねた。

「モリーとジェレミー？　いいえ、パーティーのあいだだけシッターをしているのよ」

仲間と知って彼女は気をゆるめたようだ。「じゃあ、パーティーのゲストに雇われているのね？」

「じつはね、この催しのコーヒーのサービスをしている責任者なの」

彼女の視線がわたしから逸れて、スケートリンクに移る。十歳くらいの少年が他のスケーターたちの二倍のスピードで滑っている。

「もっとスピードを落として、アダム！　それではケガをするわよ。あなたが無事でも、ほかの人をケガさせてしまう！」

少年はスピードを落としたが、シッターがまたわたしに顔を向けるまでのあいだだけだ。

彼女の肩越しに、少年がふたたびスピードを出すのが見えた。

「コーヒーのサービスを？　カラメル渦巻きのドリンクが話題の的になっているわ。でもわたしはカラメルが苦手なのよね」彼女が顔をしかめた。「ペパーミントは好きなんだけど」

「キャンディケーン・ラテもあるわよ」

「まあ、すごくおいしそう。チャンスがあれば飲んでみるわね」

わたしがこたえる前に、彼女はまたスケートリンクにくるりと顔を向けた。

「アダム・レイバーン、スピードを落としなさいといったでしょう。ちゃんとききなさい！」

彼女は首を横にふり、ちらりとわたしを見る。「甘やかされてすっかり性根が腐っている」

嫌悪感たっぷりのいいかただったので、ドキッとした。手を焼かせる子どもなのだろうけれど、そんな辛辣《しんらつ》な言葉が出てくると、子どもにもシッターにも同情してしまう。

彼女がこちらをじっと見ている。同じような悪口をいうのを待っているのだ。でもここにいる子どもたちを悪くいいたい気持ちなど、わたしにはさらさらない。彼女はすぐに気を取り直したようだ。

「仕事にもどらなくては。もう行くわ。あなたとの――偶然の出会いに感謝するわ」

気の利いたせりふがいえたと満足げな彼女に、わたしもうなずいた。

「そうね、偶然の出会いに感謝」

もうひとりのシッターとともに彼女は足早に去っていった。若いシッターはまだフランコに興味津々のようだ。わたしももう行かなくては。カメラのバッテリーの残量が少ないという警告のサインが点滅している。ジョイに見せるための写真はたっぷり撮れた。仕事にもどらなくては。

レストランに行くとちゅうでパティオを見ると、まだテレビ局のクルーがいる。ジャネル・バブコックの姿はもうない。ペストリーシェフたちへのインタビューに引き続き、ロジャー・クラーク記者は有名人のゲストたちを迎えていた。

いまは歌手のパイパー・ペニーが、お腹をのぞかせたデザインのメタリックなパンツスーツ姿でカメラに向かって微笑んでいる。若い彼女はダウンタウンのパーティーの常連で、スキャンダラスな言動がよく見出しに取りあげられている。彼女はホッケーのスター選手ロス・パケットと腕を組んで会場に到着した。彼の姿はいまはどこにも見当たらない。

その時、公園内の通路をムーリン・ファガンが歩いてくるのが見えた。ラッキーストライクのあたらしい箱をあけようとしている。おたがいの距離が縮まってきているけれど、彼女は強い風のなかで一本目のタバコに火をつけようとするのに夢中で、わたしに気づかない。こちらもいそいでいるので特に声はかけなかった。

わたしたちは無言のまますれ違った。

6

「カメラにデジタル表示で時刻が出るので、最後にムーリンの姿を見た時刻はわかります」ふたりの刑事に説明した。「バッテリーの残量が少ないという警告のサインがついたのは八時半ちょうどでした。それでなかに入ることにしたんです」

「だが、殺されるまで彼女が長時間外にいた可能性もある」エンディコットが鼻であしらうようにいう。

「それをあきらかにできるかもしれない」わたしはロリと目を合わせる。

彼女がうなずく。「タバコね」

「とにかく確かめてみたいわ」

それをきいてロリが鑑識班に呼びかけた。

「メリーゴーラウンドの付近にタバコの吸い殻はありませんでした？」

「一本、袋に回収しました」鑑識捜査官がこたえる。

「銘柄は？」わたしがきいた。「たいていフィルターの脇に印刷されていますよね」

係員が証拠ケースのなかをさがし、袋に入った吸い殻を取り出す。「ラッキーストライキだ」

「ムーリンが吸っていた銘柄よ。それを調べて彼女の唾液が検出されたら、まちがいなく彼女が吸ったものと証明されるわ。燃え尽きるまでの時間を計れば、亡くなった時刻を割り出せる可能性がある」

「チェーンスモーカーであれば別ですがね、ミズ・コージー。あれは彼女が吸った三本目のタバコである可能性はおおいにある」

「コートのポケットを調べてみて。そこにあたらしいタバコが一箱あると思うから。彼女が開封しているのを見たんです。減っているのが一本だけなら、ムーリンは一本しか吸っていないとわかります」

「それ以降、ムーリンの姿は見なかったの？」ロリがたずねる。

「ええ、一時間以上たって居場所をきかれるまでは、もどっていないことすら気づかなかった」

ロリがメモしていた手帳から顔をあげる。「それをきいたのは？」

「女性だったけれど名前はきいていないわ。シッターだった。スケートリンクの脇でわたしがぶつかった人よ。ムーリンは彼女にクッキーの箱詰めを渡すと約束したそうよ。そのことと事件と関係しているのかどうかはわからないけれど」

「姿がないと気づいて、あなたはムーリンをさがそうとしたの？」

「いいえ。さがさなかった……」そして、さがさなかった自分をずっと責め続けている。

「ジャネルにまかされた仕事を放り出したのだと思い込んだの。恋人が来て、仕事を放棄していっしょにどこかに行ってしまったものと」

「もういい。結構です」エンディコットがぴしゃりという。「ミズ・コージー、広範囲にわたってお話しいただき感謝します。さてソールズ刑事、検死官が到着するまでのあいだ、犯罪現場についての初期の所見を口述しておきたい。きいているのかね？」

「はい」

エンディコットはメジャーを手にして、ムーリンの亡骸を見おろす。

「被害者は背後から殴打されている。鈍器で複数回殴られているものと思われる。大量の動脈血に頭蓋骨と脳が混じって飛び散り、その範囲は……」

それから数分かけてエンディコット刑事は血液が飛び散った範囲を計測し、致命傷となった一撃が加えられた角度についての推察を述べた。その生々しい口述をきくのは、もはや耐えられそうにない。それでも、もしかしたら「初期の所見」にはなにか有意義なことが含まれているのではないか。そういうかすかな期待があった。

「強奪が目的である可能性はないようである」エンディコットが続ける。「被害者のバッグには少額の現金、クレジットカード、メトロカード、運転免許証、携帯電話がそのまま残されー―」

「電話は手がかりになるわ」わたしが口を挟んだ。「ムーリンのボーイフレンドのデイブから定期的にかかってきたし、彼女からも時々かけている。アドレス帳に彼の電話番号が登録されているはず」

「被害者はスターリングシルバーの鎖のネックレスを身につけている」エンディコットは無視してそのまま続ける。「ネックレスには銀のチャームがついていて、Eという文字の形――」

「それは『E』ではなくて『3』よ！」わたしが叫んだ。

「おやおや、わたしが『E』と『3』を見分けられないというのか！」

「ネックレスを裏返してみてください」

エンディコットは一瞬黙り、顔をしかめた。「そのようだな」彼が所見を改める。「なにか意味のある数字ということかな？」

「Mにきいたことがあるわ。三位一体をあらわしているそうよ」

ロリがわたしを見る。「彼女はアイリッシュ・カトリックなのね」

「ええ」

「どうしてごく普通に十字架をつけないのかしら？」

「彼女なりの理由があったのだと思うわ。それでもやはり、ちょっと奇妙な気はするけれど」

エンディコットはわたしたちのやりとりを無視している。

「こうした所持品が盗まれず、高価なジュエリーがまだ彼女の首にあるという事実は、強奪を目的とした犯行ではなかったと強く示唆《しさ》するものである」彼がムーリンの亡骸の周囲をひ

性はある」

ただし、当初は性的暴行が狙いであったが被害者の抵抗にあって醜悪な変更がなされた可能

とまわりする。「被害者の衣服に乱れはない。したがって性的暴行ではないと判断できる。

エンディコットがひと呼吸おいて、さらに続ける。

「被害者の女性が殴打された際に飛び散った血液の状態から判断して、彼女はうつぶせに倒れたものと思われる。いっぽう、流れ出た血液の形状から、加害者は被害者を仰向けにした模様である。被害者が死亡していることを確かめるためと考えられ――」

「もしくは、被害者の所持品からなにかを持ち去るため？」ロリがいう。

エンディコットは相手を見くだすような態度で手をふって否定する。

「ここで重要なのは、これが鈍器で殴打された際に生じる外傷と一致するという点であり、したがって直近の犯行の手口と重なる」

「直近の犯行？　ほかにもこういうことがあったという意味？」わたしはたずねた。

ロリが眉根を寄せ、ためらいがちにこたえる。「最近、女性が襲われる事件が数件起きているわ。でも被害者が死亡したのはこれが初めて」

「いままでの事件で容疑者は浮かんでいるの？」わたしはいても立ってもいられない気分だ。

「まだよ」ロリはすばやく一度、首を横にふる。〝その件については話せないの。いまはまだ〟。

いっぽう、エンディコットは両手と両足をフロアについている。

「ひじょうに重い凶器が使われている」彼はムーリンの頭を仔細に観察する。「問題は、傷の形状と大きさだ。損傷の度合いでいうと、ハンマーあるいは野球のバットに匹敵する威力を加えたものと考えられる」

「しかしハンマーやバットを持ち歩いていれば、まちがいなく目につくはず」ロリが指摘する。

「贈り物として包装されていれば別だ！」エンディコットが立ちあがりながら、歯切れよくいいきる。

ロリは忍耐をにじませながらふうっと息を吐く。「殺人の凶器をわざわざ贈り物として包装する人がいますか？　それに、凶器が残されていないとなれば、使用後に包装し直したことになる。そしてここにはハンマーなど見当たりませんよ」

「殺人者が、公園内にあったものを使ったとしたら？」わたしが割り込んだ。

エンディコットが鼻を鳴らした。「例をあげてもらえませんかね、ミズ・コージー？　たとえばローンチェアとか？」

「いいえ、外れて転がっていた敷石です」

ロリがうなずく。「続けて、クレア」

「じつはね、思い当たることがあるの……ムーリンが倒れているのを見つけた時、メリーゴーラウンドの入り口付近で石につまずいたの。犯人も、石が転がっているのを見た可能性があると思う。そして、それを凶器にしようと思いついた。ある意味、とても狡猾《こうかつ》といえるわ。

石を通路に戻しておけば、まんまと凶器を隠してしまえる。有罪となる物証を持たずに立ち去ることができるわ」

「その石を見つけてくれ。そうすれば検討の対象から削除できる！」エンディコットが指示を出した。

鑑識班の捜査官たちはあたり一帯を動きまわって舗道に目を凝らす。しかし、ただ見ているだけでは見つけようがない。どこにあるのかを知っているのはわたしだけだ。

「これです」石を示した。

濡れて冷たい地面にロリが膝をつき、小さな懐中電灯でその石を照らす。

「クレアのいう通りよ。血がついている」

それをきくなり、ビニール製の上着を着た捜査官たちはわたしを押しのけてロリを取り囲んだ。エンディコットだけはメリーゴーラウンドから離れず、鼻であしらう様子だ。

「まちがいなく血なのか。こぼれた炭酸飲料じゃないのか？」

「血液です」鑑識捜査官のひとことでエンディコットの示した可能性は消えた。

鑑識捜査官は手袋をはめた手で、転がっていた石を取り上げる。水滴が垂れる石の底部をロリが懐中電灯で照らす。「脳の一部らしきものと毛髪も見えます」

もうひとりの鑑識捜査官がプラスチック製のピンセットで石から糸状のものをはがして袋に収める。敷石も鑑識捜査官の手で巨大な証拠品袋に収められ、記号をつけて封印された。

「殺人に使われた凶器を発見したようだ」エンディコットが宣言した。

鑑識捜査官は袋に収めた毛髪をエンディコットのところに持っていき、ふたりでそれを仔細に観察する。

「被害者の髪はブルネットだが、この毛髪はオレンジ色だ」エンディコットがいう。

ロリがわたしのほうを向いた。「パーティーの招待客のなかに同じ色の髪の人物に心当たりはある？」

「ええ」

「男性？　それとも女性？」

「女性よ。わたしたちのドリンクコーナーに立ち寄ったわ。時刻は九時ちかく。フランコがマイクの子どもたちとスケートしているのを見た後、なかに入ってから三十分ほどしたころ……」

7

「天候はどうです？」エスプレッソのおかわりをするためにもどってきたマダムに、タッカーがきいた。

「まだ快適よ」マダムはきっぱりとした口調だ。「寒いのは確かだけれど、雪の気配はないわ……」

マダムが行ってしまうと、タッカーが小声でいう。「身の毛のよだつ寒い話があるんですよ。ここにいるセレブたちの整形手術の実態について」

その夜つどった有名人たちについてタッカーはひそかな観察に基づく所見を披露し、エスター、ナンシー、わたしは興味津々で耳を傾けた。

「少々いじったくらいでは、ああだこうだといわないけれどね。でも、ものには節度というものがあるでしょう。レディたちにいってやりたいよ。あと少しでも皮膚をひっぱったら、目玉が飛び出してしまうかもって！」

「それもおもしろそう」ナンシーがいう。

「それに、今年はスプレータンで小麦色の肌に変身するのが大人気だって？　いまニューヨークは十二月だぞ。肌に日焼けの色をつけたいならマンハッタンではなく南国のビーチでやりなさい！」

エスターがうなずく。「SFの大会に居合わせたみたいな気分よ。そうでもなければ、エアブラシで肌に色をつけてニンジン人間という新人類がつくられたって感じ」

「たとえば、だれ？」ナンシーが大胆な質問をする。

「例Aは……」タッカーがナンシーの顔を両手で挟み、五千ドルのスーツを着た巨体の人物のほうに向ける。彼の髪はアイスブロンド。「女癖の悪いホッケープレーヤー、ロス・パケット。彼の腕にべっぴんさんがつかまっている。彼女はパイパー・ペニー。ダラーズ・アンド・センスのリードボーカルだ、ダウンタウンのクラブシーンで人気のバンドだね。あの通り、彼女の髪は濃い橙色《タンジエリン》だ。あれは彼女のトレードマークだが、天然の色ではない。肌も同じで、あれでは〈ホールフーズ〉で売っているオーガニックの柑橘類と見分けがつかない」

ナンシーは鼻にしわを寄せる。「彼女はなんだか……不自然だわ」

「不自然だ！」タッカーが叫ぶ。「確かにモノクロはいまの流行なんだろうけれど、あれではやりすぎだ。ロス・パケットは、スタイルのいい小柄なシンガーを目下のところ気に入っているのかもしれないが、彼女はぜったいにオレンジシャーベットの味がするにちがいない」

「パケットってとてもキュート……」ナンシーがため息をつく。「パイパーのどこが彼をひきつけたのかしら？」

「彼はホッケー選手よ」エスターがそっけない口調でいう。「パケットのどこが彼女をひきつけたのか、を問うべきじゃない？」

「まず、腐るほど金を持っている」タッカーだ。「銀行口座の残高が嫌らしいほど巨額であれば、どんな下品な男もたちまち魅力的になる。そしてパケットはホッケー選手でありながら、いまだに自前の歯を持つ少数派だ――まあ、インプラントという可能性はあるが」

「さっきパケットがムーリンにちょっかいを出していたわ」ナンシーはジングルベルのついた帽子をかぶったまま、いきおいよく頭をふる。「わたしも自己紹介すればよかった」

「あなたのそのリビドーのせいで、これまでさんざんトラブルを引き起こしてきたんじゃなかった？」エスターだ。「あの媚薬入りのコーヒーの一件を、もう忘れたの？」

ナンシーがぷっと頬をふくらませる。「あなたもムーリンも恋人がいるからわからないのよ。ニューヨークは決まった彼氏がいないと寂しいところなの。ロス・パケットが蛍光色の肌が好きだと知っていたら、エプロンをつける前に肌にスプレーして色をつけておいたのに！」

「本気であんなふうになりたいの？　パケットの最新の恋人の肌はスイートポテト色で、まつげはもちろん偽物、ウィッグみたいな髪は醜悪。それがまた奇妙な懐かしさをそそるのよね。子どもの時に大好きだったおもちゃによく似ているから」

エスターの言葉にナンシーがいきおいよくうなずく。「マリブ・バービーでしょ？　わたしも大好きだった！」

「おだまり！」エスターがナンシーの額をぴしゃりと叩く。「バービーは、性差別主義者のカリカチュアであって実存をともなっていないのよ！　わたしがいっているのはミセス・ポテトヘッド！」

「確かに頭はスイートポテトって感じだが、あの引き締まった腕をよく見てごらん」タッカーだ。「ホッケーのパックを投げてハドソン川の対岸まで軽々と届くだろうね」

「パイパー・ペニーはシンガーよ」ナンシーがいい返す。「投げる力なんて関係ないんじゃない？」

「パケットのかわいい恋人のパイパーは昨夜、ビレッジのレストランでウェイターにトレーを投げつけたそうだ。確かな筋からの情報だ」タッカーがこたえる。「タブロイド紙でそれが報じられないのは、法外なチップのせいさ」

「あら、じゃあなぜ知っているの？」わたしがいう。「ま、だいたいの想像はつくけれどね」

タッカーがにっこりしてわたしのほうを向く。「毎朝、ドッピオ・エスプレッソを飲みにくるビストロのオーナーです。大学の中庭をフリスビーが飛ぶみたいにトレーが宙を舞ったとこっそり教えてくれましたよ」

ナンシーは少し怯えた表情でパチパチとまばたきする。

「まあ。彼女にデミタスのソーサーを渡さないようにしなくちゃ！」

「あ、あそこ！　ほら、トミー・ベインだ！」唐突にタッカーが叫んだ。「わたしが小学生の時に彼はヨーロッパのロックミュージシャンだった。名実ともに〝ヘロイン・シック〟のロッカーだった」

エスターが鼻を鳴らす。「いまじゃヨレヨレね。あれじゃクッキーに入っている砂糖の刺激にも負けてしまいそう。ハードドラッグなんて無理でしょ」

とつぜん、タッカーが目を大きく見開いた。「見て、見て！　まさかあのふたりがこっちにやってくるとは。信じられない。わたしがずっとファンだったビッグ・ディー《D》とリトル・ディー《D》。ふたりは主婦界のスターなんだ！」

豊満な胸の女性ふたりがちかづいてくるのを見て、わたしのアシスタント・マネジャーは我を忘れている。ひとりは小柄で、もうひとりはアマゾネスのように大きい。ふたりともぴったりと身体の線に沿ったアニマルプリントのドレスを着て、ゴールドとダイヤモンドをたっぷりと、東方の三博士も恥じ入るほど大量につけている。

タッカーは旧友みたいに親しげに挨拶し、ふたりも愛想よくこたえる。

「ボス、こちらはリアリティ番組『実録ロングアイランドの妻たち』のスター、ダニ・レイバーンとドローレス・デルーカです。というよりもダブル・ディー《D》で有名ですね」そこで突然、タッカーがはっとする。「あ、いや、決してその……それを意味しているわけでは……」

「わたしたちの豊胸手術のこと？　ちっとも気にしていないわ。いつもいっているの、いい〝買い物〟をしたらみせびらかしたくなるのと同じよ」背の高い女性（ビッグ・ダニ）が笑いながらいう。

「ひとめでわかるからね。わからなければ意味がないでしょう？」リトル・ドローレスも口をそろえる。

わたしは手を差し出したけれど、彼女たちはセレブたちと同じくエアキスに慣れきっているので握手のしかたを忘れてしまっている。リトル・ドローレス・デルーカはぽかんとしている。ビッグ・ダニ・レイバーンはわたしをじっと見おろしている（批判しようなどと思っているのではない。あくまでも事実だ。ダニはとても背が高い――フェティッシュなハイヒールを履いた状態で百八十センチを超えている。それに対し、わたしは実用的なローファーを履いてようやく百六十センチ）。

ふたりそろってブロンドの髪、なまめかしい体型、完璧なメイク、完璧な歯の持ち主だ。しかし似ているのはそこまで。リトル・ドローレスは口数が少なく、どこか冷めたような様子に見える。それにひきかえビッグ・ダニは目をギラギラさせ、わたしがスターに興奮して猛然としゃべり出すのを期待しているような表情だ。

「番組は打ち切られたんですか？」ナンシーはまったく悪びれない調子でたずねた。

「中断だ！」あわててタッカーが叫ぶ。「リアリティチャンネルはあの番組を〝中断状態〟にしただけ。そうですよね？」

「ええ、そうよ」ビッグ・ダニはにこやかにこたえる。「再開の可能性はひらかれているとプロデューサーからきいているわ。でも、わたしたちはあたらしいオファーも歓迎するわよね、ドローレス？」

リトル・ドローレスがうなずく。大きな目をふちどるまつげにはマスカラがたっぷり塗っである。

「したたかじゃないと有名人はやっていられないわ。わたしたちはじゅうぶんにしたたかよ。その気になれば、いつだって盛り返してみせる」

タッカーは同感だとばかりにうなずく。「わたしもプロデューサーをやっている身なので、風向きというものがたちまち変わるものだとよくわかります。ブロードウェイも同じですよ」

「まあ！」ビッグ・ダニの笑顔のワット数があがる。「あなたはブロードウェイのプロデューサー？」

「オフ・ブロードウェイの」タッカーがこたえる。

「そうね、限りなくオフ」エスターが皮肉っぽくつけ加える。

タッカーは片手をひらひらさせる。「グリンチの顔がついたペルービアン・ハットをかぶっている筋金入りのゴスのいうことなど、聞き流してください。わたしは年に二つか三つレビューをプロデュースしています。ちょうど今はクリスマスの芝居をやっているところです」

「とても興味深いわ」ビッグ・ダニはお腹を空かせた肉食動物が温かいランチにありついたみたいにタッカーに全神経を集中させる。「わたしはダンスができるし、ご存じの通りテレビの『ロングアイランドの妻たち』では歌も披露したのよ。あなたのレビューで主役を務められるんじゃないかしら？」

「じつをいうと……つぎにプロデュースするキャバレーショーでは、あなたたちふたりが象徴的な役割で登場するんです。クリスマスの仕事を終えたら、『ロングアイランドの妻たち』に捧げるミュージカルを上演します。女性のものまね芸人ふたりをキャスティングするつもりだったのですが、もしもあなたとリトル・ドローレスが出演を希望されるのであれば、企画を練り直すことはむろん可能ですとも」

ビッグ・ダニはタッカーの腕に細い手を置いた。「ぜひそうしていただきたいわ！　あなたはどう思う、ドローレス？」

リトル・ドローレスは肩をすくめてみせる。「話をきいてみる価値はありそうね」

タッカーの顔が輝く。「クリエーターの立場からきいておきたいのですが、おふたりは公私ともに親しいお友だちですか？」

ビッグ・ダニが小柄な相棒をハグする。「親友よ」

「うれしいなあ」タッカーがいう。「だってあのリアリティ番組のあなたたちが、ある程度リアルな姿であるということですからね、うれしいですよ。お子さんたちは番組の時みたいに、いまもいっしょに遊んでいますか？」

「あの子たちはいまスケートをしているのよ。シッターがいっしょにいるわ」ビッグ・ダニが得意げな身ぶりでスケートリンクのほうを指し示し、ポーズを決めた。彼女の乳房が顔にまともにぶつかりそうになったので、危ういところで身をかわした。「……ピザ・ナイトはもう何カ月もやっていないわね。わたし、体重を落とそうとしているのよ」

「いい考えです」タッカーは親指をあげてオーケーのサインをして見せる。「ダンスをするのであれば、なおのこと。たいまつの明かりで照らされたプールサイドで酔っ払って歌うというのはどうかな。その後、ピザ・ナイトのラインダンスへと続く」

「すごくすてき！」

「わたしの名刺です」タッカーがふたりに一枚ずつ渡す。「裏にビレッジブレンドの住所があります。どうぞ立ち寄ってください。ラテのカップを傾けながらショービジネスについてもっと語り合いましょう」

「うかがうわ」ダニはマニキュアをした指でタッカーの頰をさっと撫《な》でると、それを潮に小柄な相棒ドローレスと連れ立っていってしまった。

「ダニがタッカーにあんなふうに媚《こび》を売るなんて、信じられない」ナンシーがいう。

エスターが目玉をぐるりとまわす。「見当はずれといえば、すでに過去の人といっていいふたりのキャバレーショーをつくるなんて、どこから思いついたの？」

「過去の人は、過去がない人よりもずっといいからね」タッカーがこたえる。「参考までにいっておこう。アンディ・ウォーホルは、人は十五分だけ有名になれるといったけれど、あれはまちがっている。ある場所でのスポットライトが消えても、よその場所でちゃんと光が当たるんだ。あのふたりのお嬢さんたちを、このわたしがもう一度スターにしてやれる。ビレッジという舞台でなら」

「あなたはセレブをひとり残らずご存じのようね、タッカー……」エスターは含みのあるいいかただ。「じゃあ、あそこの気色悪い男性はなにもの？　あなたがダブル・ディーと話しているあいだ、ずっとあなたを睨《にら》んでいたわよ」

タッカーが青ざめる。「まずい。あれはビッグ・ダニの旦那だ。嫉妬深くて有名なエディ・レイバーン、またの名を〈邪眼《イーヴィル・アイズ》〉」

エディは窓辺にひとりたたずんでいる。仕立てのいい服に身を包み、髪の毛はプロの手で整えられている。けれども、おおぜいのゲストがひしめきあうなかで彼自身はとても異質な存在感を漂わせている。背が低くてがっちりした体型、ぎょろりとした大きな目でどこかを睨みつけたまま固まってしまったような表情だ。エディ・レイバーンは上流社会のセレブがつどうクラブの一員というより、わたしの父親が胴元をしていた賭けに参加するチンピラに交じっていそうなタイプだ。

「『嫉妬深くて有名』というのは？」わたしはきいてみた。

「一シーズン十三回のリアリティ番組で、彼の妻ビッグ・ダニに過度の関心を示した男たちが半ダースほど彼に殴られています」タッカーが首を横にふる。「そのうちのひとりは入院したんです」

「さっきナンシーがいったわよね。ダニがあなたに〝媚を売った〟件について。あなたにそんなことをしてもまったく通じないって、ちゃんと〈イーヴィル・アイズ〉が理解してくれるといいわね」エスターだ。

「やっとたどり着いた！」

メタリックなパンツスーツ、濃い橙色《タンジェリン》の髪の女性が、ラテを飲みながら社交しているセレブの妻たちの密集地帯を肘でぐいぐい掻《か》き分けながら抜けてきた。そのままカウンターからぐっと身を乗り出し、おへそのピアスがカウンターをこすっている。

クラブシンガーのパイパー・ペニーがわたしたちのコーナーにやってきたのだ。彼女は気取った笑顔を浮かべたまま、キャンディケーン・ラテが半分ほど入ったカップをカウンターに置く。いきおいがよすぎて、カウンタートップにしぶきが散った。

「ちょっと、グリンチ・ガール！　ペパーミントよりも強いのが欲しいの。いますぐに！」きつい口調だ。

「といいますと？」エスターがこたえる。

「口ごたえしないで。ロス・パケットからきいているわよ。彼にアイリッシュ・コーヒーをつくったんでしょう？　わたしはダブルでお願いするわ。倍速でね」

「かしこまりました」エスターはことさら丁寧な言葉遣いをする。

エスターがドリンクづくりに取りかかると、タッカーはカウンターにこぼれたラテを拭き取る。パイパーと目が合った彼が気遣うような表情を浮かべた。

「パーティーを楽しんでいないのかな？」

「乗り切ってみせるわ。そのためにも一刻も早くアルコールが必要なの」

「まあ落ち着いて、さあどうぞ」エスターがコーヒーカップをカウンターに置く。

「ソーサーもつけていただけるかしら？」今度は気味が悪いほど甘ったるい口調だ。

周囲が止める間もなく、エスターが渡してしまった。パイパーはそれをカップの下に当てようとはしない。わたしたちは思わず身構えた。

「だめよ!」ナンシーが叫んだ時には、すでにパイパーは振りかぶる動作に入っていた。遅すぎた。

ソーサーはパイパーの手を離れ、フリスビーのように回転しながら人々の頭上を飛び、会場内でもっとも背の高い男の頭に命中した――アイスブロンドの髪のホッケーのスター選手、ロス・パケットに。

皆が息を呑むなか、パケットが頭をさすりながらふり向く。そしてパイパーをじっと見据えた。彼女は挑むような笑みを浮かべて彼に手をふる。彼は一瞬、行儀のよくないジェスチャーをしてみせ、人ごみのなかに姿を消した。

パイパーは肩をすくめ、ドリンクを喉に流し込む。そしてすぐにエスターにカップを返した。「もう一杯、おかわり」

エスターはボトルからおかわりを注ぐ。

「要領をつかんできたようね、グリンチ・ガール」パイパーはカップの中身を飲み干し、おしゃべりを続ける。「あのイカれたスポーツ野郎のいった通りだった。なかなかおいしいわ。あいつの心をわしづかみにしたアイルランド産のものは、残念ながらこれだけじゃなかった。おかげでこうしてひとりぼっちよ」

「彼にふられたの!?」ナンシーがうっかり口走ってしまった。

エスターが声には出さず、わたしになにかを伝えているのが見えた。

〝短気なミセス・ポテトヘッドが捨てられた！〟

パイパーが恨めしそうな口ぶりでこたえる。「あいつは、アイルランド出身のキュートなクラブガールを見つけたから別行動にしようといい出したの」

ニンジン色に塗った彼女の腕を、タッカーが軽くトントンと叩く。

「男なんてブタと大差ない」

「あいつはほんとうにそうよ。自分ではまともなつもりなんだろうけど。しかも、ここにはわたしのファンがきっとおおぜいいるし、そのなかからだれか見つくろって家まで送ってもらえばいいといったのよ」彼女が憎々しげに顔をゆがめる。「氷の上にいるしか脳がないかと思ったら、初めて気の利いたことをいってくれたわ……」

パイパーは本物のペニー銅貨でつくった指輪をいくつもはめている。混み合った室内をじっと見まわしながら、いらだたしそうにカウンターに指輪をカチカチ打ちつける。彼女の視線がトミー・ベインをとらえた。メスの猛禽類《もうきん》が獲物を品定めするように、落ち目の伝説のロックンローラーをしげしげと観察し、それからバーカウンターのほうにくるりと向いた。

「わたしも気の利いたことをいえるように、もう一杯もらうわ」彼女はエスターに向かってカップを掲げてみせる。「でも今回はコーヒーをいれないで」

エスターがわたしをちらりと見る。わたしがうなずくのを確認して、カップにおかわりを注いだ。パイパーはそれをひと口で飲み干し、濃い橙色《タンジエリン》のグロスを塗ったくちびるを手の甲で拭った。

「あらあ、トミー！　ちょっと待って！」彼女はまたもや大きく振りかぶるようにして腕の付け根からいきおいよく手をふり、叫んだ。

「今回もデミタスを投げてトミー・ベインを仕留めればよかったのに。そのほうがよほどさりげなかったかもしれない」エスターが爆笑する。

ちょうどその時、肩を軽く叩かれた。ふりむくと、外で話をしたシッターだった。おだんごにまとめた髪はさきほどよりかなり乱れ、セーターのシミも増えている。

「邪魔してごめんなさい。あそこのテーブルの係の人のことでちょっと教えてもらいたくて」

彼女が指さしたのはジャネル・バブコックのテーブルだった。パーティーのゲストが数人いるが、接客しているはずのジャネルもムーリンもいない。

「アイルランド人の若い女性がクッキーを箱に詰めてくれる約束だったのよ。でも、どこにもいないみたいなの」

それに対してなにかいう前に、ジャネル・バブコックが駆け寄ってきた。

「クレア！　ムーリンを見なかった？」ジャネルのテーブルを取り囲むゲストの人数はさらに増え、彼女はそれを見てかなりあわてているようだ。「タバコを吸うといって休憩をとったきり、もどってこないのよ。レストランの前を確認してみたけれど、どこにもいないの！」

「きっともどってくるわ」わたしはきっぱりといい、助っ人としてナンシーをジャネルのテーブルに送った。けっきょくパーティーの最後までナンシーはそこで手伝いをしていた。

「ありがとう、クレア……」ロリはすべてを手帳に書き取り、肩に積もった雪を払った。

「発見した凶器に付着していた毛髪の色から判断して、パイパー・ペニーは重要参考人ね」

「同感だ」エンディコットがいう。「DNA解析によって犯人が特定されるのは時間の問題だ。事件は解決したも同然だな」

「確かに、事実は動かしようがありません」わたしはさらに続けた。「毛髪はミズ・ペニーのかかわりを暗に示していますし、彼女のふるまいには、あきらかに常軌を逸した、暴力的といってもいいパターンが見られるのも事実です。しかし動機という点で、あまりにも弱いのではないかと。焦点を絞るのであれば彼女以外にも――」

「二十一世紀にようこそ」エンディコットはぴしゃりという。「有罪を確実に立証するために活用できる固有のDNAマーカーは無数に手に入っています。それがまずは最優先事項であるべきだ」

そして彼は首を横にふる。「日頃からしゃれたドリンク類のサービスに携わるあなたにとっては驚きだろうが、手がかりと動機をもとに理論を組み立てるヴィクトリア朝時代の方法は、科学捜査が発達した現代においては思考力の浪費というしかない」

エンディコットはそこで〝にんまりとした〟という表現に近い表情を浮かべて身体を揺らした。

「あなたにはこう申しあげておきましょう、ミズ・コージー。シャーロックなど、くだらない！　いまこうしてわたしがあなたの前に立っているという動かし難い事実と同様、われわれが時を置かず犯人を拘束するのは動かし難い事実で――」

唸《うな》るような耳障りな機械音がしてエンディコットの言葉がかき消された。とつぜんカーニバルの音楽が大音量で流れ、暗かったメリーゴーラウンドに光があふれた。ロリとわたしがそのまま舗道から見上げていると、メリーゴーラウンドのフロアがガクンと揺れて動き出した。あぜんとした表情のフレッチャー・スタントン・エンディコット刑事を乗せたままフロアはまわり始め、彼の姿は視界から消えていった。

8

タクシーにすばやく乗り込み車内の温かさを味わうまで、外の寒さで身体の芯まで冷え切っていたことに気づかなかった。頬はすっかり凍え、指は感覚がなくなっている。仕事用にローファーをはいていたので、降り続く雪が靴のなかに入ってつま先はアイスキャンディーよりもカチカチだ。

父の話を思い出す。「カエルを湯につけると、ぴょんと跳ねて飛び出す。水に入れてゆっくりと温度をあげていくと、自分が料理されているとも気づかないままスープにされている」

今夜、わたしは凍ったスープになっていた。雪でぬかるんだ道をミッドタウンからウエストビレッジまでゆっくりと進む車のなかで震えが止まらなかった――基礎体温が低下していたから、というだけではない。

血も涙もない怪物にMがあんなひどい仕打ちをされたことがどうしようもなく悲しく、腹立たしかったのはもちろん、フレッチャー・スタントン・エンディコット刑事に対する強いいらだちがおさまらなかった。

「口述筆記刑事」は独善的で短絡的で、（率直にいって）どう見ても無能な警察官だ。ロリ・ソールズのように優秀な警察官が彼みたいなお荷物を背負い込むなんて気の毒でたまらない。

ガタガタと震えが止まらない理由はほかにもある。ムーリンがむごたらしく殺されたことを、ビレッジブレンドのスタッフはまだ知らない。わたしの口から彼らに伝えなければならないのだ。

ニューヨーク市警では「死亡告知」と呼ばれている。マイク・クィンはこれまでに数えきれないほど、告知をおこなってきた。警察官としての業務を愛しているマイクであっても、これほどつらい任務はないとわたしに打ち明けたことがある。善良な人々に対し、愛する者が残忍で自己中心的な人物によって命を奪われ、二度ともどってこないと告げるのはつらいのだと。

まず、ダブルエスプレッソを一気に飲もう。そう決めた。それから店の暖炉のそばで十分間座ろう。そんなわずかな祈りの時間（とカフェイン）だけでは、スタッフに告げる力は湧いてこないかもしれないけれど、少なくとも身体は温まるだろう。

南下するタクシーのなかで携帯電話を取り出して、ジャネルに電話した。

ロリ・ソールズは今夜じゅうにジャネルの事情聴取をおこなうだろう。その邪魔をしたくはない――でも、友だちとして彼女に連絡を取りたかった。

ジャネルの留守番電話につながったものの、ためらいが出た。ムーリンが殺されたというメッセージを残して動揺させるような真似はしたくない。知らせをメッセージとして残すなどということは、絶対にできない。だから、いつでも話をきくから電話して、と吹き込んだ。

「朝一番にあなたに会いにベーカリーに行きます。会いに立ち寄るわ。いいわね？　ほんとうに行きますから。だからあなたさえよければ、いつでも電話して。話をきくから……」

ようやくタクシーがわたしのコーヒーハウスの前で停まった。さきほどよりも気持ちがしゃんとしている。が、それとは対照的な危うい足取りで、がっしりした体格のビジネスマンがこちらにちかづいてきた。

「頼むから、そのタクシーをつかまえておいて！」

酔っ払っている彼の薄手のコートが風にはためき、高価なスーツは乱れ、えび茶色のネクタイは彼の威厳が失われるのと同じ速さでゆるんでしまっているようだ。そんな状態でどうやって自分の足で立っていられるのか、しかも歩けるのか、不思議でならなかった。見れば、横幅のある彼の身体の向こう側で茶色のフェルトの枝角がひょこひょこ飛び出している。

柔らかそうな枝角に続いて見えたのは、ダンテ・シルバの剃り上げた頭。ダンテは日中は画家、夜間はエスプレッソのプロだ。その彼が袖をまくりあげて、タトゥのある両腕で酔っ払っているビジネスマンを抱えて支えている。

「ティファニーに行くぞ。どうしても行かなくてはならない！」酔っ払いが宣言する。

「どうして？」そうたずねたのは、これまた酔っ払った男性だ。彼のスーツもしわくちゃだ。身体の横幅はもうひとりの酔っ払いの半分ほどしかない。

横幅のある酔っ払いが首を横にふる。「妻にボーナスを奪われる前に妻へのクリスマス・プレゼントを買うんだ」

「ティファニーだと？　バカいうな」細い酔っ払いがしゃっくりしながらいい返す。「われわれの会社がボーナスと呼ぶ、わずかばかりのシェケル（古代に使われていた通貨）では、あの店の紙袋すら買えないぞ」

横幅のある酔っ払いがダンテの腕を離れてタクシーのドアに向かって突進し、後部シートに転がり込んだ。彼にぶつからないようにわたしは飛び跳ねて避けた。

「ティファニーにやってくれ！」彼が運転手に命じた。

「宝石店には行かなくていいからな」酔っ払いの相棒が運転手にいう。「行き先はニュージャージーだ——とちゅうで深夜営業のドラッグストアに寄る」

「ドラッグストアだと!?　なぜだ、フレッド」もうひとりが叫ぶ。

「二日酔いに効くのはダイヤモンドではなくて、強力なアスピリンだからだ——それだって、ふたりのボーナスの小切手を足してようやく一本買えるかどうかってところだ」

そして彼はダンテのエプロンに二十ドルを押し込んでタクシーに滑り込んだ。

「手伝ってもらって助かったよ。これでサンタのトナカイゲームのチケットでも買ってくれ！」

タクシーが出ると、ダンテがわたしに微笑みかけた。「遅かったですね。子どもたちのパーティーだからもっと早く終わるかと思っていましたよ。どうでした？」

「あとで話すわね」歩道はきれいに雪かきされたばかりだ。「雪かき、大変だったでしょう。ありがとう」

「たいしたことありません」彼は枝角の帽子をかぶり直す。「ニューイングランドでは、小さいころからやっていますからね。そうそう、今夜わたしがタクシーに押し込んだ酔っ払いは、いまのフレッドの友だちで三人目ですよ。しかもまだ残っているんです」

ビレッジブレンドの正面のドアの前で足を止め、ダンテはドアの取っ手に手を乗せた。

「心の準備をしてください、ボス。店のなかはバイエルンのビヤホールみたいな状態ですから」

彼がいきおいよくドアをあけると、たちまち喧噪《けんそう》に包まれた。

いつもなら、夜のこの時刻にはにぎわいも去り、テーブルにちらほらとニューヨーク大学の学生や普段着姿の年配のご近所さんがいるくらいだ。

今夜はちがう。

もう深夜だというのに、大理石の天板のテーブルはオフィスワーカーで埋まっている。レジの前にはお客さまの列ができて川が蛇行するように長く延びている。カウンターのなかではパートタイムで働くビッキ・グロックナーが注文を処理し、ガードナー・エバンスは機械工場のように正確なテンポでつぎからつぎへとエスプレッソを抽出している。

いよいよね。今年の『グレートマンハッタン酔い覚まし祭り』が始まった。お客さまでぎっしりの店内をぐるりと見まわしてみる。大半は中年の男性と女性だ。

毎年これは、感謝祭の週末から新年を迎える日まで続く伝統行事のようなもの。その理由は、あくまでもわたしたちの店の地理的な条件にある。ビレッジブレンドのそばには十数軒のトレンディなレストランがあり、そこではこの街の民間企業がこぞってクリスマス・パーティーをひらく。おかげで数日ごとに夜のビレッジブレッドは、酔っ払った会社員たちが自宅の家族のもとに帰る前に一服する場となる。

ダンテとわたしは満席のテーブルをすり抜けるように進む。威勢のいいおしゃべりがきこえるかと思えば、腹立ちをぶつける声、パーティーでの言動をひたすら悔やむ言葉まで、会話の内容はさまざまだ。「わたし、ほんとうにそんなことといった⁉　わたし、ほんとうにそんなことした⁉　ああ、どうしよう！」

あまりにも悲壮感が漂っているので、「職場のクリスマス・パーティーの翌日は転職先を探さなくてはならないから憂鬱《ゆううつ》だ」というフィリス・ディラーの古いジョークを思い出してしまう。

「ここまで迷信が根強く浸透しているとは、驚きだな」ダンテが首を横にふりながらいう。

「どんな迷信？」

「ブラックのストロングコーヒーと称する飲み物は酔いをさます、というやつですよ」

「そうね……」とはいったものの、それはかならずしも迷信とはいいきれない。

カフェインには高い覚醒作用があるので酔っ払った人がたっぷり摂取するとかなり酔いがさめる。もっとも、わたしの元夫（パーティーで浮かれ騒ぐことに関してはグローバル級で、博士号を授けてもいいくらい）は「酔っ払いにコーヒーをガンガン飲ませたら、頭が冴え渡った酔っ払いになる」と表現するけれど。

アルコールの酔いにカフェインの刺激が加わったざわめきが、いまこのコーヒーハウスに満ちている。お客さまの半数は、傍からききとれるほどの大きな声でしゃべっている。

とつぜん、あることに気づいてはっとした。ナイフの鋭い刃がクリスマスのクッキーに深く差し込まれるように、胸の奥に鋭いものが走る——。

ここにいる人たちとわたしには共通点がある。一日の始まりはハッピーで期待に満ちていた。それが、まったく別物になってしまった。なにかが起きて、わたしも彼らも気が動転し、自分のせいでこうなったのではないかと感じている——自分の意志の及ばないところで起きてしまったことであったとしても。クリスマスのクッキーのようにお祭り気分ではなやいで見えるけれど、あと少しでも力を加えられたらボロボロに崩れてしまう人も、なかにはいるのだ。

にぎやかな喧噪のなかでダンテがわたしに呼びかけた。「一杯飲みますか、ボス？」

「ええ、ありがとう。トリプルにしてちょうだい。それから——」タトゥのある彼の腕を軽く押さえた。「今夜、閉店後にスタッフミーティングをするから」

ダンテが耳に手をあてて、ききとろうとする。

「スタッフミーティングっていいましたか？」

「そうよ」

ダンテがうなずく。「だから来ていたんですね」

「だれが？」

ダンテが指さした先を見ると、〝彼〟がいた。わたしの元夫マテオ・アレグロが、青い大理石のカウンターの前のいちばん端のスツールに陣取っている。いつも決まってクィン刑事が座る席だ。

いま自分が見ている光景に違和感をおぼえて、わたしはパチパチとまばたきをした。

マイク・クィンは最初、お客さまとしてその止まり木を指定席にしていた。やがてわたしの友人として、親友として、しまいには恋人としていつもそこに座るようになった。今夜はあれだけのことが起きた後だけに、なおさら彼にいてほしかった。痛切にそう感じたけれど、いつもの指定席に彼の姿はない。かわりにそこを温めている人物と話をするために、わたしはちかづいていった。

9

まだ酔いが冷めていないお客さまのなかで、皮肉なことに元夫（過去に依存症になって立ち直った経験がある）は、まったくしらふのようだ。アルマーニのフォーマルウェアという服装のせいで、なおさら堅苦しい雰囲気を醸《かも》し出している。ブライアントパークでのショッキングな出来事を経験した後だから、黒という色をわたしがことさら不吉に感じてしまうのだろうか。

現に、そうは受け取らない人たちもいるようだ。あるテーブルを囲むヤッピーたちは女性三人にゲイの男性ひとりという構成だが、マテオのことをエスプレッソで暖をとるために立ち寄ったジェームズ・ボンドだと思い込んでいるらしい。いかにも興味津々といった様子で見ている。けれど当のマテオはスマートフォンの画面を指でスクロールしながら海外のマーケットニュースをチェックし、彼らのひそひそ声にも視線にも無頓着だ。

マテオとはいろいろあったけれど、専門家としては無条件に尊敬している。彼は国内でトップクラスの有能なコーヒーブローカーであり、ビレッジブレンドのバイヤー。これはとても幸運なことで、競争の激しい市場でわたしたちの店が地位を保っていられるのは、マテオが調達するコーヒー豆のおかげだ。

といっても、百年の歴史をもつこの店の事業はマテオの曾祖父が興《おこ》し、現在のオーナーは彼の母親。ということで彼がバイヤーをしているのはごく自然な流れといっていい。マテオの母親は事業（そして店が入っているランドマークであるフェデラル様式のタウンハウス）をマテオとわたしに継がせようと計画している。わたしたちは一人娘に譲り渡すつもりなので、おたがいに良好な関係を保ってコーヒーハウスを盛り立てていこうという思いで固く結ばれている。

カウンターにちかづいて、高価な布地でおおわれた筋肉質の彼の肩を軽く叩いた。

「クリスマス・シーズンの酔っ払いを追い出すダンテの手伝いをしに来たのなら、おめかしのしすぎね」

彼が微笑む。「そりゃ楽しそうな手伝いだな。しかしここには深夜の食事をとるために来た」

いったいなにをいっているのだろう。わたしの表情を読み取って彼はスマートフォンを脇に置き、カウンターの上の茶色い袋をあけた。いい香りがふわりと広がる。グリルしたビーフ、飴色《あめ》になるまで炒めたタマネギ、揚げたてのフレンチフライのにおいだ。

お腹がそれを欲しがって鳴ったけれど、きかなかったことにして彼の隣のスツールに腰掛けた。

「ブランド物のタキシードを着ているということは、クリスマス・パーティーから直行してきたのよね？」単純に推理してみた。

「クリスマス・パーティー巡りをしてきたよ。〝リアル〟な食事をする必要があるとブリアンに訴えたら、テイクアウトして食べるあいだだけ自由にしてくれた。午前一時にまた合流だ。音楽関係のお偉いさんが〈ダディO〉で真夜中のパーティーをひらくそうだ」

マテオを自由にさせておくことは、彼の二度目の結婚生活が順調にいっている最大の秘訣といっていい。

彼は一年の半分以上を、きらびやかとはほど遠い発展途上国をてくてくとまわって小規模農園や地域で協同でいとなまれている農園を訪れ、コーヒーを調達している。旅先で彼は遊ぶ。わたしと結婚していた時も、離婚してからもそれは変わらない。ブリアンと結婚しても、彼のライフスタイルは少しも支障を来していない。それどころか店で流れているジャズ調のクリスマス・ソングに負けないほどすいすいと滑らかにクールに進行している。ちなみに店のプレイリストはバリスタのガードナーが担当してくれている。

なぜブリアンとの結婚がマテオによりよい結果をもたらしたのか。わたしにはとてもよくわかる。ブロンドの髪でほっそりしなやかな体型のブリアンは、《トレンド》誌の編集長という影響力のある地位にあり、ジェット機で海外を駆け回る国際派のファッショニスタ。ファーストクラスでヨーロッパの都市を巡り、取り巻きをぞろぞろ従えている。貧しく若く、ほぼひとりきりで赤ん坊を育てながら小さい店を懸命に切り盛りする妻（つまりわたし）とは似ても似つかない。

結婚の誓いは神聖なものというわたしの〝田舎くさい〟考えも、ブリアンには通用しない。マテオの女たらしの一面を彼女はまるごと受け入れ、あえて彼を〝放し飼い〟にする度量がある。そしてマテオを引きつけるだけの美貌の持ち主でもあり、贅沢《ぜいたく》な暮らしを維持するだけの経済力もある。わたしの元夫は彼女のなわばりのなかではダイヤモンドがちりばめられた首輪をおとなしくはめている――ほんのつかの間に過ぎなくても。首輪をきつく感じるようになると、彼はふたたびそこから出て野生の呼び声に耳をすませる。

そう、野生の呼び声……。

マテオが袋から包みを取り出してひらくと、ジャンボサイズのパティメルトがあらわれた。猟犬がやっとの思いでせしめた獲物をこれからむさぼろうとしている、そんな光景を見ているみたいだ。

「なんとまあ、大量のビーフね」

「アンガスビーフだ。二百八十グラム」

「いったいどういうこと。あなたはブリアンをエスコートして一晩じゅうクリスマス・パーティーをはしごしていたはずでしょう。料理がなにも出なかったの？」

「料理として扱われているものはあった」

「まずいものが出るとは思えないけど。パーティーにはケータリングが入っていたんでしょう？」

「ああ、入っていた。最初のどんちゃん騒ぎのパーティーを主催したのは、ブリアンのスポンサーの一社、ライトバイト・キュイジーヌだ。会社お抱えのシェフがダイエット料理の冷凍食品のシリーズを片っ端から電子レンジでチンして出していた。〈スキニー緑豆アルフレッドソース和え〉を食べたことあるか？」

「このところ食べてないわ」

「〈ラクトースフリー・パフェの亜麻仁《フラックスシード》グラノーラ添え〉はどうだ？」

わたしは首を横にふる。

「その会場を出ると、ぼくたちはクーパーユニオンの『丈夫になる《ゲットフィット》懇親会』に向かった。リーキで包んで蒸し煮にしたヒシの実がどんな味がするか知っているか？〝無味〟だ。そういう味なんだ」

マテオがパティメルトの半分をわたしに勧めた。ブライアントパークのパーティーで、ベーカー特製のクリスマス・クッキーを一ダース食べた――シュガー、バタークリーム、チョコレート、カラメルも――のは確かだけれど、（考えてみれば）それもまた、リアルな食事とは呼べない。焼きたてのビーフのアロマが鼻孔をくすぐる。タンパク質が大好きな唾液腺がさっそく活動を開始している。

でも、なかったことにしておこう。

「マイクと食べる予定なの」きっぱりといった。「彼が着いた後で……」

「好きにすればいいさ」マテオは肩をすくめる。あっさりした返事とは裏腹に、なにかいいたそうな表情だ。わたしがあきらかに鼻をくんくんさせているくせに断ったので気を悪くしたにちがいない。ひとりで酒浸りになれと突き放されたアルコール依存症者の気分なのだろう。

ビーフたっぷりで、見るからにおいしそうな夜食のサンドイッチにマテオは見苦しいほどのいきおいでがつがつとかぶりつき、荒っぽく食いちぎる。おかげで真っ白なワイシャツに肉汁がぼとぼと落ちる。

それを指さしながら、彼にいった。「そんな姿であらわれたら、奥さまは気分を害するんじゃないかしら」

「SUVにもう一枚ある」

彼はフレンチフライに手を伸ばそうとして、手を止める。空腹に耐えているわたしの視線をじゅうぶんに意識して、彼はポテトの容器をさかさにしてパティメルトの包み紙にあけた。こんがりと揚がったポテトの香ばしいにおいが一気に押し寄せてくる。

つぎに彼がプラスチック製の小さな袋をあける。そしてルビーレッドのケチャップをきつね色のポテトに散らす。食のピカソがキャンバスにサディスティックに絵を描くような調子で。そして嘲笑《あざわら》うような表情をこちらに向けた。

「ほんとうに食べないの？」

すでに口のなかは唾液でいっぱいだ。それをごくりと強く飲み込んで、首を横にふろうとする——が、フライドポテトはあまりにも魅惑的！　あえなく挫折して、ポテトを三本つまんで夢中で口に押し込んだ。味蕾《みらい》でそれを感じ、思わず目を閉じた。

ああ……自家製のケチャップだわ。シェフはトマトもちゃんとスモークしている！

マテオはわたしの表情を見つめ、それ以上なにもいわず、手をつけていないサンドイッチの残り半分をこちらに滑らせた。アルチザンブレッドの下で白くて厚いチェダーチーズが溶けてとろとろの層になっている。〝ああ、たまらない……〟。

ため息をついた。降参だ。

「ひとことだけ警告しておく、クレア」お肉もチーズもたっぷりでジューシーなサンドイッチにわたしがかぶりつくのを見ながら、マテオがにやにやする。「ファイブナプキン・バーガー（ハンバーガー店。肉汁たっぷりのハンバーガーなのでナプキンが五枚いるというのが店名の由来）を知っているか？　これはエイトナプキン・パティメルトだ」

「八《エイト》？」これでもかというほど口いっぱいに頬張っているので、もごもごとしかしゃべれない。

顎《あご》から肉汁をだらだら垂らしているわたしを見てマテオがにやりと笑い、紙ナプキンの山を指さす。「きみは半分しか食べていないから、使えるナプキンは四枚だけだ」

「そうなの？」

彼は肩すかしを食らったような表情になる。「冗談だよ」

わたしがマテオをじっと見つめると、彼は眉をしかめてしげしげとわたしを観察した。

「クレア？　どうかしたか？」

「どういう意味？」

「なにかあったんだな。ぼくの冗談できみが笑わないなんて」

「決めつけないでちょうだい」そっけなくこたえた。

「これまできみを笑わせられなかったことはない。ふたりで離婚届に署名した日だって、ぼくはきみを笑わせた」

「きっと浮かれていたからよ」

「きみは泣いていた」

彼のいう通りだ。わたしは泣いていた。あのころはずっと。そして今夜、悲しい発見をしてしまったことでいまにも泣きそうだった。けれど泣いたからといって、いったいだれのためになるというのだろう？

マテオはそのままわたしをじっと見つめ、頭を左右にふり、食べかけのサンドイッチを脇に置いた。「なにがあった？　きかせてくれ」

「いまこの場にふさわしい話とは思えない――」

「なにがあったんだ、クレア？」責め立てるようなきつい口調だが、彼の茶色の目は心配そうだ。「ぼくたちの娘のことじゃないだろうな？」

「いいえ、ちがうわ。わたしが知るかぎり、ジョイは元気よ……」

わたしは声をひそめ、ついにマテオに打ち明けた――ムーリン・ファガンがむごい目にあって殺されたこと、捜査担当の刑事に協力をしようとしたこと、彼女は凶暴な犯人に敷石で殴打されて殺されたというのに、仕事をサボってどこかに行ったと思い込んでしまった自責の念も。

「いなくなった彼女の穴埋めを考える前に、やるべきことがあった――」

「そんなふうに自分を責めるな。ムーリンはきみの友達のジャネルのテーブルで働いていたんだ。きみのスタッフではなかった」

「あなたはわかっていない。ムーリンは両方の仕事をしていたのよ。ジャネルとわたしはそういう取り決めをかわしていたの」

「取り決め？」いたわりに満ちた口調から、厳しい声に変わっている。

「毎週ジャネルから購入するクッキー生地の代金に、手数料を上乗せして請求してもらうという取り決め。クッキーとペストリーの販売のためにMにビレッジブレンドの店でバリスタたちを手伝ってもらい、その労働時間をもとに手数料を計算するのよ」

「つまり手っ取り早く、この時期限定の働き手を確保したということか。正式にあたらしいスタッフを雇用する細々とした手続きを省略できたわけだな」

「焼きたてのクッキーをお店で出すためのスタッフをひとり増員する余裕はとてもないわ。たとえパートタイムで雇うとしても。これはあくまでも実験の段階なの。収支の帳尻が合うかどうかは見当もつかなかった。この取り決めはムーリンにも都合がよかったのよ。現金収入が増えるからといってよろこんでいたわ」そこでわたしは顔をゆがめ、目をこすった。

「ただ、彼女が今夜の勤務に入ってさえいなければ、と思ってしまうの」

マテオがわたしの肩にふれる。「クレア、パートタイムで雇っていたからといって、彼女の身に起きたことで自分を責める必要はない」

「彼女の姿が見えなくなった時、わたしはさがさなかった。さがしてみようともしなかった」

とつぜん、店内にポップミュージックが大音量で鳴り響いた。それまでは滑らかなジャズ調のクリスマス・ソングがお客さまのにぎわいにかき消されるくらいの音量で流れていたというのに。

「〝踊って踊って踊るのよ。かわいいお尻をふりながら。だって男の子たちがいうんですもの。それがわたしの国民的義務だって〟……」

ダウンタウンのクラブで人気の歌手が軽快な声で歌う。若い女性客たちがきゃあきゃあ甲高い声をあげて、いっしょに歌い出した。

「〝悩みはいつでもついてくるけど、お尻をふればみんな解決〟……」

湯気の立つエスプレッソマシンの向こう側からガードナーが頭を突き出した。

「いいかげんにするんだ、ビッキ」彼が抑制のきいた低い声で一喝する。「わたしがここにいるかぎり、パイパー・ペニーの曲を流すことは許さない。とりわけその意味のない歌は止めろ」

「わかったわ！　止めるわ。曲が終わったらね」ビッキはその場で踊りながらこたえる。

曲が終わるとビッキはふたたびガードナーのプレイリストに切り替えた。滑らかなジャズの『ブルー・クリスマス』の演奏が始まったが、わたしの頭のなかでパイパーの声がしつこく鳴り続けている。ムーリンが殺された件について捜査担当の刑事が立てた仮説を筋道立てて検証してみた。クラブで大人気のシンガーが本当にMを殴り殺したのだろうか？

メタリックのパンツスーツからお腹をのぞかせていたパイパーの姿を思い出してみた。濃い橙色《タンジエリン》の髪の彼女がロス・パケットの頭に向けてデミタスのソーサーを投げたところを。あんなふうに感情を爆発させる姿は犯人である可能性を感じさせる。ただ、それよりも前にわたしは彼女の姿を気に留めていた。

パイパー・ペニーは〈ブライアントパーク・グリル〉の前でテレビのインタビューにこたえていた。それはちょうど、生きているムーリンを最後に見た時だった。

目を閉じて、Mが公園の通路でこちらに向かって歩いてくる姿を思い出そうとした。ところがなぜか、生きている彼女が浮かんでこない。霞《かす》んだようにぼうっとして、とらえどころのない姿だ。彼女が吸っていたタバコから螺旋《らせん》状にたちのぼる灰色の煙のように。

「ああ」小さくつぶやいた。

「どうした？」

「やっぱりタバコよ！　ムーリンは殺される前に、タバコに火をつけながらわたしのほうに向かって歩いてきたの！」そういいながら、マテオの腕をぎゅっとつかんでいた。

「なんの話だ？」

「煙が手がかりになる！」わたしはモッズコートとバッグをつかんだ。「警察に話す前にこの推理が成立するかどうかテストしてみなくては……」

「推理をテスト？　どこに行くつもりだ？」

「コンビニよ。タバコが必要なの。いますぐ」

10

「まだわからないな」凍えるように寒い歩道にいっしょに出ながらマテオがいう。「どうして外に出るんだ？」

雪はひどくなっている。ひとけのない歩道にはさきほどよりもさらに五センチ降り積もった。

「すぐに説明するわ。ちょっと待っていて！」

「今度はどこに行くんだ？」

ローファーは湿ってしまっているので雪道にはふさわしくない。いそいで店のなかに引き返して階段を駆けあがり、わたし専用の狭いオフィスに入ってスノーブーツに履き替えると、階段を駆け下りてマテオのところにもどった。彼は黒いカシミアの薄手のコートを着てボタンをはめている。

「行きましょう」

「どこに？」

「タバコを買いに」それはさっきもいった。「銘柄はラッキーストライク」

「しかし、知らなかったな、きみが吸うようになっていたとは」

「わたしが吸うなんて、だれもいっていないわ」

「そうか。わかった、とにかく黙って見ている。そうすればわかるだろう」

「それはいい考えね」

凍るような風が巻きあがり、頬をちくちくと刺されるようだ。マテオも同じように風の攻撃を受けてうめき声をあげる。彼はマフラーを持ちあげて顔を覆い、わたしはあわてて白いモッズコートのフードをかぶった。

ビレッジブレンドの前はダンテが雪かきをしておいてくれていたけれど、近所の店はこの時間にはとうに閉まっていて、それぞれの入り口の階段のところにはすでに十センチ以上も雪が積もっている。きらきら光る白い表面に残る歩行者の靴の跡は、見る間に埋まっていく。

マテオとわたしは吹きだまりで転ばないように手をつないだ。街灯に照らされてほんのりと輝く吹きだまりをかき消すように、雪片が激しく渦巻く。

「きみがなにをするつもりなのか、なんとしても見届ける。だから店が開いていることを願うよ」またもや真冬の突風にあおられながら、それに負けまいとマテオが声をはりあげる。

「〈サヒーズデリ〉は年中無休の二十四時間営業よ」マテオに請け合った。もちろん、わたしのいった通りだった。

その小さなコンビニエンスストアは街のシンボルのタウンハウスに囲まれるように位置している。静かな大聖堂でガラス張りのジュークボックスがけたたましく自己主張するように、嵐のなかに見える明るい窓はビールとポテトチップスがあかあかと輝くかがり火みたいに見える。これは決して誇張ではない。光り輝く店の前には嵐のなかでさまよう者たちがたくさん引きつけられていた。日さしの下で縮こまっている人々のなかにはニューヨーク大学の学生も数名交じり、積もった雪のなかを歩くにはあまりにも小さすぎるチワワを抱いてあやしている年配の男性もいる。

店主のサヒードは見えないけれど、彼の親戚の男性がカウンターの向こう側にいる。

「払うよ」わたしがタバコを受け取ると、マテオが財布を取り出した。

「ライターも買っておきましょう。あなたが持っているならいいけど」

マテオはディスプレイケースに並ぶ使い捨てライターをひとつ取る。

「ぼくのロンソンは旅行鞄のなかだ」

外に出ると、わたしはラッキーストライクの箱のセロファンを破って一本取り出した。

「きみがほんとうに喫煙者になっていないことを祈るよ」マテオは財布をポケットに押し込みながらいう。「一箱十一ドルも取られるのでは、賃金台帳の帳尻を合わせるのに四苦八苦するわけだ」

「あれは罪悪税よ。罪は高くつくということ。あなたはだれよりもそれが身にしみているでしょう」わたしは意味ありげに片方の眉を上げてみせ、それからタバコを示す。「火をつけてくれるの、くれないの？」

マテオはぽかんとした表情だ。「ぼくが？」

「そうよ、ミスター・グローバル・トレッカーさん。人類に知られているあらゆるドラッグを試した経験のあるあなたにお願いするわ」

「気に入ったものも、確かにあった。しかしタバコを好きだと思ったことは一度もないね」

「キューバ産の密輸品をさんざん吸っているくせに」

「わかったよ」といってマテオはわたしの手から白い円筒形のタバコを取った。「こんなに寒いのに、わざわざ外でやるのか？」

「ムーリンと同じようにやってみるのよ」

「やってみる？」

「おそらくあれは彼女が最後に吸ったタバコだった。わたしが最後にムーリン・ファガンを見た時、彼女は〈ブライアントパーク・グリル〉を出て、メリーゴーラウンドのほうに歩いていった。そしてわたしはそこで彼女の遺体を発見した」

マテオが顔をしかめ、わたしの表情を観察する。「いいだろう」彼は強い風のなかで使い捨てライターに火をつけようと奮闘する。

「犯人が凶器として使った敷石にはオレンジ色の髪が付着していた。警察はそれを確認しているわ。シンガーのパイパー・ペニーは今夜ムーリンに激しい怒りをおぼえても不思議ではない。そして彼女の髪はオレンジ色。でもパイパーにはアリバイがあるはず。この実験をしたら、きっとそれを確認できる」

マテオはぶつぶついいながら、雪をかぶったゴミ容器の陰に引っ込んで容赦ない風を避けようとする。「続けて」彼はその場で何度も使い捨てライターをカチカチさせる。

「ムーリンがわたしの横を通り過ぎる時、彼女はラッキーストライクのあたらしい箱をあけていた。タバコに火をつけるのに気を取られて、わたしには気づかなかった。ちょうどその時、パイパーの姿はわたしの視界にあった――」

「ムーリンの後を追いかけていたのか？」

「いいえ。彼女は〈ニューヨーク・ワン〉のテレビカメラの前にいたわ。ロジャー・クラークがインタビューを始めようとするところだった。インタビューは少なくとも十分、たぶんそれ以上は続いたはず。彼はパイパーに夢中だったみたいだから」

「ということは、被写体としてかなり魅力的なんだな？」

「そりゃあもう」

マテオがまたぶつぶついいながら、使い捨てライターをカチカチさせる。

「ムーリンの遺体のすぐ横にラッキーストライクの吸い殻が落ちていた。あなたといっしょにこれからやろうとしているのは、彼女がタバコを一本吸い終える前に、インタビューを終えたパイパー・ペニーに追いつかれて頭を殴打されたのか、そんな時間的余裕がはたしてあったのかどうかを確かめる――」

咳が出てむせてしまい、先がいえなかった。ついにラッキーストライクに火がついて、マテオがそれをふってみせたのだ。わたしは腕時計で時間を確認した。

「吸ってちょうだい、時間を計るから。喫煙者は一本のタバコを何回くらい吸うのかしら？」

「知るか」――コホンと空咳――「そんなこと！」

バッグのなかで電話の着信音が大きく鳴った。「ああ、よかった！」思わず叫んでいた。きっとマイクだ。ようやく電話がかかってきた。が、わたしの予想は外れた。

「エスターからのメールだわ。緊急ですって」

マテオがタバコをすぱすぱと吸い続ける。「そうか――」コホッ、ゲッとむせる。「用件は？」

「『史上最悪のニュースあり。朝一番で話が必要』」ため息が出た。「ムーリンが殺されたことを知ったのね、きっと。今夜じゅうにダンテ、ガードナー、ビッキに知らせるつもり――タッカーとナンシーには電話で。ふたりがインターネットで知ってしまう前に。でもなによりつらいのは……」そこで息を継ぎ、そして、ついに声に出してしまった。「マイクの消息が途絶えていること」

「『消息が途絶えている』とはどういう意味だ？　いまやスマートフォンの時代だ。消息が途絶えているなんてことは、本人の意志でもないかぎり起きやしない」うちひしがれるわたしの表情にマテオが気づいた。「あの聖人のようなりっぱなデカが、きみからの電話を避けている、などといいたいわけではない。彼がどれほどきみを思っているのかよくわかっているよ」

「彼はこちらに向かっているの」

「この悪天候のなかを？」マテオが顔をしかめた。「十区画先のミートパッキング・ディストリクトに車で行くのも取りやめようかと思っているのに、きみのだいじなあの鈍重な刑事はワシントンDCからニューヨークに向かっているのか？」

「飛行機でね」

マテオが自分の額をぴしゃりと叩く。「無謀だ。天候ばかりは——」

「どうにもならない」彼の代わりにわたしが最後までいった。「わかっている。それはあなたから嫌になるほど学んだ」

「ホンジュラスでの一件か？」わたしはうなずいた。

マテオとわたしがまだ夫婦で、ジョイが幼かったころのことだ。マテオは「母なる自然よりも自分は偉大である」と考えていた——ハリケーンで危うく命を落としそうになった経験をした後、彼はわたしにそう話したのだ。

降り始めてから十二時間で雨量は四百五十ミリに達し、すさまじい洪水、そして土砂災害が発生した。警告が出ていたにもかかわらず、マテオは無謀にも国を横断しようとして、けっきょくコパン地区の名も知れない村で立ち往生し、そこでモンスター級のハリケーンの直撃を受けた。

川が氾濫《はんらん》して、村はたちまち五メートルの高さまで水没した。彼は逃げ場を失い、何マイルもの範囲のなかでたった一軒だけあった煉瓦造りの建物の、二階のバルコニーでまるまる一晩過ごした。退職したホンジュラス人警察官と協力して、懐中電灯の光を頼りに猛然と流れる水から人々を引っぱりあげたのだ。

翌日、ボートほどの大きさの木々が山から流されて建物につぎつぎに当たった。建物はバラバラにならずに持ちこたえたが、村も住人も、持ちこたえられなかった……。

「ぼくたちは全員を救うことはできなかった」帰宅した彼は虚ろな声で話した。一週間後、彼は悪夢で目が覚めて、なすすべもなく流されていく被災者たち――老人、女性ふたり、そして幼い子ども――に抱いた罪悪感を話してくれた。

その時のことにわたしがふれたので、マテオは押し黙った。少ししてから彼がタバコをふった。「もうすぐ吸い終わる」

腕時計を確認した。「八分。あなたはすごく懸命に吸っていたから、一分足しておきましょう」わたしは睫毛《まつげ》に積もった雪を払った。「九分でも、まだ足りないわ。パイパー・ペニーがムーリンを殺すのは不可能よ。彼女にはそんな時間的余裕がなかった」

11

「ちょっと待て。いきなりそう決めつけるのは早すぎないか？　ムーリンはチェーンスモーカーだった可能性もある……」マテオはそこで間を置き、また咳をした。「だから決めつけるわけにはいかないだろう」

「鑑識班は現場で吸い殻をひとつしか見つけていないわ」

「メリーゴーラウンドに着く前に一本目の吸い殻を放ったかもしれない。あるいは二本目を。ムーリンの遺体からタバコの箱が見つかったのなら、何本なくなっているのか確かめておくべきじゃないか」

「それはそうね」わたしは携帯電話を取り出した。

マテオは吸い殻を見せる。「これは証拠かなにかとして保存しておくのか？」

「もちろん、いらないわ」

マテオはまだくすぶっているタバコを雪が詰まった側溝に放り、わたしはロリ・ソールズ刑事に電話をかけた。最初の呼び出し音で彼女が出た。

「まだ現場？」

口調だ。

「分署よ。エンディコットのメモを書類におこしているわ。なにかあったの？」淡々とした口調だ。

時系列の問題について彼女に話した。「……それで、知りたいの。ムーリンのタバコの箱からは二本以上タバコがなくなっていた？」

ロリがためらっている。その理由はわかる。証人にそういう情報を明かすことは、厳密にいうと法に則った手続きを逸脱しているからだ。

「教えてくれてもいいでしょう？　わたしは協力したいだけ。それはわかってくれるでしょう」

それからの数秒間、わたしにきこえてきたのはハドソン通りを走る市の清掃トラックがすきのようなもので舗道をこすっていく音だけだった。ロリがふたたび口をひらいた。さきほどよりも静かな口調だ。

「鑑識班の準備段階のメモによれば、ムーリンの遺体から見つかったラッキーストライクの箱は一本だけなくなっていたそうよ」

一本だけ！　わたしは勝ち誇った気分でマテオに口の形だけで伝えた。

「きいてちょうだい、ロリ。ムーリンがあのタバコに火をつけた時、パイパー・ペニーは〈ニューヨーク・ワン〉のインタビューを受けていたわ。その生テープを手に入れて時間を計ってみて。パイパーがそのインタビューを終えて、服に血が飛び散るのを防ぐためにコートをはおり、ムーリンの跡をつけて公園のメリーゴーラウンドまで行って、彼女を殴って殺すだけの時間があったとは、どうしても思えない」

「どうかしらね。殺人の凶器にはオレンジ色の髪が付着していた。ミズ・ペニーが今夜、凶暴な状態に陥った動機はあきらかだし証人もいる。そして彼女には以前からそういう傾向が見られる。今回が例外的なパターンとはいえない――」

「でもラッキーストライク一本は、十分以内に吸い終わってしまうのよ。ムーリンのタバコは彼女自身の血で火が消えてしまっているから、最後まで吸い終わっていない」

「なんてことだ」マテオがわたしの隣でつぶやく。

ロリが強く息を吐き出し、会話を続ける。「凶器にはパイパー・ペニーの独特な色の髪と同じ色の毛がついていたけれど、それについてあなたはどう説明する?」

「説明できない。ただ……」

「なに?」

「ホッケーチームのニューヨークレイダーズのキャプテン、ロス・パケット――彼はパイパーの交際相手だった、そうよね? ムーリンが殺された時、パケットはどこにも姿が見当たらなかった」

「では、彼はミズ・ファガンにいい寄って性的暴行をはたらこうとしたが、結果的に彼女を殺害してしまった、という仮説をあなたは主張するの?」ロリは疑わしそうな口調だ。「そうなると、ロスは事前に計画して自分の交際相手の髪の毛を少量用意した上で、彼女に罪を着せようとしたということになるわ」

「オレンジ色の髪については説明がつかない。ただ、時系列に沿って考えているのよ」ロリがため息をつく。「パケットという人物に関してはなんともいえないけれど、毛髪の分析を最優先にするようにプッシュしてみるわ。明日の昼ごろまでにはなにかわかると思う。あなたに知らせるわね」

「ありがとう！」わたしは礼をいって電話を切った。

マテオが襟を立てる。「ビレッジブレンドに戻ろう。吹雪はひどくなるいっぽうだ」

ロリの反応で気力が湧いてきた。けれども暗い空をちらっと見上げると、絶え間なく落ちてくる雪でびっしり埋め尽くされている。その光景にふたたび重苦しい気持ちに支配されてしまう。

「どうしてマイクは電話してくれないのかしら」

「かけてきているかもしれないぞ。メッセージが入っているかどうか、もう一度確かめてみたらどうだ」

確認し、首を横にふる。「なにかが起きたにちがいないわ。〈ブライアントパーク・グリル〉を出る前に航空会社に電話してみたの。でもマイクの乗った飛行機のフライト情報はペンディングの状態なんですって。彼の元妻に電話をしてはみたけれど、折り返してくるつもりはなさそう。マイクにかけてもなんの音沙汰もない。ペンディングって、どういう意味？正直なところ、いったいどうしたらいいのかわからないのよ……」

マテオがスマートフォンを手に取る。「力になれるかもしれない。ここに十社以上の航空会社のアプリをダウンロードしてあるんだ。彼のフライト情報を教えてくれ」

「コミューター航空会社。キャピトル・エクスプレス、ボルチモア発三二四便。五時少し過ぎに離陸する予定だった……」

マテオが指先をスライドさせてアプリをさがしている。「これだ。きみのボーイフレンドの行方を突き止めてみよう」彼の親指が動き出す。「その便は二時間遅れで離陸し、ラガーディアに着陸したのは……」

マテオの言葉がそこで止まり、彼がごくりと唾《つば》を飲む。

「どうしたの？」

「なんでもない……つまり、なんでもないだろうと思う。その飛行機は着陸していない。それだけだ」

「着陸していない？　でも一時間のフライトよ、そして五時間以上も前に離陸している！」

マテオの親指がダンスをするようにキーボードを何度も叩く。「それ以上はなにもわからない。リアルタイムのフライトスケジュールを見ても、キャピトル・エクスプレス三二四便はまだ到着していないとだけ表示されている」

「そんなに長く旋回していられるものなの？」

「それだけの燃料は積んでいないだろう。おそらく、天候のせいで迂回したにちがいない」

「それなら、なぜそう伝えないの⁉」

マテオがスマートフォンの画面から顔をあげる。「それはそうとクィンはなんだって今夜、飛行機に乗ったりしたんだ？　ニューヨークにもどって来いときみが無理強いしたのか？」

「逆よ！　移動しないでじっとしていてほしいと頼んだわ。あの飛行機に乗れと脅したのは彼の元妻よ。だからわたしたち……口喧嘩したの」

「あの赤毛の下着モデルとまた大喧嘩か？　今回はどっちが手錠を持ってきた？」

「それはおもしろいジョークになっていないわ」

「彼女はなんていっていったんだ？」

わたしは彼女とのやりとりをくわしく伝えた。レイラ・クィンは子どもたちを連れてクッキー交換パーティーの会場に車で来て、「マイクについての最新情報」をわたしに知らせた。彼はワシントン・ナショナル空港から離陸する飛行機に乗れなかったそうだ。そこでレイラに電話してパーティーに欠席することを詫《わ》びたという。彼女は怒り狂い、「子どもたちをがっかりさせた」と責め立てた。深い罪悪感をおぼえたマイクはふたたび計画を変更して一時間かけてボ《B》ルチモア・ワ《W》シントン国《I》際空港まで車で行くことにした。レイラはそれでようやく満足したのだ。

「車でボルチモアまで行って、パーティーに間に合うニューヨーク行きの便に乗るようにマイクを説得したのだといって、レイラ・クィンが得々と話すものだから、彼女に抗議したのよ。そうしたらかんしゃくを起こしてクッキー交換パーティーから出ていってしまった」

「そこに居合わせることができなくて残念だ。女同士の熾烈なたたかいを見たかったものだ」

わたしのいらついた表情から目をそらしてマテオが片方の眉をあげる。

「手加減してやる必要なんかない。彼女とは泥んこレスリングの試合で決着をつければいい。個人的にはそう思うよ」

「また茶化して。笑いごとじゃないのよ」

「でもちょっと笑えるぞ……」マテオが肩をすくめる。「そうカリカリするな、クレア。クリスマスの時期は家族同士のつまらない口喧嘩がつきものだ」

「わたしたちは家族ではないわ」

「まだ、な。でもあのデカからシリアルのおまけみたいな指輪をもらったんだろう？」

「クラダ・リングは友情の証《あかし》の指輪よ」

「それ以上の意味が込められている」静かな口調だ。「そしてきみはそれをわかっている」

「ええ、でも……」わたしは目を閉じる。「この五カ月、マイクはずっとワシントンとここを往復している……彼と離れているのはつらいわ。とりわけ夜になると寂しくて……わたしはここにいるのに、彼はいない。わたしがどれほど心配しているのか、わかっているはずなのに……電話の一本もかけてこないなんて！」

わたしはそこで口を閉じ、マテオの目を見つめた。「電話したくてもできない状況だとしたら？　飛行機が墜落しても航空会社は決して墜落したとはいわない。前にあなたからそうきいたわ。その便は決して到着しないとだけ記載されると……マテオ、もしも……」

声が詰まり、自分でも嫌でたまらなかったけれど、ついに涙がこぼれてしまった。洟《はな》も出ている。身体が震えている。

「バカなことを」マテオがささやく。「クレア？」

彼がちかづいてわたしの身体に両腕をまわそうとした。が、そこで動きを止める——それは画期的な成長の瞬間だった。マテオ・アレグロはわたしとの境界を尊重しようとする誠意を行動であらわしたのだ。

「ハグを必要としている？」彼がおずおずとたずねる。

わたしは首を横にふって否定した。けれどもフライドポテトが折れるように、わたしのなかでなにかが崩れた。両腕がなにかにつかまろうとして動き、気づいたら彼の力強い肩にしがみついて顔を埋めていた。これでは上等な織のカシミアのトップコートが台無しだ。

12

　その夜わたしは、死亡告知よりもはるかにつらいことがあると思い知らされた——それは、告知されるのを待つこと。

　マテオの肩を借りて（文字通りの意味で）泣いた後、彼はずっとついているといってくれた。けれどもわたしは涙を拭い、妻のところにもどるようにといい張った。

「なにか連絡がきたら、かならず知らせるわ」そういって安心させた。

「そうしてくれよ。きみをこんな目にあわせるなんて、とんでもないやつだ。愚かな行動としかいいようがない。あのデカが生きているとわかったら、とにかく知らせてくれ。ぶっ殺してやりたい」

「気持ちはとてもありがたいわ、マテオ——感謝している。でも殺すなんて言葉は、今夜はもうたくさん……」

　わたしたちは黙ったままコーヒーハウスまで歩いてもどった。歴史地区はしんと静まりかえっている。車が数台、スリップしやすい路面をなんとか進んでいこうとしているが、もはやあきらめたほうがよさそうだ。駐車している車の屋根は、ウェディングケーキのデザイナーがホイップクリームを塗りたくったような状態だ。

ビレッジブレンドに着くと店はほぼ空っぽになっていた。マテオにおやすみなさいと挨拶し、モッズコートに積もった雪を払った。最後のお客さまにスタッフが対応しているあいだ、夜のシフトに入っていないタッカーとナンシーに電話をかけた。

それが済むとお客さまを丁重に送り出して、店の正面のドアにカギをかけた。スタッフには、店内の煉瓦造りの暖炉の前にあつまってもらった。暖炉の火はもう消えかかっている。

わたしはムーリンの死を告げた。

ガードナー・エバンスは悲しみを押し殺すように頭を垂れ、ダンテ・シルバはブロンクスの警察官のように呪詛《じゅそ》の言葉を吐く。ビッキ・グロックナーはわっと泣き出し、ゆるいポニーテールにしていたクランペット（小麦粉でつくるイギリスのおやつ）のような色の巻き毛がほどけてしまった。

「とても残念でたまらないわ。そして強い憤りを感じている」わたしがいう。

「わたしはムーリンのシークレットサンタだったの！」ビッキが泣きじゃくりながらしゃべり出す。「保存庫のビング・クロスビーの脇にプレゼントをもう置いてあるのよ。彼女がそれをあけた時にどんなリアクションをするのか、すごく楽しみだった！」

「なにを贈ったの？」ガードナーがやさしくたずねる。

「パープルレタスを観にいくチケット」

わけがわからなくて、きいてみた。「チコリを見に行くためにチケットをわざわざ買ったの？」

ビッキは顔を横にふり、また泣きじゃくる。

ダンテがわたしと目を合わせた。「パープルレタスというのはインディーズ・バンドです」

そうか、そういうことね。「心のこもった贈り物をしたのね」ビッキを慰めた。「ムーリンはダウンタウンのクラブバンドがほんとうに好きだったもの、ね？」

「あのバンドはもともとナッソー郡のロングビーチ出身なんです」ビッキが解説してくれる。

「いまではすごくビッグになっているけれど、ムーリンは彼らが最初にロングアイランドで活動を始めた時からのファンなのだと話してくれました」

ダンテが憎々しげにいう。「あんないい子を、いったいだれがそんな目に⁉」

その声があまりにも大きく、そして激しい憤りがこもっていたので、ガードナーもビッキもわたしも思わずはっとした。

あきらかにダンテはだれよりも腹を立てている。けれども、それは決して意外ではない。ふだんの彼はおおらかで、「ゆったりとした環境音楽」を愛好し、人のことに立ち入らない若者だ。しかし多くのアーティストがそうであるように、彼も奥深くに激情という名の川を秘めている。そしてなにかに腹を立てると、その激情が獰猛《どうもう》ないきおいで噴きあがる。

ダンテがいきなりわたしに質問を浴びせた、だれのしわざなのか、警察はだれの犯行と考えているのか、と。いますぐにでも吹雪のなかに飛び出して殺人犯を捕らえ、そのまま裁きの場に引きずり出したいという目をしている。

パイパー・ペニーの名前はあえて出さなかった。あの敷石に付着したオレンジ色の髪がほんとうに彼女のものとは思えなかったし、仮にそうだったとしても彼女に罪を着せるためにあそこにおかれていたにちがいないと思っていたから――。

「警察は多くの手がかりをつかんでいるわ」

「やめてくださいよ、ボス。そんなのは意味のない公式見解でしょう。この件について、彼らはだれに注目しているんですか？」

「Mの身に起きたことはとうてい許されないことよ。でも、わたしたちは感情をコントロールしなくてはいけないわ。警察を信頼して、Mをあんな目に合わせた犯人をきっと裁きの場に引きずりだしてくれると信じましょう」わたしは淡々とした口調でこたえる。

ダンテが強く息を吐き、わたしは頬の内側を噛んだ。

警察の「信頼性」に関して、わたしはまちがいなくマイクを信頼しているし、ロリ・ソールズを信頼している。でもフレッチャー・スタントン・エンディコットのことは（一ナノ秒たりとも）信頼していない。しかし、その彼がムーリンの事件の主任刑事を務めている。

とうてい冷静ではいられない。

いても立ってもいられない心境だ――だからムーリンの私生活について店のスタッフにきいてみた。とりわけボーイフレンドのデイブについて。

タッカーやナンシーだけでなく、だれもデイブには会ったことがない。ムーリンと彼の交際についてはだれもくわしく知らなかった。ムーリンについては、家族がアイルランドにいるということだけしかわからない。彼女はそれ以外についてはいっさい私生活を明かしていなかった――頑《かたく》なにプライバシーを守っていたのだ。

「仕事を終えて今夜は解散しましょう。それでいいわね？」ようやくわたしはいった。

「ガードナーとビッキはすぐに出たほうがいい」ダンテが強く主張する。「いちばん遠くまで帰らなくてはならないのだから、ふたりとも。わたしは歩いて帰れる」

「ほんとうに大丈夫？」わたしはたずねた。

「ええ。怒りを発散させる必要があるし。ボスも上に行ってもらったほうがいいと思います。好みの音楽をかけて頭を冷やしますよ」

わたしは店のフレンチドアのほうをちらりと見た。クリスマス用の白い小さな電球で縁取った窓ガラスは、ギザギザ模様の霜で半分ほどコーティングされてしまっている。

「ねえ、ダンテ」わたしはため息をついた。「わたしたちは皆、頭を冷やす必要があるわね。今夜の天候は、それにもってこいかもしれないわ」

13

「ジャヴァ！　フロシー！」

ふわふわしたルームメイトたちが自宅のキッチンに弾むようにやってきた。相変わらずマイクの消息が心配で、ムーリンのことで気持ちもふさいでいるけれど、ジャヴァとフロシーの姿は少し孤独を癒《いや》してくれた。

ジャヴァはコーヒー豆のような茶色のお姉さんネコでしっかり者。フロシーは真っ白でふわふわな、かわいらしい小さなボールのようだ。サーモンスプリームの水気の多い缶詰をあけると二匹ともよろこんで喉をゴロゴロ鳴らし、わたしの足元を駆けまわる。まるで陰陽模様を見ているようだ。

空腹からというよりも習慣から冷蔵庫をあけてなかを見まわし、コショウをまぶしたミディアムレアのローストビーフがあるのを確認する。完璧な仕上がりだ。ごく薄くスライスしてサンドイッチやラップに使える。マイクを歓迎するために特別に用意しておいたのだ。

冷蔵庫のドアをバタンとしめた。

これ以上は無理！　待っていてもらちがあかない。プロの力を借りよう……。

携帯電話でエマヌエル・フランコ巡査部長にかけた。息を止め、留守番電話ではなく本人が出てくれますようにと祈った。

「どうした、コーヒー・レディ？　就寝時刻はとっくに過ぎていると思うが？」

「マイクから連絡はあった？」

「いや、連絡がくるはずなのかな？」

「彼、行方不明なの……」

状況を説明した——マイクはワシントンでの仕事についてはいっさい明かさないので、ワシントンのだれに連絡したらいいのかわからないといういらだたしい状況も含めて。

フランコの返事は警察官らしい落ち着いたものだった。

「心配しないほうがいい。ラガーディアの警備担当に顔がきく。その便がどこで方向転換したのかをつきとめてみよう……」

〝方向転換させられているのであればね〟。そう思ってごくりと唾を飲み込んだ。

電話を切ってから重い足取りで短い階段をのぼり、住居部分の二階の暗い廊下を主寝室へと向かった。凍《い》てつくような寒さをこらえながら両腕をこすった。

マテオの母親は何十年もビレッジブレンドを取り仕切り、店の上階のこの二フロアの住まいで暮らしていた。そのあいだにこの空間全体をみごとなアンティークで飾った。多くは美術館に収められてもおかしくないほどの価値ある作品だ。

壁には数々の絵画やスケッチが優雅に並ぶ。それを描いた画家たちはビレッジブレンドの常連のお客さまだった――ホッパー、クラスナー、ウォーホル、キース・ヘリング。半分酔っ払ったジャクソン・ポロックがナプキンに描いたいたずら書きまでマダムはきちんと額装している。

けれども、そのどれひとつも今のわたしを明るい気持ちにしてはくれない。ふと、枕元の電話に光が点滅しているのが見えた！　固定電話にだれかがメッセージを残している！　文字通り、ボタンに向かって突進した。マイクの声がきけると期待した。けれど再生が始まると、とたんに気分が落ち込んだ。

「ボス」エスターの声だ。「信じられませんよ。家に帰ってきたら思いがけないニュースが……」

〝わかっている〟。ムーリンのことについて延々と話が始まるものと覚悟した。

「ボリスが今日失業したんです！」

なんですって？　わけがわからず、すっかり混乱してしまった。そしてはたと気づいた。エスターが「史上最悪のニュース」とメールしてきたのは、ムーリンのことではなく彼女のボーイフレンドのことだったのだ。

「ボリスだってまだ半信半疑なんです。ブライトン・ビーチのあのベーカリーはブルックリンで四十年も続いていたんですから！　今日オーナーがやってきて、店を閉めてフロリダに引っ越すっていい渡したんですって！　全員、解雇。いきなりですよ！　こんなひどい話ありませんよ……」

エスターはさらに一分まくし立てた後、ボーイフレンドに仕事を世話してもらえないかと頼んでメッセージを締めくくった。

ボリス・ボクーニンは聡明で、愉快で、絶妙なオフビートをきかせるロシア生まれのラップ・アーティストの卵だ。ビレッジブレンドの個性的なバリスタたちにきっとうまく溶け込むにちがいない。働き者であることもよく知っている。ただ、彼を雇用するだけの予算がない。

ますます気持ちが落ち込んでしまった——死亡告知をするためにあと一本電話をかける気力は残っていない。

朝、話すわね、心のなかでエスターに約束した。それから仕事着を脱いでスティーラーズのだぶだぶのTシャツを着ると、アンティークの四柱式のベッドに倒れ込んだ。

主寝室の冷たい暖炉が、今夜はいっそう寂しく感じられる。火を焚《た》けば凍るような冷たさを追い払うことができるだろう。でもそんな力はどこからも湧いてこない。この部屋で炎を燃やすことにかけて（炎といってもひと通りではない）マイクは熟練の域に達している。だからわたしは手を出さないことにしていた。

冬の夜の静けさが耐え難くて、リモコンに手を伸ばしテレビ——これはあたらしく寝室に加わったもの。マイクがワシントンDCにいる時間が長く、夜があまりにも静かなものになってしまったので——をつけた。ケーブルテレビでは終日ニュースを流し続けている。吹雪の最新情報を得るためにニュース専門チャンネルを選んだ。猛吹雪はトップニュースの扱いだった。

「ニューヨーク市周辺の積雪量は二十五センチから三十センチ……」若い女性担当者がきびきびと予報を伝える。「市の北部と西部では大雪となるでしょう。猛吹雪の進路について、引き続きデスクからお伝えします！」

「ありがとう、キャロル……」深刻な表情の女性ニュースキャスターが続ける。「北東部は今夜、今期最初のすさまじい威力の猛吹雪に襲われました。バージニアからマサチューセッツまでの空港は軒並み閉鎖され、午前八時まで旅行注意報が出されています。ニューヨーク市のスタントン市長は記者会見をおこないました……」

「あなたの命、そして他者の命を危険にさらすのを避けなければなりません」演壇の前に立つスタントン市長が少々鼻にかかった声で呼びかける。「車道からは離れていてください。市の除雪車が夜を徹して作業しますが、幹線道路以外の細い道は昼頃まで通行できないおそれがあります。おぼえておいてください、市の暖房ホットラインは三一一です。生命にかかわる緊急事態には九一一に通報を……」

ふたたび女性キャスターに切り替わる。ベッドの上でネコの前足が軽やかに動くのを感じる。二匹のふわふわのネコがわたしの両側でそれぞれ丸くなり、ぬくもりが伝わってきた。

「……また、北東部全域から報告が入ってきています。そして――三十分前に、第一報をお伝えしましたが――コミューター機についての非公式の報告が入っています。大西洋上で方向転件に及び、人命にかかわるものも含まれています。乗用車やトラックの衝突事故は数十換してニュージャージー沿岸で墜落し……」

飛行機が墜落？

「ミャオオオオウ！」わたしががばっと身を起こしたのでジャヴァが抗議する。

「さらにくわしい情報について、トレントンから中継でボブ・モリスに伝えてもらいます。ボブ、あたらしくわかったことはありますか？」

「はい、ニュージャージー沖でコミューター機が墜落したという情報にもとづき、緊急時の捜索隊が動員されています……」

航空会社、便名、搭乗地についてなにかいってくれるのではと期待して耳をそばだてた。しかし「ボブ」はいっさいそういうことにはふれない！　なにも情報がないのだろうか。それとも近親者に通告するまで、詳細を明かさないようにと当局から要請があったのだろうか。

いそいで固定電話の子機に手を伸ばし、キャピトル・エクスプレスに電話をかけた。規模の小さな航空会社だ。自動音声の案内に従って、イエスなら一回、ノーなら二回ボタンを押す手続きを十回ほどおこなった末にようやく生身のオペレーターにつながった。

「キャピトル・エクスプレスです、どちらにおつなぎしましょうか？」

「フライト状況を確認しても三二四便についての情報はずっとペンディングとなっています。じっさいにＢＷＩから離陸したのかどうか、教えていただけますか？　離陸しているなら、どこにいつ着陸したのかも知りたいんです」

「その便にはお身内の方が搭乗されていらっしゃいますか？」

「正確には、わたしは……」いいから、はいといえばいいの、クレア！「はい、そうです！身内です」

「ご家族の方は次の番号におかけください、無料通話1−800の……」わたしが復唱すると、相手がさらに続ける。「お名前とご連絡先の電話番号を吹き込んでください。特別担当者が一時間以内にご連絡いたします。よろしいですか？」

「ええ、お願いします！」

ちょうどその時、携帯電話が鳴った。いそいで発信者を確認した。

〝ダンテ・シルバ〟

ふうっと強く息を吐き出した。どんな用件かはわからないけれど、ダンテには待ってもらおう。そのままボイスメールが応答するのにまかせ、携帯電話をガウンのポケットに入れた。そして航空会社の自動音声に注意を向けた。

「三二四便に搭乗されているお客さまの家族の方は……」

ピーという音が鳴り、わたしは指示に従って自分の名前と連絡先の電話番号をふたつ吹き込んだ。電話を切り、ケーブルテレビのニュースをぼんやりと眺めた。画面がコマーシャルに切り替わり、それからスポーツニュースが続く。内容はまったく頭に入らない。

暗い窓の外では、湿った重い雪片が雲からいきおいよく落下している。そのなかで飛行機が一機落ちていく光景を想像した。暗い海にぶつかり、沈んでいくところを。それはまさしくわたし自身だった。なにかに強く衝突し、沈んでいく感覚に襲われていた。

マテオかマダムに電話すればよかったのかもしれない。フランコにもう一度連絡を取る、さもなければダンテに折り返し電話することもできたはず。でも頭のなかのギアが凍りついて動いてくれない。思考が麻痺している。できるのはただ、素朴な祈りの言葉をくり返しくり返し唱えることだけ……。

〝どうぞ、神さま……わたしから彼を取りあげないでください。お願いします……〟。

どれくらいの時間そこに座って一点を見つめ祈り続けていただろう。ふいに、音がきこえた。現実にはないはずの霧に包まれたなかで、バン、という音が遠くで鳴っている……。

バン！　バン！

だれかがこの住まいの玄関のドアを叩いている。大きくて強い音――。

バン、バン、バン！

フランコが肉厚の手をこぶしに握って強打している姿を想像した。

「でも、フランコなら電話するんじゃないかしら」声に出してつぶやく。

マイクについての知らせを伝えに来たのなら、じかに伝えるべき知らせであるなら、直接来てもおかしくない――警察官が普通、そうするように……。

「死亡告知」

凍りつくような寝室の空気に向かって、茫然としたままつぶやいた。

のろのろと、そしてぎこちない動作でガウンを羽織り、無理矢理に足を動かす。寝室を横切る。階段をおりる。震える手でカギをはずしてドアを引いてあけた。

14

背の高い、肩幅の広い男性が階段の踊り場の、ちょうどわたしの前に立っている。トップコートの前を留めず、首にはチェック柄のマフラーをゆったりと巻いて、堂々と立っている。砂色の髪についた雪が溶けかかってキラキラしている。角張った顎は赤らみ、鼻は赤鼻のトナカイよりも赤い。

「やっと着いたよ」

「マイク？」声がかすれる。

マイクのコバルトブルーの目が笑う。「ほかにだれを待っていたんだ？　サンタクロースか？」

「てっきりあなたは死んでしまったかと思った！」

マイクの目の微笑みが消えた。「なんだって？」

「てっきりあなたは――」同じ言葉をもう一度口にすることができない。

「バカなことを。おいで……」

彼がわたしを引き寄せた。大きな身体に抱きしめられて、わたしは小さな身体全体を震わせていた。ほっとして、むせび泣きが止まらない。情けないことに、しゃっくりも始まってしまった。

「落ち着いて」彼がわたしの髪に顔を埋めるようにしてつぶやく。「もう大丈夫だ」

それはちがう。安心の波が収まると、無茶苦茶な怒りが猛然と湧いてきた。そう、〝無茶苦茶〟だ。筋道立てて考えれば、マイク・クィンはこれまでに出会っただれよりも忍耐強く思いやりがあり勇敢な人物であることははっきりしている。そんな彼がわざとこんな恐ろしい目にあわせようなどと思うはずがない。納得できる説明があるにちがいない。

けれども、ぎゅっと力強くわたしを抱きすくめていた彼の両手から力が抜けていくとともに、わたしの頭は筋道立てて考えることを放棄してしまった。温度計の水銀が沸騰するようないきおいで、血が煮えくり返るような猛烈な怒りが湧いてきた。両手をこぶしに握ってマイクの胸を叩いた。

「なんでこんな」――ひっく！――「目にわたしをあわせるの？　どうして？」

彼のなかの警察官が本能的に反応した。わたしの右手首をぎゅっとつかんでそのまま背中側にまわし、次に左手首をつかんで背中にまわして両手を重ねた。

「離して！」

「だめだ」

この体勢では彼の顔は見えない。両腕を背中側で固定されて少し前屈みの状態――これがなにを意味しているのかは、わかる。彼は「手錠をかけるための基本動作」をおこなったのだ。むろん、金属の手錠をはめられたわけではない。それでも彼が警察官のテクニックでわたしを拘束していると考えただけで、ますます怒りが湧いてくる。

自由になろうともがいても、情けないことにどうにもならない。マイクの体軀《たいく》は摩天楼のようにびくともしない。エンパイアステートビルを動かすほうがまだかんたんそうだ。彼がわたしの背中にのしかかるように体重をかける。

「落ち着け」警察官の声だ。

「無理よ！　わたし、ほんとうに、ほんとうに」――ひっく！――「腹立たしくて！」

「わかっている」

こんなわたしをマイクは見たことがない。わたし自身、正直いってこんな自分はマテオ・アレグロと別れて以来だ。

わたしたちはなおも、その状態で立っていた。相変わらずしゃっくりをしながら、わたしはあくまでも怒りをぶつけ、マイクはわたしを解放しようとしない。その時、固定電話が鳴らなければ、彼はどうするつもりだったのだろう。

「電話に出させて。待っていたの」――ひっく！「緊急の電話が二本かかってくるの」

「もう襲いかかってこないか？」

「いまのところは」

彼に解放され、わたしは痛む両手首をこすりながら急いで居間に入った。荒い息のまま四度目の呼び出し音で子機をつかんだ。

「ミズ・クレア・コージーですか？」

「はい……そうです」わたしはしゃっくりをこらえ、その後も出そうになるたびにぐっと呑み込んだ。

「キャピトル・エクスプレスの公式代表者です。ご家族のミスター・マイケル・クィンについてお問い合わせいただいた件でお電話いたしました」

「はい、あの――」

「同氏はBWI発三二四便のチケットを購入なさっていますが、搭乗はされていません」

そう、そうだったのよ！「そうだったのですね。ありがとうございます」

「ミスター・クィンがなんらかの事情で搭乗できなかったのであれば、荷物は機体からおろされているはずですので、BWIの手荷物受取所で荷物をお渡しできます。ご理解いただけましたか？」

「その便はほんとうに墜落したんですか？　大西洋に？」

「申し訳ないのですが、立場上そのご質問にはおこたえできません。職務上権限を与えられている情報はこれですべてお伝えしました……」

通話が終わると、わたしはふり向いてマイクを見た。彼には衝撃的だったらしい。

「乗るはずだった便が墜落したのか？」マイクが静かにたずねる。

「航空会社はそれを肯定しようとはしないわ。でも、コミューター機が落ちたという報道はされている、そして――」

また電話が鳴った。今回はフランコからの折り返しの電話だった。

「クレア」厳しい口調だ。「いまそっちに向かっている。会いに行くところだ」

「いいのよ、フランコ。まわれ右してちょうだい。来る必要はないわ。マイクは――」

「行く必要があるんだ。よくきいてくれ。座ったほうがいい。事故が起きた」

「マイクはここにいるわ！　わたしといっしょに。彼は無事よ！」

「なんだって……」若い巡査部長がふうっと息を吐く。雑音がきこえた。大きな身体を小さな椅子にどさっとおろしたような音だ。「よかった」

「ええ、わたしもほっとしたわ……」それから若い巡査部長フランコに、力になってくれてありがとうと感謝を伝えた。

「どういたしまして、コーヒー・レディ。ほかになにか必要なことがあれば、いつでも電話してくれ、いつでもだ」

「ええ」

マイクが呪詛の言葉を吐く（ようやく事情が呑み込めたらしい！）。

「レイラから連絡はなかったのか？」

「あなたの元の奥様には電話してみたわ。あなたから連絡がなかったかどうかをききたくて。彼女は電話に出なかった。だからメッセージを残したの。でも、結局かかってこなかった」

マイクが沈鬱な表情を浮かべる。「彼女から一度も電話がなかったのか。メッセージも残していないのか？」

「なぜ？　なにかを知っていたの？」彼がこたえる前に、わたしのポケットのなかで携帯電話が鳴った。発信者をチェックした。「あら……」

「今度はだれだ？」

わたしは通話ボタンを押した。「もしもし？」

電話からマテオの声がきこえてきた。「ニュースを見た。なにか連絡はあったか？」

「ついさっき、彼は着いたわ」

「生きた姿で？」

「ええ」

「バラバラになってないか？」

「いまのところは」

「替わってくれ」

電話を差し出した。「あなたによ」

マイクがわたしと目を合わせ、だれかときくこともなく電話を耳にあてた。

三十センチ離れたところに立っていても、マテオの怒鳴り声がきこえた。罵《ののし》る言葉も――

「もしもし？」

数カ国語で。ひどい侮辱の言葉。さらに脅しも。

「この大バカ者のデカめ！　なんだって彼女をこんな目にあわせる？……」マテオはスペイン語でなにかをいい、とちゅうでポルトガル語になり、さらに続ける……。「このさき、一回でも彼女をこういう目にあわせたら……」

マイクの名誉のためにいうと、彼はマテオになにをいわれても我慢強くすべてを受け止めた。そればかりか、驚くべき言葉を口にしたのだ。「きみのいう通りだ、アレグロ」

今度はマイクが電話を差し出した。「今度はきみと話したいそうだ」

電話を耳にあてた。「マテオ？」

「きみが望めばいつでも、やつを二つ折りにしてやる」

「もう寝てちょうだい、マテオ。アスピリンを数錠飲んでからね。いい？」（まちがいなく、最後のパーティーで彼はしこたまお酒を飲んでいる）

マイクは首筋をごしごしこする。「これ以上かかってこないことを祈るよ」

「さっきダンテからかかってきたの。またかけてくるかもしれない」

マイクが首を横にふる。「あれは下からわたしがかけた。ダンテが店に入れてくれたんだ。電話は彼に借りた」

「あなたの電話は？」

「何時間も前に電池切れになった。アダプターは鞄のなかだ」

「カギは持っているでしょう？」

「ニューヨークのカギはすべてまとめてキーホルダーにつけてある。それも鞄のなかだ……」

「その鞄がボルチモアにあるのね？」

彼が首を横にふる。「もしもあの飛行機が大西洋の底に沈んでいるなら、わたしのプルマンもいっしょに沈んでいる」

「航空会社の人の話と食いちがっているわ」

「わたしが運輸保安庁の規定を守っていないからだ」

「なんですって⁉　マイク、いったいなにが起きたの？」

「よろこんで説明するよ。しかし、その前に座らないか？　文明人らしく」

わたしは心を落ち着けるために大きな深呼吸をして、彼の顔をまじまじと見つめた。

「とても疲れているようね。お腹は？」

「ぺこぺこだ」

冷蔵庫にローストビーフがあるのを思い出した。全体にコショウをまぶした、それはそれは見事なローストビーフが——まったく手つかずのまま。

「ローストビーフサンドイッチなんて、どうかしら？」

「クリスマスのディナーみたいだな」

15

「話して」ナイフを空中でふりながら、マイクをうながした。

カッティングボードに外モモの赤身肉の塊が鎮座して、いつでもナイフを入れられる状態だ。マイクはコート、マフラー、背広を脱ぎながらも、油断することなくナイフの刃を見ている。長身の身体を折り畳むようにしてキッチンテーブルの前の椅子に座る。籐の背のある椅子に落ち着くと、腕まくりをする。

「どこから始めればいいかな？」

「最初から。どうしてわたしのアドバイスをきき入れてワシントンに留まらなかったの？」

「そうするつもりだった。ところがレイラに電話してパーティーに欠席すると伝えると、彼女は容赦なかった。子どもたちを失望させてしまうかと罪悪感が湧いてきたんだ」

「あの子たち、クッキー交換パーティーをとても楽しんでいたわ。もちろんあなたもいっしょなら、きっとよろこんだはず。でも生命の危険を冒してまで駆けつける必要はなかった。絶対にね。レイラはあなたの気持ちを弄《もてあそ》んだだけ。それがわからない？」

「いまは、わかる」

「とにかく、あなたがあの便に乗らなかったことが救いよ。でも、じゃあどうやってニューヨークに？　それに運輸保安庁の規定を守らなかったというのはどういう意味？」

「ＢＷＩで鞄を預けてキャピトル・エクスプレスのゲートで搭乗を待っていた。すると航空会社から二時間の遅延が生じるという発表があったんだ。バーに行ってみたら、たまたま司法省の職員がいた。彼もニューヨークに行こうとしていた。ふたりで相談して飛行機は止めて車で向かうことにした。どうせフライトは一時間かかる。遅延の時間、到着空港のラガーディアからマンハッタンへのタクシーに乗る時間を見積もると、車を運転していくほうが速そうだった――」

〝天候さえよければね。なんと愚かな人たちなの！〟

「鞄を手元に取りもどすには、ゲートのスタッフたちがどう頑張っても一時間以上かかりそうだった。そこでわれわれは身分証をふりかざし、鞄を機内に留めておく了解を取りつけた。鞄はラガーディアの手荷物受取所で保管される。翌朝ここに配送させればいい。わけないことだ」

「ただひとつ誤算があった。あなたたちは猛吹雪のなかを二百マイル、運転していけると考えた」

「愚かだった、わかっている」

「ふたりでお酒を何杯か飲んですっかりスーパーマン気分になったの？　それがあなたの釈明なの？」

マイクが腕組みする。「判断を誤った」

わたしは奥歯を噛みしめ、身体の向きを変えてローストビーフの前に立った。コショウをまぶした赤身肉はミディアムレアの焼きあがりで中央部分はくすんだピンク色だ。それをごくごく薄くスライスして、バターのようなやわらかさを味わえるようにしたい。ひどく興奮しているので、手元をしっかりと固定しなければうまくスライスできない。

わたしは首を横にふる。「その自覚はあるようね。都会生活が長過ぎたせいね、きっと。マテオからみっちり教えてもらうといいわ。正常な感覚を取りもどすために」

「みっちりいわれたよ、さっき」

「マテオは酔っ払っていたのよ。だからあんなふうにいいたい放題だったの。それに、意外かもしれないけれど、あなたのことを心配していたわ。彼はよく知っているのよ、天候を甘く見てはいけないって。手痛い目にあった経験があるから」

「ニュージャージーの南部にさしかかるまでは順調だった。雪と多重事故で九五号線の車の流れが悪くなった。同僚の車にはカーナビがついていなかったがスマートフォンに入っていたから、そこで――」

「当ててみるわ。あなたたちは九五号線をおりて一般道で行こうとした」

「そうだ、それも当初は順調だったが――」

「あなたの電話は電池切れになり、手元には紙の地図もコンパスもなかった。そうじゃない？」

マイクはうめくような声をもらし、腕組みをする。図星を指されて面白くないのだろう。

「ふたりとも充電器は鞄のなかだった。その鞄は空港に置いてきた」

「道に迷ったのね？」

「とんでもなく迷った。そして道路の状態は悪化する一方だった。けっきょくニュージャージーのパイン・バレンに着いて、ガス欠になったところを州警察に救われた。彼らに助けてもらって満タンにしてガーデンステート・パークウェイに乗った。車の流れはゆっくりだったが、なんとか目的地に到着した」

「その州警察に発見されていなかったら？　低体温症で命を落としていたかもしれないのよ」

彼の片方の眉があがる。「飛行機が墜落するよりはましだ」

「移動すべきではなかった！」

「確かにそうだ。しかしこれでは堂々巡りだ。もう勘弁してくれないか」

「まだ嫌よ。わたしはここで最悪の事態を覚悟していたのよ。どうして電話してくれなかったの？」

「きみはパーティーの仕事で忙しいとわかっていた。邪魔をしたくなかった。心配をかけたくなかった。もっと率直にいうと、きみといい争いたくなかったんだ。だからレイラに電話して運転状況を伝え、きみに話してくれと頼んだ。彼女はパーティーにいたんだろう？」

「車で子どもたちを連れてきたわ。でもわたしと喧嘩をしたの――あなたのことで――そして彼女はものすごいいきおいで去っていった」

「喧嘩したのか？」

「ええ、そのことで後悔はない……」彼をじっと見おろした。「今夜移動するのはあまりにも危険だとわたしは考えていた。彼女は冷酷にも、あなたについての情報を伝えようとしなかった。わたしと喧嘩したから故意に伏せたのよ。苦しめようとして」

「そういうことだったか。わたしの責任だ。ほんとうに申し訳ない、クレア。もとはといえば……きみに心配をかけまいと思ってのことだったが」

「マイク、よくきいて。なにも知らされずにいるほうが幸せ、なんてことはわたしに関しては通用しない。わたしは真正面から向き合う必要があるの――まぎれもない真実と。今夜、あなたの消息が途絶えた時、ワシントンＤＣのだれに連絡を取ればいいのか、それすらわからなかった」

「クレア、きみも知っているように、いまやっていることはニューヨークで指揮している班の仕事とはわけがちがう。機密業務だ。いっしょに働いている職員について漏らすわけにはいかない」

「統合参謀本部の仕事をしているかどうかなどということに関心はないわ！　でも、また連絡が取れなくなったらどうするの？　だれにコンタクトを取ればいいの？　わたしがいいたいのは、そういうこと。二度とこんな経験したくない！」

一瞬、彼は打ちひしがれた様子になった。わたしの言葉を誤解したのだ。別れ話を切り出したと思い込んでいる。それではまったくあべこべだ！

手に持ったナイフをひとふりした。「ワシントンDCの連絡先として名前と電話番号をふたりぶん教えない限り、ここからあなたを出さないからね」

マイクがふうっと息を吐く。要求されているのは連絡先の電話番号だけとわかって、ほっとしたらしい。彼は椅子の背にもたれ、ナイフの刃に視線をやり、かすかに微笑みを浮かべてこちらを見る。

「もし、教えなければ？」

わたしはナイフを置き、皿を持ちあげた。彼のためにつくったローストビーフサンドイッチがのっている。そびえ立つほどの厚さだ。外側が硬いイタリアのパンにローストビーフのやわらかいスライスを重ねた上に、お手製のクリーミーなホースラディッシュのソースでぴりっとした風味を加え、ベビースピナッチをのせてシーソルトをふった。

「空腹だといっていたわね？」

「それを食べさせてくれ」

「名前と電話番号。少なくともふたりぶん」

マイクはしばらく黙っていたが、スマートフォンを取り出してテーブルに放った。

「電池切れだ。明日充電したらかならず教える。約束する」

「あなたを信頼していいのかしら？」

「腹ぺこなんだ。せっかくブリザードと飛行機の墜落の危機を生き延びたのに、栄養失調で死なせて平気か？」

「まだ怒りはおさまらない。それなのに……」彼の前にお皿を置いた。「それなのに、あなたを愛している」

「それなのに、か。わかっていないな」マイクはそういうと、サンドイッチを頬張って両目を閉じ、うめき声をもらした。長時間の空腹を強いられた後の恍惚感は、激しい発作のように感じられるのだろう。

わたしは立ったまま彼をじっと見おろす。「どういう意味？　なにがわかっていないの？」

マイクはさらにひと口かじって頬張りながらこたえる。「この仕事は現場の第一線の勤務からスタートした。いわば叩きあげだ……当時の勤務は決して安全と呼べるものではなかった」

「控えめな表現ね」

「レイラから愛されていないと確信したのはいつか、わかるか？」

わたしは首を横にふる。

「わたしから電話がないといって彼女が腹を立てなくなった時だ」

「それは、冗談かなにか？」

マイクは食べかけのサンドイッチを置いて、わたしと目を合わせる。

「相手の生死などどうでもよくなった時点で、愛情はなくなっている。そうじゃないか？　クレア……きみが怒ると、きみの思いの深さを実感する」

「つまり、もっともっと叩いてほしいということ?」

「今度握りこぶしで叩いたら、手首に冷ややかな金属の感触を味わうことになる」

「ほんとうに?」

彼はベルトに手を伸ばし、手錠を外してテーブルに置いた。

「試してみればいい」

「嫌よ……」わたしは腕組みをする。「よく考えれば、熱い思いを表現する方法はほかにもいろいろあるわ……」

「そうか?」マイクの顔にゆっくりと笑みが広がっていく。片腕をわたしのウエストにまわし、ぐっと引き寄せた。

「じっさいにやって見せてもらいたい」


食べかけのまま、わたしたちは階段をあがって主寝室に行った。マイクのキスは、冷えきった肌に甘いぬくもりを与えてくれる。わたしもお返しをした。服を脱いで喧嘩の続きはベッドのなかで。

雪がさらに積もり、外の世界はますます静かに、ますます遠くなる。けれどももう孤立しているという感覚はない。すぐ横には規則正しい鼓動を打つマイクの胸がある。外の凍てついた静けさにまるごとくるまれるように、とても安全に思える。

すぐにまた沈んでいく感覚を味わっていた。今回は思考が麻痺したような、恐怖におのののく状態ではない。ゆるやかにほどけて、時計を止めてこのまま永久にマイクの腕のなかにいたいと願う夢のような心地だ。

「ちくしょう……」

マイクのやわらかな声がして、はっとした。

「どうしたの？」

彼がわたしの髪を撫でる。「ここで横になって、生きていてよかったと神に感謝していた――そこで思い出した。プルマンが海底にあるってことを……」

わたしは目を閉じた。今夜、失われたのは鞄だけではない。自分のことで精一杯で、考える余裕を失っていた。嵐の犠牲となったすべての人々のために声を出さずに祈りを唱え、悲しい告知を受ける彼らの家族と友人のためにも祈った。

ムーリンの家族もアイルランドで悲しむだろう。だが彼女は嵐のせいで命を落としたのではない。なにものかが彼女を激しく殴打したのだ。殺人犯はいまも自由の身。怪物はふたたび凶行をくり返す可能性がある。

そこで思い出した――ジャネル・バブコックからは折り返しの電話がかかってきていない。警察からはもう連絡が入ったのだろうか。彼らは朝になるのを待って、わたしのだいじな友に知らせるのだろうか。彼女はとうてい冷静には受け止められないだろう。たったひとりでそんな目にあわせたくない。

朝一番で、彼女に会いに行こう……。

今夜はもう、できることはない。ごくりと強く唾を飲み込み、もう一度祈りを唱えた。いま隣で横になっているこの人を守ってくださってありがとうございます、と天に感謝した。

「あのプルマンの中身は、いくらでも替えのきくものばかりだ。しかしひとつだけ替えがきかないものがある」

「なに？」

「きみのために特注したものだ。刻印もしてもらった。クリスマス・ツリーの下に置くつもりだったのに、とても残念だ。代わりのプレゼントを用意するには時間が足りない。きみへのクリスマスの贈り物がなくなってしまった」

「マイク、そんなことないわ……」彼の腕のなかで身体の向きを変えた。「贈り物なら、ここにちゃんとあるもの」

16

翌日の早朝、携帯電話の着信音が鳴った。マイクは旅の疲れで消耗しきってぴくりとも動かない。温かい身体にくっついたまま、うとうとと眠りにもどりたいのは山々だ。寝返りを打って着信メッセージを確認すると、ジャネルからの緊急のメールだった。

「至急来てください、あなたと話がしたい」

わたしも同感だ。彼女はすでに警察の事情聴取を受けたはず。彼らになにを話したのか知りたい。デイブという名のムーリンの謎のボーイフレンドについて、ジャネルはなにか知っているだろうか。ベッドでいびきをかいているマイクから渋々離れ、冷たい朝の空気に身をさらした。

ハドソン川から流れてくる霧を夜明けの最初の光が貫くころ、ウエストサイドにあるジャネルのベーカリーに向かって出発した。雪は深く積もっている。車の通行はなく、この界隈《かいわい》の細い道には人通りもない。人っ子ひとりいないというのに、だれかにじっと見られているような気がして気味が悪い。

むろんだれの姿も見えないが、どうにも落ち着かない。タクシーをひろうという選択肢はない。ひろいたくても一台も走っていないのだから、歩くスピードを速めるしかない。歩道は滑りやすく、雪も積もっているのでそうかんたんにはいかないが。

被害妄想だと自分にいいきかせてみたが、道の反対側の店の閉まった戸口のところに明るいブルーのパーカーを着た男が潜んでいるのを見つけて、そうは思えなくなった。メガネのレンズは濃い色つきで耳にスマートフォンを当てている。わたしが見ているのに気づくと、すぐにこちらに背を向けた。

絶対にあやしい。通話をきかれたくないから、といういいわけは通用しないほどこちらとの距離がある。

そのまま歩き続け、ブランケットのように張った氷を踏んで砕いていく。白い吹きだまりはぴょんと跳んで避ける。時折、肩越しにちらりとふり返り、ブルーのパーカーの男がつけてきていないかどうかを確かめる。

どうしても被害妄想的になってしまうのは、この近辺の町並みのせいなのかもしれない。川に近いこの界隈は、ウエストビレッジのように伝統が醸し出す魅力的な雰囲気はあまり感じられない。完璧に保存されたイタリアネート様式の連棟住宅も、レトロな雰囲気のビストロも、ひっそりとした佇まいの庭もなく、ガス灯を模したデザインの街灯の光が揺らめいたりもせず、鍛鉄性のフェンスもない。川がにぎわっていた時代にはこのあたりに工場が立ち並び、いまもその建物が残っていてアパート、ロフト、共同住宅として使われている。

ジャネルが借りているのも、かつて倉庫だった建物だ。一階の店舗めざしてちかづいていくと、足音がきこえた。ふり返ってみる。だれもいない。恐怖をおぼえて、小さなベーカリーから漏れる金色の光めがけて文字通り突進していった。手袋をしたまま指で何度も呼び鈴を押す。キャラメル色のブラインド越しにようやくジャネルの顔がのぞき、大急ぎでわたしをなかに入れてくれた。

「クレア！　びっくりしたわ。大丈夫？」

「あなたは？」

茶色の目には涙が浮かんでいる。わたしの緑色の目と視線を合わせ、ジャネルはカフェモカ色の力強い両腕をわたしの首にまわした。わたしも彼女の使い込まれたベーカー用の上着に両腕をまわした。

「いったいだれがあの子をあんな目に？」彼女が泣きじゃくりながらいう。

「絶対に突き止めるわ」

「昨夜、外に出て彼女をさがせばよかったんだわ！　それをしなかった。あの子はとても責任感が強くて仕事を放棄したりしないと、なぜわからなかったのかしら。これまで雇ったアシスタントにはひどい目にあわされてばかりいたから、彼女も同じだろう、がっかりさせるんだろうと思ってしまった」

わたしたちは身体を離した。彼女が目を拭う。「せめて外に出ていたら、彼女を見つけて救急車を呼んだりできたかもしれない。なのに、そうはしなかった、そしてMは亡くなってしまった……」

ジャネル・バブコックと知り合ったのは、〈ソランジュ〉という四つ星レストランで彼女がペストリーシェフをしていた時。彼女が独立するずいぶん前のことだ。でもこれほど取り乱したジャネルを今まで見たことがない。

「あなたのせいではないわ」きっぱりといった。「ソールズ刑事からきいた話では、ムーリンは即死だったそうよ。だから救える可能性はなかった」

「警察よりも早く、非道な犯人を見つけ出してやりたい」ジャネルがぎゅっと手を握る。「父親が使っていたナックルダスター（こぶしにはめて打撃力を強化する武器）がどこかにあるはず。それが見つからなくても、いざとなればのし棒を使うわ！」

とつぜん、ジャネルはぴたりと静止して、くんくんとにおいを嗅いだかと思うと悲鳴をあげた。八つ口コンロへとすっ飛んでいく彼女をわたしは追いかけた。

今朝のジャネルの店は、当然クリスマス・シーズン特有のにおいに満ちているだろうと予想していた。たしかにベーカリーには甘くおいしそうなアロマが漂っているけれど、予想していたにおいとはちがう。

「それはルートビア？」わたしはたずねた。

「ええ、そうよ」彼女はそうこたえて、茶色い液体がぐつぐつ煮えている鍋をシリコン製のスプーンでかきまぜる。「ソーダ味のレシピを開発する業務を請け負っているのよ。こうしてルートビアを煮詰めて、ケーキ、クッキー、フローズンデザートに風味づけするためのシロップをつくるのよ」

「エクストラクトではだめなの？」

「これはニューヨーク・ビバレッジ社のウェブサイトで紹介するレシピなの。あの会社はエクストラクトをつくっていないのよ。自社のボトル入りソーダを家庭での調理に使ってもらおうというのが狙い」

「そういうことなのね」

ジャネルは事業の拡大に意欲的で、ケータリングは事業の一部に過ぎない。ジャネルはニューオリンズでクレオール・フレンチの料理を食べて育ち、奨学金を得てパリの〈ル・コルドンブルー〉で勉強した。いまは質の高いパンや焼き菓子をさまざまな店舗、小規模の食料専門店、わたしの店のようなコーヒーハウスに卸す業務も手がけている。

この一年でさらに、食品会社と飲料会社の依頼でオリジナルのレシピの開発業務にも乗り出している。

「アシスタントがいない状態でなにもかもこなすとなると、正直なところ、途方に暮れるわ。つぎのクッキー交換パーティーのためにクッキーも焼かなくてはならないし、ケータリングの仕事も三件スケジュールに入っているし。いまやっている炭酸飲料のレシピは来週の締め切りに間に合わせなくてはならないのよ！」

そういいながらジャネルが指さした先には、焼きあがったものを冷ますためのラックがある。

「レシピのひとつはなんとかうまくいったわ。あのルートビア・ウーピーパイを試食してみて。いれたてのチコリコーヒーもあるわ」

ジャネットはぐつぐつと泡立つ鍋に視線をもどし、わたしはパイを手に取った。ラックのそばの天板にはブラウニーが並び、かわいらしいピンク色のキャンディケーンで飾られている。その隣には、メレンゲをたっぷり塗った伝統的な大きなクリームパイがある。丸いパイは一スライス分だけ欠けている。

「あら……このクリームパイは？　おいしそうね」

「見かけに騙《だま》されてはだめよ。おばあちゃまからそう教わらなかった？」

「なにか問題があるの？」

「わたしのおばは素晴らしくおいしいメイプルシロップを使って、スイートポテト・パイをつくっていたの。メイプルシロップの代わりにルートビアシロップを使ってみたらどうだろうと思いついて試してみた。ところが変な味のものができあがったわ。クリーミーな食感ではなく少し粘ついて、薬っぽい風味。病院で無理矢理飲まされる薬を思い出してしまう」

「クリームパイはうまくいかなくてとても残念だけど、このウーピーパイはその失敗を補ってあまりあるわよ。昔ながらのルートビアの風味が抜群ね。これはすごい」

わずかなかけらを残してウーピーパイを食べ終え、空のコーヒーカップを置くと、わたしはジャネルにたずねた。「昨夜、警察が来たでしょう？」

ジャネルがうなずく。「ソールズ刑事という女性と、ホームドラマに出てくるパパみたいなベストと格子柄のジャケットを着た男性の刑事が。ふたりから山のように質問されたわ」

「デイブについてあれこれきかれたの？」

「Mの友達のデイブ？」ジャネルが首を横にふる。

まあ。

デイブという手がかりを彼らは追っていないのだろうか。エンディコット刑事はやはりパイパー・ペニーを殺人犯と決めつけているのか——それを裏づける結果を鑑識が出すのを待っているということか。

わたしは咳払いをしてジャネルに事情を説明した。

「ロリ・ソールズ刑事に、クッキー交換パーティーでムーリンと話していた若者について伝えたのよ。ふたりがやりとりしているのを見て、きっとボーイフレンドのデイブなのだろうと思ったわ」

「それはなんともいえないわ。デイブには会ったことがないから。そもそも警察なんて信用できないわ。あの人たちは見当ちがいのところに目を着けて嗅ぎまわって、あげくの果てにわたしが窮地に立たされてしまう」

「あなたが？　でもあなたはなにもやましいことなどないでしょう」

ジャネルが首を横にふる。「不法移民を雇ってこっそり賃金を支払うことは、法律に反するはず。正確にいうと、複数の法律に」

わたしは目をパチパチさせ、ききまちがいであると期待してたずねた。

「いったい、なんの話？」

「事業を継続するために悪戦苦闘してきたのよ。資金繰りが悪化してしまって。入金前のクライアントが二社も倒産してしまうし、従業員のトラブルも抱えていた。そのトラブルでずいぶんお金がかかってしまったの。昨年ムーリンが働いてくれるようになって、店としては大助かりだった。ただ――」

ジャネルはいったん間を置いて、さらに続けた。「彼女はグリーンカードも社会保障番号もなかった、少なくとも合法的なものは」彼女の表情に苦いものが混じる。

「Mは不法入国者だったの？」

「そうであるとしか考えられない。身分証明書はあきらかに偽造されたものだったわ。あれならわたしがハイスクールに通っていたころに買った偽の身分証明書のほうがずっとましよ」

わたしは茫然とするばかりだ。ムーリンの在留資格について気にしたことは一度もなかった。正式に給与を支払う手続きをしたわけではなかったからだ。けれども正式な調査が入れば、ジャネルもわたしもまずい状況に陥る。

そんなわたしの思いをジャネルは察したらしい。「心配いらないわ。もし逮捕されることになっても、あなたとの取り決めはいっさい口外しない」

「そんなことはいいから。それより、そのことについてソールズ刑事とエンディコット刑事には話さなかったのね？」

「きかれなかった、だから話さなかった。でも彼らが気づくのは時間の問題でしょうね」

「ロリからはデイブについてなにもきかれなかった?」

「彼の名前は一度も出てこなかったわ。きかれたとしても、たいしたことはいえないけれど。彼の苗字すら知らないのよ」

「それはわたしも同じ」

「Mにとって彼は本命ではなかったのだと思うわ。確かにデートしていたようだけど、おたがいを独占していたわけではなかった。彼女がこの厨房でアシスタントをしている時には男性からいっぱい電話がかかってきたわ。ベンとかトニーとか。一日おきくらいに電話してくるの」ジャネルが意味ありげに微笑む。「あの子は手広くつきあっていたわけ。それも、おそろしく広範囲にね」

たったいまジャネルが口にしたのは、まさしく典型的なドメスティック・バイオレンスのレシピといっていい。ムーリンの気持ちよりも多くのものをデイブが望んだとしたら、彼女の死は痴情のもつれによる犯行という可能性が大きい。

「警察はムーリンの携帯電話を確保しているわ。すでにデイブは捜査上に浮かんでいるかもしれない。彼に直接話をききたい。電話番号さえわかれば。せめて苗字だけでも。彼に接近するための手がかりがなにかあれば——」

「あるわ!」ジャネルが叫んだ。「一カ月ほど前にムーリンに頼まれてデイブにクッキーを何ダースか送ったのよ。たぶん、配送先の住所が、まだコンピューターに残っているはず」

ジャネルはわたしの手にスプーンを押しつけて鍋の中身を混ぜるように指示すると、隅のテーブルのノートパソコンに向かった。彼女が検索するあいだ、ぐつぐつ煮えている茶色い液体を混ぜ続けた。ルートビアの甘いシロップはスパイスのような魅惑的な香りだ。

「あった」ジャネルがポストイットにメモする。が、すぐに彼女の顔が曇る。「ごめんなさい、クレア。これはデイブの住所ではないみたい。ようやく思い出したわ。これは彼の職場だとムーリンはいっていた」

「情報がないよりずっといいわ」メモの住所を読んでみた。「『エバグリーン退職者ホーム、レクリエーション担当……』」

老人ホーム、ということ……？

アイデアがひらめいた——ジャネルのルートビアのシロップみたいにいい香りはしないけれど、魅惑的という点では劣らないアイデアだ。デイブに会っていろいろきくための完璧なプランを思いついた。成功させるにはどうしても欠かせない人物がいる。探偵活動の際に頼りになる相棒、マダム・ブランシュ・ドレフュス・アレグロ・デュボワだ。

高齢のマダムは元気いっぱいで、クリスマス・シーズンともなればふだん以上に予定が詰まっている。今回の最大の課題は、マダムのスケジュール調整になるにちがいない。

構想を練っていると、正面のドアのブザーが鳴って我に返った。ドアのブラインド越しにぼんやりと人の姿が見える。むくむくと警戒心が湧き、眉をしかめた。ジャネルが腕時計をちらりと見る。「たぶん注文した品が届いたのよ。シロップの火を止めてちょうだい。そのまま冷ましておきましょう。配送の人のためにドアをあけるわ」

しかし、ドアをあけるとそこにいたのは三人の男性――彼らは醜いサプライズを届けにやってきたのだった。

17

「ディック・ベルチャーです、十一時の『チャンネル・シックス・ニュース』の……」

いかにも図々しい物腰のベルチャーは、ネイビーブルーのブレザーを着てブロンドの髪をきれいに撫でつけている。マルボロマンのような風貌の彼の顔は、これまでに何百回も見たことがある。ベルチャーの両側の男性はいずれもブルーのパーカーを羽織り、首から下がっているのは写真つきの身分証。ひとりは大きくて重そうなビデオカメラを肩に担いでいる。もうひとりは、さきほど商店の戸口でわたしをひそかに見張っていた男性だ。いまもスマートフォンを握りしめている。

「カメラマンのネッドです」ベルチャーが紹介する。「そしてプロデューサーのルーです……」

彼はこちらが止める間もなくジャネルめがけて突進した。「ミズ・バブコックですね?」

ジャネルが黙ってうなずく。

「あなたのもとで働いていたムーリン・ファガンについて、ぜひお話を」

丁重な言葉を操りながらも、ディック・ベルチャーはずかずかと入ってくる。続いてカメラマン、その後ろからはプロデューサーのルーも。

　あまりの押しの強さにジャネルは後ずさりする。カメラをかついだ男は肘でわたしをそっと押してどかせ、ジャネルにレンズを向ける。ディック・ベルチャーがカメラマンにうなずいて合図すると、カメラが回り出した。

「ニューヨーク市警からの情報によれば、こちらの従業員ムーリン・ファガンは警察が〈クリスマス・ストーカー〉と呼ぶ一連の連続暴行事件において殺害された初の犠牲者です。犯人が殺人に手を染める前に、警察本部長は世間に対し警告を発するべきだったとお考えですか？」

　ベルチャーはジャネルの顔にマイクをぐっと押しつける。

「わたしは……わたしはストーカーなんて知りません」ジャネルは口ごもりながらこたえる。い、いいわたしは知っている。昨夜のブライアントパークの犯罪現場でのことを、頭のなかで大急ぎで巻きもどした……。

　エンディコット刑事はメリーゴーラウンドのフロアに立ち、ムーリンの傷は鈍器で殴打された際に生じる外傷と一致すると表現した。「したがって直近の犯行の手口と重なる」といったのだ。

「ほかにもこういうことがあったという意味？」わたしはロリにたずねた。

　ロリはためらいがちに、「最近、女性が襲われる事件が数件起きている」とこたえた。

「いままでの事件で容疑者は浮かんでいるの？」

わたしの質問に対しロリは、それ以上はあきらかにできないと意思表示した。その理由がようやくわかった。ベルチャーにそれを漏らした〝情報源〟は彼女なの？　それともエンディコット？

ベルチャー記者がカメラに語りかける。「一般市民には知る権利があり、わたしたちは情報を提供するためにここにいます。感謝祭以降、四件の襲撃があったことをわれわれ〈ニュース・シックス〉は確認しています。被害者は全員女性で重傷には至っていません。しかし昨夜の事件で当局は、クリスマス・ストーカーのテロ行為が死を伴うものへと性質を変えたと懸念しています」

まさか。無差別に相手を襲撃する犯人がムーリンをメリーゴーラウンドに連れていって敷石で襲ったなんて、絶対にあり得ない！

昨日の午後、あの電話でムーリンは待ち合わせの約束をしていた。わたしは確かにこの耳できいた。つまりムーリンは自分に襲いかかった犯人を知っていたはずなのだ。

もしもムーリンの事件が「連続暴行犯」の犯行とみなされて捜査が続くようなら、彼女を殺した犯人は絶対に捕まらないだろう。

ディック・ベルチャーの語りが終わり、ふたたびジャネルと向き合う。

「アシスタントの命をこのようなむごい方法で奪った凶悪な連続暴行犯に対して、なにかおっしゃりたいことはありますか、ミズ・バブコック？」

ジャネルはひどく取り乱してなにもこたえることができず、目に涙があふれ、顔をそむけた。

なんて残酷な！　だが取材記者はそうは考えていない。ルーとベルチャーは待っていましたといわんばかりの表情だ——今夜、番組のトップで伝える悲劇的なニュースに欠かせない、感情に訴える映像が撮れた。

わたしはジャネルにちかづいて両腕をまわし、かばおうとした。「この人をそっとしておいて。プライバシーを尊重してください」これは警告の言葉だ。

「ほんの二、三、質問するだけです」ベルチャーはしれっとしている。

「わたしの言葉がきこえなかったのかしら？」すぐそばでジャネルは泣き続けている。「あなたも報道の取材チームの方も、カメラを止めてここから立ち去ってもらいます。いますぐに」

記者たちを追っ払うため、ジャネルから離れて彼らに向かって両手を前に突き出してちかづいていく。カメラマンは撤退するどころかレンズの焦点をわたしに合わせ、ベルチャーはわたしの鼻の下にマイクを突き出す。

「なにかおっしゃりたいことはありますか、ミズ……」ベルチャーがプロデューサーをちらりと見ると、プロデューサーがうなずく。「記録しておきたいので名前をおっしゃってもらえますか？」

「コージーです。クレア・コージー。さきほど申し上げた通り、あなたたちにここから出ていってもらいたいだけです」

「その前にひとことコメントをお願いします」ベルチャーが食いさがる。

「わかりました。コメントですね？　わたしのコメントはつぎの通りです。ムーリン・ファガンを殺した犯人は、人として決してゆるせません。罪のない人の命を奪ったあげく夜の闇のなかにこそこそ逃げ込んで罪を免れようとする醜い臆病者です。虫けらのような犯人を逮捕し、罰しなければなりません。それが正義というものです。わたしはできる限りのことをして、一日でも早くそこにちかづきます！」

「ミズ・バブコックにもうひとつだけ質問を」

カメラがジャネルにふたたび向けられる。

「やめて！　もうやめてちょうだい！」ジャネルは叫びながら両手を上げて顔を隠そうとする。

「ミズ・バブコック、どうかおこたえください……」

どうしたらこのまぬけどもを追い出せるの？　なにかいい方法はないだろうか。彼に一発食らわせるために——。

そこでにんまりしてしまいそうになった。ジャネルの実験の失敗作が一メートルほど離れたテーブルにのっている。わたしはやにわにテーブルに歩み寄り、『チャンネル・シックス・ニュース』のチームが反応する隙を与えずルートビアの巨大なスイートポテト・パイをつかんだ。そしてメレンゲできれいに飾られたお化けみたいなパイを、ディック・ベルチャーの驚いた顔めがけて投げつけた。

ベルチャーはうめき声をあげてマイクを落とし、完璧にセットした髪とこぎれいなブレザーについたルートビア風味のネバネバを必死に拭い取ろうとする。

「お引き取りいただけるわね？」わたしは澄ましていった。

「う、訴えてやるからな！」ベルチャーが唾を飛ばしながら叫ぶ。「いまの破壊的行為はうちのカメラマンがすべて録画した！」

わたしは腕組みをした。「法廷でその映像を最初から最後まで流してもらいます。おたくのライバルのチャンネル・ツー、フォー、ファイブ、ナイン、イレブンはそれをくり返し放映してすばらしい視聴率を獲得するでしょうね」

18

徒歩でビレッジブレンドにもどった時には、骨の髄《ずい》まで凍えきっていた。コートを脱いですぐにエスプレッソマシンに向かった。大急ぎでカフェインを補給しなくては。

エスプレッソマシンのところにはエスターがいた。泣きはらして目が真っ赤だ。大事なバリスタが悲しみに暮れているのを見たとたん、思わず抱きしめた。ゴスのダーク・クイーンとして知られるエスターも、ぎゅっとわたしを抱きしめた。

「ナンシーからMのことをききました。警察は犯人についてなにか手がかりをつかんだのかしら?」

「いいえ、まだよ。今後調べを進めていくわ——彼らも、わたしも」

エスターが身体を離す。「なにを調べるんですか、ボス?」

「まず、Mの私生活についてもっとくわしく」

「彼女はブルックリンに住んでいました。くわしい場所はよくわからないけれど。ボーイフレンドの名前はデイブ。でも苗字はわからない。Mはよくクラブに行っていたけれど、どこのクラブだったのかはきかなかった」エスターがいったん間を置いて、続ける。「けっきょく、なにひとつ知らないってことかしら」

「気にしないで。どうやらムーリンは自分のことを明かそうとしなかったみたいね。ジャネルですら、あまりくわしくなかったわ」

エスターが肩をすくめる。「人なんて、よくわからないってことですよね？　だってボリスを見てくださいよ。あれほど信頼していた上司に裏切られてしまった！」

「あなたのボーイフレンドの力になれると思うわ」

エスターのゾンビ風アイメイクの目が大きく見開かれる。「彼を雇ってもらえるんですか？」期待に満ちた声だ。

「ジャネルのところでね。彼女はひどいショックを受けているし、過労で疲れ果てているわ。ボリスには仕事が必要だし、彼女にもボリスが必要なの」

「つまりムーリンがやっていた仕事ですよね」エスターが沈んだ声を出す。

「そんなふうに考えないで。ジャネルの身になってみて。イベントのケータリングで忙しい週のさなかにアシスタントを失ってしまった。彼女はつぎの金曜日のクッキー交換パーティーに備えて作業に取りかからなくてはならないの。だからすぐに仕事に取りかかれる人がどうしても必要なのよ。初球からホームランを打てる実力を備えた人材を欲しがっているわ」

「野球のたとえはさておいて、ボリスほどハードに働く人はいないと思います。それにいますぐベーカリーを開店できるくらい実力もあるんです。この話、本気にしていいんですか？」

「今朝ジャネルのベーカリーを出る前に話してみたわ」（あの不愉快なディック・ベルチャ

ーと『チャンネル・シックス・ニュース』のスタッフを追い出した後に）「ボリスには会ったことがあるそうよ。これまでの経歴もよく知っているんですって。彼に手伝ってもらえるなら、とてもありがたいといっていたわ」

今度はエスターが、わたしに抱きついてきた。「いますぐボリスに電話するわ――」

「その前にマイクとわたしのためにアメリカーノを二杯いれてね。その後でボーイフレンドに朗報を伝えてちょうだい」

住まいの玄関のドアをなんとかあけて、くつろいでいるジャヴァとフロシーのふわふわした身体をまたいで、寝室に向かった――トレーにエッグノッグ・クラム・マフィンと巨大なカップふたつをのせて、目覚ましのコーヒーが一滴もこぼれないようにバランスを取りながら移動した。

マイクはシーツの下で固まってしまったみたいに動かない。留守にしていたあいだ、微動だにしなかったのではないか。カップとマフィンをナイトテーブルに置いて彼の肩にふれた。と、その時マイクに手首をつかまれた。この十二時間で二度目だ。手首にはまだ痛みが残っているけれど、それどころではない。彼は手首をがっちりつかんだまま、有無を言わさずベッドにわたしを引っぱり込んで体重をかける。思わず悲鳴をあげた。

「マイク！　放して！」

けれども彼はやわらかなくちびるで口を塞《ふさ》ぎ、あちこち手を動かす。シーツの下でなにかが動きまわる気配も伝わってきた。

「待って」わたしは懸命にもがいた。「これから長い一日が始まるのよ。あなたもそうでしょう。さあコーヒーを飲んで。べつに精をつけてもらいたいという意味ではありませんからね、念のため」

マイクは笑顔になってわたしを解放し、身を起こした。シーツがはらりと落ちて彼のたくましい胸があらわれる。砂色の髪は寝癖でくしゃくしゃ。こんなに髪が伸びているのを見るのは初めてだ。彼は指で髪を掻きあげ、ゆっくりとカップからひと口飲んでからクリスマス・シーズンのためにわたしが特別に焼いたエッグノッグ・マフィンをがぶりと頬張った。そして唸るような声を漏らしたのは、男性が発する満足のサイン。

「どこに出かけていたんだ？　土曜日の朝は休みだと思ったが」

「ジャネルからメールが届いたの。すぐに来てほしいって。ひどく動揺して、どうしても話がしたいということだったから」

「なぜそんなに動揺していたんだろう」

わたしが黙ったままなにもいわないので、マイクが深刻な表情になる。

「クレア？　なにかあったのか？」

「昨夜は話さなかったけれど、じつは……」

悲劇的な出来事をかいつまんでマイクに話した。ムーリンの遺体を発見したところからロリ・ソールズ刑事が事件の担当になるところまでを。話しているとちゅう、マイクはわたしをぐっと引き寄せた。話し終えて彼を見あげると、険しい表情だ。

「そうだったのか。昨夜、きみがわたしに怯えたのも無理はないな」

「〝怯えた〟わけではないわ。〝反応〟したのよ」

マイクはコーヒーをごくりと飲む。「それでジャネルのところに行ったというわけか？」

わたしはうなずく。「向かっている時にも変なことがあったわ。尾行されているような気がしてしょうがなかった。ジャネルの店に着くと、ニュース番組の取材チームがあらわれて執拗にあれこれたずねてわたしたちを困らせたわ」

マイクが顔を曇らせる。「どこの取材チームだ？」

「〈チャンネル・シックス〉」

「ディック・ベルチャー。ほんとうに不快な男だ。ジャーナリズムと称する不意打ち攻撃しか能がない」

「ジャネルとわたしはまさに不意打ち攻撃を食らったわ」

「きみはなにか話したのか？」

「べつにたいしたことは。それより、ベルチャーはどうやってわたしとジャネルについての情報を得たのかしら。新聞にはわたしたちの名前は出ていない。ニュースの報道もビレッジブレンドについてはなにも触れていないのに。なぜあのミスター・チャンネル・シックスはあんなふうに執拗にジャネルとわたしに迫ったのかしら？」

マイクは無精ヒゲの伸びた顎を掻く。「奇妙だな。ロリ・ソールズとスー・エレン・バスが担当しているとなると、なおさらだ。あのふたりはとても口が堅いからベルチャーのようなやつに絶対に情報を漏らしたりしない」

「スー・エレンは療養休暇中よ。ロリはあたらしい相棒と組んでいるわ」

マイクがはっと身構える。「相手はだれだ？」

「フレッチャー・スタントン・エンディコット刑事」

「なんてことだ。よりによってミスター・DNAか」

「ということは、彼を知っているの？」

「ああ」

マイクはカップの中身を飲み干し、シーツをはいでテリークロスのバスローブを羽織った。

「気のせいではなく、きみはほんとうに尾行されていた。それがエンディコットのやり方だ。大々的に報じられれば大事件という扱いになる。彼は大事件の中心的人物になることを好む。スーパースターのように見えるし、じっさいにキャリア上でもプラスになる」

「すばらしいことね。それで？」

マイクはわたしに同情を示すように肩をすくめる。「さらにリークは続くだろう」

わたしはため息をついた。「ムーリンの私生活について、だれかがリークしてくれないかしら」

「彼女はきみのもとで働いていたはずだ。それなら――」

「ムーリンは謎の塊なの。アメリカ生まれですらない。だから探り出すにしても限界があるわ」

わたしはマイクとの距離を詰めた。「あなたは誠実な連邦捜査官よね。力を貸してくれるでしょう？」

「彼女の経歴についての情報か？」

わたしはうなずく。

「移民帰化局の人間に問い合わせることはできるだろう。なにしろいまや〝名刺ホルダー〟が驚くほど充実しているからな」彼が片方の眉を上げてみせる。

それをきいて、はあっと息を吐き出した。「ありがとう」

「成果についてはいっさい保証できないが」彼が予防線を張る。

わたしはにっこりした。「あなたの名刺ホルダーをいつか手に入れることができるかしら……」

「ああ、きっとできる」

ナイトテーブルの電話が鳴った。昨夜の電話の件で用心深くなっていたので発信者のＩＤを確認した。「まあ。あなたの元奥様からよ」

「ちょうどいい。彼女にいくつかいっておかなければならないことがある」マイクは顔をしかめて電話を取った。「もしもし」

たちまち彼の表情がやわらいだので、相手は彼の元妻ではなくジェレミーとモリーだとわかった。マイクは子どもたちと十分ほど話し、その間わたしはコーヒーを飲んでベッドメイクをした。電話を切るとマイクの表情はすっかり晴れ晴れしている。

「子どもたちと午後いっしょに過ごすことになったから、迎えに行く。映画を観に行くんだ。『サンタクロース、ゾンビハンター』――それで合っているか？」

「ええ、そういうタイトル。小学生に大人気よ」

「もはや『ルドルフ、赤鼻のトナカイ』は時代遅れか？」

「いまどきのかわいいルドルフはロボットで、それが変身して超音速宇宙船になるのよ。もちろんレーザービーム、ミサイル、電子レンジをフル装備して」

「まったく、いまどきの子どもときたら……」マイクが微笑む。「〈セレンディピティ〉でフローズン・ホットチョコレートも食べる。きみもいっしょにどうかな。じつはモリーがきみと行きたがっている」

わたしは首を横にふる。「いっしょに過ごすのは明日にしましょう。今日はマダムと用事があるの」(マダムといっしょにブルックリンの老人ホームに出かけていく予定がある――無事にマダムの協力を取りつけられれば、の話だけれど)

とつぜんマイクがあわてたそぶりを見せた。「鞄がないということは、なにか着るものを見つけなければならない」

「あなたの服ならここにたくさん残っているから、きっとなにか見つかるわ」

マイクがバスローブの紐をゆるめる。「まずはシャワーを浴びるとするか」

「しっかりとヒゲを剃ってね。外は寒いし、わたしの肌はデリケートですからね。凍傷に加えて顎ヒゲで擦って摩擦熱でヤケドしたら困るわ」

「ということは、きみはわたしにキスをする予定があるということかな？」

「ええ」

「それはよかった。生きる張り合いができた」

マイクが浴室のドアを閉めたとたん、わたしのスマートフォンの着信音が鳴ったので見ると、ロリ・ソールズからのメールが届いている。

「内密の情報ですが、あなたは正しかったわ。毛髪はパイパー・ペニーのものではなかった。また連絡します」

スマートフォンの画面から顔をあげた。鑑識班はどうやってこんな短時間でそれを確認したのだろう？　ＤＮＡ分析には何日もかかるはず。時には何週間も……。

そのこたえは、一つひとつ事実を積み重ねていくうちに明らかになった――そして危うく笑いそうになった。でも確信をもって笑えるのは、ロリ・ソールズ刑事と話をしてからだ。

19

一時間後、マイクは子どもたちに会いに出かけ、わたしは階段をおりてビレッジブレンドに向かった。

店のペストリーケースには、ジャネルの有名なレモンシュガー・クッキーが並んでいる。パン屋の一ダース（十三個）を箱に詰めて、マテオの母親が暮らす五番街の豪華なアパートに持っていこう。

甘いタルトを食べているような味わいのこのクッキーはとてもおいしくて、マダムのお気に入りだ。協力をあおぐためには絶大な効果を発揮してくれるはず。

ところが、当のマダムが店にいるではないか。暖炉の傍らでゆったりくつろいだ様子で、まさにこのクッキーをつまんでいる。同じお皿からクッキーをシェアしているのは、ニューヨーク市警のエマヌエル・フランコ巡査部長だ。

フレンチプレスでエチオピアシダモをいれた。極上の豆だ。マテオがゲラ・ウォレダで調達したこのコーヒーはすっきりした柑橘系の風味で、ジャネルのクッキーと抜群に合う。

わたしがちかづいていくとフランコが立ちあがった。ベルトにつけている手錠がカチャリと音を立てる。「大変な一夜だったにちがいない。な、コーヒー・レディ」彼が茶化す。「エマヌエルから、昨夜はひどい一夜だったときいたわ」マダムがわたしの頰に軽くキスする。

マダムのブークレニットのジャケットはルーフボタンつきで、色はクリスマスにふさわしい赤。その下には刺繡《ししゆう》のある白いシルクのブラウスを着ている。とても素敵な組み合わせだ——どちらも伝説的なファッションデザイナー（そしてビレッジブレンドの長年の友人）のオーダーメイド。さらに細身の黒いシルクのパンツ、それにマッチしたハーフブーツ、ゴールドのヤドリギのチャームの魅力的なネックレスを合わせてマダムのクリスマスの装いは完成している。

フランコのファッションはちょうどコインの裏側と表現するのにぴったりだ。ブラックデニム、ゴツゴツしたワークブーツ、すりきれた革のボマージャケットの下にはスウェットシャツ。まだ正午前だというのに、無精ヒゲは夕方五時を思わせる。

「クッキーは気に入ったかしら、エマヌエル？」マダムがたずねる。

「なかなかいいと思いますよ。少しばかり乙女っぽい感じですがね。しかし女性とレモンの関係は謎だな。レモンケーキ。レモンクッキー。レモンパイ。レモンバー。レモンタルトをあげてもいいが、レディにあらぬ誤解をされてはまずい（タルトは身持ちの悪い女、売春婦の意味もある）」

「エマヌエルと約束したことを確認していたのよ。わたしたちからジョイへの贈り物をパリに持っていってもらうと約束したでしょう。あと二週間もないわ」マダムがいう。

フランコがうなずく「よろこんで持っていきますよ。しかし、くれぐれも贈り物は包装しないように。どうせ航空会社のセキュリティチェックであけられてしまう」

「フランスに着いたら、あなたに包んでもらおうかしら。お願いできる？」

「この通り左手の親指二本しかないが、最善を尽くしましょう」そこでフランコが人さし指を立てる。「レディへの助言をひとこと。蝶結びをお望みなら、ぺたっと貼りつけるシール式がお勧めだ」

「おふたりがここにいるのは、そのため？　わたしの娘へのクリスマスプレゼントの相談？」

「あと一時間足らずで勤務につく。その前に、エキサイティングな一夜の後どんな様子だろうかとちょっとのぞきに来た」

「わたしは、わがまま息子を待っているのよ。これからいっしょにブルックリンに出かけて、ウィリアムズバーグのこぢんまりした素敵なビストロで彼にランチをごちそうする約束なの。そのビストロでうちの豆を使っているのよ」

わたしはため息をついた。「マテオとの予定の変更がきくとうれしいんですけど。ぜひ力を貸していただきたくて。今日これから」

マダムは首を傾げる。「どういうこと？」

「マダムにうってつけのプランなんです」

デイブという人物がブルックリンのエバグリーン退職者ホームで働いていること、その老人ホームで彼にちかづくプランについて説明した——マダムの協力が得られれば、の前提で。

マダムはエレガントなマニキュアをした長い指でスイートタルト・クッキーを割って口に運び、しばらく考えながら噛んでいる。

「その老人ホームに行こうかしら。もちろん、別人になりすまして」

「入り込むにはマダムの演技力が必要なんです」

フランコが鼻を鳴らす。「必要なのは演技だけではないぞ、コーヒー・レディ。ブルックリンではこんな服装にはお目にかかれない」

「一理あるわね。マダムには変装してもらわなくては」わたしは腕時計を確認した。「十四丁目の救世軍の店で調達しましょう。そしてマテオが来るまでにここにもどっていましょう」

「救世軍？　それはなんだか……極端じゃない？　運転手にいってアップタウンにいったん帰って着替えてくるわ。もっと……カジュアルなものに」

「こういう場合にぴったりの〝カジュアル〟な服装を持っていらっしゃるとは思えません。それに、ここでマテオに会う必要があるんです」

「ランチの予定は後日に変更しなくてはね」

「いいえ、キャンセルの必要はありません。マテオは役に立ちます。デイブはおそらく魅力的な若者で、隠し立てなどしないで進んで協力してくれるでしょう。でも、ひょっとしたら若くてハンサムな危険人物かもしれない。こちらが詰め寄ればとんでもない行動に出る可能性もあります。だからマテオにも来てもらわなくては——わたしたちの筋肉として」

「あなたのいう通りね。あやしげな服を着ることになっても、ビストロでホタテ貝のたたきを食べるよりもこちらの冒険のほうがずっと楽しそう」

「マテオがわたしのプランに異議を唱えないことを願います。わたしとマダムのこの手の活動には、彼は一貫して反対ですからね」

マダムがわたしの手を軽く叩く。「あの子はきっと賛成するわ。少々ぺてんにかけてやりましょう。うまいこと騙してその気にさせて、後もどりできないところまできたら、ばれてもかまわないわ」

20

『エバグリーン退職者ホーム——ふたたび人生が始まる場所』

十階建てのガラスとスチールの建物のエントランスには看板が掲げられている。その看板を見て、マテオは自分の目が信じられないといった表情だ。

おしゃれな黒い髪を後ろに搔きあげながら、マテオがいう。

「ウィリアムズバーグで昼食をとるのかと思っていたよ。うちのコーヒー豆を使っているあたらしいビストロに行くんじゃなかったかな？」

「〈デュランゴズ〉なら、この後すぐに行くわ。ちょっとした寄り道をするだけだと、ちゃんと話したでしょう」マダムがこたえる。

「ちょっとした、ね」マテオが首を横にふる。「あと少しでも寄り道したら、岸を離れて今ごろは湾のまんなかだ」

その言葉がきっかけだったように、突風が波の白い帽子を吹き飛ばし、刺すように冷たい風がわたしたちにも容赦なく吹きつけた。わたしたちは正面のドアに向かって、それまでの倍の速さで歩いた。マダムは凍るような寒さから身を守ろうと、野暮ったい茶色のコートの襟元をぐっと強く締める。

その様子を見てマテオがせせら笑う。「温かくて心地いいセーブルのコートは失くしてしまったのかな？　そんな奇妙な服を着ているのを見た時に、なにか変だと気づくべきだった。どこで手に入れたんだろうな。救世軍？」

マダムは自分の格好をチェックするふりをする。みすぼらしいウールのコート、ポリエステルの焦げ茶色のパンツ、黄褐色のスニーカーを。

「この服装にはなにも不備はないわ」マダムがきっぱりという。

「そんなことはない。だらんとした花柄のムームーが足りない」

「まあ、オーバーね。たしかにドレスダウンしていることは認めるけれど――」

「ドレスダウン？　そういう格好をされると、こっちが年取った気分になるよ」

いかにもピーターパンらしい発言だ。わたしの元夫がマダムの変装に難癖をつける真の理由は、まさにこれ。母親がいつまでも若々しくエネルギッシュで力強く活躍していれば、彼は自分が年を取っていく実感などとは無縁でいられる。

「もう降参するよ。ここに来た目的を教えてくれないか。お願いだから母さんの友だちをたずねて来たといってほしい」

「生活を変えてみようかと思っているのよ。人とのふれあいが乏しくなってしまったような気がしてね。クレアは店が忙しくて、ジョイはパリに住んでいる。あなたは始終旅に出ているし」

マダムはそこで間を置いて目の端を指でおさえ、大きな音を立てて洟をすする。

「時には、孤独を感じてしまうの――」

マテオはまったく動じない。「友だちは有り余るほどいるんだから、そんなことを感じている暇なんかないだろう」彼はくるりと向きを変えてわたしのほうを向く。「こんな見え透いた芝居を打つようにおふくろを仕向けたのはきみだな?」

「ノーコメント」そうこたえながら、三人そろってガラス張りのロビーに入った。

「いまの古いアパートにもずいぶん飽きてしまったわ」マダムが続ける。「行きつけの大好きな場所もすっかり減ってしまって、いまではマンハッタンですら少し退屈になってきたのよ。居場所を変えればまた元気になれると思うわ」

「ふうむ」

「ぐるりと見まわしてごらんなさいな。すてきな景色よ。ビーチ、海、通りの向こうには小規模のショッピングセンター」

「そうだな」マテオが薄ら笑いを浮かべる。「コニーアイランドのサイクロン・ジェットコースターのすてきな眺めが加われば、南仏に勝るとも劣らない美しさだ」

「マテオ・アレグロ! いったいどこでそんな意地悪な態度を身につけたの?」

「この街かな。サバイバルに必須のスキルだ」

マダムとマテオの親子喧嘩が続くあいだ、わたしは壁に掛かっているスタッフの一覧表を見つけた。「デイブ・ブライス」は「レクリエーション担当責任者」という肩書きだ――彼がここで働いているというジャネルの言葉が裏づけられた。

「とにかく、この施設がひじょうにモダンであるのは、あなたもわかるでしょう。それぞれのスウィートルームにはオーシャンビューの専用バルコニーがついているのよ。しゃれているわよね」

マテオはロビー全体を眺める――リノリウムのフロア、オフホワイトの壁、プラスチックの椅子。ひじょうに実用的な空間だ。「海辺のバウハウス的な奇怪で効率的なアパートに移りたいから、原画と高価なアンティークがぎっしり詰まった五番街のペントハウスを出る、なんて話を鵜呑《うの》みにはできない。おふくろは、いや、むしろクレアはなにかをコソコソともくろんでいる。危険で、そしておそらくは違法ななにかを」

マテオがため息をつく。「しかし、すでにこうしてここにいるわけだ。どれほど愚かなゲームをやろうとしているのか知らないが、調子を合わせよう。最後に飯さえ食わせてもらえるのなら――」彼は自分の手首のブライトリングをちらりと見る。「たとえランチがディナーになるのだとしても」

マテオは心を決め、ゆったりとした足取りでフロントデスクにちかづいていく。

「入所の担当者とお話できますか。管理の行き届いた環境に母を入居させたいと考えているので……」

「エバグリーン退職者ホームにようこそおいでくださいました。入所担当の責任者、エレン＝ネリー・ビーズリーです。どうぞよろしく」

極端にほっそりした体型で地味な服装の中年の女性が、雑然としたデスクの向こう側で立ちあがり、手を差し出した――もちろん、マテオに対して。

礼儀正しく握手をすると、マテオはキャメルのトップコートを脱いだ。身体にぴったりフィットしたハンターグリーンのカシミアのセーター、ぴったりした黒いチノパン姿だ。袖をまくりあげると、硬い筋肉がついてよく日に焼けた前腕があらわれた。

ミセス・ビーズリーの両目はこころなしか大きく見開かれ、ほっそりとした指が本能的に動いてまっすぐに切りそろえた黒い前髪を整える。

「どうぞ、お掛けください」彼女はマテオに自分のすぐ横の椅子をすすめる。「どのようなご相談でしょう、ミスター・アレグロ――」

「マテオ、で結構です。もっと短くマット、でも」わたしの元夫は気さくな調子だ。

「マ、テ、オ……」彼女は時間をかけて発音し、一つひとつの音を味わう。「なんてエキゾチックなのかしら」

「あなたは……？」

「ネリーと呼んでください」彼女はこたえ、切りそろえた黒い前髪にまたもや指をやる。

「では、ネリー。今日は母のブランシュに同行しました。年を取ってきたので、あたらしい生活の場を見つけなくてはと考えています。母が適切な……世話を受けられる場所を」

「お母さまはおひとりですか？」ミセス・ビーズリーがたずねる。

「夫に先立たれまして」マテオがこたえる。

ミセス・ビーズリーは同情を込めた様子でうなずく。「わたしは三度離婚していますが、お母さまの心細いお気持ちはよく理解できると思います。親密な交流を失った痛手は、数週間かけてじわじわと心を蝕《むしば》みます。あなたたちご夫妻はお母さまといっしょに暮らしていらっしゃるのかしら？」

「元の妻です」マテオが正す。

「元」という情報にミセス・ビーズリーが興奮し、ほんの一瞬だけ笑顔を浮かべたのを、わたしは見逃さなかった。彼女が椅子を動かしてさらにマテオに接近したのにも気づいた。

「結婚生活にピリオドを打った後も、クレアはぼくの母を親身に世話してくれています」マテオが続ける。「ただ、最近は彼女も仕事が忙しく、あたらしい恋に注意が向いて、なかなか時間が取れない。今までのようにはぼくの母の面倒は見られないというのが現状なんです」

ミセス・ビーズリーがマダムに大きな声で話しかける。

「お加減はいかがですか、ブランシュ？　移動で疲れたでしょう？　なにかわたしにできることはないかしら？」

マダムが顔をしかめる。「そんなに大きな声を出さないでちょうだい。耳はまだ少しも遠くなっていないんだから」

「まあ、それはすばらしいわ」ふつうの音量に切り替わった。「お茶でもいかがですか?」

「こちらの施設を見学させていただけますか」わたしは話に割り込んだ。「特にレクリエーション施設が見たいわ。義母にはレクリエーションがとてもだいじですから……」

ミセス・ビーズリーが顔を曇らせる。「それはまたつぎの機会にでも。今日はまず、この老人ホームがブランシュにとって適切な場であるかどうかを検討しましょう」

「その点ならまったく心配ありません。義母はたちまちなじんでしまいます。レクリエーション活動さえあれば」わたしはこたえた。

「認知機能に関して、なにか気がかりなことはありますか、ブランシュ?」ミセス・ビーズリーがたずねる。

「頭はすばらしくよく働いているわ」マダムがいい返す。

マテオはミセス・ビーズリーと視線を合わせ、首を横にふる。ミセス・ビーズリーはそつなく、咳払いしてマテオに問いかけた。

「お母さまの認知機能の衰えが気になるのね、マテオ?」

彼がうなずく。「ごらんの通り、ファッションセンスが完全に失われています」

「バカなことをいわないで!」マダムは鼻であしらう。

「ユーモアのセンスも」マテオがつけ加える。

ミセス・ビーズリーが顎に手をやる。「それがメンタルヘルスの領域に含まれるかどうか、専門的な判断はできませんが」

「義母は飽きっぽいし、絶えず刺激を欲しがるんです」わたしがくちばしを挟む。「ですからこちらの〝レクリエーションのプログラムと施設〟に関心を持ったというわけです」

わたしがレクリエーションについて口にするのはこれで三度目だ。いくらマテオが鈍感でも、さすがにピンときてくれなくては。ミセス・ビーズリーはわたしのいうことなどまるで頭に入っていないが、さいわい元夫には通じたようだ。

「クレアのいう通りです。母はなにかひとつのことに関心がいくと、ほかがお留守になる。注意欠陥障害《ADD》みたいな感じで。わかりますか？　つねに動きまわっていて、母がどこにいるのかぼくたちにはさっぱりわからない。キルトのサークルに行くといっているのに、賭け金の高いビンゴゲームをやっているところを見つけたり。先週はアケダクト競馬場の敷地内の〈クイーンズ・ラシーノ〉でスロットをやって遊んでいるところをようやく見つけました」

「まあ」ミセス・ビーズリーは息を呑む。

「ところで、こちらのレクリエーション活動はどれくらい盛んなのかな、ネリー？　キルトやビンゴといった趣味の会も用意されているんだろうか？」

「ええ。各種さまざまなアクティビティがそろっています。残念ながらスロットはありませんが」

「まあ上品ぶって。スロットがなければ、いったいなにをすればいいの？」マダムがぶつぶつつぶやく。「ポニーに賭けるのもきっとダメっていわれるわね」

ミセス・ビーズリーはマテオにぐっと身を寄せて、いかにも同情するように彼の手に自分の手を重ねる。「お母さまはよくギャンブルを？」

「年がら年じゅうです。よく見張っていなければあっという間に家を失ってしまうでしょう」

ミセス・ビーズリーは手を重ねたままさらに接近し、彼の首に鼻をこすりつけんばかりだ。ここで椅子がひっくり返ったら、マテオの膝に倒れ込むにちがいない――彼女は嫌がらないだろうけれど。

「それでは、お母さまのギャンブル癖にどう対処していくのかが課題になりそうね」ささやくような声だ。「エバグリーンへの入所を検討するに先立って、この課題についてじゅうぶんな話し合いが必要だと思うわ」

「きみとなら、どんなことでも話し合えるよ、ネリー。母が同席しないほうがよさそうだ。ふたりきりで話がしたいな。その間、クレアが母に付き添ってこちらのレクリエーション施設を見学するというのはどうだろう」マテオのささやき声は、いかにもわざとらしい。

ミセス・ビーズリーが顔を輝かせる。彼女のデスクの上のクリスマス・ツリーについているＬＥＤ電球さながらの明るさだ。

「まあ、それはすばらしいアイデアね、マ・テ・オ」

21

エバグリーンのレクリエーション施設とはつまり、超大型のプレイルームのことだった。全面ガラス張りで、ロウアー・ニューヨーク湾が望める。ガラスの引き戸から出られる広いウッドデッキはよく磨かれ、その先のビーチに続く砂地は雪に覆われて、砂糖衣をかけられたようにキラキラ輝いている。遠くの海岸線は極寒の海の波が砕けて泡立っている。あの光景をスプーンですくい上げてラテのグラスに入れることができれば、きっと大金持ちになれるだろう。

「とても快適ね」マダムは室内をじっくりと見ていく。

凍るような冬のパノラマとは裏腹に、プレイルームのなかはぽかぽかして温かい。金色の日光が降り注ぎ、ガス製の暖炉が壁でちかちかと光り、炉棚には手編みのカラフルなクリスマスの靴下が並んでいる。

暖炉脇のテーブルにはアンティークの優雅な銀の燭台《しょくだい》が飾ってある。ハヌカーで使う九本枝の大燭台だ。暖炉を挟むようにして高さ二・五メートルのトウヒのクリスマス・ツリーがカラフルな電球できらきら輝いている。マツ科の針葉樹の枝には白いモール、赤い蝶結びのリボン、手作りのオーナメントがふんだんに飾られ、ソープストーンを彫った天使もたくさんぶらさがっている。

別の壁には大型スクリーンのテレビがある。けれども文字多重放送《クローズドキャプション》の映像にはほとんどだれも注意を払っていない。ビリヤード台と室内のシャッフルボードのコートも静かだ。窓際にはカードテーブルがいくつも並んでいるけれど、人がいるのは二台だけ。一台では男性たちがポーカーを、もう一台は女性四人が囲んで大きなキルトに取り組んでいる。

活動の中心はもっと部屋の奥のほうにあるようだ。そこではアップライトピアノを囲んで入居者とスタッフがあつまっている。少し高くなった小さなステージがあり、ピアノはその脇のフロアに置かれている。あつまっている人のなかには杖や歩行器に身を預けている人も交じっている。そして車椅子に乗っている人も。

なにかを盛んに話しているけれど、中身まではききとれない。ただ、なんだか奇妙だ——ひそひそ声が続いたかと思うと驚いたようなどよめきがあがり、ざわざわと興奮した口調になる。

「どういうあつまりなのかしら」マダムがささやく。「思い切って——」

とつぜんマダムがきゃっと甲高い悲鳴をあげて、ポリエステルの布で覆われたお尻をこする。「まあ、驚いた！」

「どうしたんですか？」

「だれかにつねられたわ！」

そろってふり向くと、老人がひとり、やんちゃ坊主のような笑顔を浮かべている。かかしのように瘦《や》せた身体にスカイブルーのジョギングスーツをまとい、銀髪の頭には茶色いフェドーラ帽を、シナトラ風に粋な感じで斜めにかたむけてかぶっている。わたしたちと向き合うと、彼が帽子のつばに手をやった。

「あなたがつねったのね！」マダムはマニキュアをした指を彼に向かって激しくふる。

「そう、そうの通り」古きよきブルックリンの伊達男のように彼がウィンクしてみせる。「なんてみごとなスタイルだろうと感激してね。いずれ、夜お誘いしてそのリアバンパーのピンとした張りを確かめてみたいですな」

シナトラ気取りの老人はまた帽子のつばに手を当てると、そのままぶらぶらとした足取りでドアのほうに歩いていく。両開きのドアを押して出ていくさまは、まるでここのオーナーのような態度だ。

「あきれた」マダムがあっけにとられている。

わたしは笑いをこらえた。「でも、正しい指摘だわ」

マダムがにやりとする。「まあね。まさかこんな場所でああいうことをいわれるなんて！オットーがきいたらきっと嫌がるわ——」

そこでいきなりマダムがわたしの腕をぎゅっとつかみ、指さした。

「クレア、あれを見て！」

マダムが指した方向に目を向けると、コルク製の大きな掲示板がある。左半分には『第一金曜日のお騒がせナイト、午後七時三十分～八時三十分、今月のお騒がせ写真!』というタイトルがついている。

タイトルの下には写真がたくさん並ぶ。入居者が衣装をつけてコントをしたり、楽器演奏をしたり、スタンドマイクに向かって皆で歌ったりしている写真だ。けれどもマダムが目を留めたのは、コルクボードの右半分だった。

クリスマスイブ・スペシャル!

『懐メロと新曲　クリスマス・カラオケ』

主催者　ムーリン・ファガン

六時より九時まで

入居者の方はどなたでも、お友だち、ご家族とともにご参加ください

そのポスターを斜めにばっさり切るように「延期」を知らせる紙が貼ってある。赤い文字は、生々しい傷口を連想させる。

「ここに来たのは正解でした」マダムにささやく。

その時、黒っぽい髪の若者が長いスナックテーブルのところにいるのが見えた。熱い湯の入ったカラフェ、その傍らのティーバッグ、サンカ(ディカフェのインスタントコーヒー)のパック、新鮮なフルーツの入ったボウルを補充している。

こちらに背を向けているが、シルエットから判断してデイブにまちがいない。彼に向かって一歩足を踏み出すと、マダムがぐっとわたしを引きもどす。

「忘れないでね、クレア。わたしたちの〝筋肉〟は入所手続きのオフィスにいて、あの女性のご機嫌をとっているさいちゅうよ。マテオに目を爛々《らんらん》とさせていたやせっぽちの入居担当者」

「彼女が行動に出ていないことを祈ります」

「油断はできないわ。とにかくあの若者にあなたひとりで立ち向かうなんて無茶よ。わたしにそういったでしょう。彼は危険な殺人鬼かもしれない」

「たしかに、そうですね。二手に分かれましょう。わたしはデイブに目を光らせていますから、マテオを連れてきてください」

マダムは両開きのドアから急いで出て廊下を歩いていく。入所手続きのオフィスに行くには一階のフロアの端から端までを横切らなくてはならない。その間にデイブがいなくなりませんように。

若者の背中を凝視したまま数分が過ぎた。ついに彼が向きを変えてテーブルから離れ、両開きのドアを抜けてレクリエーション・ルームから出ていった。

こっそりと跡をつけた——『従業員以外立ち入り禁止』という表示のあるドアに彼がカードキーを差し込む。

まずい！　ここで見失うわけにはいかない。いちかばちかやってみよう——。

「すみません、デイブ？」肩にふれてみた。

彼がくるりとこちらを向く。ラテン系の若者だ。ぎょっとした表情を浮かべている。

「なにかご用ですか《プエド・アジュダレ》？」

「あら、ごめんなさい。デイブをさがしているの」

彼はにっこりして、親切にも英語に切り替えてくれた。

「デイブならあそこにいます……」さきほどのプレイルームを指さす。「ピアノの前に座っている人物です」

カチリという音とともにドアのロックが外れた。若者はドアの向こうに姿を消し、わたしはプレイルームへともどった。

22

デイブ・ブライスはピアノに向かって座っている。ということは、彼の姿は見えないということだ。入居者とスタッフがおおぜいアップライトピアノを取り囲んで、人間のカーテンのようにデイブを隠してしまっている。もっと近くにいってみようと部屋を横切っていくと、ぎゅっと固まっていた人たちが解散した。これは好都合だ。

車椅子の人たち、ゆっくりとした足取りの人たちがぞろぞろとこちらに向かってくる。ところが車椅子の女性がひとりだけ、別の方角に進んでピアノ用の長椅子のそばに行く。わたしはどんどん接近して、ようやくデイブの姿を確認した——そして驚いて足を止めた。

少年っぽさが残るハンサムな顔立ち、黒っぽい髪、中背、年齢は三十歳前後、という人物がいるだろうと予想していた。要するに、クッキー交換パーティーでムーリンといい合いをしていたのと同じ人物。

けれどもこのデイブは——厳密にいうと「レクリエーション担当責任者」という肩書きを持つデイブ・ブライスは——六十歳に手が届こうとする男性だ。ムーリン、つまりクラブが大好きな二十五歳の女の子がつきあう相手として想像するような年齢ではない。

とはいえ、デイブ・ブライスは魅力的ではない、というわけではない。顔にしわは刻まれてはいるけれど、クリス・クリストファーソンのような顎ヒゲを生やしている。肩まで届く黄褐色の髪には白いものが交じり、それをヒップスターのように短いポニーテールにまとめている。片方の耳には金の輪っかが輝き、ボロボロのジーンズ、オープンカラーのデニムのシャツ、ネイビーブルーのスポーツジャケットという出で立ち。

「ねえ、デイブ!」車椅子の女性が呼びかける。

「うん?」デイブがこたえる。

「あとひとつだけ!」

「そのかわいらしい顔つきから判断して、エディティス。きみは懐にクリネックスのティッシュ以外になにか隠し持っているようだね……」

コーヒーハウスのマネジャーという仕事柄、週に何百人もの声をきく機会があるけれど、この男性の声には思わずはっとしてしまう。低く滑らかで、並外れてよく響く声だ。たとえていうなら、夜更けのFMラジオから流れるような声。彼がマイクの前に座り、LPをかけながらスコッチのツーフィンガーを飲んでいる光景が目に浮かぶ。

「M主催のクリスマスイブのパーティーがないのなら、次回のMの『思い出のメロディ』の会がいつになるのか、それだけでも教えてくれない? 娘が孫を連れて出てくるっていっているから、ぜひきかせてやりたくて……」

エディスがこんな質問をしているところからみて、Mが無惨に殺されたという知らせはここの入居者にはまだ届いていないようだ。さすがにデイブはもう知っているの？　それとも彼もまだ知らされていないの？

エディスが話している時の彼の様子を観察した。にこやかな表情が一瞬、曇った。Mの話題で動揺しているということ。彼女の身になにが起きたのかを、彼が知っている可能性は高い。入居者にはなぜ真実を伏せているのだろう？

「Mの歌をきくのはとても楽しいんですもの——若い人でも年配者でも楽しめるわ。娘のサリーと孫娘たちも絶対によろこぶはず。だから教えてね」

エディスにこたえる前にデイブはためらった。ごくりと強く唾を飲み込んでから話し出したが、さきほどよりずっと弱々しい声だ。耳に心地いい響きの声ではない。

「きっと知らせるよ、エディス」

「あなたって、いい人ね、デイブ。それに昨夜のあなたの『第一金曜日のお騒がせナイト』はこれまでで最高だったわ。すばらしかった！」

お騒がせナイトという言葉をきいて、掲示板に留めてある写真の大部分にピアノを弾く人物が写っていたのを思い出した。あれはデイブ・ブライスなのだ。彼は業務の一環として、毎月高齢者のイベントの手伝いをしているということか。

エディスが離れていき、デイブはピアノのふたを閉めて宙を見つめている。ぼんやりとした様子で指の関節をボキボキ鳴らす。

話しかけてみたかった。でもマテオは、つまり彼の筋肉はまだここに到着していない。腕時計に目をやる。まったく、ミセス・ビーズリーの握力ときたら、手錠並みのマイクの握力よりもさらに強力らしいわね。マテオはがっちりとつかまれて抜け出せないのかしら！

ふいにデイブは我に返った。楽譜をかきあつめてブロンド色の革のメッセンジャーバッグに入れて閉じると、立ちあがった――それを見て、わたしは眉をひそめた。

彼は長身で、少なくとも百八十センチ以上ある。手足は長く、胸板が厚い。若くはないし、お腹のあたりは肉もついている。しかしかんたんに倒せるような相手ではなさそうだ。マテオは彼よりも二十歳は若いはずだけれど、それはたいした問題ではなさそう。

その時、デイブがわたしに気づいて丁寧に会釈した――入居者を訪ねてきた身内と勘違いしたのだろうか。彼は大股で歩いてプレイルームを横切り、両開きのドアを押して出ていった。

一階の廊下を進んでいく彼の跡をつけた。このまま建物内の共有スペースに留まっていてくれますように。けれども期待は裏切られ、彼は角を曲がって『出口』と表示のある重い防火扉をあけた。

まずい、建物から出ていく！

とっさの判断で、首に巻いていたおしゃれ用の薄いスカーフを外し、ドアのノブに掛けた。ドアの外に出ると、スタッフ用の吹き抜けの階段だった。

下のほうで金属の階段をおりるカンカンという足音がする。デイブが下におりているのだろう。わたしも続いた。少しおりると、彼が屋外に出るドアのほうに歩いていくのが見えた。

あと数秒で建物から出てどこかに行ってしまう。

「すみません！」階段から呼びかけた。「ちょっとお話があるんです」

デイブが足を止めた。ドアについている金属製の横棒に手を乗せたまま。

こちらをふり向いて、気遣いのこもった笑みをかすかに浮かべる――習い性となっているのか、少しつくり笑いのようだ。けれどもちかづいていくにつれて、彼の琥珀《こはく》色の目に鋭いものが加わった。唐突に、いまの自分の格好を意識した。

昔から、わたしは〝スレンダー〟という表現には当てはまらない。ニューヨークのファッショニスタたちから見れば、完全な落伍者だ。しかしあちこちが曲線を描く体型は、いままで出会った男性の目にはたいてい好印象を与える。

十代の後半、祖母ナナの家庭料理でたくわえた乳児脂肪がようやく落ちると、それまで埋もれていたイタリア的曲線が発掘されて男性にじっと見つめられることが多くなったように思う。マテオには「豊満」といわれ、マイクはピロートークで「魅惑的に熟して」いると表現する。注目されるのは決して心地よくはないので、いつもはビレッジブレンドのエプロンをつけて視線を避けている。

しかし、いまはエプロンがない。デイブ・ブライスは初めての地形を注意深く検証するようにこちらをじっと見ている。その視線はチャコールグレーのスラックスを上に移動し、ヒップの曲線をなぞり、スイッチバックのように折り返し、カーブを描くウエストへ。そこから淡褐色のセーターの急勾配をのぼってくだり、（とうとう）顔に到着した。

「あなたは？　入居されている方のご家族か、それともあたらしく入ったスタッフかな？」

気さくな口調だが、警戒心をゆるめていない。

「そのどちらでもありません……」

しっかりするのよ、クレア。マダムは救世軍で調達した服を着てがんばっている。この際、利用できるものはフル活用しなくては……。

〝若く無邪気〟なお年頃は二十年ほど前に終了したけれど、ハート形の顔、それを包むふんわりウェーブのかかった髪――ダークローストしたコーヒー豆の色だ――のおかげで無邪気な印象を醸し出せないこともない。それを強調して首を傾げ、緑色の目を大きく見開いた。

「じつは、あなたとお話をするためにうかがったの……Mの……ムーリン・ファガンのことで」

デイブの愛想のいい表情が瞬時に消えた。〝変な魂胆はないから安心してね〟という戦略は大失敗だ。それに比べたら、ジャネルがルートビアを使ったスイートポテト・パイづくりに失敗したことなど、かわいいもの。

「警察か？」押し殺した声でいいながら、わたしの背後にだれかいるのではないかと確かめている。「刑事とはもう話した。昨夜ムーリンのアパートを捜索した刑事にな。嫌がらせならごめんだ、わかったか？」

「わたしは警察官ではありません」

「じゃあマスコミだな、話などするつもりはない」

引き止める間もなく、デイブは金属のバーを強く叩き、裏口から飛び出していった。

「マスコミでもないわ！」わたしは叫んだ。「お願いだから、もどってきて！」

むろん、もどってくるはずもない。デイブ・ブライスはそのまま猛然と歩き続ける。裏口の重いドアが閉まらないように押さえた。凍るような風が足元から吹きあげ、髪の毛が乱れて目の前にカーテンが引かれたように感じる。わたしは意を決して、髪をかきあげた。

せっかくここまで来たのよ。いまさら止めるわけにはいかない。

デイブ・ブライスがムーリン・ファガンを殺した可能性はない。上のプレイルームで見た写真から、それはあきらかだ。この男性について、わたしはなにひとつ知らない——深追いしたらどう反撃してくるのか、予想もつかない。

でも、そんなことといってられないわ！

ムーリン・ファガンが殺されたのは、ゆきずりの犯行ではないはず。でも彼女がどういう人生をおくってきたのか、わたしはなにも知らないといってもいい。ようやく糸口がつかめそうなところまで来たのだから、それをつかまない手はない。すぐに決心がついた。彼を追いかける。殺されたムーリンはわたしのもとで働いていた。いま殺気だった様子でひとけのないスタッフ用の駐車場を歩いていくのは彼女のボーイフレンドなのだ。だから追いかける。

23

外に閉め出されてしまわないように、金属製の厚いドアに挟んでおけるものをさがした。隅に古い傘立てがあるのを見つけ、それを戸口まで引っぱり寄せた。そして急いで外に出た。

空気は凍るように冷たく、身体の芯まで凍えてしまいそうな突風が海岸からひっきりなしに吹きつける。昨晩の雪はもう片付けられているが、ローヒールのブーツの下の歩道は凍って滑りやすい。デイブが車に乗り込んでしまう前につかまえなくてはと焦って転びそうになる。

「どうか話だけでも！　とても大切なことなんです！」いくら叫んでも、彼は頑として歩調をゆるめようとしない。

やけくそになってその腕をつかんでしまった。

〝失敗した〟。

こちらが接触した瞬間、彼は自分も同じことをしてもいいと考えたのだ。くるりとこちらをふり向いて、まだ痛みの残るわたしの手首をつかんだ。かなり荒っぽく。

「なにが目的だ？」

押し殺した低い声だ。そしてつかんだ手首に絶妙な加減で圧力とねじりを加え、慣れた様子でわたしの腕を折り曲げて、車のフロント部分に押しつける。

建物の裏手にあたる駐車場にはわたしたちふたりしかいない。駐車スペースは二ダースほどあるが、停まっているのは五、六台――そのうちの一台が、この銀色のスポーツ・コンバーチブルだ。

「きいて。わたしはニューヨーク市警の者でもマスコミの人間でもないわ。友だちよ」

その言葉を一瞬検討し、彼は冷ややかな笑みを浮かべた。

「なるほど、友だちか。じゃあ、乗れ」

デイブはわたしの手首をつかんだまま、引きずるようにしてスポーツカーの助手席側に連れていく。腕に痛みが走る。カチッという独特の音がしたので見ると、デイブのもう一方の手にカギが握られている。リモコンで車のドアのロックを解除したのだ。

「乗れ」

ああ、どうしよう。この人に単独でアプローチするなんて、やはり危険な賭けだった。こんなふうに力ずくで押さえつけて痛い目にあわせる人物に、車で連れ去られるなんてごめんだ。機転をきかせて切り抜けなくては。

「あなたといっしょには、どこにも行かないわ」

「話がしたいんだろう？　こちらの出す条件に従えば応じようといっているんだ」

氷点下の突風が水辺からヒューヒューという唸りとともに吹いてくる。耐え難いほどの寒気が襲ってくる。車に乗れば、刺すような風から逃れることはできるだろう。でもわたしは首を横にふる。

「あなたの車には乗りません。あきらめて」

彼は顔をゆがめ、じっとこちらを見おろす。つぎにどうしようかと考えているにちがいない。

わたしはすでにつぎの動きを決めている。デイブ・ブライスのマツダ・ミアータに押し込まれそうになったら、酔っ払ったダンサーになったつもりで彼の急所を蹴って必死で逃げる。しかし彼は力づくで車に押し込もうとはしなかった。ただ、手首を相変わらずつかんだまま力をゆるめようとはしない。

「じゃあ、話せ。なにものだ」

「名前はクレア・コージー。職業はグリニッチビレッジのビレッジブレンドというコーヒーハウスのマネジャー。ムーリン・ファガンはわたしの店で働いていたのよ」

「身分証を見せろ」

「いま財布を持っていないわ。ミセス・ビーズリーのオフィスにバッグごと置いてきたから」

「では、ほかの方法で納得させてもらおう」

いくつも方法を考えてみたが、わたしがムーリンに関して知っているのは、警察やマスコミがつかんでいることばかり。が、そこで、ビッキ・グロックナーが昨夜いっていたことを思い出した。

「Mはパープルレタスというバンドのファンだった。うちのバリスタが一月の彼らのコンサートのチケットを彼女のために買ったのよ。シークレットサンタの贈り物にするために……」

デイブがふうっと息を吐き出す。彼の身体から力が抜けていく。うまくいった。彼を納得させられた！

「おい！　なにをしている⁉　彼女を放せ！」風の唸りよりも激しい男性の怒声が駐車場に響いた。

マテオだった。わたしが残したパン屑を辿ってきたのだ——一階のドアのノブにかけたスカーフ、そして駐車場に出るドアに挟んできた傘立てを。マテオがこちらに向かってくる。コートも着ないまま（それはわたしも同じ）、セーターの袖をまくりあげてこぶしを握っている。氷の張ったコンクリートを数歩進むごとに、彼のドレス・シューズが滑る。

デイブはマテオのほうを見あげ、それからまたわたしに視線をもどす。

「知り合いか？」

「ビジネスのパートナーよ。ボディガードとして連れてきたの——あなたがムーリンの死に関わっている場合に備えて」

意味が理解できないという表情でデイブが目をパチパチさせる。

「わたしがMを殺したと思っているのか？」

元夫の握りこぶしが、激しいいきおいでデイブの肩に当たった。

「いったはずだ。彼女を放せ、と」

デイブがあっさり手を放したので、わたしは後ろ向きのまま車にぶつかった。

「Mを殺してはいない」デイブは両手をあげて大きな声できっぱりという。

「それはわかっているわ」わたしは姿勢を立て直し、痛む手首をさする。「確かなアリバイもある」

デイブがいぶかしげな目をわたしに向ける。またもや疑われている。

「ニューヨーク市警の人間ではないとさっきいったな」

「ええ、その通りよ」

「それなら、アリバイがあるとどうして知っているんだ？」

「二足す二の計算に天体物理学の学位は必要ないわ。警察バッジや法律の学位や鑑識のラボを使わなくても時計は読める」わたしはいま出てきた建物を指さす。「プレイルームの掲示板を見たのよ。あなたは昨夜の午後七時半から八時半まで、第一金曜日のお騒がせナイトでピアノの前に座っていた。それを説明する写真がたくさんあったわ。Mが殺された正確な時刻をわたしは知っているの。サウスブルックリンからブライアントパークまで、ラッキーストライク一本を吸う時間内に、あなたが移動できる方法はない」

デイブのまなざしが変化する。いきなり親友を見るような目つきになったわけではないけれど、出頭命令書をつきつけられたような鋭いものは琥珀色の目から消えている。

凍りつくような一陣の風が水辺から吹いてきた。わたしは懸命に震えをこらえる。肩に温かい外套がかけられるのを感じた。デイブがスポーツジャケットを脱いでかけてくれたのだ。

「ありがとう」ジャケットを身体にぎゅっと巻きつけた。

「手荒な扱いをしてすまなかった」静かな声だ。

「大丈夫よ」ジャケットは彼の体温でまだ温かく、男性用デオドラント剤の柑橘系の心地いいにおいがほのかに香る。「なかに入って話をしませんか？」

「それがいい」マテオは淡々とした口調だが、少しでも暖まろうとするように両腕をごしごしこすっている。

しかしデイブが首を横にふる。「いや、それはできない……」

なぜ!? デイブはミアータのトランクのところに移動して黒い革製のジャケットを取り出すと、すばやく身につけた。わたしは彼の後を追う。

「どういうことかしら。どうして話をしてくれないの？」

「話はする。しかし館内でMについて話はしない。入居者にうっかりきかれてしまうかもしれない。彼らにはまだなにも知らせていないんだ」

「こんなことをいうのはつらいけれど、地元局は徹底的に取材して今夜放映するはずよ。ムーリンの実名も報道されるわ。すくなくとも一局は独占的なインタビューをしようと動いている。そして――」

「彼がいたぞ、あそこだ！」

その声に顔をあげて、息を呑んだ。噂をすれば影。わたしの父親の口癖だ。

建物の裏口からふたりの男性があらわれた。青いパーカーを着て報道の身分証をつけている。ひとりは肩にビデオカメラをかつぎ、もうひとりはスマートフォンを耳に当てたままデイブ・ブライスをまっすぐ指さしている。

最後にあらわれたのは金髪のマルボロマンだ。『チャンネル・シックス・ニュース』のブレザーを着ている。髪はシャンプーしてきれいになでつけたばかりといった感じだ――グリニッチビレッジのコーヒーハウスのイカれたマネジャーが顔面にパイを投げつけたのだから、当然か。

「あれはいったいなんだ？」デイブがたずねる。

「ディック・ベルチャーよ、『チャンネル・シックス・ニュース』の。どうやら、あなたは待ち伏せされていたようね」

「やれやれ、パパラッチは大嫌いだ。昔から……」

昔から？

わたしは彼を見つめた。昔は有名人だったみたいな口ぶりだ。懸命に頭を働かせてみたけれど、彼がなにものなのかわからない。けれども『チャンネル・シックス・ニュース』のクルーはちゃんとわかっているのだ。

「ブライス！　ブライス・ワイルドマン！」

ブライス・ワイルドマン？　それがデイブ・ブライスの芸名なのか。でもまだピンとこない。ニュースのクルーは大きな声をあげながら「ワイルドマン」めがけて走り出す。

デイブが運転席に飛び乗った。わたしはマテオの肩をぎゅっとつかんだ。

「あなたの携帯電話を貸して……」

「なんだって？　どういうことなんだ？」マテオが叫ぶのもおかまいなしに、彼のポケットから携帯を抜き取った。

「連絡手段のために」わたしはスポーツカーの助手席側のドアをあけた。「わたしの携帯電話はミセス・ビーズリーのオフィスに置いてあるバッグのなかよ」

「まさか、やつといっしょに行くんじゃないだろうな！」マテオは大きく目をみはり、いまにも目玉が飛び出しそうだ。

こちらにちかづいてくるニュースのクルーをわたしは指さした。

「あの人たちともう一度やり合うよりましよ！」

「もう一度？　ジャネルを泣かせたのはあいつらか？」

「そうよ！」そうこたえて助手席に飛び乗った。「とにかくあなたのお母さまをランチに連れていってさしあげてね、かならずよ。じゃあ、また後で！」

デイブがエンジンの回転数をあげた。

「いまになって乗りたくなったのか？」わたしに皮肉をいう。

「ベルチャーとはちょっとした因縁があるの」わたしはドアをバタンと閉めた。「出して！」

24

車が急発進して走り出すと、わたしはサイドミラーをのぞいた。小さな丸い鏡にはなんとも奇妙な光景が映し出されている――マテオ・アレグロがわたしたちのために時間稼ぎをしているのだ。

ニューヨークに生息する奇人かと思うような叫びをあげて、両腕をふりまわしながらニュースのクルーに突進していく。舗道には氷が張っているので、半ば常軌を逸した（ように見える）元夫を避けようとするとどうしても足が滑ってしまう。

ディック・ベルチャーとプロデューサーはペンギンのような格好で滑っておたがいにぶつかり、ふたりそろって転倒した。カメラマンはなんとか立っている。プロデューサーを巻き込んだせいでベルチャーは転倒の衝撃をまともに受けずにすんだにちがいない。

ありがとう、マテオ！

彼はわたしたちの車に向かって手をふり、勝利の印として親指を立ててサムアップのサインをして見せた。窓ガラスをおろして、わたしもサムアップを返した。その直後、デイブが運転する車は左折して駐車場から出た。

敷地内の私道の端まで来るといったん停止し、車は公道に出た。左に行けば湾、右に行けばパークウェイだ。デイブは右に進路を取った。

「どこに向かっているの？」

「ランチだ」彼はバックミラーを直しながらいう。「イタリアンが好きだといいんだが」

「なにを食べてこんなヒップになったと思う？」

彼がにっこりする。「もちろんイタリアンだな。おごるよ。手荒な扱いをしたお詫びの気持ちだ」

「ではお言葉に甘えて」

そこからは近所の道をごくふつうのスピードでドライブした。ブルックリンのこの界隈にはミドルクラスの住人が多く、煉瓦造りのアパートや各種店舗、スーパー、ネイルサロン、電話会社、バー、レストランなどがぎっしり並んでいる。黙って座っていられたのは車が二区画過ぎるあたりまで。ランチまで待ちきれず、彼にたずねた。好奇心を抑えることができず――。

「あなたは有名人なのね？」

「だった。過去形だ」彼がちらっとこちらを見る。「大昔のことさ」

「〈チャンネル・シックス〉にとってはそうではないわ。あなたのことを『ブライス・ワイルドマン』と呼んでいた。なにをしていらっしゃるの？　俳優？　ミュージシャン？」

「ミュージシャンというのはちょっと無理があるな。どちらかというとパフォーマーだ。あるバンドのリードボーカルで創立メンバーだった」

「バンド名は？」

彼は首を横にふる。

「そういわずに。どうせ後でわかってしまうわ。バンドの名前は？」

「インファーナル・マシン」

手にしているグレーのスマートフォンで検索した、が……。「きいた覚えがないわ」

「それはきみが七〇年代後半にティーンエイジャーの少年ではなかったからだ」

「そう？」

「売れないヘヴィメタル・バンドだった」

ヘヴィメタル？　はて、髪を振り乱して雄叫びをあげていた人がどこでどうして老人ホームのレクリエーションの責任者になったのだろう。デイブのバンドがほんとうに売れなかったのなら、なぜあのニュースのクルーは彼を芸名で呼んだのだろう？

「ヒット曲は？」

彼は肩をすくめる。「ビルボードトップ一〇〇に三曲」

「それはすごく成功したように聞こえるけど」

「全盛期には金がざくざく入ってきた――そりゃあ、たいしたものだった。マリブに贅沢な家、ロンドンにフラット……」

その様子を思い浮かべてみようとした――デイブが三十代前半で、もっとほっそりして、身体にぴったりしたレザーパンツをはいて、黒い網状のノースリーブのTシャツを着て、しわがなくて、黄褐色の髪には白髪が交じっていない姿を。ふさふさとした顎ヒゲはすべて剃り、ポニーテールはもっと長くして、ついでにほどいてしまう。デイブがすばらしい声の持ち主で、当時ロックスターだったことはまちがいない。ありありと思い浮かべることができる。

「なにが起きたの？」

「マネジャーに金の管理をまかせた。それ以外にもたくさんのことを。無理もない。あのころは二十代で、パーティーで遊びたい盛りで……」

彼が首を横にふる。「そいつはわたしの不動産を自分の名義に変え、バンドの収入もたくさん使い込んだ。解雇したが、逆にこちらが強制退去させられた。あの卑劣漢はいまだにわたしのロンドンのフラットに愛人を住まわせているらしい」

「ひどい。訴えたの？」

「もちろん……そうしたら残りの金を弁護士たちが奪っていった。けっきょく手元にはほとんど残らなかった。もうそのころには本業はダメになっていた。〝ダメになる〟という意味がわかるか？　もうおしまいということだ。完全にお払い箱だ」

「楽曲の権利は？」

デイブが笑う。「わたしはリードボーカルだった。バンドの看板だ。ルックスがよかったからバンドの顔になった。アルバムのジャケットやポスターすべてに顔が写っていれば、グルーピーにはちやほやされる。しかしいざパーティーが終わってしまうと、楽曲を書いていない者には曲の権利はない」

「それだけ成功していながら、ほんとうに無一文に？」

「きみはいまなにに乗っている？　これはマツダだ、メルセデスではない」

「いい車だと思うわ。なにも問題はないでしょう」

「そうだな、じゃあこんなふうにいっておこうか。自分としてはこういう運転席におさまろうとは思っていなかった。しかし、さっきもいったが、これはわたし自身の落ち度のせいだ」

「あなたのマネジャーは刑務所に入って当然だと思うわ。それなのに、なぜあなたの落ち度なの？」

　クラクションの音で会話がとぎれ、わたしたちは前方の騒ぎに注目した。通りの雪はすでに街の除雪車がきれいに片付けてあったが、ずらっと駐車している車はまだ吹きだまりの下に埋もれている。そういう車が一台、車輪を空回りさせてわたしたちの行く手を塞いでいる。後ろにも車が何台か続いているので、立ち往生してしまった。

　デイブは背もたれに身体をあずけ、ため息をつく。しばらく足止めだ。

「なにもかも失ったのには理由がある……」

「理由？　なにかの争いに巻き込まれたの？」

「いや……」彼は腕組みをして顎ヒゲを撫でる。「子どものころから、とにかく有名に、そして金持ちになりたいとひたすら願っていた。それ以外のことは考えられなかった。そしてそれが実現すると、裕福な身分が永遠に続いて、さらによくなっていくにちがいないと考えた――たまたま大ヒットを飛ばした愚かなガキが考えそうなことだ。なにも見ようとしていなかった。だからひどい目にあった。泥棒のマネジャーが盗みをはたらいたからプロとしてのキャリアが破綻したわけではない。自分にはほかになにも取り柄がなかったからだ。なにもないところに火を熾《おこ》しても、あっという間に消えてしまう」

「かならずしもそうとは限らないわ」

「かならず、だ」彼がわたしと目を合わせる。「アーティストとして長くクリエイティブにやっていきたいなら、名声だの富だの未熟な欲望を追い求めるのではなく、強固な基盤の上にキャリアを築いていかなければならない。それを理解するのに、ずいぶん時間がかかった。Mにはそれを教訓として伝えようとした」

「ムーリンに？　なぜ？」

「彼女はソングライターとレコーディング・アーティストになりたがっていた」彼がこちらをちらっと見る。「知らなかったのか？」

わたしは口をぽかんとあけたまま、じっと彼を見つめた。「ムーリンからは一度もそんな話をきいていないわ――彼女の勤務先のペストリーシェフからも。うちの店のスタッフも、きっと知らないと思うわ」

「意外ではないな。あの子にはたくさんの防火扉があった」

「というと？」

「エバグリーンの入居者たちはあの子がシンガーになりたいと夢見ていたことを知らない。Mを歌い手として採用した人々は、家賃を払うために彼女がクッキーを焼いていたことを知らない。そしてだれも――このわたしを含めて――アイルランドでの彼女の半生についてよく知らない」

「では、こういうことかしら。あなたは彼女に力を貸そうとした。シンガーとしても曲づくりにおいても」

「いまだに細々と続いている人脈を通じて、できるだけ力になろうとした……」前方の車がようやく動き出した。デイブが車のギアを入れる。

「もう少しくわしくききたいわ」

「アドバイスを与えたり、単発の仕事の話がくればかならず彼女に連絡したりした。じっさい、彼女はレコーディングの仕事を何度かやっている。バックシンガーやスタジオスタッフも。たいした報酬ではなかったが、彼女は注目されるようになってきた」

つぎの区画を通り過ぎながら、金曜日の時系列について考えた。「きいてもいいかしら。昨日の午後、ムーリンに電話を入れた？」

彼は首を横にふる。

「では、第三者と彼女が会う仲立ちをして約束を整えた？　あるいは、彼女はだれかと会う予定になっていたのかしら？」

「いや。最後にムーリンと話したのは火曜日の夜だった。昨夜のショーのドレスリハーサルの時だ」

わたしは深く座り、フロントガラスの外をぼうっと眺めながら、すべてを順繰りに考えていった。金曜日の午後にムーリンに電話してきた人物がデイブでないとすると、いったいだれ？　その人物が彼女を殺したの？　つぎの質問ができないうちに、デイブがハンドルをドスドス叩いた。

「どうしたの？」

「ミラーを見てみるといい」彼がアドバイスする。

車はいま赤信号で停まっている。四つ角の付近にはアパートが立ち並び、わたしたちの後ろにはカーゴバンがアイドリングしている。その正面に見える文字は——X－I－と書かれている。

その横の道路際では赤ら顔の男性がひとりで雪を掘っている。街の除雪車が壁のように固めた雪のなかから車を掘り出そうとしているのだ。

「どうかしたの？　あの人は知り合い？」

「ショベルで掘っているあの男ではない。われわれの後ろだ。バンがいるだろう」

ミラーに映ったバンをよく見ようと上半身をかがめてみた。そしてアイドリングしている車輌はただのカーゴバンではないと気づいた。ルーフにパラボラアンテナをのせ、雪まみれの青いパーカーを着たうんざりした表情の男が運転席にいる。

なんてこと。ミラーのせいで文字が反転している！

わたしはシートに座ったまま後ろをふり返り、バンの正面の文字を読んだ。これは厄介なことになりそうだ。あれは『チャンネル・シックス・ニュース』だ！

クルーたちはああやってわたしたちを見張り、「ワイルドマン」のマツダからおりたとたん、カメラマンのネッドが撮影を開始する手はずになっているのだろう。ディック・ベルチャーは容赦ない質問を浴びせるだろう――たとえば、若すぎるガールフレンドを凶悪な殺人によって失ったばかりのかつてのロックスターが、なぜガールフレンドの雇用主である豊満なヒップの持ち主といっしょにスポーツカーに乗っているのか。

「ランチをおごるから、ここから脱出するのに協力してもらいたい」

「ベルトパークウェイまではあとどのくらいあるかしら？」

「たぶん四百メートル」

いいわ。ちょうどお腹も空いているし。わたしはシートベルトをパチンと弾いた。

「彼らをまくためのアイデアなら、いくつか提案できるわ」（警察嫌いのマテオ・アレグロとの長いつきあいから、じっさいには一ダース以上の方法を提案できる）「まず、信号が青のあいだは絶対に発進しない。このまま信号が赤になるのを待つ」

デイブは一瞬困惑した表情を浮かべ、それからうなずいた。「そうか、そういうテクニックがあったな。思い出したよ。やってみよう……」

信号が赤から青に変わったが、わたしたちの車は停まったままだ。

いらいらした後続車からクラクションの音が鳴り出す。デイブがわたしをちらっと見る。

「この状況に耐えられそうか？　コーヒーハウスのマネジャーというのは、過度のストレスには慣れていないだろうからな」

「まあご冗談を」青信号が黄色に、そして怒りをあらわす赤になると同時に、わたしは叫んだ。「全速力よ！」

25

　デイブのスポーツカーは信号が赤になってから交差点を猛スピードで通過し、接近してきた車をきわどいところでかわした。わたしたちに向かってクラクションが凄まじいいきおいで鳴る。だがなんとか突っ切った。『チャンネル・シックス・ニュース』は置いてけぼりだ。サイドミラーを見ると、彼らのバンがなんとか前に出ようとしているのが見える。ディック・ベルチャーは運転席に身を乗り出し、こぶしをふりまわしている。しかし発進させれば、まちがいなく衝突するだろう。そのまま停止するしかない。そしてわたしたちが猛スピードで去っていくのを指をくわえて見ているしかない。

「いい気分」

「ああ……」デイブが微笑む。「まったくその通りだ」

　アパートの建物が次々に窓の外にあらわれては飛び去る――赤い煉瓦、黄色い煉瓦、そしてふたたび赤煉瓦。湾から遠ざかるにつれて、一区画ごとに建物は小さくなっていく。

「ニュース番組の記者と〝因縁〟があるといっていたようだな」デイブは手で操作して三速から四速にギアチェンジする。

「ええ――ごく最近」

「恋愛がらみか？」

「大声での威嚇とクリームパイがかかわっている、とだけいっておきましょう」

デイブははてな、というふうに片方の眉をあげる。「変態趣味か」

「というより、〝ゲテ物〟といったほうがふさわしいわ」

「ついていけないな」

「ニューヨーク市警の不快な人物が、事件の関係者の名前をリークしたの。今朝、ディック・ベルチャーはその情報を利用してわたしと友人のジャネルに不意打ち攻撃をしかけてきた。撮影を止めようとしないので、ベーカリーから出ていってほしいとわたしは頼んだ。彼がそれを無視したから、メレンゲをトッピングしたルートビア入りスイートポテト・パイを顔面に投げつけてやった」

「冗談だろう？」

「やりすぎ。それはわかっているわ、でも――」

「でも、は不要だ。きみは友だちを守った」

「ええ。ただ、パイであっても暴行にはちがいない」

「少なくとも食べられる」

「じっさいはそうではないの。ジャネルによると、パイの味は病院で出される薬みたいで、ぬるぬるしているのが最大の売りだそうよ。だからディック・ベルチャーはわたしを訴えると脅したのね」

デイブはなんだか楽しげな表情を浮かべて、ちらっとこちらを見た。

「若いころは、もっとひどいことをやらかしたものだ」

「さっき手首をつかまれた時のことを思えば、信じられるわ。いったいどこであああいう動きを覚えたの？」

「路上でコンサートをすると休憩時間がたっぷりある。そういう時に用心棒から教わった」

さらに三区画進んだところで赤信号にひっかかった。たいした問題ではない。が、青信号に変わると、交差点のまんなかで長い車体のガソリン用タンクローリーが立ち往生してしまった。ニューヨークで「ブロック・イン・ザ・ボックス」と呼ばれる状態だ。トラックの運転手が大きなトレーラーを操ってなんとかカーブを曲がり切ると、信号はふたたび赤になり、わたしたちは動きが取れなかった。

その時、サイドミラーに見慣れたパラボラアンテナがあらわれた。『チャンネル・シックス・ニュース』のバンだ。

デイブが悪態をつく。

「今回は赤信号になったとたん突っ切るという作戦は取れないわね。二度も同じトリックには引っかからないでしょうから」

「どちらにしても無理だな。交通量を見てごらん。どの道を行っても彼らをふり切ることはできないだろう」

「それなら高速道路でふり切ればいいわ。このスポーツカーなら彼らのバンよりもスピードが出るはずよね。彼らから逃れるには、それに賭けるしかないと思う」

「その話に乗った」デイブはいまにもアクセルを強く踏み込みそうないきおいだ。

「でもまずはゆっくり行きましょう。こちらがあきらめたと思わせるために」

「オーケー……」デイブはギアチェンジして二速に切り替える。まもなくランプをのぼり始めると、『チャンネル・シックス・ニュース』のバンもすぐ後ろからついてくる。サイドミラーに、ディック・ベルチャーの勝ち誇った薄ら笑いが映る。

交通量の多い四車線のハイウェイに合流するとバンとは少し間隔があいたが、それでも引き続き彼らは追ってくる。

「で、どうする？　制限速度をオーバーする以外になにか具体的なプランは？　それともさっさと行くか……」

「さりげなく運転して。しばらくは彼らに追跡させましょう」

「それからどうする？」

「ブルックリン・バッテリー・トンネルにちかづいたら合図するわ」

デイブがうなずき、運転に身を入れた。「もうひとつききたいことがある」

「わたしがこたえられることなら……」

「グリニッチビレッジのコーヒーハウスのマネジャーが、なぜブルックリンの先っぽまでわざわざ元ヘヴィメタルのボーカルに会いにきたのだろうか？」

「こたえは短く？　それとも長く？」

「短いほうでいってみよう」

わたしはバックミラーをちらりと見た。ニュース・クルーのバンはまだ追いかけてくる。

「そう？　では、ひとことでこたえるわね。罪悪感よ」

「罪悪感？」彼が口をすぼめる。「長いこたえもきかせてもらおうか」

彼の要望にこたえ、クッキー交換パーティーでの一部始終を話した。ムーリンが休憩時間にタバコを吸いに出た姿を見たが、そのまま彼女はもどってこなかったこと。てっきり職場放棄したのだと思い、ジャネルにもそう受け止めるように誘導してしまったこと。そしてわたしもジャネルもムーリンをさがそうとはしなかったこと。

デイブはハンドルを握る手に力を込めた。「警察官の話では、即死だったそうだ。きみになにができただろうか。彼女の遺体をもっと早く発見できた、くらいか？　どちらにしても彼女の命は救えなかった」

「殺人犯を目撃できたかもしれない。もしかしたら殺害を防ぐことも。いまとなってはもう、わからないけれど。そしてわたしはこの先ずっと、罪悪感を抱えて生きていかなくてはならない」

「ではわたしはなにを求められているのだろうか。罪への赦《ゆる》しか？　わたしは司祭ではない」

「情報が欲しいだけ。だって警察は……」えらそうに（あるいは妄想的に）受け取られないためにはどうしたらいいだろうかと、一瞬考えてから続けた。「ムーリンの遺体を発見したのはわたしなの。犯罪現場に警察官と殺人科の刑事ふたりが到着した時もそこにいたわ。刑事のうちのひとりはわたしのコーヒーハウスの常連さん。親しい間柄だし信頼している。でももうひとりは……」

「もうひとりは？」

「彼はわたしの友人の刑事よりも年上で、市庁舎とのパイプも太い。この事件の捜査の指揮は彼が執っている。でもまちがった方向へと捜査をリードしているようにしか、わたしには思えない。一時間ごと、一分ごとにMの事件は風化して殺人犯を捕まえるチャンスはどんどん遠ざかっていくというのに。わたしの店の常連の警察官たちからよくきいているの。たいていの殺人事件は――」

「知っている」デイブがうなずく。「たいていは二十四時間から四十八時間以内に解決する。わたしはそれを期待していた。殺人犯がすみやかに捕まれば、入居者に悪い知らせを伝えるにしても、せめてもの救いがある」

「もしも捜査チームが行動を誤れば、決着はつかない。わたしも、なんとかして事件の決着をつけたいと思っている。もっといえば、ムーリンを殺した犯人に正義の裁きを与えるまで、やめるつもりはないわ」

デイブの顔が厳しい表情になる。「どうすればきみに協力できるんだろう？」

「Mはプライベートを明かそうとはしなかった。彼女について、ほとんど知らないといってもいいわ。彼女の人生の空白部分を埋めるためにぜひ力を貸してもらえないかしら」わたしは身体の向きをもどし、まっすぐ前を向いた。ブルックリン・バッテリー・トンネルという標識が見えた。「でも、その前にあの非常識な連中を撒いてしまいましょう」

「具体的なプランは？」

「ディック・ベルチャーはあなたといっしょにわたしがいることを知っている。そして彼はマンハッタンのわたしのコーヒーハウスを知っている。だからそこを目指していると彼に思い込ませるの。ブルックリン・バッテリー・トンネルの入り口は素通りしてスピードをあげて、その先の橋でイーストリバーをわたる――ブルックリン橋をめざす――と相手に印象づけましょう」

デイブが三速から四速にギアチェンジし、わたしはしっかりと身体を固定した。そのまま車はトンネルの入り口を猛スピードで素通りした。

「で、どうする？」

「相手の視界から逃れる。大きな車をさがして。その車に隠れてベルチャーから死角になった隙に、橋の直前でハイウェイをおりましょう。わたしといっしょだとわかっているから、きっとこのままマンハッタンに向かっていると彼らは思うはず。このままハイウェイを走行して追いつこうとするでしょうね――でもわたしたちはすでにそこにはいない」

「カモフラージュになりそうなのがいるぞ。あのマットレスの配送トラックの向こうにそっとまわる。あの大きさならベルチャーの視界をさえぎるのにじゅうぶんだろう」

なんの予告もなしにデイブは顔をしかめてアクセルを強く踏み込み、ギアチェンジして五速に入れる。ミアータはおそらく三秒くらいで時速八十キロから百二十キロに加速し、シートに座ったまま身体が背もたれにぎゅっと押しつけられる。

「みごとな加速ね」弱々しく虚勢を張ってみせた。

タイヤがきしる音とともに左側のレーンに移動すると、今度はシートベルトから身体が飛び出しそうになった。車はトラックの向こう側にするりとまわり、そしてトラックの前に出る。これで防護壁ができたようなものだ。わたしはダッシュボードに手をついて腕を突っ張り、『チャンネル・シックス・ニュース』のバンが視界から消えるのを確認した。光の加減かもしれないが、ディック・ベルチャーの顔色が紫色に変わった。

わたしたちはそのまま飛ばしてSUVを一台抜かし、さらに配送トラックを一台、バンも一台抜かした。やはり『チャンネル・シックス・ニュース』のチームはついて来られない。彼らとしては、ハイウェイを走行し続ければいつか追いつくと信じるしかないだろう。

ついにブルックリン橋の手前の最後の出口があらわれ、わたしたちは速度を落とさないままそのランプをおりた。おりきる直前、泥で汚れた雪溜まりに当たって車はスリップし、後部が左右にふれた。このままひっくり返るかと思ったがデイブはなんとかコントロールを取りもどし、車道から飛び出して転覆する事態はまぬがれた。

車を停め、待った。じっと見ていてもバンは追ってこない。彼らはまんまとひっかかって、わたしたちがブルックリン橋をわたるものと予想して出口をそのまま通過したのだ。

「裏をかかれたと気づいた時には、すでにマンハッタンでしょうね」

「引き返すか？」デイブの顔は少し青ざめている。「ハイウェイにもどって逆方向を行って
バッテリー・トンネルに入るか？」

「もっといいアイデアがあるわ。ここはコブル・ヒルね。コート通りから少し入ったところに小さなレストランがあるの。〈ヌンツィオズ〉はシシリア風のシーフード料理を得意としていて、すばらしいピザもつくっているわ。それになんといっても、レストランの裏には駐車場がある。仮にベルチャーたちがこちらのたくらみを見抜いたとしても、通りに駐車していなければ絶対に居場所はつきとめられない」

「いいアイデアのようだ。そしてピザはすこぶる名案だ」

26

一時間前の〈ヌンツィオズ〉はおそらく満員だったはず。そしてディナーのころにはふたたび満員になるだろう。でもランチには少し遅いこの時間帯、暗い色合いの羽目板張りのダイニングルームは静かだ。わたしたちはふたりきりのプライバシーを保てる隅のブースに案内された。デイブのリクエストで、窓から離れた席に。

ほとんどわたしの提案通りにすみやかに注文をすませた。デイブは椅子の背にもたれ、デニムシャツの腕をまくる。仕事中は長袖で通す理由がわかった。彼の両腕にはびっしりとタトゥがある――片方の前腕には緋色の鎖の模様がちらりと見え、もう一方の腕には凝ったゴシックの十字架の下の部分がのぞく。

「トップ一〇〇に入ったヒット曲というのは？」彼にたずねてみた。

「そうだな……『ハード・アズ・スチール』はトップ五〇までいったな。『ボーンズ・トゥ・ダスト』はもっと上位までいった……」

彼は手を伸ばし、ウェイターがわたしたちのためにあけたヴァルポリチェッラのボトルをつかむとわたしのグラスに注いだ。こんな時間からアルコールを飲むのは、わたしには早すぎる。けれど、マイク・クィン刑事とコーヒーを飲みながらおしゃべりして学んだことがいくつかある。

非公式な事情聴取では口が軽くなるものを積極的に利用する、というテクニックだ。『真実《イン・ヴィーノ・ヴェリタス》はワインのなかにある』と述べたのは大プリニウスだが、マイクも、そしてわたしもその言葉を信じている。

あいにく今回のケースではワインで饒舌《じょうぜつ》になるのはわたしだけ。デイブはわたしのグラスを満たすとボトルを置いた。それからスパークリングウォーターのボトルを取りあげてキャップをねじってはずし、自分のグラスに注ぐ。

「三曲めのヒットは？」

「あれは群を抜く最大のヒットだった。われわれはまるまる三週間、トップテンに留まった」

「タイトルは？」

「『天国と地獄は紙一重』」

わたしの灰色の脳細胞がふたたび働き出した――そして今回はみごとにチェリーが三つそろった。「確かきいたことがあるわ」

「無理に話を合わせなくてもいいんだ。こっちは痛くもかゆくもない。今となっては」

「待って、思い出すから」わたしは指を一本立てた。「〝きみの惑星が狂ったようにまわっている、白く熱く燃える核のまわりで〟……でしょう？」

「当たりだ」

「〝激しい憤りと怒りを込めて叫べ。ドアをガンガン打つんだ〟……」

「感動したよ」

「続きは？　〝物語を語る〟だったかしら」

「〝上にいるやつにそれが届かないのなら、おれが語る物語も届きはしない。遥か下では彼らが怯えているだろう。さあ天国を地獄へと変えてやる〟……」

「すごい歌だった——わたしはヘヴィメタルのファンというわけではないけれど、子どものころには近所の男の子たちが夢中になっていたわ。あなたの歌は少年たちの気持ちを代弁していたのね」

「そう」淡々とした口調だ。「思春期の怒りだな」

わたしは座り直した。彼の言葉をどうとらえればいいのだろう。

「それはどういう意味なのかしら？」

デイブはスパークリングウォーターが入ったグラスに口をつける。

「当時は歌詞の意味など考えずに声を張りあげていた。たいていのティーンエイジャーの男子はそんなもんだ。しかし、キャリアに行き詰まって落ちぶれると、そこで初めて歌詞の意味を深く理解した。有頂天になる感覚と落ちぶれる感覚は、まさに紙一重だ」

「挫折したロックスターでなくても、そういうことはあるものよ……」

わたしにとっては昨夜のできごとが、まさにそれにあたる。すばらしいパーティーに続いて非道な殺人事件が起きた。さらにマイクの安否がわからずに恐怖をおぼえた。一週間ぶりに会うマイクにはキスを浴びせたくてしかたなかったのに、じっさいにはどうだった？　彼がドアから入ってきたとたん、怒りにまかせてげんこつで思い切り叩いてしまった。

デイブ・ブライスを観察して、もしやと思った。

「どん底に落ちた背景には依存症も関係していたのではないかしら？」

「カマをかけているのか？」

わたしは肩をすくめる。「イン・ヴィーノ・ヴェリタス、イン・アクア・サニタス」

「なんだって？」

「ワインに真実あり、水に健康あり。あなたが飲んでいないということは、自分はしらふのままわたしの口から真実を引き出そうとしている、さもなければアルコール依存症の前歴がある、のどちらかね」デイブのグラスを指さす。「禁酒している人は飲まない」

彼がうなずく。「それは正しい。わたしたちは飲まない」

「どれくらいになるの？」

「三十年、たまに脱線することはあるが」

シーザーサラダがバスケットいっぱいのガーリックノッツとともに運ばれてきた。そしてついに、ヘヴィメタルのメインボーカルが老人ホームのレクリエーション担当責任者に落ち着くまでのいきさつが明かされた。デイブはわたしのために順を追って話してくれた。

最初のつまずきは薬物とアルコールへの依存症だった。彼のバンドはトップ一〇〇に入るヒットを三回飛ばした後は、二度とヒット曲が出なかった。ニューアルバムは売れず、あたらしいマネジャーは誠実だったが前任者にくらべるとはるかに力不足で売り込みもうまくいかない。バンドのメンバーは仲間割れして、最終的に解散した。

デイブはほとんど金もなく、ボロボロになった。薬物と飲酒を過剰摂取して緊急救命室《ER》にかつぎ込まれた後、更生プログラムを開始した。ソーシャルワーカーと聖職者による長いプロセスを経て彼は自分を取りもどした。

デイブの再起を助け、〝立ちあがって成長する〟ことを後押ししたのは、ある断酒会だった。とりわけ、彼の相談役になったジョン・マカードルとの絆の力が大きかった。

「彼はジャッキーと呼ばれるのを好んだ。元海兵隊員で、アマチュアボクシングのチャンピオンで、筋金入りのタフな人物で理想の父親像にどんぴしゃりの人物だった——わたしには父親というものがいなかったが……」

デイブは正式に音楽を学んだ経験がなかった。ハイスクールの体育の主任とレスリングのコーチを務めていたジャッキーは、デイブが大学に行くための援助をしてくれた。

「その後、中学校で音楽を教えるようになった。堅実な仕事で、まずまずの収入だった。そのかたわらミュージックシーンでの活動も模索し続けた——声が出なくなってバックシンガーができなくなるとレコーディング・プロデューサー、作詞作曲。三流の作品だ。若いころのようにブレイクはしなかったが、自分としては満足だった。結婚し、かわいらしい女の子に恵まれた。妻は十年ほど前にガンで亡くなり、娘は結婚してインディアナ州に移り、インディアナ大学で音楽理論を教えている……」

「なぜエバグリーンで働くことに？」

「ジャッキーが最終的にあそこに行き着いた。彼はいま別の棟にいる。ずっと寝たきりだ――できる限りひんぱんに見舞っている。数年前に彼から頼まれたんだ。クリスマス・パーティーでピアノを弾く人間を見つけてほしいと。それならわたしがやろうと、よろこんで引き受けた。一カ月後、レクリエーションの責任者の職が空いたとジャッキーから電話がかかってきた。わたしが退職を考えていることを知っていたんだ――生徒たちは大好きだったが、公立学校の予算は削減されていて、特に音楽のプログラムは大幅にカットされた。どちらにしても、そろそろ変わり目の時期にさしかかっていた」

「それで、ムーリンとはどこで知り合ったの？」サラダを食べ終えながらたずねた。「ダウンタウンのナイトクラブ？」

彼は首を横にふって否定する。「近ごろはよく旅に出る。娘のところに行ったり国内やヨーロッパの友人をたずねたりしている。パークスロープの家は小さいが、二世帯用のつくりになっている。そこを無人にしておくというのはどうも気が進まない。だから一階部分を家具付きのワンベッドルームとして貸すことにした。ムーリンはその借り手だった」

「彼女はどのくらいそこに住んでいたの？」

「この街で暮らし始めてからか？　二年くらいかな？　スタジオの掲示板に貼ってあったわたしのチラシを見て応募してきた。誠実な女の子という印象だった――敷金を払うための現金をかき集めることができない、身元保証人のあてもないと打ち明けるくらい誠実だった」

「それでも、貸したのね?」

デイブが肩をすくめる。「元ミュージシャンとして無名の若手アーティストを積極的に援助したいと考えている。いまならそれが可能だ。だから敷金なしで貸した。それを後悔したことは一度もないね」

「無名の若手アーティスト」という言葉にわたしは当惑していた。ムーリンは彼にちかづくためにそういうふりをしていたのだろうか。デイブ・ブライスはほんとうは、若くてかわいい借り手をさがしていたのだろうか。愛人にする魂胆で?

Mは社交的で頭の回転が速かったけれど、感性の鋭いアーティストというよりはパーティー好きの女の子のイメージだ。思い切って彼に質問してみた。彼女にはほんとうに才能があったのか、と。

彼は心底驚いたという表情だ。「ムーリンほど美しい声の持ち主を知らない。心に焼きついて離れない声、といったらわかるかな。専門的なトレーニングを受けていないといっていたが、すばらしく音域が広く、自在にコントロールができた。ムーリンが歌うと、それはまるで……」

デイブの目が潤み、声が詰まる。彼は鋭く息を吸い込んで最後までいい切った。

「ムーリン・ファガンは天使だった。天使の歌声だった……」

ウェイターがサラダの皿を下げにやってきた。彼がテーブルを離れると、わたしはテーブルの上で手を伸ばし、デイブの手をぎゅっと握ってささやいた。

「ごめんなさい。Mについてのあなたの言葉を信じるわ。ほんとうよ。ただ……Mが真剣にミュージシャンの道を歩んでいるとは、思いもよらなかったから」

「あの子は真剣だった。プロとしてやっていこうとがむしゃらだった。クラブに行き、人脈をつくり、流行を勉強し、毎日練習をした――わたしはボイストレーニング、エクササイズ、パフォーマンスのコツといった分野で力を貸した。彼女は二度も禁煙したほどだ。タバコとマリファナは声に負担をかける。二度とも、挫折していたが。麻薬中毒がどんなものかはわかるだけに、責めることはできなかった」

「だいじな質問があるわ。あなたにはつらいかもしれないけれど」

「きくよ」

「昨夜、パーティー会場でムーリンが若い男性と話しているのを見かけたわ。彼女が殺される直前に。ルックスがよくて年齢は三十歳前後。少年っぽい顔立ちで、髪は黒にちかい。Mの知り合いにそういう人物の心当たりは？」

「わたしの知る限りはいないな」

「もしかして、彼女はあなたと……距離を置こうとしていたとは考えられない？　べつの男性と交際していたとは？」

「どういう意味だ？」

デイブの目を見据えた。「わたしを欺こうと思っていない？」

彼はそのまましばらく、こちらを凝視する。「なんだと……そんなことを考えているのか。やめてくれ！　いいか、ムーリンはわたしの家の一部を借りた。わたしたちのあいだには友情が芽生えた。そうだ、確かにあの子はわたしに惚《ほ》れた。だが、わたしのベッドに一歩たりともちかづけたことはない」

わたしは彼から視線をはずさない――あからさまに疑う表情で。

「あの子とは四十歳近く歳の差がある。音楽業界ではそんな関係はいくらでも見てきた。どれもこれも、ろくなことにはならなかった――要は父親と娘がいっしょになるようなものだ。そんなのはごめんだ」

「ではムーリンは一度も……？」

「ないね。はっきりいって、一度もそんな気にはならなかった」

「それをわたしに信じろと？」

「勝手にしろ！　情事の相手など、その気になればいくらでも見つかる。この街ではたやすいことだ」

「その年齢で？」

「いいか、もしもきみを手に入れると決めたら、いますぐそうしてみせる。わたしがこのスパークリングウォーターを飲み終わる前に、きみは進んでズボンからなにから脱ぐだろう……」

彼の言葉に愕然としていた。なんてことをいいだすの？

「わたしは無関係よ、いっしょにしないで」

「わたしにには立ち入った質問をしておきながら、逆の立場になるとキーキーいうのか。いいか、いま話しているのは真実だ。それを受け止められないのなら、さっさと席を立ってタクシーを呼べ」

その瞬間、わたしははっきり見た――彼はまぎれもなくバッドボーイ・ロッカーだった。鼻持ちならないうぬぼれやで、すぐに頭に血がのぼり、性衝動が強い。デイブの琥珀色の目には危険に満ちた炎が燃えている。年代物ではあっても、いまもまだ熱く危険な炎だ。

27

ワインを飲みながら――時間をかけて長いひと口を――警察の取調室での作業について、マイク・クィンの言葉を思い返した。

「どの糸を引けばいいのかを見極めるんだ。社会に対して容疑者がまとっている服をほどいてしまうための糸を。それを見つけたら情け容赦なく強く引く。力の限り……」

たった今、わたしはそれを実行した。デイブという人物を精神的に裸にした。きくに堪えないやりとりになってしまったけれど――そういう状況になったからこそ――前進した。Mの私生活の防火扉がひとつ開いて、貴重な情報が手に入ったのだ。

だがデイブとわたしは警察署で向き合って座っているわけではない。わたしにはバッジも銃も、どんなたぐいのバックアップもない。ムーリンとはプラトニックな関係だったのかと"野獣《ワイルドマン》"ブライスをさらに追及しても、いい結果にはつながらないだろう。

このあたりが潮時ね。「話題を変えましょうか」

デイブはまだこちらをじっと見据えている。このまま憤然と席を立ち、出ていってしまうのでは、と覚悟した。しかし、その気配はない。

和解したいという気持ちを伝えるために、スパークリングウォーターのボトルに手を伸ばし、彼のグラスにおかわりを注いだ。そのタイミングで（ありがたいことに）ピザが運ばれてきた。

これまでの経験から、ワインを飲んで真実を引き出すよりも、おいしいものを食べて率直な話をきき出すほうがはるかに効果的だ。わたしの祖母ナナは「イル・パーネ・アプレ・トゥッテ・レ・ボッチェ」つまり「パンはすべての口をあける」といっていた。

いまデイブとわたしはそろって口を大きくあけている。

この国でピザづくりにもっとも適している水といえば、ニューヨーク市の水だ。あまりにも完璧に合うので、国内の有名なピザのメーカーがわざわざ取り寄せて生地づくりに使っているのは有名な話だ。

この店のクラストはこの街で最高との折り紙つき。薄いけれど薄すぎない、腰があるけれど、まっさきに感じるのはぱりっとした繊細な食感——雪の表面にごく薄く張った氷のように。噛んだ時のアルデンテのサクサクとした食感がたまらない。そしてほぼ同時にソフトな食感。宙でまわして伸ばした手づくりの生地ならではの焼き立ての歯ごたえが味わえる。

フレッシュトマトのソースには地元産のオレガノ、ローズマリー、バジル、ガーリックがたっぷり使われていて豊かな香りだ。甘く心地よい風味のなかにさわやかな酸味がほんのかすかに感じられる。時間をかけてゆっくり調理するうちに酸味がすっかりおとなしくなっていくのだ。わたしの祖母ナナはいつもそうして——誇りと愛情を込めて——お客さんのために料理していた。

ソーセージとマッシュルームを細かく刻んでオリーブオイルでソテーし、キャラメル化したすばらしい香ばしさとともに散らしてある。それを受け止めるのは、刻んだチーズの甘く白いブランケット――フレッシュ・モッツァレラ、熟成の浅いプロヴォローネ、よく熟成されたアジアーゴ。とろりとクリーミーで少し塩気のあるチーズは溶けてふつふつと泡立っている。

「どう？」食べながらきいてみた。

彼は口を忙しく動かしながらうなずく。「悪くない、コージー」

よし、進展あり。〈ヌンツィオズ〉の有名なピザを数口食べただけで「コージー」がついた。つぎは「クレア」と呼ばせてみせる……。

「エバグリーンのクリエーション・プログラムについて、もう少しききたいわ。Mはなぜあそこで働くようになったの？」

「昨年は人手が足りなくなった」彼は口についたソースを拭ってから続ける。「わたしが自腹で百ドル出すから感謝祭に〝ボランティア〟としてエバグリーンを手伝ってくれないかと持ちかけた。彼女は引き受けた」

デイブは姿勢を正して座り直した。彼がまた余裕を取りもどしたのを見てほっとした。

「Mは家族と離ればなれで暮らしているのをずいぶん寂しく思っていたようだ。彼女は高齢者が好きで彼らを笑わせ、家族といるような気分を味わった。だからパートタイムで働いて給料をもらえるようにとりはからった」

「いつから働き始めたの？」

「今年の一月だ。彼女は型破りなプログラムを始めた。入居者にいまどきの音楽を教えたんだ」

「クラブミュージックを？」

「あらゆるジャンルの音楽だ。じつにすばらしいプログラムだと感心した。入居者にも好評だった。とりわけ、iグラニーたちに」

「なんですって？」

「インターネット・グラニーたちだ──あの老人ホーム内のコンピューター同好会だ。ソーシャルネットワークを利用して孫たちと話をしている。数カ月前、ムーリンはすばらしいアイデアを出したんだ。音楽を通じて孫とさらに交流を深めるきっかけになるプログラムだ」

「というと？」

「いまの若い子たちが夢中になっているアーティストやグループを選んで、まずは入居者に演奏して聴かせる。それから『思い出のメロディ』──彼女はプログラムをそう名づけた──にさかのぼるんだ。アーティストがどんな作品に影響を受けているのか、スタート地点を見せる。するとアーティストへの親近感が生まれる。背景を知れば聴くのがおもしろくなるし、話題にもしやすくなる。たとえば、アデルだ」

「アデル？　苗字は？」

「アデルで通用している。グラミー賞を何度も受賞して若者から熱烈に支持されている。Mはiグラニーたちに、アデルのスタイルはアレサ・フランクリンにまで遡ること、さらにビリー・ホリデーの影響も見られると教えた。ロサンゼルス出身のポップスのバンド、マルーン5、それからワン・ダイレクション——イギリスとアイルランド出身の若者のバンドだ——も同じように取りあげた。ムーリンは今のアーティストの曲を演奏してから、ジャクソン・ファイブや、さらに遡ってフランキー・ヴァリ、ザ・フォー・シーズンズとのつながりを示した」

「ムーリンが大ファンだったというロングアイランドのグループも紹介したのかしら？　たしか、パープルラティス？」

「パープルレタス、だ」デイブが片方の眉をあげて見せる。「彼らはドウズの系統だ、クレア」

「だれ《フー》？」

「ザ・フーはジャンルがちがう」

「からかわれているみたい」

デイブが微笑んだ。「ネオフォーク・ロックの話だ——このところのムーブメントはクロスビー・スティルス・アンド・ナッシュにまで辿れることをMは示した」

ようやく出てきた！「きいたことあるわ」

「Mはサイケデリックなスター・ステッカーを自作した。きっときみにも進呈しただろうな。

そして彼らとバーズ、キングストン・トリオ、ウディ・ガスリーとの関係を浮かびあがらせて見せたにちがいない」

「音楽にそれだけの情熱があるのに、なぜベーカリーでアシスタントをしていたのかしら」

「楽に金が入るからだ。彼女は目をつぶったままでも仕事をこなせた」デイブはわたしから視線をはずす。「彼女の家族はアイルランドでベーカリーをいとなんでいた」

またもやあたらしい事実だ。「Mはアイルランドでの暮らしについてほとんど口にしなかったわ。わずかな言葉を手がかりに、彼女が地方で育って、そこからもっと人口の多い町に移り、パブで働いていたのだろうと想像していたわ。接客係の女の子全員にミニスカートを強制したとんでもないマネジャーがいたとか」

デイブが微笑む。寂しげな微笑みだ。「わたしもその話をきいたことがあるよ」

彼はひと口水を飲み、それからグラスの残りを一気に飲み干した。

「最近、ムーリンはカラオケのイベントを主催するようになった。そして入居者のなかから驚くべき才能を発掘した。彼女のおかげで、ここには住み込みのエルビスがいる——本名はベン・フィンケルスタインだ。ソニー・アンド・シェールを歌う夫婦がいる。住み込みのシナトラまでいる」

「シナトラときいても驚かないわ。わたしの元姑はまさに〝フランク〟に遭遇したのよ。彼に声をかけられてお尻を褒められたわ」

「フェドーラ帽をかぶった男か？」

わたしはうなずき、デイブがクスクス笑う。「やはりトニーか。われわれのカラオケイベントのシナトラだ。なんとも陽気な人物さ」

「ムーリンはこの仕事でどれくらい報酬をもらっていたの？」

「雀《すずめ》の涙ほどだ。この景気で、ここの財務状況はどんどん苦しくなっている。ムーリンがもうできないとなると、おそらく特別プログラムは中断されるだろう。エバグリーンの入居者たちにとっては酷なことだ」

「ムーリンの身元保証人を確認しなかったといったわね。賃貸契約はどんなふうに結ばれているの？　契約書には以前の住所が書いてあるのかしら？」

デイブが首を横にふる。「賃貸契約は結ばない。握手のみだ」

わたしは深く座り直した。椅子がきしむ。「なにか気になることを見聞きしたおぼえは？　ムーリンが悩んだり怒ったりしていなかったかしら。よく思い出してみて。お願い」

「そうだな……ずっとひっかかっていることがある……昨年のいまごろだ。真夜中すぎに通りにゴミを出しにいった。彼女の部屋の前を通ると泣き声がきこえた――」

「泣き声？」

「まちがいなく泣いていた。ドアをノックしたが、彼女はわたしと話そうとしなかった」

「泣いていた理由を、彼女はなにもいわなかったの？」

「ああ。わたしは彼女のプライバシーを尊重した」

「そうね、女の子が泣くのはめずらしいことではない」

「だが、なにか奇妙だったのは、翌朝、彼女がわたしの住まいをたずねてきたんだ。早朝だった。そして二百ドル貸してもらいたいと頼まれた。デートの相手に気に入られるためにリトルブラックドレスを買いたいが、金がないという。泣いていたのはボーイフレンドに振られそうだったからなのかと思った。セクシーなドレスで彼の気持ちを取りもどそうと期待したのか。あるいは、彼なんてどうでもいいと考えて、着飾ってあたらしい男を見つけるつもりだったのか」

「彼女はお金を返したの？」

「いいんだ、あれはあの子にあげた金だ。渡したことに後悔はない。嘘をつかれたと知っても、金に関してはなんとも思っていない」

「どんな嘘を？」

「Mはたくさん嘘をついていたんだ、クレア。〝嘘をつく〟という表現は少々きつすぎるかもしれないな。彼女は数々の矛盾に満ちていた、と表現しよう」

わたしは前に身を乗り出す。「例をあげてみて」

「ふたつ例をあげよう」デイブは顎ヒゲを撫でて、前に身を乗り出す。「信じるかどうかはきみ次第だ。ある晩、Mはクラブでビールを飲みすぎた。そしてわたしの住まいのドアをノックした。ドアをあけてみると、彼女がわたしの首に両手をまわした。一階の彼女の部屋に連れていき、こちらにはそういう気持ちはないと話した。おたがいの人生にとってろくなことにならないといってきかせた。ところがMは、いっそそのほうが都合がいいといった。アイルランドでの出来事のせいで恋愛はこりごりだから、と」

「なにがあったのかしら。ひどい失恋？」

「それよりも悪いことだ、彼女はそういった。しかしそれ以上は話そうとしなかった。それからあのドレスの一件だ。リトルブラックドレスを買うために渡した二百ドルは、デートの相手を引きつけるためのドレスには使われていなかった。ドライクリーニングの袋がかかっているところを見た。黒い服だった。長袖でスカート丈は長く、ハイカラーだった。レースのベールまでついていた。パーティー用のドレスなんかじゃない。葬式の時に着るようなタイプの服だった」

「だれかが亡くなったとMはいわなかったの？」

「なにか変わったことはないかと、たずねてみた。すると彼女は『ドント・ウォリー・ビー・ハッピー』と口ずさんだ……」

すでにピザを食べ終わり、わたしたちはカプチーノを飲みながら話し続けている。が、Mについてはそれ以上のことはわからない。ヘーゼルナッツ・ビスコッティを嚙み砕きながら、音楽を通じてMには出会いがあったはずだと考えた——男性との出会いも。

「ムーリンはスタジオの仕事をしていたと、さっきいっていたわね、バックコーラスとか。最近もなにかそういう仕事はあったのかしら？」

「最近といっても、六週間ほど前だ。クリスマスの時期にはジャネルときみのところで働いて現金収入が多いから、歌よりもそちらを優先させるんだといっていた。一月に入ったら、またオーディションを受ける予定だった」

その時、ジャネルからきいたことを思い出した。「男友だちの話はほんとうにきいたことがないのね？　ジャネルはトニーとベンという人物と電話で話しているのを耳にしたといっているわ」

「トニーとベン？」デイブが笑う。「わたしの話をよくきいていなかったのか？」

わたしは目を閉じた。そう、そうだった……。

「トニーはカラオケのシナトラだ。そしてベンはエルビスだ」

「つまりMは八十歳の男性と電話でやりとりしていたということ？」

「彼らはムーリンと仲良くなりたがっていた。カラオケのあたらしいアイデアを相談したりしていたが、もっと真面目なつきあいだった可能性もあるな。仮にそうであれば、わたしとムーリンの交際が成立しなかったという、なによりの証明になる」

「なぜ？」

「考えるまでもないだろう。彼女にとってわたしはあまりにも若すぎた」

28

デイブは車でわたしをマンハッタンまで送り、ビレッジブレンドまであと数区画という地点でおろしてくれた。『チャンネル・シックス・ニュース』のバンが張り込んでいるかもしれないと、用心したのだ。さいわい、彼らはいなかった。ベルチャーはつぎの「最新ニュース」のターゲットへと移動していた。

そろそろ夕方だ。十二月は日がとても短く、雪が積もったマンハッタンの峡谷にはすでに影があつまり始めている。冬の夜の寒さが忍び寄り、明るく輝く店の窓は温かく励ましてくれる灯台のようだ。

ガラスがはめ込まれたドアを押してなかに入ると、クリスマスの買い物客で店内は満員だ。ほぼすべてのテーブル、そしてフロアの半分も買い物の袋や箱に占領されている。毎年くり返される光景だ。ニュージャージー、ロングアイランド、ウエストチェスターからおおぜいの人々がビレッジのこの界隈に押し寄せてくる。ようやく本業に励めると思うと、うれしかった。

混み合う店内のカフェテーブルのあいだを注意を払いながら進んでいく。とちゅう、お客さまと微笑みをかわしたり、うなずいて挨拶したりしながら、やっとカウンターのなかに入った。

「ホー・ホー・ホー。ミセス・ボス。ハッピー・クレイジー・サタデー！」チリンチリンと鈴の音を鳴らしてナンシーが妖精のとんがり帽子をかぶり直す。

「一日じゅうこんな調子で混雑していたの？」

「いまはもうたいしたことありません。三時間前を見てもらいたかったですね。店内はぎゅうぎゅう詰め、行列はドアの外まで続いて――そして外はおそろしく寒かった！」

コート掛けにデイブのスポーツジャケットをかけた。すぐに返すこと、と頭のなかにメモしながら。彼は騎士道精神を発揮し、これを着て店までの数区画を歩くようにと主張したのだ。わたしは素直に従った。セーターとドレスパンツの上に手早くビレッジブレンドのブルーのエプロンをつけた。

今日の勤務はオフに当たっているけれど、どう見ても手が足りない状況だ。

「さて、なにから始めればいい？」

「なにより先に、女性刑事さんとのお話ですね」ナンシーが眉を上下に動かし、親指で肩越しに店内を指さす。

そちらに視線を向けると、ロリ・ソールズがファラララ・ラテのカップを手にしているのが見えた。

「わかったわ。あまり時間はかからないと思うから、もどったらあなたたちに交代で休憩してもらうわね。今日はかなりきつかったでしょう。遠慮しないで休んでね」

「ありがとうございます。すごく助かります！」ナンシーがこたえた。

自分用のアメリカーノを持ってロリのテーブルに行くと、彼女は無抵抗のジンジャーブレッドマンの頭を切り離しているところだった。皿の上には小さなクッキーの男が三枚。どれも頭のない残酷な姿だ。

「恐怖政治の時代を再現しているの？　このクッキーたちはだれかの身代わりに処刑されたのかしら」

「単なるジンジャーブレッドマンよ。かわいそうなのはわたしのウエストライン」

彼女と向かい合わせに腰をおろした。「どれくらい待っていてくれたの？」

「十分間。来たことを後悔するだけの長さ」

なにをそんなにいらついているの？「どんな一日だったの？」

「悲惨だった。あなたは？」

「楽しいサプライズがぎっしりよ。なにしろ朝からニュースの取材記者のディック・ベルチャーの不意打ち攻撃だもの。なぜそんなことになったのか、心当たりはない？」

ロリがぶつぶつと悪態をついている。

「あなたが乗っているボートは水漏れしている。気づいているんでしょう？」わたしはにやりとした。

「わたしはなにも関与していない。それ以上はノーコメント」ロリはジンジャーブレッドマンの右腕を食いちぎり、満足そうに嚙む。

「今朝、事件についてマイクと話したわ。ディック・ベルチャーにリークしたのはエンディコット刑事ではないかと彼は考えている」

「クイン警部補は頭が切れるわ。わたしがいえるのはそれだけ」

「いいえ、そういうわけにはいかない。たっぷりきかせてもらうわ。わたしにはきく権利がある。ムーリンを殺した犯人について有力な手がかりは見つかったの？」

「いまのところ、なさそうよ」

「それはつまり、エンディコット刑事の予測ははずれた、ということね？」

「まさにそう」

「あなたからのメールを読んだわ。エンディコット刑事が興奮していたあのオレンジ色の髪。あれは犬の毛だった、ちがう？」

「ノヴァ・スコシア・ダック・トーリング・レトリーバー。成犬、栄養状態良好、雄か雌かはまだわからないけれど」彼女は首を横にふる。「どうしてわかったの？」

「パイパー・ペニーのものではないという確信があったから。そしてあの公園は犬の散歩ができるように一般に開放されている」

「ミスター・DNAの早合点で、署内の刑事たちはお腹がよじれるほど笑ったらしい」

「彼は物笑いの種なのね」

「彼の未決書類入れに、犬の糞をすくうスコップが入れられていたわ」

「ようやく話が見えてきた。エンディコットはパニックになったのね、そうでしょう？　彼は屈辱に耐えきれず、ムーリンの事件をディック・ベルチャーにリークした。そしてMが殺されたのはクリスマス・ストーカーの一連の犯行の一部であるように匂わせている――でも具体的な証拠があるわけではない。ただ直感に従っただけ。クリスマス・シーズンにもっとも注目をあつめる犯罪に関連づければ、その捜査を仕切る人物として世間にアピールできるから。どう、当たっている？」

ロリがはあっと息を吐く。「大当たりよ」

「いまエンディコットは、ほんとうにお手上げ状態にある。そうなんでしょう？　鑑識のラボの技術者から何の収穫も得られなければ、なにをしたらいいのか？　目撃者の事情聴取？　被害者の背景を掘り下げる？　それはどう考えても〝ヴィクトリア朝時代の方法〟にしか感じられない」

「うまい《トウシェ》、コージー」

わたしはテーブルの上に身を乗り出す。「ムーリンは犯人とは面識があったはず。鑑識班はほかになにをつきとめたの？」

「吸い殻には被害者の唾液が付着していた。被害者のものとは一致しない唾液のついた各種ガム、乾燥した血液が数滴。これも被害者のものとは一致しない。ミスター・ＤＮＡは鑑識班が採取したものをさらに分析しろと要求している。でもいまのところ、その線では突破口はひらけていない」ロリが首を横にふる。

「あなたがエンディコット刑事を〈ミスター・DNA〉と呼ぶのは二回目ね。マイクもそのニックネームを使ったわ。偶然なのかしら。それとも、それ以上の理由があるの？」

「あなたは彼の本を一度も見ていないからね。見ていたら、そんな質問は出てこないはずね。だって……」ロリは頭のないジンジャーブレッドマンの胴体を半分に割り、両足をコーヒーに浸し、周囲を眺めた。彼女がクッキーを食べ終えるのを待った。しかし、彼女は突然、目を大きく見開いた。

「くそ」ロリが小さな声を漏らした。

「あなたがなにを考えているのか、わかるわ。ここに来たことを後悔しているのね。わたしに話したいことがある、話すべきだとあなたは感じている。でも話す立場にない。そうなんでしょう？」しかし、わたしは彼女の苦悩を読みちがえていた。

ロリの声が一オクターブ低くなる。「図星よ。そして、もしも、わたしがあなたに話したとしても、あなたはだれにも話せない。わたしのいうことをよくきいて。もっとききたいなら、いう通りにして」

「どういうこと？　まさか、誓いを立てろとか？」

「笑えといったら、笑って」

「なんですって？」

「いまわたしはあなたに、バーで警察官が披露する最高傑作のジョークを話している。そういうつもりで演技して」

「気は確か？」

「ノックノック、コージー……さあ、笑って」

「ノックノック・ジョーク（駄洒落遊び）？　本気？　わたしを何歳だと思っているの？　五歳児？」

「いいえ。でもあなたはニューヨーク市警から監視されている。わたしもね。だから、とにかくいう通りにして。声をあげて笑って」

いわれた通りにした。大きな声で。

「それでいいわ」ロリがまた声をひそめる。「いい、一度しかいわないからね。ムーリンが殺された事件はクリスマス・ストーカーとは無関係だとわたしは信じている。あなたの考えに賛成よ。ゆきずりの犯行ではないと思う。笑って」

わたしは笑った、さきほどよりは小さな声で。

「捜査の責任者を務めるミスター・DNAことエンディコットは独自の仮説を立てている。悪いことに、その仮説を裏づけるささやかな証拠があるのよ」

「仮説？　その証拠というのは？」

ロリは大きく息を吸い込み、爆弾を投下した。「クリスマス・ストーカーの暴行事件四件すべてが、このコーヒーハウスに関係している。それは反論の余地のない事実。被害者三人はビレッジブレンドを出た後に襲われている。ムーリンはここで働いていた。彼女はビレッジブレンドがケータリングしたイベントで殺された。さあ、笑って」

命じられた通りにした。でも心のなかでは泣いていた。クリスマス・ストーカーはうちのお客さまを襲った？　罪のない女性が犠牲になったという事実だけでも許し難いのに、わたしのこのコーヒーハウスが関係しているとは。そんな恐ろしい事実を冷静に受け止めるなんて、どうしても無理。

笑う芝居を続けられなくて、やみくもにアメリカーノを飲んだ。すっかり冷めていた。

「いまここで、覆面捜査官がわたしたちを監視している。そうなのね？」

ロリがうなずく。「彼女は入ってくるなりわたしたちを見つけた。もっと時間的な余裕があるだろうと予想していたのだけど……やはりあなたに電話すべきだった」

「きかれないように、上に行ってふたりで話すこともできるわ」

「たぶん、よけいに怪しまれると思う。あわてる必要はないわ。ここはだれがコーヒーを飲みにきてもおかしくないんだから。たわいない雑談をしているように振る舞いましょう。笑顔よ、いい？　そう、それでいいわ」

「エンディコット刑事は容疑者を絞っているの？」間抜けな笑顔を顔に貼りつけてたずねた。

「ええ。二十四時間態勢でその容疑者を張り込んでいる。覆面捜査官は彼があやしい行動を取るのを待ち構えている。すかさず拘束して尋問することになるわ」

「彼？」

「あなたの店の従業員のひとりよ、クレア。エンディコット刑事は、クリスマス・ストーカーがここで、あなたのビレッジブレンドで働いていると信じているの」

29

バリスタのひとりが、クリスマス・ストーカーの事件の第一容疑者になっている。そう知らされて、わたしがどう反応したか。

冷たくなったアメリカーノをテーブル一面にこぼした。

ペーパーナプキンで懸命に拭き、足りないのでカウンターのなかからロールごとペーパータオルを持ってきた。ロリは立ちあがり、テーブルの周囲をきれいにするのに手を貸してくれた。

「エンディコットは正気なの？　いったいどういう証拠があるっていうの？」ささやくようにたずねた。

「たいした証拠じゃないわ。疑いのかかっているバリスタはこの一週間でムーリンに三回電話している。メッセージはなにも残されておらず、被害者は一度も折り返していない。彼女は彼と話したくなかったとわたしには思える。四回目、つまり最後の電話は昨日の午後四時五十五分にかかっている――」

「その時には、わたしたちは〈ブライアントパーク・グリル〉のパーティー会場にいて、開場を待っていたわ」

「そこでムーリンは電話に出て話している。通話は六分半続いた」

「すでに話した通り、昨日の午後、この店でムーリンに電話がかかってきているわ」

「そっちは壁につきあたったわ。相手は使い捨ての電話、現金で購入され、最初にマンハッタンのミッドタウンで使われた、というところまでは突き止められたけど」

両膝に力が入らないので椅子に座った。ロリも腰掛けた。わたしたちはふたたび、楽しいおしゃべりのふりを続けた。

コーヒーのおかわりを頼もうとナンシーに合図してみた。が、中年の男性のお客さまと会話が弾んでいる。エディ・レイバーンだ。クッキー交換パーティーでタッカーが〈イーヴィル・アイズ〉と呼んだ人物。凶暴だと噂される屈強な彼はリアリティ番組のスター、ダニ・レイバーンの夫なのだ。

どんな目的でここにあらわれたのだろう？　会話の内容をナンシーに確かめなくては。でもいまはもっと重要なことについて話を進める必要がある。たとえば——。

「エンディコット刑事はだれを容疑者と考えているの？」またもや間抜けな笑顔を浮かべているけれど、ほとんど詰問している口調だ。「この店のどのバリスタに尾行をつけているの？」

ロリの笑顔は、笑っているというより、雌のトラが鋭い白い牙を剝《む》いているみたいだ。

「ほんとうに申し訳ないけれど、わたしの口からはいえない」

「それならせめて、ムーリンのアパートであなたたちがなにを見つけたのかを教えて。わたしはムーリンの大家のデイブと話したわ。警察が来たといっていた」

「エンディコット刑事はわたしひとりをパークスロープに行かせたの。〝うんざりする業務〟にわずらわされている暇はない、だそうよ。彼のメモは文書にしなくてはならないし、ムーリンのメールは調べなくてはならないし、有能な秘書の気分を味わったわ」

「なにを見つけたの？」

「ムーリンの歌のCD－Rディスクが多数。彼女のタブレット型コンピューターも確保した。今日の午後はコンピューターのなかに残されていた日記を調べるのにかなりの時間を費やしたわ」

「日記！」わたしは身を乗り出した。「続けて」

「ムーリンは『わたしのアメリカン・ジャーニー』と名づけていた。ニューヨークに来たこと、ブルックリンの元ロックスターのところに住めるようになったことが書いてある。日々の苦労もつづっている——とてもありふれた内容よ。詩、歌詞もたくさん。日記の様子が変わったのは三カ月前。ムーリンは一通の手紙を受け取った。おそらく郵便。彼女の電子メールのアカウントには重要なものはなにも見つからなかったから」

「その手紙というのは？」

「あなた、知らないの？　ここで働いている時に、彼女はそういうことはなにも話していないの？　あなたにも、同僚にも？」

「なにも。あとでスタッフにきいてみるわ、一応……」

「その手紙の内容については日記にはなにも書かれていない。だれから来たのかも。ただ、その手紙が『恐ろしい知らせ』を運んできたとだけ。後には、『あの手紙がなにもかも変えた』と。そして三週間前、彼女はあの手紙が『自分のために、そして人々のためによりよい未来を築く役に立つだろう』と書いている」

「住まいには、その手紙はなかったの？」

「徹底的にさがしたけれど、見つかったのはダイレクトメールのたぐいや請求書だけで、不審なものはなにもなかった。あ、それから」

「なに？」

「笑って、お願いだから。最後にもう一度……」

その通りにした。ロリは立ちあがり、コートを着た。そしてうんと前屈みになってわたしの頰に軽くキスするそぶりをした。

「いま話したことの大半は極秘情報ですからね、いいわね」彼女がささやく。「わたしの口からはなにも漏れていない、わかっているわね？　わたしのキャリアが懸かっているのよ」

わたしは効果音で使われるようなけたたましい笑い声をあげ、ロリがドアから出ていくまで笑い続けた。

黙ったまましばらく座っていた。見張られていると思うと首のあたりがむずむずして落ち着かない。ようやく立ちあがり、テーブルの上を片付け、カウンターのなかに入った。そのまま奥に入り食洗機のところまで行ってカップと皿を入れた。

ビレッジブレンドのタイムカードは小さなクリスマス・ツリーのそばの壁に掛かっている。スタンプが押されたカードを手に取り、すばやくめくっていく。スタッフの昨晩——ムーリンが殺された晩——の出勤時間を確認した。

エンディコット刑事が第一容疑者とみなしている人物を特定するのにさして時間はかからなかった。

判明したとたん、ふるえがきて手からカードの束が滑り落ち、シークレットサンタのプレゼントの山にばらまいてしまった。それを拾いあつめているとプラスチック製のビング・クロスビーが感知してしまった。電池式のクロスビーが歌い出す。

カードを元にもどし、手を洗い、店に出た。ふるえる指でエスプレッソを抽出する。ふり向くと、目の前には明るい緑色のグリンチのペルービアンビーニー帽。

「きゃあ！」叫んでしまった。

エスターが両手を腰に当てる。「どうかしましたか？」

「その帽子！　すごく気味悪いわ」

彼女がにやりとする。「その効果を狙っているんです」

わたしはエスプレッソを口に運び、目を閉じた。ふたたび心を落ち着けてエスターに話しかけた。「元気？」

「ええそりゃもう、ボスのおかげで。ボス様様です。全面的に応援してもらってボリスはジャネルのところで雇ってもらえたんですもの。わたしの彼氏はゾウ並みの記憶力の持ち主ですからね。決して恩を忘れたりしません」

「うまく話がまとまってよかったわ」

「はい！　彼はもうジャネルのベーカリーを手伝っています。来週中にはMの後釜としてこの店でクッキーを焼き始めるんです」

「わかったわ。でも、いくら彼氏だからといって裏でベタベタするのは許しませんからね」

エスターを冷やかしてみた。「ふたりとも職業人としての規律は守ってちょうだいね」

「やってみます、ボス。でもね、彼も男ですからね。わたしのこの甘い身体に手を出さずにはいられないの！」

「とにかく、ここで働く時間帯には彼はクッキー生地だけを熱くしてもらいます。いいわね！」

チリン、チリン、チリン……。

バリスタの一番の若手がさっそうと脇を歩いていくので、その腕をつかまえた。

「ナンシー、ちょっとききたいことがあるの」

「はい」

「少し前にエディ・レイバーンとしゃべっていたわね。なにを話していたの？」

「いい人ですよ、ミスター・レイバーンは。タッカーのスケジュールについてきかれただけです。タッカーがいつここにいるのか、知りたがっていました。火曜日まではシフトに入っていないと説明しておきました。ミスター・レイバーンはお礼をいってくれて、チップまでくれたんです！」

「それ報奨金でしょう！」エスターが甲高い声をあげた。

ナンシーがふくれっ面をする。「わたし、なにかまちがったことしたかしら？」

「まちがったこと!?」エスターは頭を抱える。「嫉妬深くて有名な〈イーヴィル・アイズ〉に、つぎのターゲットの居場所を漏らしたわけでしょ！」

「なによ、それ」ナンシーがいう。

「火を見るより明らかでしょう。〈イーヴィル・アイズ〉は妻のバッグのなかにタッカーの名刺があるのを見つけて嫉妬のあまり怒りを大爆発させたのよ。いま彼はタッカーを徹底的に打ちのめしてやろうと手ぐすねひいて待っている。自分の妻とおしゃべりしたって理由だけで！」

「タッカーに電話して」わたしはエスターにいった。「用心するように彼に警告しておいてね。それからそのあなたの〝甘い身体〟をカウンターの向こう側にもどしてちょうだい。クリスマスの買い物客がまたどっと押し寄せてきたわ。たったいまドアを通過してこちらに向かってきている」

30

その夜遅く、冷蔵庫からプラスチックの容器に入れたチキンのマリネを取り出していると、影がすっぽりわたしを覆った。力強くがっしりした手が腰をやさしく包む。

「ううむ、すばらしい……」低いつぶやき。

「それがただいまの挨拶？」わたしは身体を起こしてまっすぐ立った。

カウンターにはみじん切りのタマネギ、細かく刻んだマッシュルーム、シチリア島から輸入されたドライなマルサラのボトルがすでに用意してある。マルサラの栓はすでに抜いてある。そのボトルの脇にチキンを置く。マイク・クィンはコートをすばやく脱いで椅子に放った。

「もっと上手な挨拶もできる。こんなのはどうかな……」彼がわたしをくるりとまわして、くちびるで口を塞ぐ。最初はちょっとふざけた感じのキスがしだいに情熱的になり、わたしは微笑んだ。が、フライパンのなかでオリーブオイルがジュージューと音を立て始めたので中断した。

「この建物を丸焼けにしたくないでしょう？」手を伸ばして火を弱める。

「きみを温めたかった」マイクはわたしをつかんで放さない。

「おかげさまで温まったわ。食べる？」

「料理を？」

「さあどうかしら」

「飢えているよ、コージー。今日食べたものといったらポップコーン、ホットドッグ、ブーバー（ピーナッツをチョコレートコーティングしたお菓子）だけだ。リアルな食べ物が必要だ」

わたしが身体を離すと、マイクは今度は愛情込めて手首をぎゅっと握る。思わず悲鳴をあげてしまった。彼は顔をしかめて視線を落とし、手首の付近の紫色の生々しい傷跡を見る。

「わたしがこれをつけたのか？」

「あなたがきっかけをつくったとだけ、いっておくわ」

彼は頭を掻いている。こちらからはそれ以上くわしく説明しなかった。

マイクは元々、くだけた服装をしない人だ。仕事ではつねにスーツとネクタイ姿、そして司法省がらみの任務でワシントンDCに移って以来、週末であってもラフな格好はしなくなっている。

鞄をなくしてしまったので、いまは紅葉を見にシェナンドー国立公園に旅した際にここに残していったデニムとカジュアルなセーターを着ている。

十月にふたりで出かけてすばらしい三日間を過ごした。ソーントン・ギャップからスウィフト・ラン・ギャップまでスカイラインドライブを六十キロ走り、所々で車を降りてハイキングトレイルから紅葉を眺めた。最後は公園のそばのすてきな朝食付きホテル《B&B》に泊まった。車でニューヨーク市にもどるとマイクはスーツに着替えて列車に飛び乗り、ＦＢＩ捜査官の本拠地へとふたたび向かったのだ。

　マイクがはいているジーンズはあの週末の時のもの。ぴったりしたデニム姿はとてもすてき。めったに見られないのが残念だ。スーツとネクタイから解放されて、心を煩わすいろいろな思いや強い自制心からも自由になっているのかもしれない。

　彼がとてもリラックスしているのがうれしくて、素直にそれを伝えた。すると彼はもっとリラックスしたいという意向を示し、わたしの前に出て冷蔵庫のなかをあさる。お目当てのものはわかっている――ビールの瓶だ。そこですかさず、魔法瓶をそっと渡した。

「これは？」

「凍らせたエッグノッグ・ラテよ」冷凍庫からグラスを取り出して渡す。グラスは霜で真っ白だ。「タッカーのアイデアよ。とてもおいしいの」

　マイクはグラスに注いで飲み、口のまわりにヒゲのようについたクリームをなめた。

「映画をたっぷり楽しんできた？」

　彼はテーブルに向かって腰掛け、片足の膝にもう片足の足首を乗せて長い足を組む。

「そうだといいたいが、最近のクリスマス映画はどうも苦手だ」

「『エルフ』をレンタルしていっしょに観た時は気に入っていたのに」

「セントラルパーク・レンジャーたちがヨハネ黙示録の四騎士になるまでだ――そこで興味

が失せた」

「でも、少しは楽しめたのでしょう？」

「ジェレミーはアクションを気に入っていた。モリーはこわい場面では目隠ししたが、ミュージカルナンバーは楽しんでいた」

「『サンタクロース、ゾンビハンター』なんてタイトルの映画に、いったいどうやって歌とダンスを組み込んだのかしら？」

「ゾンビたちを組み込んだのと同じ方法だ。無理矢理」

「筋書きはあったの？」

「ああ、ありきたりなものが」

「ぜひ、知見を広めておきたいわ。おかしないいかたね……」

会話しながらチキンに小麦粉をまぶす。切り身を平たく伸ばしてから叩いて軟らかくし、マルサラ酒とガーリックでマリネしておいたものだ。小麦粉をまぶしてから熱した油に入れた。両面を焼き、黄金色になるまでのあいだ、マイクが映画を再生してくれるのに耳を傾ける。

「ゾンビが北極を襲うところから始まる。サンタと妖精たちは作業場に閉じ込められた。ミセス・クロースはゾンビに噛まれてゾンビ病になる」

「まあ、こわい」

「心配いらない。このゾンビたちは更生可能だ。特定の周波数の音をきかせると脳を再暗号化できる」

「そのためのミュージックナンバー？　きっとクリスマス・キャロルね」

マイクが少し間をあける。「きみはこの映画を見たのかい？」

「いいえ、でも娘をひとり育てた経験がありますからね。つまり子ども向け映画の上級学位を取得しているようなもの」

「なるほど。しかしサンタはミセス・クロースを救えることを知らない。しかしなんとか彼女の苦しみを救おうと決める」

チキンはすでにフライパンからあげた。油にタマネギを入れる。つんとして涙が滲《にじ》む。

「ああ、それ以上いわないで。悪夢を見てしまう」

「悪いことにはならない。赤鼻のトナカイ・スーパーソニック・ロボロケットのルドルフのコンピューター頭脳のおかげで」

「それはジョーク？」

「いや」マイクが胸に十字を切って神にかけて誓う。「ルドルフは、ゾンビたちの背後に念入りな策略が存在しているのを見抜く。サンタを敵視している邪悪なおもちゃメーカーがひそかに仕掛けた策略だったんだ。サンタは悪者の本部を侵略し、ゾンビ・ニンジャを倒し、ゾンビ病に冒された人々をすべて治し、ミセス・クロースを救い、クリスマスを守った――わずか一時間半のうちに」

「まあすごい。そして欠かせないのは、続きを予感させるエンディング。続編が待ちきれない終わりかた」

マイクがあっけにとられた表情だ。「絶対にこの映画を観ているだろう？　ちがうか？」

「じゃあ、ほんとうに思わせぶりなエンディングだったの？」

「映画は、満月に照らされたサンタの作業場のシーンで終わった――」

「いわないで。オオカミ人間の遠吠えね？」

「この映画はきみがつくったにちがいない」

すでにタマネギはきつね色になり、苦みはすっかり消えて甘くなっている。そこに白と黒のキノコのスライスを加え――真っ白なボタンみたいなものと大地のように黒いポットベラを半分ずつ――バターをひとかけ。チキンストックを加え、ワインを計量しているとマイクが片腕をわたしの腰に巻き付けて首に鼻をこすりつけた。

「ひと口味見しようかな」

「マルサラは料理とマリネにぴったりのワインだけど、濃厚すぎてほかのものの味がわからなくなってしまうわ」

婉曲《えんきょく》的な表現がマイクに伝わってほっとした。彼がワシントンDCでどのようにしてストレスを解消しているのか、わかっている――勤務終了後《ハッピーアワー》のカクテルだ。でもこれからロリが店に来た件で話をするつもりなので、しらふで頭が冴えた状態できいてほしい。

マイクは渋々、エッグノッグ・ラテにもどった。マッシュルームにワインを注ぐと、風味たっぷりの甘いアロマがキッチンに満ちた。半分に煮詰まったところでチキンをフライパンにもどして温めながら濃厚な茶色いソースをからめ、とろりとなったら火を止める。

マイクのお腹が鳴った。「そのにおいをかぐと肉食のゾンビになってしまいそうだ」

テーブルセッティングはすんでいる。サンドイッチづくりに取りかかった。チキン・マルサラにはパスタ、ライス、ローストしたポテトも合うけれど、子どもたちとたっぷり過ごしてマイクの帰宅時間は大幅にずれ込んだ。もう九時近い——本格的な食事には遅すぎる。焼きたてで皮がサクッとしたセモリナロールでチキン・マルサラ・サンドイッチにすればちょうどいい。

「どうぞ召し上がれ。あなたがゾンビ病になってしまう前に」

ジューシーなサンドイッチをすすめた。それからの十分間、マイクからは理解可能な音はきこえてこなかった。動物が満足した時に出すようなうめき声のあいまに時折、うう、ああという声だけが漏れた。

わたしもサンドイッチ——彼の半分のサイズ——を食べて、ふたりともお皿の上が空っぽになったところでフレンチプレスでコーヒーをいれるためにお湯を沸かした。それからお手製のアップルスパイスクラム・パイに熱々のカスタードソースを添えてマイクの前に置いた。またもや会話は中断し、彼は食べ物でうっとりとした恍惚状態に入った。

デザートがすみコーヒーを飲んでしまうと、わたしはようやく腰を落ち着け、今日ロリ・ソールズが訪れた時のことについてくわしく話した。いっさい包み隠さず——連邦検事から麻薬取締タスクフォースのメンバーとしてじきじきに指名された人物以上に信頼できる相手が他にいるとは思えない。

「ロリはそれなりの理由があってきみに情報を漏洩している。きみの助けを求めているんだ。ちょうど、エンディコットがあの犬の毛で味わった屈辱に耐えきれずディック・ベルチャーに助けを求めたように」

「エンディコットは必死だったのね。それだけの屈辱を味わったのだから」

「ロリも屈辱を味わったんだ。エンディコットからひどい扱いを受けた。体よく秘書代わりにされたときみに打ち明けているくらいだからな」

「ロリからはもうひとつきいているわ。ムーリンを殺した犯人として、そしてクリスマス・ストーカーの犯人として、うちのバリスタが主要容疑者になっているそうよ。そのバリスタはいま二十四時間態勢で監視されている」

マイクの表情が険しいものになった。「それがだれなのか、きみは知っているのか？」

「昨夜のタイムカードを確認してみた。ダンテ・シルバが約二時間遅刻していたわ。だから、ムーリンが殺された時間帯にここで仕事をしていたというアリバイが成り立たない」

「吹雪で遅れたんだろう」

「ダンテはいつも徒歩通勤よ。すぐちかくに住んでいるから」

「直接きいてみたか？」

わたしは首を横にふる。「ロリが店を出てからまもなくしてダンテは出勤してきたわ。その時には彼が容疑者にされているとわかっていたけれど、本人にいうべきではないと感じた」

「正しい判断だ。ダンテが潔白なら、彼はなにも恐れることなどない。罪を犯しているとしたら刑務所に入るのが筋だ」

「彼は潔白よ」

マイクの返事はわたしを驚かせた。「なぜそう断定できる？」

「なにいっているの。ダンテは確かにイタリア人気質ですぐにかっとなるところがあるけれど、決して凶暴な人ではない」

「クレア、きみだってイタリア人気質ですぐにかっとなるが、凶暴な人物には見えない。しかしこれまでの二十四時間できみは刑事に襲いかかり、ナイフで脅し、テレビの記者に対してはクリームパイで暴行をはたらいた」

「メレンゲをトッピングしたスイートポテトよ、正確には」

「誤りは認めよう。だがわたしがなにを指摘しているのか、わかるだろう？」

わたしは目を閉じた。すべて彼のいう通りだ。窮地に立たされた時の自分は、今日のランチの時にわたしが追いつめたデイブ・ブライスとよく似ているではないか。鼻持ちならないうぬぼれやで、すぐに頭に血がのぼり、性衝動が強いロッカーが正体をあらわし、それを見て苦い気分を味わったというのに。

Mが殺された晩、ああいうことが起きたの？　彼女の周囲にはデイブのような人物がいたの？　音楽業界の男性で、もっと若くてもっとかっとなりやすい人物。如才なくて、表面上は魅力的。でもアンバランスなものを抱えていて人殺しに手を染める可能性がある。その人物とストーカーは同一人物？　それともふたつの事件はまったく無関係なのだろうか。

ひとつだけ確かなのは、Mを殺したのがだれであろうと、それはエンディコットが容疑をかけている若者ではないということ。

「わたしはダンテ・シルバという人物を知っているつもりよ。アーティストとしての激しさは秘めている。でもあんな善良な人はいない。あんなに人柄のいい人はそうそういないわ。絶対に彼は無実よ！」

「たぶんきみのいう通りだろう。ダンテはなにかの事情で遅刻したのだろう。あくまでも偶然の一致なのかもしれない」

マイクの本音はちがうはず。「迎合している」とフランコなら揶揄《やゆ》するだろう、偶然の一致についてのマイクの見解にもとづいて考えれば、確かにその通り。犯罪捜査において彼は偶然の一致というものをいっさい認めない。

アンティークの壁掛け時計に目をやると、十一時の『チャンネル・シックス・ニュース』がちょうど始まる時間だ。わたしは無言のままリモコンをつかんで、カウンターの上の小型テレビをつけた。

マイクがいぶかしげな表情でこちらを見ている。

「わたしが彼らを奇襲した様子がどれくらい映るのか見ようと思って」ディック・ベルチャーの声がして、そこで口をつぐんだ。視聴者におもねるようなしゃべり方だ。

「……被害者の元雇用主とお友だちは、今回の殺人事件で激しく取り乱していました……」

ベルチャーの攻撃的な質問は編集ですべてカットされ、ジャネルが泣き崩れてカメラから後ずさりしていくショットだけが映し出される。

「……グリニッチビレッジのコーヒーハウス、ビレッジブレンドのマネジャーを務めるクレア・コージー氏は、この残忍な殺人のニュースに怒りという形で反応しました」

いきなり、わたしの顔が画面にあらわれた。赤らんだ顔でこちらをギラギラ睨みつけている。

「ムーリン・ファガンを殺した犯人は、人として決してゆるせません」テレビのなかのわたしが訴えている。「罪のない人の命を奪ったあげく夜の闇のなかにこそこそ逃げ込んで罪を免れようとする醜い臆病者です。虫けらのような犯人を逮捕し罰しなければなりません。それが正義というものです。わたしはできる限りのことをして、一日も早くそれを実現させるつもりです！」

マイクのうめき声がきこえる。

ディック・ベルチャーはつぎのニュースに移り、わたしはテレビの音を消した。

「どうかした？」

「あれはきみの嘘偽りのない感情の爆発であることはわかっている。しかしあれはまずい。まるでクリスマス・ストーカーを脅迫しているようなものだ」

「わたしはムーリンを殺した犯人を脅したのよ。でも、ストーカーを脅したとしたら、それがどうだというの？　Ｍを殺した犯人であってもなくても、その男はわたしの店の女性を標的にしているのよ。その犯人も絶対に捕まってほしい！」

「そこが問題なんだ。そのストーカーがビレッジブレンドを拠点としているならば、挑戦するのは得策ではない。表立って叩くような真似をすれば、ストーカーのつぎのターゲットの選択に影響するおそれがある。それを心配している。あるいは、犯行が凶暴化するかもしれない」

怒りがすうっと引いていく。マイクは正しい糸を引いたのだ。わたしは家族も、そして店のスタッフも決して危険にさらしたくなどない。それを彼はよくわかっている。

「あなたのいう通りよ」わたしは小声でいった。「ただ、あまりにも腹が立って」

「あんなに残忍な犯罪なのだから当然の反応だ」

わたしは額を揉んだ。「あなたは長年、こういう思いに嫌というほどさらされてきたのね。どうやって怒りと折り合いをつけてきたの？」

「まずなにより、怒らないようにする。仕事上では怒りはどんな結果にも結びつかない。そしてだれのことも救わない。しかし生身の人間である以上、怒りを感じないわけにはいかない」そこでマイクはいったん間を置いて続ける。「そういう時には神に忍耐を求める」

「わたしは忍耐など求めない」彼の目をじっと見つめた。「モンスターどもが一刻も早く捕まることを求める。彼らに正義の裁きがくだされることを」

「きっとそうなる。保証するよ。ストーカーとムーリンを殺した犯人――同一人物であってもなくても――よりもロリ・ソールズのほうが頭が切れる。おそらく犯人はエンディコットにも頭脳ではかなわないだろう。だから逮捕される」

「そうなるまで警戒態勢を敷かなくては。店のスタッフを守るために」

「こちらにおいで……」マイクがわたしを抱き寄せた。「きみはそのために全力を尽くす。そうせずにはいられないと、よくわかっている。だが今は、心配しないようにしてごらん」

彼の広い胸に頭を預けた。「どうしたら、そんなことができるの？」

「ほかのことに集中するんだ」

「たとえば？」

「たとえばきみとわたしのことに。今回は、明日じゅうにワシントンＤＣにもどるつもりでいる。そうなると、また一週間は離ればなれだ」

「ええ。ちかごろは、いつも時間に追われている」

彼はわたしの片手を取り、やさしく引き寄せる。

「だから過ぎゆく時間に身を任せよう――上の階に移動して」

31

翌日の日曜日はマイク、ジェレミー、モリーといっしょに過ごした。けれども、どうにも身が入らなかった。子どもたちのために機嫌よくふるまい、一日の終わりにはマイクを列車に乗せた。それから住まいに帰ると、ひとりぼっちが身に沁みた。そして月曜日にはふたたび、クリスマス・シーズンの多忙な日常に引きもどされた。

まっさきにスタッフをあつめてミーティングをおこなうことにした――店を早じまいして、シフトに入っていないスタッフも含め全員で午後六時から首脳会談《サミット》を開始した。そしてクリスマス・ストーカーがわたしたちの店で被害者を物色しているというロリ・ソールズからの情報を伝えた。

さらに、お客さまにまじって覆面捜査官が配置されることになるだろうけれど、スタッフ側もみな警戒をゆるめないようにと話した。各自、店内での怪しい行動に目を光らせ、出勤時と勤務後に店を出る際にはくれぐれも用心するように――とくに女性スタッフは――と告げた。

最後に、ストーカーが捕まるまでは単独で閉店作業をすることのないように徹底させた。

安全を確保するには複数で行動するようにと。

ミーティング後、全員がタクシーに分乗して隊列を組むようにしてブルックリンをめざした。ムーリンの葬儀に参列するために。通夜はエバグリーン退職者ホームでおこなわれ、デイブ・ブライスが取り仕切ることになっていた。


会場はレクリエーションのためのプレイルーム。大きな部屋は花でいっぱいだった。その多くは入居者の家族から贈られたものだ。引き戸になっているガラスの壁の向こうには荒涼とした浜辺、その先には静かな夜の闇のなかに黒々とした海が広がる。

老人ホーム付きの牧師とラビが厳粛な儀式を執りおこなった。胸を打つデイブ・ブライスの追悼の言葉に引き続いてムーリン自身の歌声が流された。愛と喪失を歌った甘く切ないオリジナルのバラードは、列席者の心に響いた。

商品としての価値がどうであっても、痛切な気持ちをありのまま歌うMの声はみごとに輝き、聴く側にまっすぐに届いた。気がつくと、ふたたび遥か遠くをぼんやりと眺めていた。いまちらちらと輝いている光はコニーアイランド付近のクリスマスのイルミネーションだ。いま初めて気づいた。そばで星がまたたいているように夜のなかで輝く光を見ていると、元気が湧いてきた。

外に出る際、前回訪れた時にマダムが見つけたポスターが目に留まった。ムーリンが主催する予定だったクリスマスの特別企画のポスターだ。見出しのようなあたらしい紙が貼られて、歌のイベントは「延期」から「中止」に変わっていた。

わたしの心はふたたび沈んだ。

ナンシーはその表示を見て目を潤ませている。「なんてことかしら！」彼女が大きな声を出す。「入居しているみなさんはいい方ばかりなのに、クリスマスイブのパーティーが中止だなんて。クリスマスで周囲はお祝い気分で盛りあがっているのに、ここだけしんとしているなんてやりきれないわ」

ビレッジブレンドの上の住まいに帰った時にはすでに零時をまわっていた。室内は冷えきっている。キルトのカバーをしたベッドと喉をゴロゴロ鳴らす二匹のネコがわたしを呼んでいるけれど、直行する前にやるべきことがある。

つらい思いで葬儀に参列し、すっかり気持ちが乱れていた。頭のなかにブライアントパーク、クッキー交換パーティー、ムーリンと話していたハンサムな若者――デイブだと勘ちがいした人物――のことが次々に浮かんでくる。

正体のわからないあの若者の顔かたちは鮮明に憶えている。スケッチブックをひらいて顔を描いた。三度目でようやく納得のいくものができた。記憶のなかの容貌とぴたりと重なるスケッチだ。

午前四時ちかくにようやく枕に頭をのせ、すぐそばでネコたちが丸くなった。さいわい毎週火曜日は有能なアシスタント・マネジャー、タッカー・バートンの担当だ。安心して寝坊を決め込んだ。

目をあけると、正午ちかかった。ジャヴァとフロシーに餌をやるのもそこそこに、シャワーを浴びて手早くジーンズとセーターで身支度を整えた。すぐに勤務に入らなくてはならないので、朝のコーヒーをいれている暇はない。サンタの物語のゾンビに負けないくらい、この身はカフェインを必要としている。従業員用の階段をおりながらそうつぶやいた。

「眠れました？」タッカーが大急ぎでエスプレッソづくりに取りかかる。

わたしは無言のままうなずき、ノートパソコンとスケッチブックをそれぞれ両脇に抱えて、ふらつく足取りで店に入った。

エスプレッソを飲んでひと息ついたところでタッカーにお礼をいった。

「あなたのほうはどう？　エディ・レイバーンは凶暴な〈イーヴィル・アイズ〉の兆候を示していない？」

タッカーが顔をしかめた。「みな大げさに騒ぎ立てていますけれど、まちがいなく取り越し苦労ですって。ただ、万が一に備えてバックアップ要員は確保していますけれど」

「だれを？」

彼が親指をぐっと押すようにしてカウンターの端を示した。そこには贅肉のついていないすらりとしたラテン系の若者がスツールに腰掛け、タブレットのスクリーンにタッチして操作していた。

「あら、パンチがまた来てくれていたのね。一週間ぶりかしら」

「彼はクリスマス・シーズンで仕事を掛け持ちしているんです。週末はわたしがプロデュースしている子ども向けの作品、平日の夜はキャバレーです——わたしの大のお気に入りの映画『ホワイト・クリスマス』のリバイバルで、キャストはすべて男性なんですよ。パンチはヴェラ=エレンが演じた役です。彼の『シスターズ』は絶品です！」タッカーが誇らしげにいう。「それに比べたらダニー・ケイの女装なんて、優雅さのかけらもない」

わたしは頭を掻いてどんな曲だったのか思い出そうとした。「ビングとダニーがふたりで踊ったのよね？　どんな歌だったかしら？」

タッカーがにっこりしてアーヴィング・バーリンの歌を大きな声で歌い出す。

パンチがちらりと視線をあげ（彼は絶対にきっかけを外さない）、その節を最後まで歌う。

「とてもすてき。でも彼は闘えるの？」（マイクが大好きな映画のセリフを拝借した）

「おや、なんてことを」パンチがカウンターのところから返事をした。「この街でドラッグ・クイーンとして生きていこうとしたら、自分の名誉くらい自分で守れるようでなくてはね。そしてご参考までに——わたしは『特攻大作戦』の大ファンです」

彼はスツールからぴょんと飛び降りて身をかがめ、武道の型を決めて、超高速のパンチを半ダースやってみせた。彼の引き締まった上腕二頭筋が茶色のさざ波のように振動した。

「感動的だわ」わたしはタッカーのほうをふり向いた。「あなたのもとですべては滞りなく進んでいる——その上、バックアップ要員も配置して備えはじゅうぶん——ということで、テーブル席に行くわね。金曜日のクッキー交換パーティー用の備品のリストを再チェックしなくてはならないのよ」

腰をおろしたかどうかというタイミングでその日の最初の事件が起きた。巻き添えを食ったのは、エンディコット刑事が容疑者と決め込んでいるバリスタ、ダンテ・シルバだった。

「なにがハッピー・クリスマスなものか！」酔っ払った声がとどろいた。「クリスマス休暇なんてものには縁がない人間もいるんだ。なんのおこぼれにも与《あずか》れない！」

あか抜けたスーツを着たかっぷくのいい中年の男性が店内の中央に立ち、紙の束をふり回している。

「だれも彼もクリスマスで浮き浮きしているかもしれないが、こっちはそれどころじゃない！」

止めるつもりで席を立ったが、ダンテのほうが速かった。ダンテは午後のシフトに入るために出勤してきたところで、ビレッジブレンドのエプロンをかけてはいるけれど紐はまだ結んでいない。

「どうした、外に場所を移そう」

ダンテの声は静かだけれど、毅然としている。酔っ払いはそれをきいてダンテの顔めがけて紙の束を投げつけた。ダンテがあぜんとしている。紙はばらばらに散って宙を舞い、怒った鳥が羽をばたつかせるようにお客さまたちの周囲に散る。

ダンテは顔を紅潮させたが、すぐに怒りをコントロールした。

「とても正気とは思えない行動だな。そんなことをしても、きみにとっていいことはなにひとつない——ほかのだれにも。歩道に出て話をしよう」

ふいに、酔った中年男性から殺気立ったものが抜けた。そしてダンテにうながされるまま、おとなしくドアのほうに向かう。

「どれほどきついプレッシャーにさらされているか、どうせわかりっこない」哀れっぽい声だ。

「外に出て、洗いざらいきこう」

ダンテは中年男性を文字通り追い出しながら、ドアのそばにひとりで座っている人物に声をかけた。「フレッド、ちょっと手を貸してくれませんか？」

声をかけられた男性はうなずいてすぐに立ちあがり、ドアをあけた。

歩道に出たとたん、酔った男はダンテから逃げ出してハドソン通りを去っていった。外の寒さのなか、ダンテはコートも着ない格好でその場に立ったまま、男が角を曲がって姿が見えなくなるまでじっと見つめていた。

ダンテは店に入り、手を貸してくれたフレッドに礼を述べた。

「友だちのラリーは無事に帰宅できましたか？　金曜日の真夜中にティファニーを襲撃しにいくようないきおいでしたが」

「ああ、無事だった。自宅まで送り届けたよ」フレッドは手早くコートを着ると、いったん動きを止めて帽子を軽く持ちあげた。「車までトナカイに押してもらって助かった」

今度はダンテが彼のためにドアをあけた。「メリー・クリスマス、フレッド！」

全部合わせても、ものの二分ほどで片がついた。この短い時間のうちに、ダンテ・シルバという人物がこの店にとってどれほど貴重な人材であるのかが凝縮されている。

あくまでも礼儀正しさを失わず、常連のお客さまには名前で呼びかけ（緊急事態でもそれは変わらない）、単なる挨拶以上の親しみのこもった会話をする。ダンテのことだから、フレッドのお気に入りのドリンクも頭に入っているに決まっている。

もちろん、女性客には不動の人気を誇っている。けれどもダンテは女性のお客さまに対してはつねに節度を保っている――温かく、愉快で、親切で、とにかく感じがいい。

若いアーティストでもある彼は、ほぼ完璧といっていい神がかり的なエスプレッソを抽出する技術を身につけている。男性客には本場イタリアのバリスタさながらの応対を、そして女性客にはわくわくするような感動を提供している。わたしにとっては家族同然の大切な人だ。

その彼をフレッチャー・エンディコットが第一容疑者として指名？　とうてい受け入れられない。しかしエンディコット刑事は、ある根拠をもとにしてダンテに嫌疑をかけている。それは否定できない――そしてわたしなりの疑問もある。

散らかっている紙をタッカーが片付けるのをダンテが手伝う。わたしも手を貸そうとしたが覆面捜査官の視線が気になる。

「ダンテ」わたしはそっと話しかけた。「これを片付けたら上のわたしのオフィスに行ってちょうだい。わたしもすぐに行くわ。話があるの」

ふたりから離れ、拾った紙をよく見てみた。履歴書だった。プリントアウトされた正式なものだ。

怒りをぶつけていたあの男性客は四十七歳で元は銀行幹部だった。あんな傍若無人なふるまいは許されるべきことではないけれど、同情すべき理由があった。履歴書の日付によると、彼はほぼ一年前に解雇されていた。

32

「なんの話ですか？」店の二階にあるわたしの狭いオフィスに入っていくと、待っていたダンテがたずねた。

わたしはドアを閉め、古びた木のデスクに向かって腰をおろし、単刀直入に切り出した。

「あなたにこたえてもらいたいことがあるの。あくまでも正直に、そして正確に。先週、ムーリンに何度も電話したわね。あなたの電話に彼女は折り返していない――最後は彼女が殺される数時間前だった。どういう用件だったの？」

ダンテの顔に驚きと狼狽《ろうばい》の表情が浮かぶ。「わたしが電話したと彼女からきいたんですか？しつこくされていると、いっていましたか？」

「彼女からはなにも」それ以上はいわず、中途半端なままこたえると、少し間を置いてダンテが話し始めた。

「画廊の展示会に誘ったんです。忙しいと断られました、でも少し強く迫ったんです。夜、勤務が明けた後に遊びに行かないかと。それだけです」

「そして……？」

「断られました。Mは率直でした。アイルランドにいた時に職場の同僚と交際して嫌な経験をしたそうです。だから二度と同僚と交際する気はないといわれました」

「それで、あなたは？」

「それ以上はなにもいえませんよ。むこうにその気がないのですから」

「怒りを感じた？　彼女に拒まれて傷ついた？」

ダンテは肩をすくめた。「そりゃあ、がっかりしましたよ。しかし人生なんてそんなものです。そうでしょう？」

「あの晩、なぜシフトに遅刻してきたのか教えて。二時間の遅刻だったわ」

「すっかりたがが外れてしまったんです。徹夜して、その後もぶっ続けでずっと絵を描いて。そうしたらすっかり興奮状態になって横になれなかった。それでムーリンに電話したんです」

「描いた絵について話そうとしたの？」

ダンテがうなずく。「見たいといってくれるのではないかと期待していました。ところが、彼女としゃべったことで少しテンションが静まったみたいで、昼寝をしたんです。目覚ましをかけていなかったから寝過ごしてしまった。でもガードナーとビッキには借りを返しました。憶えていますか？　ふたりには先に帰ってもらって閉店後にひとりで掃除をしたんです」

そこでダンテが顔をしかめた。「ちょっと待って——まさか、わたしがムーリンの殺害に関わっていたと考えているんですか？」

「わたしではないわ……」

彼がまじまじとわたしの顔を見つめる。「警察ですね、そうでしょう⁉　何度か電話をかけたから、だから容疑者なんですか？」ダンテが首を横にふる。「なんてことだ。信じられない！」

「よくきいて。あなたが殺人犯でないことは、わたしにはわかっている。マイクも、あなたがクリスマス・ストーカーでないのならなにも恐れることはないといっているわ」

「なんですって⁉　ストーカー事件の犯人にもされているとは！」

彼がそのこともみごとに「推量」してくれたので、わたしは声をひそめた。

「警察は手がかりを複数追っているわ。でも、あなたがムーリンに何度も電話したという事実に彼らは注目した」

ダンテは首筋を揉む。

「見て欲しいものがあるの」スケッチブックを机の上に置いた。「この男性をビレッジブレンドで見かけたことはある？」

「うまいスケッチですね……」ダンテは時間をかけてじっくりと絵を見た。「見かけたことはないですね。警察の絵描きの絵ですか？　これがMを殺した人物ですか？」

「わたしが描いたの。記憶を頼りに。殺人犯かどうかはわからないけれど、彼女が殺される少し前に、この人と話しているところを見たのよ。彼はパーティーにふさわしいフォーマルな服装ではなかったわ。Mとはとても親しそうに見えた」

ダンテはもう一度絵を見て、首を横にふる。

「会場にいたのかもしれませんが、記憶にはないな」

「よく目を光らせていてね。もしもこの男性の姿を見たら――」

「わかっています。どうすればいいのか」ダンテは手をこぶしに握る。

「わたしに報告してほしいの。それがあなたのすべきことよ」

ダンテはうなずいた。彼には下のフロアにもどってもらった。

ひとりになるとスケッチブックを閉じ、十分待ってから下におりた。メインフロアに着いたとたん、ナンシーのいつもの朗らかな声がした。あたらしいお客さまに挨拶している。

「いらっしゃいませ、ミスター・レイバーン！　タッカーに会いにいらしたんですか？」

まあ。会いたい人がぴったりのタイミングで来てくれた――これまた怒りを抱えた中年の男性ね。

33

エディ・レイバーンは、テレビのリアリティ番組では嫉妬深くて癇癪《かんしやく》持ちの夫〈イーヴィル・アイズ〉エディとして知られている。彼は睨みつけるようにして店内を見まわす。ようやくレジにいるタッカーを見つけたらしい。

慎重な動作で片腕をあげ、手袋をはめたままずんぐりした指でタッカーを指さし、叫んだ——。

「きみ！　きみはまさに天使だ。だからこうして会いに来たぞ！」

エディは満面の笑みを浮かべ、両腕を広げて突進していく。

タッカーはカウンターのなかから出て、消火栓のような体型のエディとフロアのまんなかで出会い、エディはわたしのアシスタント・マネジャーをひしと抱きしめた。

エディが入ってくるのを見た瞬間、わたしはその場に立ち尽くした。てっきりタッカーが入院することになるだろうと予想したのだ。それなのにふたりは長く消息のつかめなかった親友同士のように話をしている。

わたしはわけがわからず、パンチを見た。彼はただ肩をすくめただけ。

「なあ、タッカー……タッカーと呼んでかまわないだろう？」エディがたずねる。

「タッカーと呼んでください。ミスター・レイバーン！」

「わたしのことはエディと呼んでくれ。友人はみな、エディと呼ぶんだ！　座ろうじゃないか」

タッカーは期待のまなざしでわたしをちらっと見る。「じつは、いまは勤務中で――」

「かまわないわ」わたしは声をかけた。「カウンター席にどうぞ。わたしが交替してなかに入るわ」

タッカーがエディを案内してボーイフレンドのパンチの隣のスツールを勧め、紹介している。わたしはホワイトチョコレートスノーフレーク・ラテを出した後もその場にぐずぐずして、図々しく話をきいていた。

「率直にいうよ、タッカー」エディはざらついた声でいう。「妻のダニは『ロングアイランドの妻たち』が中止になって以来、変わってしまった。きみもショービジネスの世界の人間だから、そこのところはよくわかるだろう。テレビ番組が大ヒットして、つかの間は有頂天だった。トゥナイトショーに出演し、トークショーの『ザ・ビュー』でバーバラ・ウォルターズらと話をし、エキストラバージン・EVOOのボトルに顔がついている人物との料理対決まで。なんだったかな、彼女の名は？」

「レイチェル・レイ？」パンチだ。

「それだ！　そうしたら、いきなりショーが終わってライトが消えた。ダニを追いかけまわして彼女の暮らしを一分も洩らさずに記録していた——どこかの女王みたいに——カメラはもういない。さいきんじゃプロデューサーも、彼女からの電話に折り返さなくなった……」エディはそこで言葉を切り、首を横にふる。「あの番組のせいでドローレスの結婚生活は壊れた。彼女は夫に捨てられた。いまはパパラッチにも見放されている。クッキー交換パーティーを扱ったゴシップ欄のコラムにすらダニとドローレスは取りあげられていない。ダニは丸二日泣きじゃくった」

つかのま有名になった苦い経験についてデイブ・ブライスが語っていたのを思い出して、わたしはため息をついた。FMにふさわしい洗練された声で彼はなんと表現していただろう？〝有頂天になる感覚と落ちぶれる感覚は、まさに紙一重だ〟

「それはつらいなあ」タッカーは心からの同情を込める。「ダニとドローレス。ふたりともとても魅力的で陽気だ。人気ってものはころころ気が変わる少年みたいで厄介なものです。しかし少年は彼女たちを永久に見捨てたりはしない。あなたの奥さまとそのかわいい親友は、スターダムにのしあがる途中で減速《スピード》バンプにぶつかってしまったのかもしれません。しかしかならずカムバックするでしょう」

「わたしも毎日妻にそう話している。だがダニは信じようとしない」エディは太い人さし指をタッカーの胸にぐっと突き刺す。「しかしきみの言葉なら妻は信じた」

タッカーがごくりと唾を飲み込む。エディはラテをがぶ飲みし、くちびるを舐《な》める。口のまわりにヒゲのようにフォームミルクがついているが、まるで頓着しない。

「だからきみが計画しているショーについてききたい。女の子が登場するほうのショーだ……」

タッカーとパンチは困ったような表情で目を見交わす。

「じつはですね」タッカーがいう。「厳密にいうと、まだ書いていないんです」

「まだ書いていないとは？」

「つまり、ですね……」

エディがすっくと立ちあがる。「まさか、わたしのダニをからかったというのか？」

またもや彼が睨みつける。

まずい……。

34

「よくきいてください」タッカーが早口で弁解する。「もともとキャバレーショーのためのささやかなアイデアだったんです。男性が女装して演じるショーとしてやるつもりでした。すべてのキャストを女装させる、というわけではなかったのですが。とにかく、大柄であなたみたいに屈強な男性をキャスティングする予定でした。そう、あなたのように筋骨たくましい人物をね。でもドローレスとダニが出演してくれるということで、もっと大掛かりなショーをやりたいと考えていますよ」

「ああ、賛成だ」エディがいう。

「いまいった通り、まだ書いてはいません。じつのところいちばんあたらしいシーズンの『ロングアイランドの妻たち』をオンデマンドで再視聴し始めたところです。それに適切な会場をこれから見つけなければならないし、もちろんスポンサーも」

「それについては心配いらない……」エディが肉づきのいい片手をふる。「必要なスポンサーはすべてわたしが見つけよう――ブロードウェイまで心配いらない」

タッカーとパンチは息を呑み、それから視線を交わす。

「そういう方向で話を進める、よろしいかな」エディがきっぱりと断言した。「わたしは本職のプロモーターだ。会社はそれを本業としている。多彩なクライアントがいる――ヒップホップからホッケーチームまで。本物のクジラたち、つまり巨額の資金を持つ投資家にもコネクションがある。彼らはあたらしい有望なプロジェクトをつねにさがしている。ただし、ダニにも彼女のかわいい親友にも、わたしが関与していることは絶対に知らせないでくれ。あくまでもきみからお呼びがかかるという形をわたしは望む」

タッカーは興奮を抑えきれない。ダニにとってタッカーが天使なら、タッカーにとってエディはサンタクロースだ。大掛かりなショーをしたいというタッカーのクリスマスの願いごとをきいてくれるサンタクロース。ブロードウェイも夢ではない。

「今週のクッキー交換パーティーにきみは参加するのかい？」エディがたずねる。

タッカーがうなずく。

「完璧だ。そこで彼女たちに仕事の話を持ちかけてほしい。きみのビッグプランについて話をしてくれ。すでにスポンサーを確保し、芝居をかける劇場などもすべて手配済みだと」

「この件、本気にしていいんですか？」タッカーがきく。

「わたしの携帯の番号だ」エディが名刺をカウンターの上に滑らせる。「必要なものはすべて手配する。ダニとドローレスのためにビッグなショーの構想を練ってくれたまえ。わたしが実現する」

そう約束するとエディは残っていたドリンクを飲み干し、白く染まった上くちびるを最後にぺろりと舐めた。

「ところで、ダニの話では現在ショーを仕切っているそうだが？」

「マンハッタン・チルドレンズ・シアターで。小さな作品ですが。クリスマス限定のショーです。O・ヘンリーのクリスマスの物語を脚色したものです――」

「ああ、なるほど。O・ヘンリーか。『賢者の贈り物』だろう？」

「いや、『賢者の贈り物』はもはや新鮮味がありませんから、もっと無名の物語を選んで脚色したんです。題して『クリスマスの靴下』。O・ヘンリーの原作は『口笛ディックのクリスマス・プレゼント』というタイトルでしたが」

エディの両方の眉がぴょんと上がった。店の錫《すず》製の天井にくっつくほどのいきおいで。

「口笛なんだって⁉」

「ディックというのは物語の主人公の名前です。そして彼は口笛を吹くんです。まあ、今どきの隠語を連想されるのはまずいので、タイトルの変更はやむを得ないと判断したというわけです。『口笛ディック』では子どもの教育上、問題ですからね！」

「賢明な判断だ。きみは商売上のセンスもいいものを持っているようだ」

タッカーがボーイフレンドのパンチを身ぶりで示す。

「パンチがそのショーの主役、ディックという名ののんきなホームレスを演じます。寒いクリスマスイブに彼は試練を乗り越えて親切な家族を強盗と破滅から守るのです」

「すてきな役です。むずかしい部分もありますが」

「ディックには最大の見せ場があるんですよ」タッカーが説明する。

「続けて」エディは興味深そうにうなずく。「ディックの見せ場というのは？」

いったいどうなるのかしら。

「ホームレスのディックは他のホームレスたち――悪いホームレスたち――が、とても善良な一家の家に夜間に押し入って強盗を働く計画を立てていることを知ります。一家の幼い少女は彼にやさしくしてくれた。彼はその少女をひどい目にあわせたくない。ディックはその一家に知らせようとしたが、悪いホームレスたちに気づかれてしまい、彼らの集落に閉じ込められてしまう」

エディはいまにもスツールからお尻が落ちそうなくらい身を乗り出している。

「続けて！」

「ディックがいる場所からは丘の上のその一家の家が見える。彼はメモを書く。強盗が入ろうとしていると警告するメモを。そしてそれを石にくくりつけて、見張りのホームレスの目を盗んで、いつも持ち歩いている女性用のストッキングを使って一家の家の窓めがけて投げる」

「どうやって？　女性用のストッキングでどうやって石を投げるんだ？」

タッカーがパンチのほうを向く。

「どうやるのか、エディに見せて」

パンチは首を横にふる。「そんなこといわれても――」

「いいから」タッカーがうながす。

「バックパックに衣装と小道具が入っているだろう」

「わかった、わかったよ」

パンチが前にかがんでバッグのなかをあさり、赤と白のストライプのストッキングとテニスボールほどの大きさの石を取り出す。

「口笛ディックが危機を救った方法をお見せしましょう……」

パンチはストッキングに石を入れ、端を持って頭上でふり回し始める。石はつま先へと移動し、ストッキングがカラフルな模様とともに伸びていく。彼の頭の上でヒューヒューと音を立てながら、ストッキングごと石がまわっている。

「手を離すと劇場のなかを飛んで、向こう側の偽の窓を割ります。フェイクの窓ガラスは粉々に割れて降り注ぐ。すごい光景ですよ。まさに拍手喝采で――」

突然、ピシッという音とともにパンチの手からストッキングが飛び出した。キャンディケーンの形の仕掛け花火のように、石の入ったストッキングは赤と白の弧を描きながら、この界隈のランドマークとなっているビレッジブレンドの店内を飛び、道路に面して並ぶフレンチドアのガラスを割り、外に飛び出した。

粉々に割れたガラスの破片が堅木張りの床に盛大に散った。さいわい、そばにお客さまはいない。外で大きなバンという音がしたかと思うと、車の盗難防止装置が作動して物悲しい大きな音が鳴り出した。

なんてこと。

一瞬、だれもが割れた窓を茫然と見つめた。

とつぜん、エディ・レイバーンが激しく笑い出した。

「観客の前ではもっとコントロールがうまくいくことを期待するよ、口笛ディックくん」彼はなおもクスクス笑っている。「なにしろ、子どもたちがいるからね！」

エディは帽子をつかみ、コートのボタンを留める。「では金曜日に会おう！」まだ笑いながら彼はドアから出ていった。

「ほうきを持ってきます」ナンシーだ。

「ああ、とんだことになって、クレア。ほんとうにすみません！」タッカーが叫ぶ。

「お詫びします」パンチが反省している。

「気にしないで。保険に入っているから」五百ドルの免責金額で……。ため息が出た。とても高くつく見せ場になったわ。

タッカーがいきなりどすんと崩れ落ちるようにスツールに座った。

「『マッチ売りの少女』を脚色すべきだったのかもしれない」

「どうしてそうしなかったの？」ほうきとちりとりを手にナンシーがたずねる。

「そうしたかった。しかしチルドレンズ・シアターのプロデューサーたちは、虐待された幼い少女がクリスマスイブに家に帰らずに凍死するというストーリーではクリスマスに幼い観客に見せるショーとしては、少々重いと判断したんだ」

ナンシーは掃きながら顔をあげた。

「確かにそうね。『マッチ売りの少女』はほんとうに重い。でも少なくとも、こんな掃除はしなくてすんだのにね！」

35

それからはこれといった事件もなく（ありがたいことに窓も割れず）日々が過ぎ、パーティーがひらかれる金曜日を迎えた。

エディ・レイバーンは約束通り出席していた。ダブル・ディーもホッケーのスター選手ロス・パケットもいた。そして怪しい人物も数人。

こうした出席者については、のちにくわしくふり返ることになる。じつは、このイベントでも若い女性がムーリンと同じように頭をめった打ちされて殺害され、捜査にあたる刑事の事情聴取を受けることになるからだ。前回のクッキー交換パーティーと同じく、今回の事件も時系列でとらえると犯人の手がかりが浮かびあがった。

奇妙なことに、今回もコーヒーのマドラー問題を発端として、いくつかの重要なできごとへとつながっていった……。

「じゅうぶん足りているか、ときいたんだ」マテオが叫ぶ。

「じゅうぶんに、なにが？」わたしは赤と白のカウンターの中から叫ぶ。「こっちに入って。

そうしないときこえないわ！」

マテオはざわめきに包まれた人ごみを懸命にかき分けて、わたしがいるカフェカウンターの内側に移動した。

カウンターの付近はお客さまでごった返している――きれいなパーティードレスに身を包んだ女の子たち、小さな身体に合ったスーツ姿の少年たち、デザイナーズブランドのイブニングドレスのおとな、エルフのタイツにフェルトの帽子という格好の成人男性もいる。

今夜のチャリティのパーティー会場は世界一有名な玩具店。五番街の伝説的なこの店は何不自由ないお金持ちを顧客に持ち、広大な三つのフロア全体に最高級の商品がディスプレイされている。来店した客に付き添ってアドバイスしたり、買い物を代行したりするパーソナルショッパー、プライベートパーティー用の部屋、イベントコンサルタントも準備万端だ。

わたしたちは一階の奥の小さなカフェのスペースに陣取っている。

「先週の初回のクッキー交換パーティーでは自分で混ぜる方式のカラメル・ラテが大人気だったといっていただろう。だから今回も木製マドラーが足りないんじゃないかと心配しているんだ」

「いいえ。今夜足りなくなりそうなのは――」

「プラスチックのマドラー！」タッカーとエスターが声をそろえる。その間も注文にこたえて手は忙しく動かしている。

「ガムドロップ・スプリッツァーが、羽が生えて飛んでいくいきおいなの」わたしはマテオに説明した。「ガムドロップのフレーバーをチェリー、レモン、ライム、オレンジ、ミント、グレープとそろえて――」

「飾りとしてガムドロップをプラスチックマドラーに刺してお出ししているんです」タッカーがいい添える。

ヨーロッパのコーヒーハウスでは良質なフレーバーシロップを炭酸水に加えるのはごくありふれているけれど、アメリカではもっぱらバリスタがエスプレッソとスチームミルクに混ぜるために使われている。けれどもつくり立てのソーダは力強く鮮やかなフレーバーがすばらしい。ボトル入りのソーダや缶入りのソーダなどは足元にもおよばない。今夜、多くのゲストが初の体験に遭遇したというわけだ。

「注文にも応じているわ」エスターが話に飛び込む。「子どもたちはおもしろい組み合わせを提案してくるんです――シナモン・オレンジ、チェリー・バニラ、ミント・チョコレート」

「イタリアンスタイルのシンプルなソーダにカラメル・ラテが負けるなんて、いったいだれが想像しただろう？」マテオがいう。

「わたしはちゃんとわかっていましたね」タッカーは鼻高々だ。

「それは本当ね、あなたはわかっていた」わたしは認めた。

「いったいどうしてわかったのかな？」マテオがたずねる。

「タッカー・バートンの〝人気には寿命がある〟定理」エスターが断言する。

「お客さまの行動についてのわたしなりのささやかな哲学です」タッカーは説明しながら、にっこりしてお客さまにガムドロップ・ドリンクを渡す。「Aという商品の人気に火がつくと、人気があるという事実でさらに人気が高まったりします。が、じきにAはあまりにも人気が高いという理由で陳腐になり、退屈に感じられてしまう。ほら、たった半年のブームで終わった玩具のペット・ロックみたいにね。やがてBという商品に人気が移ってこれまた大人気になる。Bもまた C に取って代わられる。こうして延々とアルファベットが続くというわけです」

「それは消費者の行動だけに限ったことではないな。まさに人間の行動そのものだ」マテオがわたしのほうを向く。「手は足りているのか？」

エスターが甲高い声でこたえる。「そんな格好でエスプレッソを抽出したりフォームミルクをつくったりするつもりですか？」

わたしはマテオの肩をトントンと叩いた。「そうね、エスターのいう通りよ。あなたのその格好では無理。でもひとことといわせて。今夜のあなたはとてもこざっぱりしている。それはまちがいないわ」（かなり控えめな表現だ……）

ぴったりと仕立てられたアルマーニのジャケットは筋肉質の身体に黒い水が流れるよう。真っ白なワイシャツはファッショナブルなオープンカラーで、きちんとアイロンもかかっていて申し分ない（今夜はハンバーガーの油のシミなどはついていない）。

服装以外も申し分ない。この数カ月、マテオはヒゲを伸ばして楽しんでいた。ヤギヒゲからトレンディな頰ヒゲ、そして開拓時代の猟師のような顎ヒゲになっていたのが、影も形もなくなっている。きれいさっぱり剃ってしまっているので、ひさしぶりに顎の力強いラインを見た。真っ黒な髪もカットしているようだけれど、短すぎないのでとても粋に見える。きっちりと後ろに撫でつけて、軽やかでエレガントな雰囲気を醸し出している。

ふるいつきたくなるほど素敵だ。マテオにもそう伝えた（そのままの表現ではないけれど）。

「ありがとう」彼がにっこりする。「だが褒められるべきはブリーだな。これは彼女が着せてくれた」

「『着せてくれた』？　まあ。いつから等身大のケン人形になったの？　この店のどこかに売っていそうね」

「階がちがう」マテオが親指をぐいと立てる。「バービーとケンは中二階だ。一階のこのフロアはぬいぐるみとマペットの売り場だ」

「あなたにぴったりの場所ね。あなたの〝課外活動〟のお相手のレディたちがおおぜいここにいるわ。みなさん頭のなかに綿でも詰まっているのね、きっと」

「ずいぶん愉快なことをいうね」

「あら、あなただってピンときたでしょう。タッカーの〝人気には寿命がある〟という定理はあなたの恋愛活動にぴったりあてはまるわ」

「そんなことはない」マテオが腕組みをする。「ひとつには、ぼくはアルファベット順にはこだわらない」

「ではあなたの女友達の住所録は、もっと学術的な根拠に従って並んでいるの？」

「わかった、わかったよ……」マテオは両手でタイムの意味を示すTの字をつくる。「ここにはぼくのだいじな住所録について話し合うために来たわけではない。きみを楽にするために来た」

「どういうこと？」

「ジャケットを脱いで袖まくりをする。いいからきみはエプロンを外して渡してくればいい。そして——休憩してくれ」

「休憩？」

「ジャネル・バブコックがきみと話をしたがっている」

「ジャネル？　あとではダメなの？」

「あきらかに、待てないようだ。ぼくの腕をつかんで、きみに会う必要があるといった。至急だそうだ。きみにひじょうに腹を立てている」

「わたしに？　なぜ？」

「きみに裏切られたといっている」

「なんですって？」大きな声が出てしまった。「わたしはジャネルの友達よ！　裏切るはずないでしょう」

マテオは両方の手のひらをこちらに向ける。「それ以上はなにも説明しようとしない。彼女のディスプレイ・テーブルは人がぎっしり押し寄せているから、ぼくはきみを呼ぶようにいわれてここに来たんだ」

「あと十分もすれば引きますよ」タッカーがわたしたちに叫ぶ。「ジャネルのところに押し寄せた群衆の波は引きます――ここのお客さまもね」

「十分でなにが起きるんだ？」マテオがたずねる。

「入り口の広いスペースでサプライズのフロアショーがあるんですよ」タッカーが説明する。「エルフの格好をしているパーソナルショッパーからの情報です――彼は俳優をやっている友人なんです。子どもたちはひとり残らず、そのショーに殺到しますよ。アナウンスが流れますから、親御さんたちもビデオカメラを持って子どもたちを追いかけていくはずです」

「行ってください、ボス」エスターだ。「ミスター・ボスもいっしょに行ってもらって大丈夫です。タッカーとわたしでカバーできますから」

「ほんとうに大丈夫？」

ふたりそろってうなずいたので、わたしはエプロンを外した。

「覚悟しておけ、クレア。会場内は大混乱だぞ」マテオが釘を刺す。

「覚悟しているわ――」わたしは両手を広げた。

36

おおぜいの子ども、ベビーシッター、エルフを避けて、ガムドロップを吹っ飛ばしながら、わたしとマテオは広々としたカフェ・エリアを器用に抜ける。その先はカラフルなキャンディ・ショップのエリアだ。マテオはブーケのように束ねた風船にいきおいよくぶつかり、わたしは大量のジェリービーンズを頭からかぶった。

「しっかりしろ！」マテオがわたしを励ます。彼は先に立ってネッコ・ウエハース社のディスプレイを迂回して進み、玩具業界にとってのメインストリートに当たる地点に出た。ここもすし詰め状態だ。

混雑した中央通路のつきあたりには正面ロビーが広がっている。通りに面して三階分のガラス張りが一点の曇りもなく輝き、五番街にふさわしい堂々たる店構えだ。マテオが荘厳なたたずまいのロビーのほうをジェスチャーで示す。

「ゲストを出迎える趣向について、おふくろからだいたいのことはきいているだろう？」

「いいえ、おたがいにとても忙しくて。どういう趣向なの？」

家族ぐるみで参加するゲストのために、今夜は特別なお出迎えが用意されているのだとマテオが手短に説明してくれた。

「正面入り口のドアでは生身のおもちゃの兵隊ふたりがゲストを出迎え、くるみ割り人形のバレリーナ四人が踊りながらクロークに案内して、コートを預けたら『写真撮影エリア』に連れていく。そこで子ども向け映画のヒット作品――『サンタ・ゾンビ』とかいったな――に出演したスターたちといっしょに写真を撮るという段取りだ」

「『サンタクロース、ゾンビハンター』ね」

「そう、それだ。もちろん、ハリウッドのセットを真似てつくった舞台のすぐ脇には映画関連の一連のおもちゃがすべてディスプレイされている……」

なるほどね！　それなら買わずにいられない。今夜のパーティーの会場にここが選ばれたのは、こういう魅力的な理由があるから。クリスマスの買い物がすべて一カ所ですんでしまう。

子どもたちはパーティーのあいだずっと店のなかを自由に動き回れる。ディスプレイされているおもちゃで遊んだり、ゲームソフトを試してみたり、無料のクッキーをぱくぱく食べたりしながら、サンタクロースにお願いするプレゼントをリストアップできるという仕掛けだ。

エルフの扮装をしたパーソナルショッパーたちはリストに従って買い物を代行する。どのエルフもブラックカードの扱いには慣れたものだ。

子どもにとってはまさに夢の世界（夢を叶えてくれるだけの豊かな財力を持つ両親がいる

子ども限定だが)。

フロアから天井にまで届く玩具とゲームのディスプレイを見てマテオは息を吞んでいる。まるで子どもみたいだ。「最後にここに来てから十五年くらいかな。ジョイのすてきなスケート靴を買うつもりだった」

「ところがここにはアイススケートの靴は置いていない」

「そう、そうなんだ――それがわかるまでたっぷり一時間ぶらついた」彼は首を横にふる。

「ここは最高だよ、まったく」

「そうね。八千ドルのキリンのぬいぐるみ、二万五千ドルのバービーのテーブルサッカーを買うには最高ね」

「どうした、クレア。ムーリンがあんなことになって気が塞いでいるのはわかる。ぼくだって同じだ。でも皮肉っぽいのはきみらしくない。あのガムドロップのドリンクには楽しい思い出があるじゃないか。きみは幼かったジョイに、好きな味のガムドロップのつくり方を教えてやったじゃないか」

「あなたがそれを憶えているとは、意外だわ」

「もちろん憶えている……」彼は少し間を置いて続けた。「ひどいことばかりじゃなかった。ぼくたちの小さな家族には楽しい思い出もたくさんある。そうだろう? きみはお手製のガムドロップでガムドロップ・クッキーまでつくった。ジョイはあれが大好物だった」

「あなたの大好物はちがっていたけれど」弱々しく彼に微笑んだ。「あなたにいつもせがま

「もう長いこと食べてないなあ。ブリーがクッキーやケーキを焼かないのは、すごく残念だ」

「ニューヨークチーズケーキ・クッキー。憶えているよ！」彼はうなずき、ため息をつく。

れたのは――」


「奥さまは今夜、出席するんでしょう？」

「まだ着いていない。だが、こういうパーティーには背が高くてサロンで染めた薄いブロンドがやたらにいるから、彼女を見つけるのは骨が折れるだろうな」

「ドアのところに立って彼女の毛皮を見張っていればいいじゃない」

「毛皮は今年のトレンドではない」彼が否定するように手をふる。「彼女が愛用しているのはフェンの新作のリバーシブルのコートだ。今シーズンはあれが大流行なんだそうだ、彼女にいわせると」

「ええ、その通りよ。先週、あれを着ている女性を何人も見たわ」自分では買えないけれど、目にはつく。

「赤か黒か。果たしてどちらで登場するつもりなのか」マテオが苛立たしげにいう。「タクシーが停まったらメールしてくれといっておいた」

「メールといえば……『クレタ島のデズデモーナ』からのメールはちゃんと見た？　次回はグラッパを持ってくるとかいう内容のメール」

「ひとことといわせてもらうよ。きみに携帯を貸した時、まさかぼく宛てのメールの中身を読んじゃいないだろうね」

「信じて、そんなつもりではなかったの。あなたがわたしに連絡を取ろうとしているのだと思った」

「残念だな。ひとつ提案がある。つぎにきみが元ロックスターとスポーツカーに飛び乗る機会があれば、自分の携帯電話を持っていくことだ」

「デズデモーナについてわたしの口からブリーに漏れてもいいの？」

「よくきいてくれ。ある社交界の名士とグラッパのボトルを一本飲んだ。たまたま彼女の父親はギリシャ全土にチェーン展開するカフェの経営者だった。たったそれだけで、重大な規律違反があったとはいえないだろう」

「ではブリアンはデズデモーナについて知っているの？」

「クィンはきみが〈ワイルドマン・ブライス〉とピザをシェアしたのを知っているのか？」

「話題を変えましょうか」

「それがよさそうだ。さて……」

混雑をかきわけながら懸命に進んでいくわたしたちとちょうど平行して、ベーカーたちのテーブルが並んでいる。中央通路の左右に続く玩具の凝ったディスプレイを挟むようにテーブルが配置されている。

今夜のクッキー交換パーティーは「世界のおいしいもの、世界じゅうの祝祭シーズンのクッキー」というテーマに沿ってベーカーたちがおいしいお菓子を提供している。ノルウェー、オランダ、ウクライナ、ポーランド、イタリア、アイルランド、イギリス、中東の祝祭用のお菓子が勢揃いだ（目が眩《くら》むほど多彩なクッキーが並んでいるというのに、いまは気持ちの余裕がなくて手を出す気になれない！）。

「ジャネルがわたしに腹を立てているわけをほんとうに知らないの？」もう一度マテオに確かめてみた。

「さっぱりわからない」

「彼女らしくないわ……」

ようやくジャネルのテーブルのところまで来た。正面のエントランスのちかくだ。フランスをテーマとした彼女のディスプレイはじつに魅力的。クッキーのほかにもひと口サイズのフランスのペストリーの名作が並んでいる。

わたしは目を大きく見開いた。唾液腺が刺激され、お腹がグーグー鳴り出した（気持ちの余裕がないなんて、この際どうでもよくなった）。これはぜひとも味見しなくては！

37

ジャネルはフランス料理の修業をしていただけに、フランスのお菓子がテーブルに並ぶだろうとは思っていた。が、彼女の故郷ニューオリンズの味もディスプレイされているのを見て、うれしくなった。

彼女はもともとニューオリンズの小さなレストランで、つぎにもっと大きなレストランで感動的なデザートをつくっていた。全米じゅうの注目を浴びるきっかけとなったのは、ニューオリンズの有名な〈レヴェイヨン〉の祝宴で提供したデザートだ。

〝レヴェイヨン〟とはフランス語で「覚醒」という意味のクレオールのクリスマスの祝宴で、始まりは一七〇〇年代にさかのぼる。クリスマスイブに真夜中のミサからもどると家族そろって贅沢な食事をとるという慣わしだった。その伝統は時とともにすたれていったのだが、ニューオリンズのレストランが現代によみがえらせ、街全体でプリフィックス・ディナーという形で復活させた――クリスマスの精神を〝覚醒〟させてくれる豪華なコース料理として。

以前、ジャネットはビレッジブレンドで夜更けのラテを飲みながら、クリスマスのデザートメニューのレパートリーについてくわしく話してくれた。エッグノッグ・クレームブリュレにピーカン・ブリットルを添えたもの、ヴォロヴァンの真っ白な雪のなかのチェリー、「ニューオリンズ・ジンジャーブレッド」（別名スパイスのきいたケイジャン・ガトー・ド・シロップ）に熱いカラメル・ブルボン・ソースとサトウキビシロップで甘くしたクレーム・フレーシュを添えたものなど、彼女の説明をきくだけでわたしは恍惚となった。

今回、彼女のテーブルにはバナナフォスター・タルトタタン、小さなキャンディケーン・クッキーをあしらったホワイトチョコレート・ポット・ド・クレーム、パン・ペルデュ・クリスマスブレッドプディング（わたしはこれをヒントにしてマイク・クィンのためにクリスマスの朝食をつくった）、クリームチーズを詰めスパイスをきかせたパンプキン・ルーラード（ロールケーキ）が並んでいる。

（ロールケーキを手際よくつくるには技術が必要だ。けれどもジャネルの説明をきいているうちにどうしてもクリスマスには欠かせないと思うようになってしまった。そこでビレッジブレンドのお客さまのためにレシピをアレンジしてクリームチーズ・パンプキン・波模様バントケーキを——スライスして——お出しすることにした！）

「すばらしい品揃えだ」マテオは感動している。

「そう思うのはわたしたちだけではなさそうね……」

テーブルはゲストたちで押すな押すなの大混雑で、ジャネルはわたしたちがやってきたことに気づいていない。マルディグラのカラフルなシェフコートとトーク帽という出で立ちでテーブルの向こうの端にいる。エレガントなパーティードレス姿の女性たちがその周りを取り囲み、フランスのプラリーヌとニューオリンズのプラリーヌ——彼女のテーブルには両方が出ている——のちがいについて、説明に耳を傾けている。

わたしたちのそばではジャネルのアシスタントとして採用されたばかりのボリス・ボクーニンが、テーブルのお菓子をせっせと補充している。小さな手がドイリーごとペストリーをつまむと、すかさず空いたスペースに彼があたらしいペストリーを置く。

エスターの恋人のボリスはいっさい無駄な肉がついていない体格で近寄りがたい雰囲気を漂わせているが、じっさいは知性を感じさせる灰色の目の好青年だ。金髪を短く刈って威嚇するようにツンツン立たせ、白いベーカーズ・ジャケットの下には自慢のタトゥがある。でもいつでも彼はとても礼儀正しい。

背の高さはエスターとあまり変わらないけれど、かんしゃく玉のようにぎゅっと圧縮されたエネルギーの塊みたいで、いつも活き活きしている。しかし今夜はずいぶんくたびれているようだ。無理もない。彼はこのパーティーの準備のためにジャネルの助手として昼夜ぶっ通しで働いてきたのだ。

いつもは多弁なボリス（エスターによれば、別名〈ロシアからの移民《ロシアン・エミグレ》、スラム・ポエット、都会のラッパー〉）が、今夜はいつになく無口だ。ゲスト一人ひとりに愛想よくうなずいてはいるけれど、質問されるとジャネルを指さすだけ。

「ミス・Jと話す時にはこのアクセントで問題ないんですが」今日はなぜ即興のラップが出てこないのかとたずねると、彼が説明してくれた。「お客さんを混乱させたくないですからね」

「つまり、フランスのお菓子のテーブルで接客しているから？」

「そうです《ダー》」彼がうなずく。「……フランス料理のテーブルにロシア人シェフがいるのはそれほど奇妙なことではないんです。貴族文化の伝統がありますからね。エカテリーナ二世の時代のロシア料理とフランス料理の融合についてなら解説できます――」（これは彼の冗談ではなく、わたしの大好物ビーフストロガノフも、この結びつきから生まれた料理のひとつだ）

そこで彼は肩をすくめた。「わざわざいう必要もないし。ここの子どもたちはそんな知識を吸収するような辛抱強さは持ち合わせていないでしょう。おいしいものと年齢相応の〝キラキラした宝石〟さえあればいいんです」

「事情はよくわかったわ。あなたのいつものラップがきけなくて残念だけど」

「優しいレディ、クレア・コージー。ぼくの麗しいエスターのボス、あなたに捧げましょう……」彼がこちらに身を乗り出してくる。「クレア・コージー、クレア・コージー、あなたは都会のさわやかな花束、ぜひこのお菓子を味わってみて、奇跡の技を味わってみて、バターとクリーム、夢見る甘いペストリー」

やっとわたしが知っているボリスがあらわれた――これこそエスターが愛するボリスだ。

わたしはにっこりした。「じゃあ、お言葉に甘えて……」

さっそく味わってみた。もちろんマテオもいっしょに。

まずはミニチュアの大きな薪《ユールログ》から。フランスで「ブッシュ・ド・ノエル」と呼ばれているもので、チョコレートと栗を使ったロールケーキはクリスマスイブに燃やす特別な薪をかたどっている。つぎにひと口サイズのトリプルチョコレート・ミルフィーユ。「千枚の葉」という意味のこのペストリーはバターたっぷりでふわっと膨らみ、サクサクしている。モカペストリークリームをあいだに挟み、仕上げにガナッシュをかけ、味見用の小さな四角形にカットされている。

赤と緑のプチ・マカロン（ピスタチオ・メレンゲ・クッキーとラズベリー・バタークリーム）と小さな「ブディーノ・ブラン」――フランスのクリスマスの伝統的なソーセージ「ブーダン・ブラン」を、マジパンをホワイトチョコレートに浸してみごとに再現してある――も味見した。

マテオはさらにマンディアン・クッキーを三つ、むしゃむしゃと頬張る。これは伝統的なフランスのクリスマスのキャンディをジャネルが丁寧につくったもの（テンパリングしたチョコレートの代わりに、彼女はバターたっぷりのフレンチ・サブレの表面にガナッシュを伸ばし、チョコレートアイシングをキャンバスに見立ててナッツとフルーツの砂糖煮を伝統に従ってちりばめている）。

最後にわたしはチュイールを試食した……。

軽くてサクッとしたこのフランスのクッキーを今回ジャネルが加えたのは、先週のパーティーでのできごとが関係しているにちがいない。半永久的にダイエットを続けるモデルや女優との応酬がきっかけだったのだろう（なんと賢い！）。おかげで、くるんとカールした甘くておいしいクッキーを三種類――グランマニエのフレーバーのオレンジ・ピーカン、モカとチョコレートとティアマリア、アマレットがほのかに香る伝統的なアーモンド――食べても罪悪感とは無縁でいられる。

「紳士淑女の皆さま！」

モカ・チュイールを食べていると、店内放送でアナウンサーの低い声がとどろいた。

「赤鼻のスーパーソニック・ロボロケット、ルドルフはみなさんのための特別なプレゼントとともにこの広場に着陸しようとしています！　さあ、店の正面のロビーへどうぞ。外でショーを見てロボロケットのルドルフをじかにご覧になりたい方はコートをお忘れなく！」

店じゅうの子どもたちが興奮して悲鳴のような声をあげ、われさきにと駆け出した。マテオとわたしは思わず耳をふさいだ。小さなパーティードレスとスーツが中央通路をあっという間に過ぎていき、その後からエレガントな両親たちがあわてて追いかける。その後に続くのはパーソナルショッパーのエルフたちだ。

マテオはまたもやふわふわと浮かぶ風船に突っ込み、わたしは興奮した子どもの全力疾走を撮影しようとする男性に強く押されてしまい、ジャネルのテーブルにあわや激突しそうになってテーブルを飛び越えてしまった！

妖精がふりまく魔法の粉が消えてしまうと、コオロギが鳴く声がきこえそうなほど静まり返った。すっかりひとけがなくなった通路沿いのベーカーたちは茫然としている。いったいなにが起きたのだろうかと不思議そうにきょろきょろしている。テーブルの向こう端では、ようやくジャネルがわたしに気づいたらしい。こちらを向いてわたしの顔を見据え、微笑みが消えて怒りの表情になった。

「そんなところにいたのね！」ジャネルが指を宙に突き刺すようにふりまわす。「話があるわ！」

「わたしがなにをしたの？」

「教えてあげる！」彼女は叫びながらこちらに突進し、いまにも鼻に食いつかれそうな距離まで接近して止まった。「大きな肉切り包丁を手に握って、背中からぐさっとわたしを刺したのよ！」

38

わたしは当惑して、口がぽかんとあいてしまっている。

「ジャネル、いったいなんのこと？」

「セント・ニックがここにいると教えてくれないなんて、ひどい！」

「セント・ニック？」

ジャネルが正気を失っているのではないかと気遣いながら、マテオとわたしは顔を見合わせた。彼も混乱している様子だ。ジャネルは仕事がきつすぎたのだろうか？

「サンタクロースのことでなにか困っているの？」わたしはたずねた。

「サンタクロースではないわ！」彼女が両手をふりかざす。「セント・ニック・バックよ！」

「だれ？」

ジャネルはまたもや説明しようとするので、こちらからきっぱりといった。

「あなたが話している人物にはまったく心当たりがないわ。『セント・ニック・バック』とはなにもの？」

「従業員のトラブルで『お金がかかってしまった』と話したのを憶えている？　それがニッ

クなの！　最初はプラリーヌみたいにこちらの心をとろかしたわ。決して口答えしないし、人当たりはいいし、口がうまい。それがある時、悪意に満ちた泥棒だと判明したのよ！」

「でも、それとわたしがどう関係しているの？」

ジャネルはいかにもベーカーらしい腕力のありそうな両腕を豊満な腰に当てる。

「あなたの店のオーナー——そして元の義理のお母さま——は、確かこの催しの役員だったわね？　あなたたちはなにもかも知っていたのに、彼が来ることをひとことも教えてくれなかった！　このパーティーは高級志向のお客さまを開拓するチャンスだというのに、あんな悪党を入れるなんてとんでもないわ」

「でもわたしはそのセント・ニックという人に会ったこともないのよ！」

ジャネルの表情は凍りつき、わたしを見つめている。ようやく筋道立てて考えられるようになったようだ。

「ああ、なんてこと……あなたは一度も、一度も会ってないのね？」

すさまじい怒りが抜けていくのがわかる。彼女が頭を左右にふる。

「ニックは夜間に働いていた。十一時から朝の七時まで焼き菓子をつくった。そんな時間帯にあなたがわたしの店にやってくる理由など、ないわね……」

「わたしたち友だちじゃないの。その人のことで困っているのなら、なぜ話してくれなかったの？」

ジャネルが目をそらす。すっかり弱々しい表情だ。

「ニックは同郷の人間としてちかづいてきた――わたしに最初の大きなチャンスをくれた男性シェフとニックは従兄弟同士だった。わたしは自分がチャンスをもらったように、彼にもそうしてあげたいと思ってよろこんでいたわ。ところがニックはとんでもない人物だった。彼のせいで大変な損害をこうむってしまったの」

「事情を少しでも打ち明けてくれればよかったのに」

「この件については知られたくなかった。事業を立ち上げたばかりなのに自分の愚かさをさらしてあなたに悪い印象を与えたくなかった。あなたは友だちよ、クレア。でもあなたはいいお得意さまでもある。わたしがベーカリーの経営者として順調に事業をいとなむ能力があると信頼してくれている。その信頼が揺らぐようなことはしたくなかった……」

やっと頭が働き出した。「ジャネル、そのセント・ニックはいつからあなたのところで働いていたの？　ムーリン・ファガンと過ごす時間はあった？」

「ええ、もちろん！　Mともうひとりの女の子をパートタイムで雇っていたのよ。ニックを解雇したあとは――彼はもうひとりの女の子にセクシャルハラスメントをはたらいて、その子も辞めてしまったの――Mをアシスタントに昇進させたの。ふたつ返事で引き受けてダブルシフトを始めてくれた。天使に思えたわ」

「その男はどこにいるの？」わたしは通路をじっと窺《うかがい》いながらたずねた。

「中二階よ。まだ会っていないけれど、三十分前にあるお客さまから、この会場にはニューオリンズでキャリアをスタートさせたシェフが、もうひとりいるときいたの。そのお客さまは彼の名刺をわたしにくれたわ。ボリスに押さえ込まれていなければ、上の階に飛び込んであの悪党を絞め殺していたわ！」

マテオが割って入る。「きみがいっている人物なら、わかると思うよ、ジャネル。運営側が彼を中二階に配置した理由もわかる」彼はにやりとする。「男児向けの玩具とバービーの売り場だからな」

「どういう意味？」ジャネルとわたしは声をそろえた。

マテオが腕時計を確認する。「子ども向けのショーの上演時間は四十分間だそうだ。いますぐ上に行ってみないか？　ジャネルのテーブルはボリスに番をしていてもらおう。きみたちふたりのレディにじかに見てもらえば、ぼくがいいたいことがわかるだろう」

39

ひとけのない中央通路をわたしたちは急ぎ足で進み、エスカレーターで中二階に上がった。あがりきったところでわたしは立ちすくんでしまった。エスカレーターはそのまま動いているので、あとから降りようとしたマテオがわたしにぶつかってしまった。

「クレア！　きみはいったい――」

「彼よ」わたしはささやく。

「彼って、だれだ？」

「〝謎の男〟よ！」

「さらなるスーパーヒーローか？　ついていけないな」マテオはアクションフィギュアのディスプレイを見て、しゃれたセリフを思いついたようだ。

「謎の男は玩具ではない……わたしがデイブだと思い込んだ人物よ。ムーリンは殺される直前、あの人と話をしていたのよ！」

わたしが指さした方角をジャネルが見て、にやりとした。「あれは人間ではないわ。セント・ニックよ。わたしの元アシスタントで、化けの皮をかぶった人でなし！」

「あれがニック・バックなの？」わたしは彼女と向き合う。「どうして話してくれなかったの。前回のクッキー交換パーティーでムーリンと話していたのは彼だと、なぜ教えてくれなかったの!?」

「前回のパーティーにまさか彼がいたとは、思いもよらなかった！　デイブという男性についてはあなたからきかれたけれど、ニックのことはなにもきいていないわ！」

マテオが顔をしかめる。「なにものか知らんが、あいつは油断ならないな」

わたしは中二階のフロアに視線をもどし、マテオの言葉の意味を理解した。ニックはひとけのないフロアという状況をうまいこと利用しようとしている。男児向けの玩具売り場の自分のテーブルを離れ、人形売り場へとぶらぶら歩いていき、そこにテーブルを出している美しいハニーブロンドのクッキー交換パーティーにしつこくいい寄っている――彼女はリタ・リモン。

リタは前回のクッキー交換パーティーにもいたのでよく憶えている。『マッチ売りの少女』をテーマにした彼女のテーブルはすばらしかった。特にブランデースナップの先端にチェリーをつけたマッチ棒のお菓子が。ホッケーのスター選手ロス・パケットはこれにアルコールが入っていると勘ちがいして先端のチェリーとクリームを食べてしまっていた。

パーティーの運営者たちがこの魅力的なペアを、中二階のこの場所に配置した理由はよくわかる。ニック・バックはまるで等身大の人形のようだ。黒っぽい髪のこの若者はブラックフォーマルのスーツと黒いシルクのシャツに身を包み、バービーの恋人のケンそっくり。リタ・リモンは、生き生きとした若いバービーという表現にぴったりだ。遠くから見ても南米をテーマとした彼女のディスプレイテーブルはじつにすばらしい。そのすばらしいペストリーよりも異性を強力にひきつけているのが、彼女自身の魅力だ。

金色にピカピカ光るワンピースは丈が短くて鉛筆のように細い。サロンでカラーを施した髪をスタイリッシュなポニーテールにまとめ、その髪はハチミツが流れるように細いウエストまで届いて目をひく。若く健やかでエレガント。それでいて親しみやすい雰囲気だ。

ニック・バックは彼女に強くひきつけられている。わたしたちが見ているあいだにもリタに接近して首に鼻をすりつけようとする——が、彼女は乱暴なしぐさでニックを押しやる。そのしぐさと不快そうな表情を見て、止めに入らなくては感じた。

「彼女を救い出そう」マテオが足を前に踏み出す。が、彼をひっぱりもどした。

「だめ。あなたが行ったら相手はいきり立つわ……」ムーリンについてこたえをきき出すまでは、そういう事態は困る。「ジャネルとわたしにまかせて」

マテオが腕組みする。「本気か?」

わたしは中二階をさっと見わたす。「こうしましょう。あなたはわたしたちのバックアップをお願い。左のほうから男の子向けの玩具のディスプレイにまわり込んで。ジャネルとわたしは直進してバービーの売り場で彼に正面からちかづくわ。あなたは背後から距離を詰めて、まずい状況になったら飛び込んできて」

「わかった!」

戦闘プランが整い、マテオはスーパーヒーローが並ぶ通路を歩いていく。

タイミングとしてもぴったりだった。ニックはいよいよ執拗になり、リタの手には負えなくなってきている。いちばん効果的なアプローチを決めようと、いったん足を止めた。が、ジャネルはそういう慎重なタイプではなかった。

「その女性から嫌らしい手をどけなさい。気持ち悪いじゃないの!」大声を出し、突進していく。

ニックを興奮させまいとする努力が水の泡!

40

ジャネルが憤然と突進していくのを見てニックは後ずさりしたが、ほんのわずかだけ。ジャネルはそのまま突撃し、彼の真正面で足を止めると両手を腰に当てて仁王立ちになった。

「おやおや、以前にお世話になった、名ばかりのボスじゃないですか」ニックは笑顔を浮かべ、お世辞でもいうような口調だ。

「名ばかりのボス!?」ジャネルはあぜんとしている。ひどい侮辱の言葉にあきらかに傷ついている。「よくもそんないい方ができるわね。あなたに初歩から手ほどきして貴重な修業の機会を与え、教えて、隣に並んで働いたというのに。わたしは名ばかりのボスではなかった。ほんとうのボスだったわ。そのわたしからあなたは盗みをはたらいた」

口論しているふたりのところにようやく着いた。リタ・リモンは驚いた表情でわたしと目を合わせる。激しい口論をリタとわたしはじっと見つめた。

「盗んだだと?」ニックは嘲《あざけ》るような調子だ。「なにかの勘ちがいか、それともおバカさんなのかな」

「そのどちらでもないわ。わたしは甘かった。疑うということをしなかった。でもあなたがどんな手口を使ったのかは、つきとめたわ。すべてを二重に注文していたんでしょう。配送されたものの半分はわたしの目にふれることはなかった、そうよね？」

ニックはにやりとして腕を組む。「発注した内容はすべてあんたの承認を受けていた。なにかミスがあったのなら、もっと早くわかったはずだろう」

「ミスじゃないわ！」ジャネルが叫ぶ。「材料は正面のドアから入って来て裏口から出て行った――いつだってあなたが勤務についている時にね」

ニックはジャネルがわめくのを見て、声をあげて笑っている。

「証明する手段なんてないだろう？　やっぱり、おれのいった通りあんたは……おバカさんだ」

「ちょっといいかしら、ニック」わたしは割って入った。「前回のクッキー交換パーティーであなたがムーリン・ファガンと話しているのを見たわ。なにを話していたの？」

ニックは初めてわたしの存在に気づいたようだ。わたしの身体に視線を走らせる。シンプルな黒いワンピース、仕事用に結ったポニーテール、ローヒールのパンプスまですべて。もちろんわたしはリタとはちがう。それでも彼はいきなり媚《こ》びるような口調に変わった。

「どうしてそんなに知りたがるのかな？　まさか焼きもち？」

「彼女が亡くなったから、知りたいのよ」

「死んだのは知っていますよ。新聞で読んだ。おれがあいつを殺したとでも？」

真正面から彼の視線をとらえる。「あなたの犯行かどうかは、わたしにはわからない。質問にこたえてちょうだい」

「うん、わかったよ。もっとこっちにちかづいて。あなたのかわいらしい耳元でささやくから」

ニックは片腕をわたしのウエストにするりとまわす。ジャネルはうんざりした様子で息を吐き出し、わたしは彼の腕をすり抜けた。

「ムーリンになにをいったの？」詰問した。

「昇給を望んでいるかどうかをきいたんですよ。おれのあたらしいベーカリーで彼女を雇いたかった」ステージマジシャンのようにニックがぱちんと指を弾くと、指と指の間に名刺があらわれた。

「電話して」彼が喉を鳴らすようにいう。「仕事が欲しくてたまらないんですよ。それに……どんなニーズも満たすから」

わたしの胸の谷間に名刺を押し込もうとするので、その手を思い切りひっぱたいた。

「癇癪持ちなんですね、クレア・コージー。そういうの、好きだな！」ニックは歯を見せてにやにやする——この状況を楽しむように。

「どうやってわたしの名を？」強い口調でたずねた。

「この街の人の名前はたくさん知っていますよ。重要人物の名前をね。ランドマークであるあなたのすてきなコーヒーハウスに商品を提供しますよ」

「はっきりお断りするわ」きっぱりとこたえた（ニックの背後のラジコン・カーのディスプ

レイのあたりでこそこそ動いているマテオの姿が見えたので、強気な態度を取ることができる）。「もうひとつ、店をオープンしたばかりのあなたが、どうやってこのクッキー交換パーティーに紛れ込むことができたの？」

「先週、〈ブライアントパーク・グリル〉に立ち寄って、パーティーを主催している理事に挨拶したんですよ。ぎりぎりの土壇場でもよろこんで協力させてもらいたい――ほかのベーカーにもしものことが起きた場合に。そうしたら〈ソーベルズ・ベイクショップ〉が……あの店をご存じですか？　アッパーイーストサイドの店です。気の毒なことにサムの店は月曜日に火事にあい、大きな被害を受けた。以前にあの店で短期間、パートタイムで働いていたので今日のパーティーで配る〈レープクーヘン〉〈プフェッファーヌッセ〉をつくるのに協力したというわけです……」指をパチンとならし、さらに一枚名刺があらわれた。「そしてたくさんの名刺も配ることができました」

今回はジャネルにそれを渡す。彼女は細かくちぎってしまった。

「携帯電話のアプリのほうをお望みかな？」ニックは辛辣な口調だ。

「Mとはほかになにを話したの？」わたしはなおも詰め寄る。

ニックは肩をすくめる。「ムーリンには忠告しておくべきだったかな。ジャネルのところで働くなら、レシピを〝シェア〟するのはくれぐれも用心しろと」

「なにをいい出すの？」ジャネルが叫ぶ。うろたえた様子だ。

「いったいどれだけのレシピをおれは提案したかな？　あんたはそれを食品会社に売りさば

いただろう？　ウェブサイトと雑誌にも。おれを泥棒呼ばわりするのはおかしいんじゃないか、名ばかりのボス。騙されたのはこっちだ！」

「あのレシピの分としてたっぷり報酬は支払ったわ。あなたはちゃんと承知していたはず。あなたがつくったものはすべて、わたしに権利があるのよ」ジャネルがきっぱりといい返す。

「文書でそう明記して契約を結ぼうじゃないか。そうすればあんたを卑劣な嘘つきとは呼ばない」

　ニックの思わぬ反撃を食らって、ジャネルは穏やかに接しようとする。

「わたしはあなたをいっしょに働く仲間として採用したのよ、リック。そして友人として。わたしたちは信頼関係に基づいてビジネスをしていた――」

「書面だ」ニックの表情が険しくなる。

　ジャネルの表情も厳しいものとなる。「少しはおとなになりなさい、ニック」

「ほらみろ、やっぱりおれを騙そうとしているじゃないか――」

「ああ、もうっ《アイ・ディオス・ミーオ》！　いい加減にして！」

　強い命令口調でいったのは、意外な人物だった。リタ・リモンはさらにスペイン語で激しく罵りの言葉をまくしたてた。「トント・デ・ブッロ・エストゥピード！」で始まり、締めくくりには手でなにかのジェスチャーをした。世界じゅうを旅し、多くの言語で悪態をつけるマテオ・アレグロが顔を赤らめるのだから、相当わいせつなジェスチャーであるらしい。

「あなたはわたしの元夫そっくり」リタが続ける。「魅力的でスケールの大きな話をする。

それがしだいに威嚇と嘘へと変わっていく。あなたはただの詐欺師よ」

思いがけない、そして強烈な言葉だった。今夜ことによったらリタをものにできるともくろんでいたニックの期待と自尊心はみごとに打ち砕かれた。ニューオリンズ仕込みのクールな物腰は跡形もなく消えてしまった。

「不法入国のメキシコ女め。だれに向かって詐欺師だなんていってるんだ――」

ニックがリタとの距離を縮める。彼女を殴るつもりだ。しかしジャネルとわたしがそれを阻止する前に、ラジコンの巨大なオフロード用ジープが彼をさえぎった。どこからともなくあらわれて彼の両足にまともにぶち当たったのだ。

ニックは遠吠えのような声とともにぱっと後ろに飛び跳ねた。そこには玩具がディスプレイされていたので、ウィリアム王子を模した限定版のケン人形の山に突っ込んでしまった。カラフルなユニオンジャックの柄の箱が、興奮してわけのわからないことをわめいているニューオリンズ育ちの若者に降り注ぐ。

あわてて駆けつけたが、それより早くマテオがリモコンを放り出してニックのところに走っていき、手を貸して立たせる。

「すまなかったね、きみ」余裕のある口調でマテオが声をかける。顎が張りヨットのキャプテンハットが似合いそうな、上流階級の男性を気取っている。「こういう玩具はいきなりどこかからぶつかってくるから、まったく困ったものだ！　またなにか起こる前に、テーブルにもどったほうがいいんじゃないかな」

ニックは腹立ち紛れに激しく悪態をつきながら、マテオから逃れようとする。

「トラブルはごめんだ」マテオが釘を刺す。「母親に報告しなくてはならなくなる。母はこのパーティーの理事をしているものでね。あれでなかなか影響力がある」

一瞬のうちに凶暴なニック・バックは魅力的なニック・バックに変身した。素粒子物理学も引っ込むほどのすばやさで。

「失礼しました！　どうか無作法な発言をお許しください。声をかけていただいて光栄です」テキサスの原油の油田よりも滑らかに言葉が出てくる。「名刺を差しあげてよろしいでしょうか？」

「それは名案だ！」

マテオはきっぱりいうと、わたしを見て目玉をぐるりとまわし、愚かな若者をうながして向こうに連れていった。

41

マテオに肩をしっかり押さえられたまま、ケン人形のようなニックは男児向けの玩具売り場に連れもどされた。

「これで行儀よくなるだろう」

マテオがわたしたちのところに帰ってきた。

「ありがとう、アミーゴ。ああいう男にはがまんできないわ！」リタはとても率直だ。「たぶん、彼とよく似た人物と結婚したことがあるからだと思う。わたしは若かった。そして愚かだった《エストゥピッド》」

リタはいかにもラテン系の軽快な口調で話すけれど、彼女の英語は完璧だ。

「あいつったら、パーティーが終わったら、あそこの子ども用の狭いパーティールームに行こうなんて誘うのよ。信じられないでしょ？」巨大なフロアピアノの脇にある磨《す》りガラスのドアを彼女は指さす。「ふたりきりで〝ささやかなパーティー〟をしよう、ですって」

「きゃあっ！」ジャネルとわたしはそろって声をあげた（周囲が玩具だらけのせいなのか、パジャマパーティーをやっている少女みたいな反応になっている）。

「あなたのテーブルはとてもすてきよ、リタ」ジャネルが早口でいう。

「ほんとに」わたしも賛成してうなずく。

「ありがとう！　どうぞ、なんでも好きなものを試食してみて！」

マテオはにやっとして両手をごしごしとこすり合わせる。

「〈ブリガデイロ〉から始めようかな」

リタが笑う。「懐かしいですか？」

「ああ。これがオートキュイジーヌとは別物であることを知っているのは、きみとぼくだけだな」

マテオはマニキュアをしたリタの指から紙製の小さなホルダーを受け取る。ホルダーのなかには、スプレーチョコをふりかけたシンプルなトリュフが入っている。

「それは、なに？」わたしがたずねた。

リタがにっこりする。

「おひとつどうぞ！　ブラジルでは子どものパーティーにはこれが欠かせないんです」

「ぼくはブラジルに何度も行ったから、知っているんだ」マテオは小さな甘い丸いボールを口に放り込む。

わたしもひと口かじってみた。瞬時に味蕾がクリーム状のやわらかいキャンディーのおいしさに包まれた。この深い風味をつくりだすために、おそらくリタのレシピのどこかでコーヒーが使われているにちがいない。

「わたしはこの八角形の星形のものをひとついただくわ。あら、パイ生地でできているのね」

ジャネルがひと口嚙むと、お菓子のかけらが彼女のシェフ・ジャケットに盛大に散った。

「ごめんなさい」リタがジャネルにナプキンを渡す。「まだ慣れていなくて。こういうパーティーで〈パステリートス・ド・カヘータス〉を出すのは大きなまちがいだったわ」

「気にすることないわ」ジャネルがこたえる。「だんだんわかってくるから。わたしも工夫を重ねてナポレオンを出す時にはひと口サイズにしたのよ。だれだって失敗はあるわ。でも、これは失敗というにはおいしすぎるわ！」

「まあ、ありがとう！」

ジャネルは小さな星を食べ終えてかけらを払った。

「この〈カヘータス〉は――ペヌーチを思い出すわ！　ヤギの乳からキャラメルをつくっているのね？」

リタがうなずく。「それからラムを少々。それでぐんとおいしくなるの」

トレーに並ぶシンプルなショートブレッド・クッキーに手を伸ばしてみた。星、鈴、天使などいろいろな形がある。予想通り、口のなかでバターのようにとろけた――もっと正確にいえば、ラードのように。

ニューヨークの食品管理当局は認可しないだろうけれど、ラテンアメリカでは動物性脂肪は料理にふんだんに使われている。アニスの香りが鼻をくすぐり、シナモンの感傷的な甘さがある。おそらくこれはメキシコのお菓子だろう。

「ニューメキシコのお菓子です」リタが説明してくれる。「〈ビスコチートス〉はクリスマスの時期に欠かせません。南西部全体で好まれていますね。アリゾナでも見かけたわ。リゾートのスパで働いていた時に」彼女が笑う。「でもスパでは出すわけにはいかなかった。なにしろヘルス・スパでしたから！」

「この仕事に就いてどのくらいになるの？」ジャネルもわたしと同じく、彼女の技術に感服している。

「ずっと昔から姉妹で焼き菓子をつくっていたわ。初めてアメリカに来てすぐに、いまいったリゾートで働いたの。女性のお客さまがわたしの料理をとても気に入ってくださって、ここニューヨークに連れてきてくださった。そしてその裕福な一家のシェフになりました。給料がよかったからしっかり貯金して、妹のリンダをアメリカに呼び寄せたわ。やがてテレビ番組に出るささやかなチャンスにめぐまれ、それがきっかけで資金を提供してくださる方と出会えた。最終的にはお抱えシェフの仕事をやめて妹をパートナーにして、夢だったベーカリーをオープンさせることができたの」

マテオは相変わらずおいしそうに食べているが、鋭いブザーの音で中断した。

「やれやれ」彼がメールをチェックした。「外でブリアンが待っている」

マテオが片手を伸ばして握手をもとめた。「またぜひ会いたいね、リタ」

「わたしもよ、アミーゴ」彼女の心からの笑顔は輝いていた。「いつかぜひわたしたちの店にいらしてね！　みなさん全員よ！　本店はコロンビア大学のそばなんです。グランドセントラル駅のフードコートにキオスクをオープンしたばかりなんですよ」

マテオはきっと訪れると約束して、その場を去った。

わたしはリタに、ビレッジブレンドに立ち寄ってくれるように話し、彼女は行くのを楽しみにしているといってくれた。

「さて、そろそろ行かなくてはね」わたしはいった。

リタ、ジャネル、わたしはハグをして別れた。頭が働き始めていた。

〝このパーティーが終わったらロリ・ソールズに電話しよう……〟。

ニック・バックは怪しい。ロリにくわしくきいてもらわなくては。

それから今夜リタがこの会場を出る前に捕まえることにした。ニックから離れた場所で、一回目のクッキー交換パーティーについてきいてみよう。先週、彼女のテーブルは正面の入り口のそばだった。ムーリンの後からニックが外に出るのを見たかもしれない。ひょっとしたら、ふたりの会話を耳にした可能性も――。

たったひとつのリタ・リモンの証言が、ムーリンの事件の真相に迫る助けとなるかもしれない。

「リタはまだ上かしら？」

声をかけられて思考がとぎれた。ちょうどエスカレーターから降りようとしたところで、女性がちかづいてきたのだ。すぐに、顔見知りだと気づいた。

今夜の彼女はきちんとメイクをしている。薄茶色の髪の毛をきれいに巻いて顔の輪郭に沿わせるスタイルにしている。着ているのは真っ赤なパーティードレス。ブライアントパークのスケートリンクで短く言葉をかわした相手だと思い出せなくても、この女性がシッターだと想像はつく。デザイナーズブランドのバッグではなく実用的なトートバッグを肩にかけ、安っぽいフラットシューズを履いているから（元気一杯の子どもたちをたっぷり三時間追いかけるのが仕事なのだから、デザイナーズブランドのハイヒールを履くわけにはいかない）。

「あら、こんにちは」彼女に声をかけた。「今日のクッキー交換パーティーはどう？　楽しんでいる？　わたしたちのキャンディケーン・ラテの味はどうだった？」

相手は一瞬、困惑したような表情を見せたが。すぐにぱっと笑顔になった。

「ああ、そうだったわね！　憶えているわ！　そうそう、あのラテはおいしかったわ」

「今夜のお勧めはガムドロップ・スプリッツァーよ。忙しいだろうけれど、ぜひ味わってみてね」

彼女がうなずく。「ちょうどいまひと息いれているところ。レイバーン家の子どもたちはショーを見ているわ。ところで、上にリタ・リモンがいるかしら？」ききながらわたしの腕にふれる。

わたしはうなずいてこたえた。「中二階にいるわよ。中央通路をまっすぐ行くとバービーの売り場があるわ。リタのディスプレイテーブルはすぐ目につくはずよ。とてもすてきだから」

「ええ、彼女のクッキーが食べたくてしかたないの」

シッターは歩き出し、肩越しにこちらに叫んだ。

42

店内のカフェにもどると、店の正面にあつまった観客からあがる大きな歓声に圧倒された。仕掛け花火が始まったのだ。

タッカーがショービジネス業界の人脈から得た情報では、ロボ・ルドルフのショーはサンタとの歌のメドレーから始まるそうだ。それから広場での仕掛け花火、続いて実物大の赤鼻・スーパーソニック・ロボロケットからルドルフがあらわれる。

勇敢なロボットのトナカイは録音ずみの歌に合わせて「クリスマスを救おう」というダンスを披露する。それがすむと子どもたちに挨拶し、サンタクロースの助手のエルフたちがプロモーション用Tシャツを配る――つまり、ふたたびおおぜいのお客さまが押し寄せてくる前に、わたしたちはおよそ十五分間、かなり静かに過ごすことができる。

タッカーはこの休息の時間を最大限に活用しようと、ガムドロップ・スプリッツァーを大量につくる準備としてグラスを氷で冷やしている。エスターはころころしたガムドロップをプラスチックのマドラーに楽しそうに刺している。

「まったく異様だわ」エスターがタッカーに話しかける。「だいたいにおいてわたしは異様であることが好きよ。ビレッジブレンドによろよろ入ってくるクリスマスの買い物客がゾンビに見えることもあると白状しましょう。でもね、一年でもっとも華やぐ祝祭のシーズンと歩く屍《しかばね》を取り合わせるって、どう？　さっぱり理解できない」

「サンタクロースが映画のなかで闘うゾンビは屍ではない。邪悪な呪いをかけられているだけだ」タッカーが説明する。「それに彼らは人間を食べたりしない。クリスマスの菓子をいっさいがっさい食べ尽くすだけだ。そしてある特定の歌で元にもどれる。ほら、いまきこえているだろう」

エスターが耳を傾け、すぐに肩をすくめた。「ということは、あれ以外の映画音楽を楽しめないことと、2型糖尿病にかかる可能性がゾンビ病の難点ってことね？」

タッカーが彼女をしかと見据える。「そうだね。スナークグリンチくん。そのふたつはおそろしい課題だ！」

エスターが返事をする前に、わたしの目はキャンディ・ショップの通路をこちらに移動してくるおそろしいものをとらえた——真紅のスパンコールに覆われたふたり連れ。虹色の草原地帯を移動する雌ライオンのようなふたりだ。

先にあらわれたのは大柄なダニ・レイバーン。つま先立ちで飛び跳ねながらカウンターへとちかづいてきた。ビスチェで覆われた胸は攻撃的なほど突き出している。豊胸というよりも、ヘリウムを詰めた風船が高い位置に固定されているみたいだ。

「ハーイ」ビッグ・ダニが悲鳴のような甲高い声を出す。「わたしたちのこと、憶えているかしら?」

「タッカーがわたしたちを忘れるはずないわ」小柄なドローレス・デルーカが猫なで声を出す。「こんな〝豪勢な〟わたしたちを忘れる人など、いないわよね?」

その時、ふたりの後ろのキャンディ・ショップのあたりでビッグ・ダニの夫がうろうろしているのが見えた。エディ・レイバーンはタッカーに手をふり、にっこりする——けれども彼の目は笑っていない。どう見ても挨拶しているのではなく、脅しているみたいだ。

タッカーはこちらにきこえるほどの大きな音でごくりと唾を飲み、それからすぐにふたりの女性に挨拶した。

「おやおや! お嬢さんたち! いらしてくださって、とてもうれしいですよ」大きな声でいいながらカウンターの外に出てふたりにエアキスをする。「会いたいと思っていたんですよ。ダブル・ディーにとても重要なオファーがありますからね!」

「なんだか、わくわくする」ダニは濃いアイメイクの目を大きく見開く。

「エージェントにひとことというべきかしら?」ドローレスだ。

「いうべきです。なぜなら、前回お話ししたささやかなキャバレーショーのことで——」

ビッグ・ダニが首を傾げる。「わたしたちが出演するという、あのショー?」

「そう、それです。プロジェクトの規模がどんどんふくらんでしまったわけで——」

「つまりプロジェクトの〝豊胸〟ね」エスターがぶつぶついうので、あわてて彼女を肘で突いて黙らせた。

「そんなわけで」タッカーが続ける。「大々的なショーになりそうなので、この作品はブロードウェイをめざせるかもしれません」

ダニとドローレスの驚きの声はすさまじくて、向こうからきこえる歓声にも負けないほど。

「座ってもいいかしら？　もっとききたいわ」ドローレスだ。

タッカーが横目でちらりとこちらを見たので、わたしはこくりとうなずいた。

「どうぞどうぞ、このテーブルに」タッカーが勧める。「なにか飲み物をお持ちしましょう――」

「あなたが動くことないわ」ドローレスはエルメスの赤いバーキンを、テーブルの向こう側の椅子に放るように置く。

「ちょっと！　そこのおばさん！」彼女がこちらに呼びかけ、ピューマの爪を思わせる長さの爪をパチンと鳴らした。「きこえないの？」

わたしはパチパチとまばたきした。「あら。わたしにご用ですか？」

「ほかにだれもいないでしょう？　あのガムドロップのドリンクを持ってきてちょうだい。ストロベリーね。倍の量にして」

タッカーがなにかいいそうになったが、わたしは大丈夫だからと合図した。この街で無礼な客は少しも珍しくはない――それにわたしはぼうっとしていた（なにしろ、「おばさん」なんていわれた経験はめったにない）。

「こちらのお客さまにはなにをお持ちしましょう？」ビッグ・ダニにきいてみた。

「ドローレスと同じものでいいわ」彼女はいらだたしそうに手をふってこたえる。

わたしはエスターを自分の前に立たせて、いっしょにスプリッツァーをつくった。

「運びましょうか？」ドリンクができあがると、エスターがきいた。

「あなたに嫌な思いをさせたくないわ」わたしはトレーを持ちあげた。

〝それにあの人たちの会話を聞き逃したくない〟。

「これまでの芝居の経験をきかせてください」テーブルにちかづくと、タッカーがダブル・ディーにだずねるのがきこえた。

「ケーブルテレビの連続殺人のドラマ『ウェクスラー』に一度出演したわ」ダニがいう。

「エミリーという名前の少女を演じたの。セリフはちゃんと憶えていたのに、いつもうまくきっかけがつかめなかった」

「演出が悪かったのかな？」

「いいえ、わたしのせいなの。ほかの俳優がちゃんと『ねえ、エム』とセリフをいっているのに、わたしは『ねえ、ダニ』といわれるのを待っていた」彼女は目玉をぐるりとまわす。

「あきれるでしょ。でもあなたのショーではそういう問題は起きないわね。だって自分を演じるのだから」

タッカーがドローレスに顔を向ける。「あなたはどうです？　お芝居の経験はありますか？」

「先月、ネットワーク放映されている『犯罪心理捜査班《クリミナル・インテント》』のオーディションを受けたわ。警察のアシスタントの役。姉から役の演じ方についてアドバイスをもらって準備していたのよ。彼女はじっさいに警察署長のオフィスでアシスタントをしているから。姉の真似をしてすごく野暮ったい格好をしてオーディションを受けにいったわ」

ドローレスがため息をつく。「でも落ちてしまった。エージェントにはプラスに受け止めろと助言されたわ。わたしの魅力は無理して隠すことはできないんですって」

ドリンクを置いてテーブルから離れようとした時、ダニがわたしに向かって甲高い声で叫んだ。

「これ、ストロベリーでしょ！　ストロベリーは大嫌い！」

ダニはグラスごとスプリッツァーをふったので、バーキンにもかかってしまった――ドローレスとほぼおそろいだが、彼女のは赤ではなくピンク色。ダニはバッグを肩に掛けたままずっと抱え込んでいたのだ。

まあ。『ドローレスと同じものでいいわ』といったくせに。

「レモンライムはいかがでしょう。それともチェリー？」彼女に提案してみた。

「なんでもいいわ」彼女はまたタッカーに顔を向けた。

「おふたりには、あくまでも生き生きとしていてもらいたい。そうすれば絶対にショーは当たります」タッカーがいい切る。「それがなにを意味するのかわかりますね？　あっという間に有名人になる。前みたいに」

ダブル・ディーはキャーキャーと悲鳴をあげた。ダニは椅子に座ったまま跳ねている。

わたしはカウンターに向かいながら、今夜のパーティーに参加している子どもたちのことを考えた。特権にめぐまれた彼らは値段などおかまいなしに欲しいおもちゃを指さすと、パパとママに依頼されたパーソナルショッパーがクレジットカードで精算する。

ダブル・ディーもそういう子どもたちとまったく同じではないか。ふたりは知らされていないけれど、クレジットカードを持つシークレットサンタが彼女たちの夢を叶えるための費用をよろこんで払ってくれる。

無名の俳優、作家、アーティストの多くは、そんな甘い状況とは無縁だ。ビレッジブレンドにはいつもそういう人たちの姿がある。画家のダンテ・シルバ、ジャズ・ミュージシャンのガードナー・エバンス、ゴスの詩人のエスター・ベスト。そしてベーカーのアシスタントとして懸命に働きながら歌で成功するための階段を上ろうとしていたムーリン。なんて不公平なのだろう――こんなことがまかり通っていいはずがない。

「つぎはレモン・スプリッツァーよ」カウンターにトレーを置きながらエスターにいった。

彼女は片方の眉をくいっとあげる。「レモンライムではないんですか?」

「うんと酸っぱくしてね」彼女にはそれがお似合いだから。最後までいう必要はなかった。エスターは心得たようにウィンクする。「わかってますって、ボス。それに――おやおや……」

「どうしたの?」

彼女が顎を上げて示し、声をひそめた。「アホのロス・パケットですよ」

「ホッケー選手の？」ふり返らずにたずねた。「あなたはそのスプリッツァーを運んでちょうだい。アホはわたしにまかせて」

今回はちゃんと覚悟ができている。

43

すぐにロス・パケットがカフェのカウンターにやってきた。特大のフォーマルウェアでさっそうとした姿の彼はにやけた表情だ——が、悪夢と対面してその表情は消えた。

「なんだ！　またきみか！」前回遭遇した時のことを忘れていないらしい。「いいか、ちかづくなよ、コーヒー・レディ。このブルーノマリは今朝磨いてもらったばかりだ。あの時、きみにさんざん傷をつけられてしまったからな」

「それは大変でしたね。心から同情申し上げます」わたしは愛想よく対応する。「いまからその埋め合わせをさせていただく、というのはどうでしょう？」

パケットの目がいぶかしむように細くなる。「埋め合わせ？」

「ええ、すぐに。特別なドリンクをご用意します、チェリーコーディアル・ラテを、キルシュとクレーム・ド・カカオ、カルーアを混ぜたものを。きっとクリスマスのハッピーな気分を盛りあげますよ」

驚いたことにパケットは首を横にふる。ブロンドの髪はくしゃくしゃだ。

「それよりも、そのガムドロップ・スプリッツァーをもらいたい。チェリーにしよう。われながらいい思いつきだ」

冷たい炭酸水にシロップを加え、在庫が少なくなったカクテル用マドラーをグラスに落とし、彼に渡した。ホッケーのキャプテンは今夜はアルコールを飲まずに過ごすつもりなのか。それなら褒めてあげなくてはと思った時、パケットはジャケットのポケットから携帯用のウィスキーの瓶を取り出し、グラスに透明な液体を注いだ。

わたしは片方の眉をあげた。「今夜は準備万端のようね」

彼はにやりとする。「ファンシーなドリンクでは、このピュアウォッカの迫力には太刀打ちできない」

携帯用の瓶をポケットにもどす際、彼は黒い襟を手で払った。そこには証拠となる小さなかけらがくっついていた。リタの〈パステリートス・ド・カヘータス〉のかけら。彼がバービー人形売り場で美しいラテン系女性のテーブルを訪れた——高い確率でしつこくいい寄った——のはまちがいない。前回のパーティーではブランデースナップの先端にチェリーをつけたマッチ棒のお菓子を気に入っていた。リタのところに同じものがあった。

ロス・パケットは軽薄そうな笑顔をぱっと浮かべ、ウィンクをした。

「さて、行かなくては。じゃあ、また」

彼はぶらぶらとした足取りで歩き出し、一度ふり向いて手をふるとキャンディ・ショップに姿を消した。さっきまでキャンディ・ショップにいたエディの姿も、いつの間にか見えなくなっている。

どこに消えたのかしら？

その時、視線を感じて身の毛のよだつような感覚がした。ふり向くとドローレス・デルーカが憎々しげなまなざしでこちらをじっと見つめている。

あなたにわたしがなにをしたというの？　声には出さなかったけれど、そういいたかった。

「あいつ、どうでした？」エスターがたずねた。

「前と変わらずチャーミングだったわ。あそこのリトル・ディーとはおおちがい」わたしはエスターのほうに身を乗り出す。「気のせいかしら。それともわたしがロスと話しているあいだ、ずっと彼女はわたしを睨んでいた？」

「睨んでいました」エスターがこたえる。「ずうっと」

わたしは首を横にふる。「有名人がわたしに安っぽいウィンクをするのに嫉妬したのかしら。有名人の彼女ではなく、相手がわたしだったから？　ともかく、あんなふうに睨まれるなんてかなわないわ。ここを頼むわね。通りの向かい側に行ってくるから」

「どこにですか？」

いまいる小さなカフェの奥まったところにあるガラスのドアを指さした。外に通じているドアだ。

「あのドアからこっそり出てバーに行くわ。見えるでしょう？〈ヴィンテージ58〉よ」

そのガラスのドアは、日頃は店がオープンする前にカフェに出入りする通用口として使われている。今日のパーティーのあいだは施錠されていて外からは入れない。でも、もどる時はエスターに入れてもらえばいい。

「どうしてバーなんかに？」なにか飲みたいなら、キルシュを加えたカルーアをつくりますよ！」

「マドラーを確保するためよ。〈ヴィンテージ58〉には店のロゴ入りのものがあるはず。マネジャーと交渉して二百本都合してもらうわ。ＶＩＰで大混雑の会場で無料で大量プロモーションできると持ちかけてみる」

エスターが親指をぐいとあげて、サムアップのポーズを決めた。

「費用をかけずに課題は解決されました。Ａプラスを与えましょう！」

通用口に行くとちゅう、タッカーとダブル・ディーの脇を通った。タッカーはふたりに、チルドレンズ・シアターで上演する作品のすばらしいスタントについて事細かに話している。壁に並ぶ大きな窓を見ながら、今回は実演するのをがまんしているタッカーに心のなかで感謝した。

44

二時間後、会場にはゲストの姿はなく、スタッフの大部分もすでに引きあげていた。警備員四人とマネジャーひとり――彼らは正面のドアのそばにあつまっている――を除けば、数人のベーカーだけがまだ荷物をまとめている。わたしはこの時を待っていた。

あるベーカーが会場を出る前にきいておきたいことがあった。タッカーはもう引きあげているので、残りの片付けをエスターに頼んでエスカレーターへと向かった。

店内の広大な空間は不思議なほどがらんとして、不気味なほど静かだ。ぬいぐるみやおもちゃの兵隊の脇を通り過ぎる。中二階にあがり、バービー人形の売り場に向かう。が、リタ・リモンはいない。

さらにちかづいた。棚に並んでいるプラスチック製の美しい人形たちが、なにも映し出さない目でこちらを見おろしている。わたしはあることに気づいた――。

〝リタはまだいる。まだ……〟。

彼女のテーブルはまだそのままの状態で、片付けも終わっていない。つまりこの空間のどこかにいるはず。いるとしたら化粧室がいちばん可能性が高いだろう。そう思って二万五千ドルのバービーのテーブルサッカーの横を通り過ぎ、巨大なフロアピアノの脇を通ってパーティールームに入った。

長年、数えきれないほどの親たちがこのスペースをレンタルして、わが子の誕生日を祝ってきた。部屋には子どもサイズのテーブルと椅子、ジャンボサイズのぬいぐるみが置かれて楽しい雰囲気だ。背の高い窓からはマジソン・アベニューを見おろせる。

今夜は店全体を使ったパーティーだったので、この部屋は参加したベーカーとパーティーのスタッフがコートを掛けたり私物を保管したりする場所に充てられていた。

室内にはもうひとつドアがあり、化粧室に続いている。たぶんリタはそこにいるのだろう。小さな女の子のシルエットのついたドアを押すと、なかは暗くて凍るように寒い。

そのままドアを閉めようとしたが、なにか違和感を覚えた。金属的な、妙なにおいが漂っている。なぜこんなに凍るように温度が低いのか。嫌な予感がして明かりをつけた。これといって異常なものはなさそうだ、戸口からなかに足を踏み入れるまではそう思っていた。

ずっと向こう端のタイルの床に黒っぽい液体が垂れている。よく見ようとちかづき、いちばん端の個室のドアを押してあけた——思わず悲鳴をあげていた。

リタの身体が個室の隅に倒れ、その周囲に血が溜まっている。ムーリンと同じように、彼女はパーティーのさなかに頭を殴打されていたのだ。あいた窓から冬の空気が入り込んでいる。殺人犯は死亡時刻を隠蔽《いんぺい》するために巧妙な手を使った。

身体がふるえ、怒りが込みあげた。残忍な犯行を目の当たりにして激しい怒りが湧いてきた。だから、その夜遅くに危険を顧みない行動に走ってしまったのだろう（結果はどうあれ、その決断を悔やんではいない）。しかしまずは殺人事件の捜査担当刑事の事情聴取が待っている。望むところだ。

45

一週間のうちに、ニューヨーク市警が管轄する犯罪現場に居合わせるのはこれで二度目。タッカー・バートンのレパートリー・カンパニーのように、コスチュームはちがっても、キャストはほぼ同じだ。

フレッチャー・エンディコット刑事は紙製の靴カバーをつけてケン人形のディスプレイの周囲をうろうろしている。ミスター・DNAの今日の装いは殺人事件の捜査をするにしてはこっけいなほどフォーマルだ。透明なビニールの上っ張りの下には黒いタキシード、白いネクタイ、ワイン色のシルクのベストという姿だ。

デジタル式の録音機ではなくスマートフォンに向かってしゃべりながら、白衣姿の鑑識班《CSU》の作業を見ている。彼らは子ども用のパーティールームのエリアを歩きまわり、手がかりとなるものをさがし、そのとちゅうで巨大なフロアピアノのキーを踏んで音を立てる。

エンディコットはフロアピアノが奏でる調子のはずれたコンチェルトに負けないように声をはりあげている（おかげで楽々と盗みぎきできる）。

「はい、警部！　状況はじゅうぶんに掌握しています」エンディコットが張り切って伝える。

「第一容疑者は数日前からわれわれの監視下にありました。彼はついにつぎの行動に移ったのです。今夜じゅうに彼を拘束できるものと確信しています！」

それをきいてはっとした。まさか、うちの店のバリスタのことではないでしょうね？

「覆面捜査官を尾行としてつけているので、じきに無線で連絡がつきます。容疑者が働いているコーヒーハウスで張り込みをさせていましたから……」

ああ、どうしよう。やはりわたしの店のバリスタのことを指している。つまり、リタ・リモンを殺した犯人として、またもやダンテ・シルバを主要な容疑者と考えている。クリスマス・ストーカーが起こした連続暴行事件も先週ムーリン・ファガンが撲殺された件も、ダンテのしわざだと信じ込んでいるのだ。

「われわれの覆面捜査官が容疑者を尾行していて、殺人がおこなわれた時間帯にこの場所にいたにちがいありません……」

思慮分別のある人物はいないのか。わたしはあたりを見まわしてロリ・ソールズの姿を見つけた。

エンディコットと同じくロリもバービー人形の通路にぴったりの出で立ちだ、赤と黒のイブニングドレスにパールのピアス。短いブロンドの巻き毛は今夜はつややかに撫でつけられている。鮮やかな赤い口紅はドレスの柊《ひいらぎ》の実のような赤にマッチしている。それでなくても長い足にハイヒールのパンプスを履いているので、最新情報を報告する制服警察官の前にそびえ立っているみたいだ。

激しく手をふるわたしにようやく気づいて、ヒールをコツコツ鳴らしながらちかづいてきた。

「この犯罪現場には正装が義務づけられているのかと勘違いしてしまいそうよ」彼女にいった。

「あなたのおかげで助かったわ……」ロリが一歩こちらに踏み出す。「クリスマス・ストーカー事件がいきなり注目の的となって、その特殊捜査班の一員として市長のホリデー・ガラに〝招待〟されたのよ。フォーマルな晩餐に続いて『くるみ割り人形』が上演されたわ。リンカーンセンターで」彼女は背後を確認して声をひそめた。「フレッチャー・エンディコットのディナーのパートナーとして強制的に出席させられたのよ。率直にいって、早々に退散できてほっとしている」

「エンディコットのパートナーとして？　ミスター・ソールズはどう受け止めているの？」

「まだ笑いが止まらないわ」

　エンディコットと上司の会話はまだ続いている。「いいえ。残念ながら玩具店のこのフロアの監視カメラは使い物にならないことをご報告しなければ……はい、あるにはあるのですが、高価なバービー・テーブルサッカー、宝石をちりばめたお絵描きボード《エッチ・ア・スケッチ》とかそんなもののほうに重点が置かれているようで、被害者が配置されていたプラスチック製の安い人形が積んである売り場は対象外のようです。そしてプライベートのパーティールームにもカメラはありますが、パーティーに使う時だけ稼働させるようで——」

警察無線のビーという音でエンディコットの会話は中断した。

「すみませんが、緊急の連絡が入りました。すぐにまた報告を入れます！」

ああ、どうしよう……。

エンディコットはスマートフォンをおろして警察無線を手に取り、わめくようにしゃべり出した。

「チェン捜査官か？　きみは聴力に問題があるのか？　容疑者が勤務時間中にコーヒーハウスを離れることがあれば即刻報告するようにと指示したはずだ」

返事をききながらエンディコットは痛みを抑えるように額を揉む。

「やつが一度も店を離れていないとは、どういう意味だ？　きみがお嬢ちゃん用の化粧室に行っているあいだにこっそり抜け出したのだろう？」

エンディコットがふたたび相手の話をきく——あきらかに予想外の内容であるらしい。

「そうかそうか、わかった。きみはいままさにやつを見ている。よろしい。そのまま続行して見ているように。今回の殺人に関しては無関係かもしれないが、われわれが追うクリスマス・ストーカーはあのエスプレッソ・ジョッキーにまちがいないはずだ！」

〝エスプレッソ・ジョッキー？〟

エンディコットが無線をポケットにもどし、くるりとふり向いた。わたしは躊躇《ちゅうちょ》しなかった。

「ダンテ・シルバはクリスマス・ストーカーではないわ」警察が張った規制線のこちら側か

ら大きな声で叫んだ。「あなたが容疑者として追っている人物は潔白よ！」

制服警察官と鑑識班の捜査官は全員、作業を中断してあぜんとした顔でわたしを見ている。エンディコットはくちびるをすぼめ、横目でこちらを見ている。キャンディ・ショップで酸っぱいアメを食べてしまったみたいな表情だ。そしてこちらに向かって憤然とした様子で大股でやってきた。

「お忘れかな、ミズ・コージー。当初、わたしはあなたが容疑者としてあげた人物を追っていた。むろんパイパー・ペニーのことだ――」

「あなたが追ったのは数本の髪の毛でしょう！　パイパーが犯人だと決めつけるのは疑問だとわたしは伝えようとしたわ。時系列的に合わないという理由からね。けれどもあなたは聞く耳を持たなかった。それればかりか真の容疑者をさがす代わりにうちの店のスタッフに固執した」

彼は腕組みをし、反論をひねり出した。「いいでしょう。ちょうど玩具店にいることだし、素人探偵ごっこでもしてしよう。あなたはだれが真の容疑者だと考えているのかな？」

「わたしのバリスタでないのはあきらかよ」

「今回の殺人はちがうかもしれない。が、尾行は続ける」

「なぜ!?」

「ひとつには、先週の事件に関してやつは依然として第一容疑者のままだからだ――そしてわれわれが追うクリスマス・ストーカーの犯罪に関しても」

「ダンテ・シルバは決して若い女性を撲殺したりしないわ。そんな可能性を考えるだけでも貴重な時間を浪費するだけ。あなたが追うストーカーがわたしの店を拠点としているというのなら、注目すべき相手に心当たりがあるわ。その理由もいえる……」

エンディコットはまだ顔をしかめているが、興味を抱いたようだ。「きこう」

「世の中は不況でクリスマスの時期にはそれがいっそうこたえるわ。会社関係のクリスマス・パーティーでお客さまがこぼす愚痴を店内でずいぶん耳にしているし、酔っ払ったお客さまが不満を爆発させるのもたくさん見ている。とりわけ、中年男性が多いわ」

「いったいなにがいいたいのかな？」

「あなたが追うクリスマス・ストーカーはおそらく、会社勤めの男性。マンハッタンの外から通勤し、わたしの店を利用する人物。寒さをしのぎ、鬱屈した感情を抱え、被害者を物色するために。そして女性の跡をつけ、殴打して変態的な興奮を得ようとする。理由としては……彼自身、まだ意識できていない内面的な問題があるでしょうね。そしてみじめな現状に対する激しい怒りを、女性を襲うことに置き換えている。まだ解雇されてはいなくても、なんらかの形で自尊心を傷つけられている。たとえば降格とか出世で先を越されたとか。そして、上司は――あるいは元上司は――まちがいなく女性である」

「欲張りすぎだ、ミズ・コージー」エンディコットはそっけなく手をふる。「怒りを抱え込んだ会社員と先週殺害された被害者との接点はない。しかしあのバリスタにはある」

「どうしてもふたつの事件をつなげてしか考えられないのね。でも、そうではないと断言しておきます。ストーカーは行き当たりばったりで襲っている。でもムーリンの場合はゆきずりの犯行ではない」

「彼女とあのバリスタは知り合いだ。やつがストーカー事件の犯人であれば、つじつまが合う」

叫び出したかった。けれども、ちょうどその時、白衣姿の鑑識班の捜査官がパーティールームから出てきてエンディコットの肩を叩いた。

「見つかりました」捜査官がいう。

エンディコットの表情を見て、わたしと同じことを考えているのがわかった。

犬の毛よりましなものでありますように!

46

ロリも加わって三人が歩き出し、わたしは犯罪現場の周囲に張られた規制線のこちら側に取り残された（が、規制線沿いに彼らを追って話に耳を澄ませた）。

「犯人は殺害後にきれいに掃除しようと試みています」鑑識班の捜査官が説明する。「湯が出る蛇口の裏に、被害者の血がついた指紋がひとつありました。法廷で証拠として認められるほど鮮明ではありませんが、容疑者として特定する、あるいは容疑者リストから削除するためには有効です――仮にそういう人物がいればの話ですが」

気まずい沈黙が続いた。エンディコットは無言のままだ。ロリ・ソールズが生き生きとした様子で小声で話し出した。彼女はわたしのほうをジェスチャーで示し、エンディコットの渋面はさらに険しくなる。ついに三人そろってこちらにやってきた。

「いいだろう、ミズ・コージー」エンディコットが口火を切った。「あなたは遺体の発見者だ。制服警察官があなたに聴取した内容をわたしたちは検討した。それで……」彼は首を横にふり、言葉が尻切れとんぼになる。

ロリが割って入る。「わたしたちは、あなたがどう考えているのかを知りたいの」淡々とした口調だ。

待ってました！　わたしは深く息を吸い込み、話を始めた。

「わたしはリタ・リモンが殺されるところを目撃したわけではありません。でも今夜、彼女が脅されている場面を目撃しました。クッキー交換パーティーのあいだ、このフロアに配置されていたもうひとりのベーカーがリタに夢中になって、時間外にまさにあのパーティールームで関係を持とうと誘ったそうです。それをつっぱねられると彼はひどく罵り、威嚇した——わたし以外にも目撃者はふたりいます」

エンディコットがうなずく。酸っぱいアメ玉はなくなっている。

「あきらかに、これはまったく別個の事件だ！」エンディコットが宣言する。「それなら、あのバリスタが関与しなかったのは当然だ——そして食いちがいの説明もつく」

「食いちがい？」わたしがたずねた。

「リタ・リモンは頭蓋骨を殴打されたのではなく、羽のついた凶器で割られているの」ロリがいう。

「それはわたしには説明がつかない。でも、いま話している人物は、前回のクッキー交換パーティーにもいた。ムーリン・ファガンは殺される直前に彼と話をしていた。わたしはそれをこの目で見た。彼の名前は——」

エンディコットの青白い指からスマートフォンが消え、デジタル式の録音機が登場した。彼がわたしの鼻先でそれをふった。

「ニック・バック」最後までいい切って、ポケットのなかから彼の名刺を取り出した。そしてニックのベーカリーの住所を読みあげた。「いまはそこにはいないと思うわ。リタの遺体を見つける十五分くらい前にニックはこの玩具店を出ていった。運がよければ、向かいのバーで彼を見つけられるはず」

ロリがパチパチとまばたきする。「〈ヴィンテージ58〉で？」

わたしはうなずく。「ここにいたベーカーたちは仕事を終えると五十八番街に面した出口から出たの。そのためにはわたしが担当していたカフェを通り抜ける必要がある。ニックが出ていく時に目が合ったわ。彼はにやりとした。そのまま通りを横切ってバーに入っていくのが見えたわ」

「出ていく時のミスター・バックの服装は？」ロリがたずねる。「鞄などは持っていた？箱は？」

質問をしたのはロリだが、彼女といっしょにエンディコットもわたしのこたえを固唾《かたず》を呑んで見守っている。

「残ったクッキーはすべてホームレスのシェルターに送られるから、ニックはなにも運ぶ必要はない――」

「なにを着ていた？」エンディコットが質問を重ねる。

「このイベントのためにタキシードを着ていたわ。ドアから出ていく時にはチャコールグレーの長いトップコート姿だった。緑色の大きなトートバッグをひとつ抱えていた。着替えが入るくらいの大きさだった。質問の趣旨がそういうことであるのなら」

エンディコットはロリと顔を見合わせた。「わたしは上に報告をしておかなければならない。きみは制服警察官をふたり……いや、四人連れて……バーに行って、その男を確保してくれ。バーに裏口があるようなら、警察官ふたりをそこに配置するように」

「彼には着替えるだけの時間的余裕があったわ。血のついたものを捨てることだってできたかもしれない」わたしはいった。

「そうかもしれない」エンディコットがこたえる。「しかし指紋は変えられない。おそらく靴も替えていないだろう。たとえ替えていたとしても、皮膚を調べれば血液の痕跡は留めているだろうし、リタ・リモンを殴打の末殺害したと示すものが発見できるだろう――」

「示すもの？　たとえば防御創とか？」

ロリがうなずく。その時エンディコットのスマートフォンが鳴り、彼はわたしたち全員に静かにするようにと手で合図した――ただし鑑識班の捜査官たちは相変わらず巨大なフロアピアノのキーを踏んで、ポロンポロンと音を鳴らしている。

「警部！　はい、現在容疑者逮捕に向けて動いているところです！」

エンディコットは黙ったまま手で合図し、わたしを追いやり、ロリにはニックを逮捕するための制服警察官四人のチームを編成させた。

いそいでロリに追いついた。「あとでまた連絡をお願いね。血のついた指紋がニックのものと符号したかどうか、教えてくれるわね」

「タイミングを見て最新情報を伝えるわ。でも、ひとつだけ約束して」

「なに？」

「逮捕の場にあなたは姿を見せないで。そのニック・バックという人物があなたの言葉通り凶暴で卑劣なのであれば、あなたが密告したと思われたくないでしょう？」

なんという心遣い。けれども取調室に入れば、今夜リタを脅迫しているところを見た〝目撃者〟がいるとニックは知らされるのだ。

二足す二のこたえを出すくらいかんたんに、ニックは気づくだろう。それに、店を出ていくところをわたしが見ていたのも知っている。わたしが警察に情報を提供したせいで逮捕されたとわかるはず。しかし凶暴な犯罪だけに保釈金はとんでもなく高く設定されるだろう。ニックがそれだけの現金を用意できるとも、支払ってくれる身内がいるとも思えない。

エスカレーターに向かいながら、果てしなく長く続いた夜がようやく終わったと思った。けれどもわたしは、小学校で習った天文の知識を忘れてしまっていた。いまは十二月、一年のうちで夜がいちばん長い月だ。

夜明けが訪れるまでにはまだまだ闇が続いていたのだ。

店内のカフェにもどるとエスターとジャネルが待っていた。ふたりが立ちあがり、三人で抱き合った。ふたりが飲んでいたフレンチローストをエスターがわたしにもカップに注いでくれた。残り物のピスタチオとラズベリーのマカロンが皿にのっている。それを頬張り、コーヒーを喉に流し込んだ。

カフェインと砂糖でエネルギーが回復したところで、中二階でのことをふたりにくわしく話してきかせた。ニック・バックの逮捕に向けて動いていると話しているさいちゅうに、ロリ・ソールズがカツカツとヒールの音を立ててカフェのなかを通っていった。〈アマゾネス〉と呼ばれている刑事が夜の正装のロングドレスを着てモデルのようなメイクで、青い制服姿の小編成の軍隊を引き連れて五十八番街に出ていく。わたしたち三人はそれを見送った。

「わお」エスターがつぶやく。「まるでニューヨーク市警バービーね。『お洋服は〝二枚〟ついて、バッジ、手錠、ペッパースプレーもついています！』」

「どうしてニックは、ベーカリーの事業をこんなに早く立ちあげることができたのかしら。理解に苦しむわ」ジェネルがいう。

「それはもうわかっているはずよ」わたしはこたえた。「ニックはあなたのところで働いている時になにもかも二倍注文し、半分を自分のベーカリーへと移していた」

「そこなのよね。ニックは店舗を持っていなかった。借りるとなると、わたしが経験したように厄介な問題があったはずなのよ。小売業としての賃貸の経験がなかったから、つぎからつぎへと課題をクリアしなくてはならなかった。信用調査とかそんなたぐいのもの。ニックではとうてい手に負えないわ。彼はわたしよりもずっと資金繰りに困っていたから」

ニックの名刺をジャネルに渡した。「だれかと組んだのかもしれないわ。さもなければ荒れ果ててだれも寄り付かないような場所を破格の値段で借りたのかも——」

ジャネルは名刺を見てフレンチ・クレオール語で派手に悪態をつき始めた。

「この住所！　わたしがベーカリーを拡張しようと思って候補地をさがしていた時に、彼とこの空店舗を調べたことがあった——あのころはまだニックを信頼していた。帳簿の数字がまともだと思い込んでいた時期よ。三階の業務用厨房だった。前のテナントは大型の食品用のエレベーターを導入していたので、地階からの搬入がしやすかった」

ジャネルは名刺をふりまわす。「あと少しで借りるところだった。そうしたらニックが、歩いて三階まであがるという不便な条件の割に賃料が高いといい出して、わたしを説得したのよ」

「乗り気にならないように説得するいっぽうで、隠れてこそこそとその空店舗を手に入れようとした。とんでもなく卑劣だわ」エスターは首を横にふる。

外で大きな叫び声がした。「なにかしら？」

ジャネルが移動してガラスのドア越しに外をのぞいた。「おおぜいの警察官がニック・バックを向かいのバーから連れて出てきたところ。どうか手錠をかけられていますように」

一分後、サイレンが鳴り響き、あっという間に遠ざかっていった。

わたしはコーヒーを一気に飲み干した。「ジャネル、ニック・バックがあなたに詐欺をはたらいたことを証明してみない？　そうすれば彼をさらにぎゅうぎゅう締めあげることができるわ」

ジャネルの笑顔が二倍増しになる。「やるわ。でも、どうやって？」

「食品用のエレベーターとカメラがあれば、なんとかなる」

47

エスターはガタガタふるえ、真っ青なくちびるでジャネルにささやきかける。

「前回ボスとこんなふうな過激な行動に出た時には、ボスは建物の外壁にくっついている非常階段をのぼっていったわ！」

「今夜は非常階段はのぼらないわ。そのかわりブザーを鳴らして住人にうまいこといってなかに入れてもらわなくては」

「それはまかせて」エスターは自信たっぷりだ。

四階建ての建物はビレッジブレンドからさほど遠くないビレッジの一角、サリバン通りにある。おしゃれとはいい難い雰囲気だ。一階にはヒマラヤ・レストランの〈シェルパ〉が入っているが、夜間はシャッターが閉まっている。食堂の上の三フロア分の窓はどれも真っ暗だ。ジャネルは先頭に立って角を曲がり、いっそう静かで暗がりの多い脇道に入った。

「あれが厨房よ」高いところの窓をジャネルが指さす。窓の脇にはアルミ製のフードのついたオーブンの排気口がきれいに並んでいる。

「正面のドアから入るしか方法はなさそう」今度はエスターが先頭に立って建物の正面にも

どり、エントランスに続く花崗岩《かこうがん》の短い階段をあがった。

「どうやって入るの?」わたしはたずねた。

「経験者の技を披露しましょう……」

ドアの脇に二列に並んでいるインターホンのボタンにエスターが手を伸ばす。それぞれのボタンの傍らには名前が出ているが、彼女はそれを確認しないまま、左側の列を上から順に全部押した。

十秒くらいでパチパチという音がしてインターホンに応答があった。「はい」男性の声だ。

「わたしよ」エスターがスピーカーにささやく。

ドアからビーッという音がして、わたしたち三人はドアを押してなかに入った。

急ぎ足で廊下を進み、使い込まれたドアから吹き抜けの階段に入って下におりると、地下には広々としたスペースが広がっていた。エスターがスイッチを見つけて明かりをつけた。蛍光灯の容赦ない光が広い部屋に満ちた。室内はじめじめしていて、床は黒ずんだコンクリートだ。

「あれよ」ジャネルが叫ぶ。正面の壁に大型の食品用エレベーターが設置されている。その脇には歩道から荷物をおろすためのシュート。荷物がどのように運搬されているのかがよくわかる。シュートの上部のドアのカギをあけて物資をおろし、それを食品用エレベーターに積む。ベーカーはエレベーターを動かして荷物を厨房にあげるという仕組みだ。

エスターが食品用エレベーターのハンドルをひねると、ドアがいきおいよくひらいた。なかはほぼ四角い空間で、平均的な食洗機の二倍ほどのサイズだ。

「だれが乗ったらいいかしら」わたしはいった。

ジャネルはエスターの豊かな胸とたっぷりしたヒップを見て顔をしかめる。エスターはジャネルの肉付きのいいウエストとお尻をじっと見つめる。それからふたりそろってこちらを向く。比較的小柄なわたしを。

「はいっ！」エスターが楽しげな甲高い声を出す。「ジャネルもわたしも、あのなかに入るだけならできると思う。でもカメラのスペースは無理じゃないかしら」

「わかった、わかりましたよ。小柄のわたしがやらせてもらいます」

「乗り心地を楽しんでね、シャーロック」

「ニック・バックを確実に有罪にするためなら、やってみせる。これを預かっていてね――」大きなショルダーバッグをエスターに渡した。「乗り込むのも手伝って……」

ふたりの手を借りてエレベーターに身体を押し込み、カメラケースは顎の下のスペースに入れた。上に送るようにとふたりに指示した――。

「上で停まったら、ふたりとも外に出て角を曲がったところで待機していて。三分待ってもわたしの姿が見えなかったら、三階のドアが施錠されていて降りられないということ――その場合にはここにもどって降ろしてちょうだい」

「もしもなかに入れたら？」エスターがたずねる。

「さっきジャネルが指した窓をあけて手をふるわ。なかで写真を撮るあいだ見張っていてね。

警察官が詮索《せんさく》したり、建物の管理人が好奇心を抱いたり、ことによったらニック・バックがあらわれたら――あの卑劣な男がニューヨーク市警から釈放されるなんていうまさかの事態になったら、大きな声を出して知らせて」

「大きな声？」エスターだ。「ひょっとして携帯電話ってものをご存じない？」

「なかで受信できるかどうかわからないわ、かなりの機械設備があるはずだから。わたしのやり方のほうが確実だと思う」

ジャネルがうなずく。「じゃあ、それでいきましょう」

わたしはエレベーターの箱の内側を手探りした。「どれが上昇ボタン？」

「これは普通のエレベーターとはちがうのよ。電動で動くわけじゃないの。手動であなたをあげなくてはならないの」

「なんですって？」

ジャネルは壁に設置されている巻きあげ用のハンドルをつかんだ。エスターがドアを閉める。箱のなかは完全な暗闇になった。

「いちばん上に着いたら確実にブレーキをかけてね！」ジャネルの大きな声とともに、キーキーと音を立てて箱は揺れながら上昇を始めた。

アルミ製の狭いシャフトのなかをのろのろと上昇していく時間は永遠に続くのではないかと感じた。ようやく箱が激しくぶつかって停まった。さいわいニックは食品用エレベーターのドアを施錠していなかった。ドアをいきおいよくあけて、わたしは文字通り転がり落ちた。

そのまま十秒ほどリノリウム製のフロアに横たわっていた。業務用の厨房の暗がりのなかで耳をそばだてた。掛け時計のチクタクという音、ガス機器のシューッという噴射音、よその部屋のくぐもった話し声がきこえる。

ポケットから携帯電話を取り出してみる。やはり、金属製の機械に囲まれたなかではわたしの携帯電話の電波の受信状態はよくない。しだいに暗さに目が慣れて周囲のものの形を識別できるようになった。業務用オーブン二台。シンク。大型コンロ。ずらっと並んだキャビネット。巨大な冷蔵庫。壁のスイッチを見つけて、ぱちんと弾いた。頭上の蛍光灯が灯った。

部屋を横切って大きな窓をひとつあけた。網戸がないので頭を突き出して下の歩道にいるジャネルとエスターに手をふる。なかに頭を引っ込めようとした時、歩道で動くものが見えた。

女性がひとり、半区画先の大通りをぶらぶらと歩いている。パウダーブルーの正装のロングドレスとそれにマッチしたトップコートという姿だ。後ろから男性がついてきていることにはまったく気づいていないらしい。

男は顔を黒いスカーフで覆い、フェドーラ帽を目深にかぶり、歩調を速めて彼女に追いついた。

なにかを叫ぼうとした時には、すでに男が女性の片腕をつかみ、くるりと自分のほうに向けていた。驚いた彼女が声をあげた。逃げようとしてもみ合いになる。その時、手袋をした男の手に木製のこん棒が握られているのが見えた！

「大変よ!」エスターとジャネルに向かって叫んだ。「あっちでストーカーが女性を襲っている」わたしは指さす。「行って! ふたりとも! あの女性が殴られる前に助けて!」

48

エスターとジャネルが駆け出す。ロングドレスの女性は男の手から逃れた。だが彼女は逃げ出さない。猛烈ないきおいで相手を殴り始めた。

一発、二発、三発のパンチがストーカーの顔に続けざまに決まる。男は足をふらつかせ、こん棒を落とした。四発目で帽子が吹き飛ばされた。五発目で鼻の骨が砕けた。

最後にハイヒールで急所を蹴られ、ストーカーはもう立っていられない。

氷のようにつめたい歩道に男がばたんと倒れたところで、エスターが背中に飛び乗り、足で彼を地面にぐいと踏みつけた。そのすぐ後にジャネルが到着した。手には携帯電話を握っている。

女性はロングドレスの乱れを直し、もつれたブロンドのウィッグを整えている。でもうまくいかず、あきらめたのかヒステリックな声をあげてウィッグをむしり取った。そこで思い出した。いまさっきストーカーをやっつけた身のこなし――そしてパウダーブルーのすてきなドレス――を見た時のことを。

「パンチ！」エスターが叫ぶのがきこえた。「てっきり女の人かと思った。あなた、無事だった？」

「ヒールが壊れた」タッカーのボーイフレンドが金切り声を出す。「この靴、おそろしく高かったのに！」

倒れている男が身体の位置を変えようとして動いたので、エスターがさらに強く踏みつけた。よほど痛いのか、男が悲鳴をあげる。

ジャネルは警察の通信指令係と話しながら、こちらに向かって親指を突きあげて合図した。わたしは厨房のなかに頭を引っ込めた。

なんて夜なのかしら。でも、まだ終わりは見えてこない……。

カメラを取り出してバッテリーを慎重に点検した。たっぷり充電しておいたので、メモリーカードの容量いっぱいまでじゅうぶんにもつ。今夜のクッキー交換パーティーでは写真を撮る暇などまったくなかった。

撮影はまず、隅に積んである段ボール箱から始めた。機器の梱包に使われていた箱の大部分には配送用のラベルが貼られている。宛先はジャネルのベーカリーの住所だ。

やっぱりそうだった！

せっせと写真を撮った。一部の送り状はクローズアップで撮った。

箱の中身も確認できた——ミキサー二台はステンレス製のカウンターに、シリコン製の高価なトレーと天板は棚にたくさん、業務用のミキサーは厨房中央のステンレス製のテーブルの上に置かれている。

〝ワン・ストライク〟。

つぎに引き出しのなかをあさった。高価なナイフが何本も、ジャネルの住所のラベルがついた箱に入ったままだ。焼き菓子用のステンレス製の道具類もある。細かいものはいちいち見なかったが、四つ目の引き出しは大当たりだった。茶封筒が三枚。それぞれはっきりと表示がついている。

『カギ』と表示された封筒にはカギが何本も入っていた。ジャネルのベーカリーのカギも複数（それをポケットに入れた）、〈ソーベルズ〉というマークのついたカギも一セット。

それを見て思い出した。今夜のパーティーで、ニックはサム・ソーベルのもとで働いていたといっていた。その由緒あるベーカーが火事になったのをきっかけにパーティーの仕事をまかされたのだと。偶然？　ニック・バックと関係のあるベーカリーの火事？　どう考えても偶然ではなさそうだ。

三番目の封筒は不動産会社からのもの。この物件を借りる賃貸契約の書類が入っている。どこかにパートナーの存在が出てこないかと一枚ずつめくっていった。保証人として書き込まれた名前を見つけて、思わず息を呑んだ。点線の上にはぞんざいな筆跡で『ジャネル・バブコック』と署名されていた。

ニックは物件を借りるために、元のボスの名前を無断で使用していたのだ。

〝ツー・ストライク〟。

気持ちに余裕が出てきた（正式文書にジャネルの名前があるのだから、わたしは押し入ったわけでも不法侵入したわけでもないと申し訳が立つ)。賃貸契約書類は全ページを写真に収めた。

ふと、わたしの鼻があるものを感知した。独特のつんとくるにおいが金属製のキャビネットから漂っている。キャビネットの扉をあけると、においの発生源があった――『アセトン』という表示の缶が三つ。

無色で可燃性のアセトンはたいていの除光液、ラッカー、ニスに使われている。ペンキをはがすものにも一部使われている。けれども、ここにはペンキもニスも見当たらない。なぜベーカーの厨房にこんなものが保管されているのか。アセトンは引火性が強く、放火などに使われる燃焼促進剤の上位二〇位にランクインしている――そしてこのベーカーは放火した張本人。

〝スリー・ストライクであなたはアウトよ、ニック・バック!〟

写真を何枚も撮った。焦げた耐熱手袋が一組、複数の缶の傍らに置かれているのがわかる構図で。

それから食品貯蔵庫に移動した。ここにも缶が複数ある。これもあきらかにジャネルのベーカリーから横流ししたものではない。彼女に一刻もはやく知らせなくては! この缶の〝中身〟は犯罪行為の裏付けになるだろう。そう思うと満足感が湧いた――たとえ料理に関する犯罪であっても。

とうとう、メモリーカードがいっぱいになり、カメラの警告音がビーッと鳴った。カメラから小さなカードを外してホルダーにしまい、コートのポケットに滑り込ませた。もうひとつカードはないかとカメラケースのなかをあさってみたけれど、入っていない。そろそろ引きあげろということだろう。

これだけ有利な立場に立つことができたのだから、もう潮時じゃない？

ここ数日間で初めて達成感を得た。不条理だらけの世界でほんのわずかでも正義をおこなったのだ。ニック・バックの悪事の裏付けとなるものを手に入れた。賃貸契約にはジャネルの名前が無断で使われているので、不法侵入の罪に問われるおそれはない。堂々と彼の悪事を暴いてやれる。

おまけに窓の外の光景から判断して、どうやらクリスマス・ストーカーがついに逮捕されたらしい——ミスター・DNAにいった通り、犯人はわたしの大事なバリスタではなかった。狭い通りは十台以上の警察車輛で埋まり、どこからともなく好奇心旺盛なニューヨークのやじ馬があつまってきた。これならたやすく抜け出せる。

食品用のエレベーターを使って出る必要などないわ。正面玄関から歩いて出て人の群れにまぎれてしまえばいいんじゃない？

上出来だという思いでほっとひと息ついて、カメラをケースにしまいながら出口に向かった。ところがドアノブに手を伸ばすと、あけることができない。その錠は外からも内側からもカギであけなければならないタイプのものだった。

それに気づいた瞬間、カチャッという錠の音とともにドアが大きくひらいた。じっと見つめると、戸口に立っている男性も驚いた表情を浮かべている。すぐに彼が気を取り直す。

「おや、これはこれは」ニックが猫なで声を出す。「あなたと淫《みだ》らなことをあれこれしたいと空想にふけっていたところだ——こうしてここで会えるなんて、クリスマスのささやかな願いが叶ったみたいだ」

49

いきなりニックが突進してきた。わたしを捕まえようと思えば、そうできたはず。けれども彼の視線はわたしのカメラケースに向けられている。ここでなにをしていたのか見当がついたのだろう。カメラを奪おうとする。

彼が両手でケースをぐいとひっぱり、ストラップがわたしの右手に絡んだ。思わず悲鳴をあげた。そのまま引っぱられて彼のほうにちかづいていく。蹴ろうとしてみたが、足は壁に当たった。

「写真を撮ったのか？」ささやくような声だ。熱い息が頬にかかる。「いっしょに見てみようじゃないか——」

ぱちっという音とともにストラップが切れた。わたしは後ろによろけ、ニックはカメラをリノリウムの床に叩きつけて粉々に砕いた。それから正面のドアをばたんと閉め、元通り錠をかける。

閉じ込められてしまった。このまま彼の餌食《えじき》になってしまうのだろうか。ニックはコートを脱いで、それからたっぷりとわたしを愚弄《ぐろう》するのだろうか。けれども予想は外れて、またもや突進してきた。怒りで目をぎらつかせ、口元には残忍な表情が浮かぶ。危うくつかまれそうになり、厨房のステンレス製のテーブルの上を転がってなんとかかわし、テーブルの反対側に着地した。

その先はフランスの寝室のコメディみたいな状況になった。男が女を追いかけてベッドのまわりを追いかける、という場面だ。ただしここは寝室ではなく、わたしはステンレス製のテーブルのまわりをぐるぐる追いかけられて必死に逃げている。笑える要素などひとつもない。

テーブルの周囲を何周かした後、ニックはわたしと窓のあいだに立った。計算ずくだとわかった。ここに来るとちゅう、通りに警察がいるのを見ているにちがいない。わたしが窓から助けを呼ぶのを阻止しようとしているのだ。

助けを呼ぶ手段は断たれ、ドアから逃げ出すには彼を殴って気を失わせ、ポケットをあさってカギを見つける以外ない。となると外に出る方法はあとひとつ。ここに来たのと同じ方法だ。さいわい食品用エレベーターの扉はあけっぱなしだ。タイミングをみはからって飛び込む。それに望みをかけるしかない。

ふいにチャンスが訪れた。ニックがテーブルの周囲をまわるのではなくテーブルを飛び越えてきたのだ。彼の力強い指がわたしの手首をつかみ、ねじる。あまりの痛さに悲鳴をあげて、もう一方の腕をふりまわしたら彼の側頭部に命中した。

ニックの息づかいが荒くなり、トップコートの前がひらく。うめき声を洩らしながらもわたしの手を放そうとしない。そこで、棚に並んでいるコンデンスミルクの缶をひとつつかんで彼の前腕めがけて落とした。

彼が悲鳴をあげてようやく手首を放したので、食品用エレベーターに飛び込んだ。

ブレーキを懸命にさがしたが、その必要はないと気づいた時には遅かった。あれほどジャネルにいわれたのに、ブレーキをかけて箱を固定しておくのを忘れていたのだ。その結果、あがる時よりも、かなり速く降りる羽目になった。

木製の箱は床に激突して木っ端みじんになった。わたしは頭から埃《ほこり》をかぶり、ショックのあまり歯がカタカタ鳴っている。けれどもあきれたことに無事だった——シャフトの上のほうからニック・バックが叫ぶ声もちゃんときこえた。

「手ぶらでとっとと失せろ！」

確かに、あなたにはそう見えるわよね……。

コートのポケットのなかにメモリーカードの四角いホルダーがまだあるのを確かめた。これでまちがいなく彼を有罪にできる。

エレベーターの扉を押しあけて外に転がり出た。木の破片でコートは破れてしまっている。コンクリートのフロアにそのまましばらく横たわって呼吸を整えたかったけれど、そんな余裕はない。ニックがわたしを追ってここに下りてくる可能性はまだある。

地下から一階への階段を懸命に駆けあがり、建物内の廊下を走り、正面のドアから出た。

冷たい空気が身にしみる。モッズコートが派手に破れているのでなおさらだ。すぐにサリバン通りの犯罪現場に向かったが、制服警察官たちに取り囲まれてしまった。

ジャネルがわたしを見つけていそいでやってきた。「エスターとパンチが警察に事情聴取されているわ。クリスマス・ストーカーはあなたの店の客だったのよ。わかるかしら、フレッドとかいう名前の——」

「それより」わたしは息を切らせながらジャネルにいった。「ここを離れなくては。ニック・バックはニューヨーク市警から釈放されたのよ。厨房に彼があらわれて危うく殺されそうになったわ！」

ジャネルがぽかんとした表情だ。「彼、釈放されたの!?」

「とても危険よ！」タクシーが角を曲がってサリバン通りに入ってくるのが見えたので夢中で手をふって停めた。「あなたの店に行きましょう、いますぐに」

「ここにいる警察官に、彼に襲われたことを伝えなくていいの？」

「ニューヨーク市警はすでにニックを釈放しているのよ。もっといいプランがあるわ。わたしは今夜、街を出る——そして明日ロリ・ソールズにもう一度、彼を逮捕してもらう」

ジャネルがうなずき、いそいでエスターに知らせにいった。パンチがエスターをビレッジブレンドに送っていってくれるというので、タクシーにはわたしたちふたりが乗ることになった。

ジャネルがわたしを押し込むように乗せてショルダーバッグを返してくれた。その間、わたしは急遽街を離れるプランについて説明した。

「どちらにしてもこの週末はワシントンDCのマイクのところに行く予定だったのよ。だから列車に乗るのを十二時間前倒しにするだけ」

「わたしの店から直接行けばいいわ。ニックはあなたがどこに住んでいるのか知っているから、自宅にはもどってはダメよ」破れたモッズコートの状態を彼女が調べる。「あたらしいコートを貸すわ。ネコの餌の世話も心配しないで」

「エスターが世話をしてくれると思う。週末にマイクのところで過ごす時には、彼女がジャヴァとフロシーの面倒を見てくれるのよ。カギも渡してあるし」

「あいつのところでどんな証拠を手に入れたの？」

「たくさん手に入れたわ。あなたのコンピューターでデジタルカメラのメモリーカードを読み込んでみましょう。それからソールズ刑事に電話して……」手首がずきんずきんと痛むし、腕にも痛みがあるけれど、唐突に笑いがこみあげてきた。

「なにがそんなにおかしいの？　外傷後ストレス反応《PTSR》みたいなもの？」

「いいえ。考えていたのよ、ニックのことをね。放火、偽造、窃盗——彼はそれだけでは足りないらしいわ」

「なにがいいたいの？」

「彼の食品貯蔵庫に半硬化油の缶があったわ。トランス脂肪酸を使ってクッキーを作っていたのね。あなたは知らなかったでしょう？」

彼女が息を呑み、頭を左右にふった。そして、わたしの笑いの発作が移ったように激しく笑い出した。

「やったわね。確かこの街では、そういうものを使ったら立派な犯罪になるはず！」

50

列車がペンシルベニア駅を出るとすぐに食堂車に飛び込んだ。ターキーのサンドイッチを手に客車の自分の座席にもどると、プラスチック製の折りたたみ式トレーの上で携帯電話が振動していた。

即座に出た。

「ソールズよ。あなたのほうで収穫があったというメッセージをきいたわ。それで——」

「どうしてなの、ロリ？　なぜニック・バックを釈放したの？」

それについて謝罪めいた言葉はいっさい口にせず、ロリは硬い声で事実だけを述べた。

「彼は潔白だったわ。血液も付着していなかったし、残渣物《ざんさ》もなし。そして彼の指紋とわたしたちが蛇口付近で見つけた血まみれの指紋とはあきらかにちがっていた」

「わかったわ。彼はリタを殺していない……」

わたしは大きく息を吸った。今夜リスクを冒して行動したことが水の泡となりませんようにと祈る思いだ。

「メッセージに残したけれど、ニックのベーカリーには彼の有罪を裏付ける証拠があったわ。

〈ソーベルズ〉のカギ、放火に使用できる燃焼促進剤、賃貸契約書の署名の偽造、そして盗んだ物資すべて。それについてはどうなの？」

「〈ソーベルズ〉の事件では消防部長に連絡を入れさせたわ。明朝にはジャネルに話をきく。ニックをふたたび勾留することになるでしょうね――彼が服役するのもまちがいないと思うわ」

ほっとしてクッションのついたヘッドレストにもたれた。「フレッドについてききたいわ。彼はあなたたちが追っていたストーカーなんでしょう？」

「ええ。フレッド・オールマンは連続暴行事件のすべてを自白したわ。彼のプロフィールはあなたが述べたものにおそろしく似ていた。自宅はニュージャージー、離婚し、不満を溜め込んでいた。仕事で降格させられ、若い女性に昇進を追い越された。そして薬物治療を受けている。あなたが推理した通りだったわ、コージー。エンディコット刑事もさすがに同意している――あなたに『みごとに負かされた』といっている」

負かされた？　ぐっと奥歯を噛み締めた。これはゲームではない。人の命の問題だというのに！

「フレッドはムーリンを殺したと自白したの？　リタについては？」質問を続けた。

「いまのところ殺人を否定しているわ。リタの件については彼にはアリバイがある。そして化粧室の蛇口の指紋とも一致しない。彼はまだ取調室にいるわ。ムーリンの件にもアリバイがあると主張している。社内のパーティーだったとかなんとか。彼にはまだ弁護士がついていないから、さらになにかを引き出せる可能性はあるわ」

「きっとなにも出てこないと思う……」

先週の金曜日に目撃したことをロリに伝えた。タクシーでビレッジブレンドに帰ると、フレッドと友人がそのタクシーに乗り込み、ダンテが彼らに手を貸していた。ふたりとも店に来る前には社内のパーティーに出ていた。

「フレッドのアリバイの裏付けは取れると思うわ。彼はあくまでもストーカーであって、ムーリンとリタを殺した犯人ではない。わたしはずっとそういい続けている。捜査はどうなるの？　ふり出しにもどるの？」

「リタに関してはそうはならないわ」

「そうなの？　容疑者はいったいだれ？　教えてちょうだい。忘れないでね、わたしはあのパーティー会場にいたのよ。参考になる情報を提供できると思う……」

「リタ・リモンは離婚問題がこじれて泥沼化していた。夫は彼女の資産の半分を寄越せと要求していた」

「確かにそれは動機になるけれど、犯行の機会は——」

「あったとわたしたちは考えている。ビクター・リモンはクッキー交換パーティー会場の正面玄関でひと悶着起こしていたの。彼は招待状を持っていなかったので店の警備員は門前払いした。ところが外でおこなわれたステージショーの後で警備の目を盗んで入り込んだ可能性がある。じっさい、それは可能だったそうよ。赤鼻のトナカイのショーが終わると子どもたちと親はわれさきにと店内に入った。会場に潜り込むつもりなら、そのタイミングで実行したでしょうね」

「もう連行したの？」

「まだよ。見張っている。問題は殺人に使われた凶器。発見できていないし、特定もできていない」

「特定できない？　どういうものなの？」

「検死官によれば、彼女の頭は斧のような凶器で割られているらしいわ」

「斧!?　元夫が玩具店に斧を持ち込んで、ふたたび持ち出したというの？　だれにも見つからずに！」

「さあ、どうなのかしら。鑑識班も困って、可能性のありそうな刃のついた凶器を広範囲に当たっているわ——斧、山刀、銃剣《バヨネット》まで」

「銃剣！」

「符号するものはまだ見つかっていない」

ずいぶん奇妙な話ね……。

「わかりました。凶器はともかく、リタが殺された事件の容疑者の候補は確実に絞られているということね。でもムーリンの件は？　真犯人を見つけて法の裁きを受けさせる方向に進んでいるの？」

重苦しい沈黙が続いた。

「行かなくては」ロリがひとことといって、電話は切れた。

身体は疲れ切っているのに、脳の活動は止まらない……。

リタの元夫はおおぜいのゲストでにぎわうクリスマス・パーティーのさなかに玩具店にこっそり侵入し、彼女の頭を斧――または斧以外の異様な凶器――で割り、その凶器を持って、ふたたびこっそり出ていったの？

ぞっとする。

リタの元夫は、先週のクッキー交換パーティーの犯罪現場を再現しようとしたのかもしれない。そうすれば警察は殴打による連続殺人と考えるだろう。でもなぜ斧――あるいは刃のついた凶器――を使ったの？

列車の暗い窓の外を見つめる。疲れ切った自分の顔ばかりが見える。やがて睡魔に襲われ、その先は死んだように眠りこけ、いつしか列車は――。

「起きてください。終点です！」

あくびをしながら、ジャネルから借りたコートを着てショルダーバッグを手に取った。ユニオン駅の荘厳な大理石の床をとぼとぼと歩き、ガラスのドアを押しあけて外に出ると、タクシー乗り場に向かった。

51

ワシントンに来るたびにつくづく思う。ここの空気はニューヨークよりも新鮮な香りがする。広場と公園はニューヨークよりもずっと広々としているように感じられる。しかし凍るような十二月の午前四時の暗さのなかでは、少々広々しすぎている。

コロンバスサークルには人っ子ひとりいない。車も走っていない。その様子に怖《お》じ気《け》づいてしまったけれど、マイク・クィンを起こすつもりは毛頭ない。彼はワーカホリックで、ほとんど休みなしに動き続ける。そんな彼の貴重な時間を奪うわけにはいかない。

それに、彼のアパートはこのキャピトルヒルにある。つまりタクシーに乗っても十分もからないはず。そしてわたしはなかに入るカギも持っている――だから待った。

ようやく来たタクシーでマサチューセッツ・アベニューを走る短いひととき、マイクの心地よくて温かいキングサイズのベッドに滑り込むところを想像した。

彼はわたしが午後いちばんに到着するものと思っている。ベッドで目覚めて隣にわたしがいるのを見つけたら、きっとよろこぶだろう。迎えにいく必要はなくなるし、さっそく朝食をつくってふたりで食べられる。

ポット一杯の熱いコーヒーとつくりたてのバターミルク・パンケーキをたっぷり食べたら、脳はきっとまた働くようになるだろう。そしてもっと筋道立てて考えられるようになるだろう。熱々のふわふわしたパンケーキをフライパンのなかでひっくり返すところを想像したらお腹が鳴り始めた。

あら。よけいなことを考えてしまった……。

前回来た時にマイクのアパートの冷凍庫にブルーベリーを入れたかどうかを思い出そうとした。もしあればブルーベリー・シロップをつくろう。なければメイプルバター・シロップをつくる。

タクシーがモダンな煉瓦造りのアパートの建物の前で停まると、支払いをして建物のなかに入った。フロントのデスクにいる男性が親しみを込めて手をふる。一週間おきに週末通うようになって五カ月経つのですっかりおなじみだ。

マイクが暮らしているのは十五階。小さなバルコニーからは国会議事堂のドームとワシントン記念塔を眺望できる。勤務先の司法省までは、その気になれば徒歩で行けるほどちかい。ナショナル・ギャラリーにもちかいので、緊急事態が起きて彼が数時間留守をする時には(土曜日でも日曜日でもそういうことがある)楽しく時間をつぶすことができる。

エレベーターのドアがひらき、バッグのなかから大きなリングにつけたカギの束を取り出した。彼のアパートのドアにはカギがふたつついている。あくびをしながらひとつ目の錠を外したが、指が凍えてしっかりとカギを持つことができない。ノブの錠をあけるために二本目のカギを確認しようとして二度も廊下に落としてしまい盛大な音を立てた。

やっとのことで、ドアをあけた。

室内は暗くぼんやりしているが、居間の窓から外の光が射し込んでいるので、カギを落としてもすぐにみつかった――そう、またしても大きな音を立てて落としてしまったのだ！

背後で重たいドアがバタンと閉まる。かがんだ体勢のまま、一瞬のうちに三つの重要なことを察知した――。
（一）とても大柄な人物がドアの向こう側に隠れていて、いま、こちらに迫ってきている。（二）わたしは自分の白いモッズコートではなく、ジャネルから借りた大きすぎる黒いコートを着てフードもかぶっている。（三）疲れてへとへとのコーヒーハウスのマネジャーと寝ぼけまなこのGメンが遭遇すると、睡眠が足りている時には思いもよらないバカバカしいことが起きる！
「きゃあああああ！」

マイクに手首をつかまれて拘束されるのは、この一週間で二度目。今回はやさしさのかけらもない――相手がわたしだと気づいていないのだ。得体の知れないなにものかがとんでもない時刻にアパートに侵入している、となれば、当然ながら彼のなかの叩きあげの警察官の本能が反応するというわけだ。

一連の滑らかな動きでマイクは冷たいスチール製の手錠をわたしの手首にはめた。手錠に強く嚙みつかれたように痛みが走る。右腕は背中側にぎゅっと引っぱられ、そこで左腕に出会う。カチリという大きな音がして、左右の手首は拘束された。ほぼ同時に右足が身体の下からすっと抜けて、どすっという音とともに倒れ、ラグマットに両頰で着地した。

なんてこと。またもやこんなことに……。

とはいえ、倒されたのが毛足の長い豪華なラグの上だったのはラッキーだった——そのうえ、彼に手首を折られなかった。ほんの一瞬、折れたかと思ったけれど。

「まさか」彼はわたしを仰向けに転がし、巨大なフードを外し、声を洩らした。「これはいったい……」

当惑した彼の顔を——そして大きな銃の床尾が揺れているのを——見て、わたしは何度も目をパチパチさせた。彼はパジャマのズボンをはいている(それ以外はほとんど身につけていない)。砂色の髪は寝乱れてぼさぼさで、青い目は充血して疲労がにじんでいる。足元は裸足、上半身は裸のまま、記録的な短時間のうちにショルダーホルスターを身につけていたのだ。

剝き出しの広い胸に革製のストラップを装着している姿は、映画『ランボー』の次回作にいますぐにでも出演できそう。これにむさくるしいもじゃもじゃの黒いウィッグ、長いヘッドバンドを加えて、口にナイフをくわえれば完璧だ。

「クレア?」

「おはよう、マイク」

52

目が覚めるとマイクのベッドにひとり、彼のパジャマの上を着て（それ以外はほとんどなにも身につけず）横になっていた。閉じたミニブラインド越しに遅い朝の光がちらちらと見える。だるさが残り、頭がはっきりしない。

わたしたちは愛し合ったのかしら？　それとも夢のなかのこと？

ぼんやりと、腕になにか冷たいものがあると気づいた。タオルを敷いた枕の上に傷のついた腕が乗せられている。チューブソックスに氷を入れたままにあわせの氷嚢《ひょうのう》が、腫れあがった手首のまわりに固定されている。

「マイク？」

「起きたか」やさしい声がして彼が寝室に入ってきた。

《ワシントンポスト》紙の一部を手に持っている。読書用メガネ——ワシントンDCでの勤務が始まってから使うようになったもので、マイクがかけると司書の半眼鏡がセクシーに見える——の縁越しにわたしをじっと見つめる。

今朝の彼はかなりリラックスしているようだ。ホルスターも、銃も、手錠も見当たらない。

長い足には着古したジーンズ、がっしりとした上半身にはニューヨークレイダーズのスウェットシャツを着ているだけ。それを見た瞬間、確信した。あれは夢ではなかった。マイクと愛し合ったのだ。

「コーヒーをいれるよ」

「それならわたしが――」

「動くな、コージー。いうことをきけ」彼はメガネをさっと外してふる。〝司書のランボー〟といった感じだ。「どこにも行かせない……」

わたしはにっこりして枕にもたれた。そして目だけを動かして寝室全体を眺めた。この家具付きの住まいは、マイクの一時的な特別任務のために司法省が用意したものだ。

オフィスの延長だと考えれば、じゅうぶんに快適だ。フィットネスルーム、屋上のプール、ビジネスセンターなどぜいたくな設備が整っている。家具は完備、床は堅木張り、キッチンには電化製品がそろっている。しかし内装はホテルのように没個性的で壁に掛かっているアートもオフィス向き――くすんだ風景画、カーペットにマッチする色合いのインクのシミが額装されたもの。

マイクのイーストビレッジのワンベッドルームはべつの警察官に又貸ししている。ここにはほとんど生活感が感じられない。わずかにドレッサーの鏡に数枚のスナップ写真が差し込まれ（彼の子どもたち、家族写真、そしてわたしの写真）ている以外は、私物の洗面道具、衣類、靴くらいのもの。

少しでも家庭らしい空間にしたくて、わたしも精一杯工夫してみた――いっしょにメリーランドとバージニアに出かけた際に手に入れた手作りの陶器、キルトの枕、フォルジャー・シェイクスピア・ライブラリーで見つけた楽しいポスター、彼が率いる薬物過剰摂取《OD》捜査班がマフィンを頬張っている写真、ビレッジブレンドで赤い目で写っている写真を数枚額に入れて飾った。

「さあどうぞ……」

マイクはあっという間に、湯気をあげるニューヨーク市警のマグをふたつ持って戻ってきた。コーヒーはわたしのホリデーブレンドだ（定期的にロースト仕立ての袋入りの豆を彼に送っている）。彼は豆を挽いていれる正しい方法をすっかりマスターしている。ナッツのような芳香、かすかにスパイシーなアロマの豊かな香りにうっとりしてしまう。

ひと口飲んでふうっと息をつくと、マイクが白い紙袋を見せた。

「朝食を買ってきた。すぐそばのあの小さなフランスパンの店で……」

袋のなかには、焼きたてのクロワッサン――チョコレート、チェリー、アーモンド、アップル。まあ、すてき。まだ温かいわ！

片手でパイ生地のペストリーとシナモンアップルを口に運ぶと、彼がもういっぽうの手をやさしく取りあげて氷を詰めたソックスを取り外す。その時に気づいた。警察官の手錠で氷を固定していたのだ。

「これはある種のユーモア？」わたしはたずねた。「それとも〝迎え酒〟という治療法？」

「効果があるならなんでもいいさ」彼が微笑む。「そして、じっさいに効いている。腫れはひいた……」けれども、わたしの腕の紫色を仔細に観察する彼の顔から笑みが消えていく。そして罪悪感がにじみ出る。

「マイク、そんなに自分を責めないで。電話しなかったわたしがいけないの。だいいち……この傷の大部分はあなたとは無関係よ」

その言葉の意味を理解するのに、彼は一瞬、考え込んだ。

「ほかのだれかが、きみをこんな目にあわせたのか？」

わたしはうなずいた。

彼の表情が硬くなる。「だれだ？」

「話せば長くなる……」

彼の青い目には激しい怒りの炎が見える。「話してくれ」

なにが起きたのかを洗いざらい話し、最後に、わたしが見つけた証拠をもとにロリ・ソールズはセント・ニック・バックをふたたび勾留するだろう、うまくいけばわたしがニューヨークに戻るまでにそうなるはずだと伝えた。

マイクの表情――正確には無表情――にはなんの変化も見られない。彼がなにをどう考えているのかは見当がつくけれど、言葉できちんといってもらいたい。

交際を始めてまもないころから、彼はこんなふうだった。「警察官のカーテン」が下りて黙り込む。取調室にいるような表情の奥で彼がなにを考えているのか知りたくて、わたしはああでもないこうでもないと考えた。

やがて交際が深まるとともに、そんなふうに推測する忍耐強さをわたしは失っていった。すべてをオープンに話してほしい、なにをどう感じているのかを伝えてほしい、わたしを信頼してほしいと訴えた。

「それで……？」彼に目で語りかける——〝なにを考えているのか話してくれなければ、騒ぐわよ！〟

彼が腕組みをする。「率直な感想をきいてせっかくの楽しい週末が台無しになってもいいのか？」

わたしはベッドにまたばたっと仰向けに倒れ込み、しっくいで仕上げられた天井を見つめた。「ニックのベーカリーに忍び込んだのは愚かだったと思っているのね」

「愚かとは思っていない、ただ——」

「無謀である。正しくなかった」

「そう、両方だ」

わたしは身体を起こし、彼と目を合わせた。「リタを殺した犯人についての推理はどう？彼女の元夫が連続殺人に見せかけようとしたのだとあなたは考えてる？　Mが殺された事件との関連性はほんとうにないと思う？」

マイクは首筋を揉む。返事に詰まっているのだ。沈黙が流れ、わたしの頭のなかでは「Mが殺された事件」という言葉がこだまのように反響した。そして昨夜のパーティーの記憶がよみがえった。

タッカー「これまでの芝居の経験をきかせてください」

ダニ「ケーブルテレビの連続殺人のドラマ『ウェクスラー』に一度出演したわ。エミリーという名前の少女を演じたの。セリフはちゃんと憶えていたのに、いつもまくきっかけがつかめなかった……ほかの俳優がちゃんと『ねえ、エム』とセリフをいっているのに、わたしは『ねえ、ダニ』といわれるのを待っていた」

〝ねえ、エム。ねえ、M……〟。

マイクの肩をつかんだ。

「わかった！　〝ムーリン〟というのはMの本当の名前ではないのよ！　絶対に！」

「どういうことだ？」

自分の仮説を説明した。女優としてぎりぎりの瀬戸際に立っているダニ・レイバーンのことから始め、店でひらいたスタッフミーティングのところまできた。

「先週の金曜日、一回目のクッキー交換パーティーの前にエスター、タッカー、わたしでカフェテーブルを囲んでクリスマスにかぶる愉快な帽子について話をしていたの。エスターがムーリンを呼んだのに、彼女は反応しなかった。〝M〟と呼びかけたら、ようやく話しかけられていることに気づいたわ。前にもそういうことがあった」

「それで？」

「彼女のほんとうの名前は、エミリー、エンマリン、エマのようなものだと思う。Mと呼んでくれと周囲にいったのは、賢いやり方ね。偽名を名乗りながらも、実名を呼ばれているように感じられる」

マイクの口の端がかすかに持ちあがる。おもしろがっているのだ。

「マイク？」

彼は無言のまま立ちあがり、隣の部屋に入っていく。そしてワイシャツ用の箱を持ってきた。ボール紙の箱にはシールの蝶結びのリボンが貼ってある。

「それは？」

「早めのクリスマス・プレゼントだ。きみのリクエストにこたえて」

わたしは目をパチパチさせ、思い出そうとする。「リクエストなんて――」

「している。あけてごらん」

53

ふたをあけると、箱のなかにはタイプで打ち出された書類の束が入っている。いったいどういうことなのだろう。初めの部分を読んだだけで、警察の取り調べの記録であるとわかった。

「これはなに？　まさか回顧録を執筆中なんていわないでね。ワシントンDCの任務のせいでそんな野心を持つようになってしまったの？」

「黙って——いいから読むんだ」

そのまま読み続け、数ページ進んだところで驚きのあまり口をあんぐりあけた。

「いったいどこでこれを手に入れたの？」

「カリンだ」

「なんですって？　カリンというのはだれ？」

マイクがにやにやする。「焼きもちか？」

「焼くべきなのかしら？」

「資産トレースの専門家の国際ネットワークだ。そんなのといっしょにベッドに入ってフレンチのペストリーを分け合うなどという下心はいっさいないから安心していい」

「どういうこと?」

「CARIN《カリン》というのは、カムデン資産回復関係機関ネットワークの頭文字を取った名称だ。そこに友人がいてCAB《キャブ》との橋渡し役をしてくれる」

「キャブといえばタクシーだけど、まさかタクシーの運転手を指しているわけではないわね?」

「CABは犯罪資産局の頭文字をつなげたものだ。本拠地はダブリン」

いよいよアルファベットまみれになってきたわ。

「かいつまんで話してもらえるかしら。さもなければ今日は一日、ふたりともこのベッドから出られないわ」

彼が片方の眉をあげる。「それもいいな」

「さあ、どうかしら。話して……」

彼が話を始めた。

マイクは長年、麻薬犯罪の捜査を手がけ、国際裁判管轄となるような事件にも対処してきた。麻薬のディーラーは資金と資産を世界じゅうに移動させるため、CARINから要請を受けてマイクが協力をしているという。

そのCARINに、マイクはわたしのために協力を求めたのだ。

彼はまずロリ・ソールズに電話してMの指紋の電子コピーを送ってもらい、そのコピーを

ＣＡＲＩＮの窓口役の人物に送った。その人物がマイクにＣＡＢのエージェントを紹介したのだ。ＣＡＢというのは、アイルランド警察――ガルダという呼び名でも知られている――の、ある部署を指す。数日以内にダブリンから、五年前の「証拠書類」が送られてきた。警察の部外秘の調書だ。

「これはムーリン・ファガンに関する調書ではない……」わたしはページを繰っていく。

「エマ・ブロフィーという名前の女性を取り調べた記録」

「そうだ。きみがたったいまいったように」マイクにかすかな微笑みがもどってきた。「Ｍの本当の名前はムーリンではなかった。〝エマ〟だった」

調書を読み進め、Ｍがどんな犯罪で告発されたのかを理解しようとした。

「盗品についての取り調べね。でも彼女が盗んだわけではない」

「そうだ。その先を読んで」

さらに読むと概要があきらかになった。Ｍ（またの名をエマ・ブロフィー）は深夜まで営業するバー――アイルランド人がナイトクラブと呼ぶ店――でずっと働いていた。裕福な若者たちに人気の店だった。

そのナイトクラブの駐車場には専用の係員が配置されており、クラブのオーナーのひとりは身内を通じて犯罪組織とつながっていた。その人物を中心として国際的な自動車窃盗団が結成された。

高級車が駐車すると合鍵をつくり、窃盗団のメンバーが一定期間その車を追跡し、チャンスをみはからって車を奪い、直接波止場に乗りつけて船に積み、外国で転売するという手口だった。

窃盗団の下っ端のメンバーがそのクラブでバーテンダーとして働き、地元のバンドで演奏活動をしていた。彼はエマ（M）と交際を始めた。彼女は交際相手が犯罪行為に手を染めているとはまったく気づいていなかった。

その若者コーマックはMにあれこれプレゼントをするようになった――薄型テレビ、電子機器類、ブランドものの服などを。それが盗品だとは彼女は露ほども知らなかった。クラブのオーナーは、コーマックと駐車係をしている彼の親友が車のカギ以外のものまで複製をつくっていることに気づいていなかった。彼らは客の家のカギも手に入れ、侵入しては金目のものを盗んだ。欲にかられてずるずると犯行をくり返し、やがて彼らは捕まることになる。

クリスマスまであと少しというころにコーマックはエマの住まいを訪れた。包装した贈り物を彼女に渡し、これはきみへのプレゼントではないのであけないでくれ、ツリーの下に置いてほしいと頼んだ。

この時すでにMは、恋人が犯罪行為にかかわっているのではないかと疑うようになっていた。彼が帰った後で包みをあけてみると、中身はピストルだった。

包装し直してなにも気づいていないふりをした。が、恋人から真相を引き出そうと質問を重ねた。ある晩、彼は深酒をして酔っ払い、盗みをしていることを打ち明けた――真実はワインのなかにあり。Mは恋人をきつくたしなめた。

Mはコーマックに、ひどくショックを受けて嫌悪感をおぼえると訴え、法を破るのは止めてくれと頼んだ。恋人を警察に密告したくはなかったが、彼がやってきたことには心底嫌気がさした。悶々とした気持ちのままベッドに入り、目が覚めるととんでもない事態が待っていた。

タレコミの情報をもとに警察が彼女の住まいに乗り込んできたのだ。コーマックは逃げ出して窓の格子をつたって屋根にのぼった。そのまま逃亡して東欧に身を隠したらしい。

いっぽう、エマ・ブロフィーは盗品を受け取ったとして逮捕された。彼女は恋人からきいた窃盗団についての情報をすべて警察に伝えた。どのように活動しているのか、だれが関与しているのかといったこともすべて。

押収された銃は殺人にも使われていた。それを知ったMは覚悟を決めた。ガルダと取引して、自ら盗聴器をつけて窃盗団のメンバーに有罪を認めさせた。そのなかにはコーマックの兄も含まれていた。Mは彼らに対し不利な証言をすることにも応じた。

それと引き換えにMは自分と年下の従妹の保護を警察に求めた。ダブリンのベーカリーで働く従妹とMは親友同士で、そろってアメリカに移住することを望んだ。マイクによると、当局はふたりが大西洋の向こうであたらしい人生を始めるために必要な書類を用意したそうだ。

「それで、彼らはふたりをどこに移したの?」書類をめくりながらマイクにたずねた。

「そこには書かれていない。そして橋渡し役の人物の口からもきけなかった。おそらくガルダのどこにもその情報は記録されていないのだろう。警察が立件するためにエマが協力すると同意した後、彼女に関する罪状はすべて取り下げられ、前科のない状態で出国した」

「そういうことなのね……それでMはアメリカに約五年前に来た。でも大家のデイブ・ブライスは、彼女が街に来て部屋を借りたのは二年前だといっていたわ。それまでの三年間はどこにいたのかしら？」

「それを知ってどうする？」

「彼女の人生をもっとよく知っておきたいの。時系列に沿って……」

マイクが首を横にふる。「それならはっきりしている。きみが知りたがっていることは、このなかにある」彼が書類をトントンと叩く。「コーマックは罪を逃れて逃亡した。彼はまだ野放しの状態だ」

「それは……」

「そうだ」

わたしは書類を見つめ、その論理を理解した。

「Mの無惨な殺され方は痴情のもつれによる犯罪に符号する。そしてMはさいきんの日記に、ある〝手紙〟がなにもかも変えたと書いていた。ロリ・ソールズが教えてくれた――肝心の手紙はまだ見つかっていないけれど。コーマックからの手紙でしょうね、きっと。Mを殺した犯人はMの知り合いだったはず。あなたからの情報ですべてのつじつまが合う。ただ……」

「どうした？」

「なぜコーマックはクッキー交換パーティーのさなかに殺そうとしたのかしら。あんなに人目がある場所で。なぜそんなリスクを冒したの？　それに公園の敷石を使った理由もわからない。あまりにも愚かだわ」

「その男の過去の愚かな行動を思えば、とつぜん賢くなるほうが怪しいと思うが」

「でも、Mを殺して彼にいったいなんの得があるの？　復讐？　むしろ捕まる可能性が高くなるようにしか思えない」

「復讐による殺人は珍しいことではない。ガルダも同じ考えだ」

「ということは、ガルダはいまコーマックの行方を追っているの？」

「コーマックだけではない。ガルダはエマ・ブロフィーに不利な証言をされて有罪となった者たちの縁者にも目を光らせている。彼らのうち、過去半年以内にアメリカにわたった者は取り調べを受けるはずだ。尋問を受けるかもしれない」

「それなら、わたしにできることはもうないのかしら」

「そうだな。しかしきみのおかげで、こうして糸口が見つかった。この書類の写しをロリ・ソールズに送っている。彼女とフレッチャー・エンディコットはアイルランドの警察と連絡を取り合いながら、海のこちら側の捜査を進めるだろう。きみがわたしに相談してくれなければ、こうはいかなかった。きみのお手柄だ。ロリとエンディコットも、いずれこうした過去のいきさつを掘り起こしていたかもしれない――が、それでは貴重な時間を無駄にすることになっただろう。きみの飽くなき好奇心のおかげだ」

わたしはうなずいた。しかしMがあんなふうに無惨に殺された。それにまつわることで褒められても、少しもよろこべない。マイクにもそれは伝わったらしい。彼がわたしにぐっと身を寄せた。

「きみの昨夜の行動についてのわたしの発言だが――あれはまちがっていたな」やわらかな声だ。

「どういう意味？」

「身の安全を考えなかったという点で、ベーカリーに侵入したのはまちがった行動といえるかもしれない。しかしニックという卑劣な男は犯罪者だった。きみは正しかった」

「ありがとう」

「食品用エレベーターに乗ったことは無謀だったが、パンチが襲われたのを見てバックアップの女性ふたりを助けにいかせたきみは勇敢で自己犠牲的だった」

「なにがいいたいの？」

「そうだな……深いところできみはなにかに突き動かされている。わたしも同じだ。長年悪戦苦闘している。きみは、真実を突きとめることに関しては粘り強い。しかし悪者に裁きを与えるという点に関しては、少々性急なところがある」

「それは悪いこと？」

「いや」彼がわたしを見つめる。「それは、わたしがきみを愛する理由のひとつだ。たくさんある理由のひとつだ」

それをきいて、わたしはにっこりした。

「しかし慎重さを欠けば」静かに警告する口調で彼が続ける。「その性急さが真のトラブルを招く。そのことを忘れないでもらいたい」

「はい。誓います」

マイクのくちびるの端がかすかにあがる。「いい言葉だ」

「そう？」

「こうして離ればなれでいるのは決して楽なことではない。いつかきっと、証人の立ち会いのもとでたがいにその言葉を口にする日が来ると信じている」

「誓える？」

「はい、誓います」

彼の言葉がうれしくて、なにかお返しをしたくてたまらなくなった。

「いいものがあるわ……」ナイトスタンドの上のバッグを手にとった。そしてなかからサプライズのプレゼントを取り出した。リン、リン、リン……。

「それは？」

「ささやかなクリスマスの贈り物。ビレッジブレンドからよ」

青い地に白い雪の結晶の柄のあるウールの長いマフラーだ。青はビレッジブレンドのカラー。長いマフラーには鈴がいくつもついていてチリンチリンと鳴る。

「今年はバリスタ全員にこれをクリスマス・プレゼントとして贈っているの」

マイクが笑い声をあげた。「ジングルベルがついたマフラーを巻くのか？　フェデラル・トライアングルで？」

「そうよ。これはクリスマスのハッピーな気分の象徴よ。冬の数カ月間、このマフラーがあれば快適に過ごせるわ」

やわらかなマフラーを彼の首に巻きつけた。彼が微笑む。マフラーの両端をそっと引くと鈴が陽気にチリンチリンと鳴った。そのまま彼を引き寄せてくちびるを重ねた。それから二日間わたしたちは熱い情熱を燃やし、離れて過ごす一週間のぶんまでたっぷりとぬくもりを分け合った。

54

火曜日の午後には復帰していた――コーヒーハウスの仕事に。マイクから知らされたアイルランドのギャングについての事実はあまりにも衝撃的で、Mの事件に関してわたしができることはもうなにもないと思っていた。けれども、それはまちがった思い込みだった。

エスプレッソを用意してノートパソコンの前に座ったとたん、マダムがさっそうと入ってきた。クリスマスのカラフルなショッピングバッグをふたつ盛大に揺らしながら、わたしのテーブルの前まで一目散にやってくると、いきなり苦情をぶつけた――。

「わたしの祖母の祖母は凄腕の仲人だったのよ。だからいつかわたしもその方面で才能を開花させたいと長年ひそかに思い続けていたわ。それなのに、よもやあなたにその夢をつぶされるなんて！」

「わたしが？」

「そうですよ！　せっかく孫娘に幸せな結婚のイメージを吹き込もうとしているのに、あなたはあの公園でエマヌエル・フランコがスケートをしている写真をまだジョイに送っていないなんて。それでは台無しじゃないの」

わたしは目をぱちくりさせる。「『幸せな結婚』と『エマヌエル・フランコ』という言葉を結びつけるのは、なんだかむずかしいですね。きっとジョイの父親も同じだと思いますよ。まちがいなく」

「ふん！」マダムはふてくされて、椅子にどさっと座り込む。「マテオの気持ちなんて、考えてやる必要はありませんよ」

「それは、マダムが曾孫《ひまご》を欲しくてしかたないから、ですか？」

マダムがにんまりとする。「ふたりくらいいてもいいわね。男の子と――女の子。それも、同時に！　ああ、双子ってきっと楽しいわよ、きっと！」

「わたしの娘が同意するかどうかは、わかりませんけれど、でも……やりましょう。いますぐジョイに写真を送ります」

ノートパソコンのブライアントパークの写真のファイルをあけると、ボリスがいれたてのエスプレッソと焼いたばかりのチョコレートキャンディケーン・クッキーを皿に盛って運んできた。それをテーブルに置いてから彼がスクリーンを指さした。

「わあ、すごくかわいいな！　小さなガリーナ・クリコフスカヤみたいだ！」

「これはモリー・クィンよ、わたしのボーイフレンドの愛娘」つぎつぎに写真を見せながら説明した。

ボリスが指さす。「これ！　ほら……モリーは『眠れる森の美女』の真似をしている。ガリーナ・クリコフスカヤの有名な氷上のバレエです。彼女は世界じゅうのスケートショーで何年も前からチャイコフスキーの音楽で滑っているんです。この小さな女の子、両手を枕の形にして頭をそこに乗せるポーズをしていますね。すてきだなあ……」

「フィギアスケートの元オリンピック選手ね。確かにモリーは彼女のファンよ」

ボリスがうなずく。「それなら、きっとボスのことも大好きですね」

「わたしを？　もう一年以上スケートはしていないわ——」

「でもボスはガリーナにそっくりですからね」

わたしは目玉をくるりとまわした。「なにをいいだすの」

「ほんとうに似ています！」彼がいい張る。「年齢はほぼ同じくらいですよ。焼きあがったクッキーをオーブンから出してきますから、その後で写真を持ってきます」ボリスはカウンターの奥にもどっていった。

「フランコの写真はまだ？」マダムがたずねた。

素早くつぎの写真を出した。

「あら、とてもすてき」マダムが甘い声を出す。

その写真を見てみた——でも甘い声を出す気にはなれない。フランコがジェレミーとモリーと手をつないでいる姿はとても微笑ましいけれど、どうしても嫌な記憶がよみがえってしまう。背景にぼんやりと見えるメリーゴーラウンドの暗がりでわたしはMの亡骸を見つけたのだ。

マダムがわたしの腕にふれた。「クレア、ちゃんときこえている？」

「すみません、ちょっと考えごとをしていたもので」わたしはスクリーンを軽く叩いた。「ここでMが殺されていたんです。この写真を撮った直後に」

マダムの顔が曇る。「警察の捜査にはなにか進展があったのかしら？」

マイクが手に入れた情報をマダムに伝えた。基本的な事実に関しても。「ムーリン・ファガンの本当の名前はエマ・ブロフィーでした」

「まあ……」マダムが顎をトントンと打つ。「インターネットでその女の子の本名を検索すれば、もっとなにかわかるかもしれないわね。試してみた？」

わたしはうなずいた。「天文学的な数の件数にヒットしました。八十万件を超えます。フェイスブックのページ。ハイスクールの卒業アルバム。ツイッター。出会い系サイト。Mがアメリカに来てニューヨークで暮らすまでの三年間どこで過ごしたのか、調べたいのは山々ですけど……」

わたしは肩をすくめた。「でもマイクのアドバイスを受け入れて、なにもしないことにしました。ニューヨークではロリ・ソールズが、アイルランドではガルダが捜査に取り組んでいます。マイクの友人のFBI捜査官はコーマックと彼の仲間を調べているでしょうし。プロにできないことを、コーヒーハウスのマネジャーにできるはずがありませんよね？」

ふたたび画像をじっと見つめる。今回は人物の向こうのメリーゴーラウンドの暗がりに注目した。

「これはなにかしら？」わたしはまばたきをし、画面にぐっと顔を寄せた。マダムも顔をちかづけたのでおたがいの頭がぶつかった。

「これは星。さもなければ青い点ね！」マダムが断言する。

写真を画像編集のソフトに移動して拡大した。青い点は青いシミになった。さらに拡大すると、シミは見覚えのある明るいブルーのロゴになった——レイダーズのホッケーチームのシンボルだ。

「スケートのバッグだわ。ほら、三角形をしている。だれかがメリーゴーラウンドの木馬にこれを引っ掛けたんだわ」わたしはマダムのほうを向いた。「Mの遺体を見つけた時には、このバッグはなかった！　つまりどういうことか、わかります？　このバッグは殺人犯のもの。Mがここに来るのを待っていた人物のもの！」

「この写真に殺人犯が写っている可能性はあるかしら？」

画像の別の部分を拡大し、さらに別の部分を拡大した。「ここ！」わたしは画面をトントンと叩く。「シルエットですよ！」

マダムが疑わしげに首を横にふる。「シルエットに見えないこともないけれど」

「そうですね。たとえこれが人物であっても、細部までは全然わからないし。男性か女性かどうかも。あの晩、ロス・パケットは子どもたちのためにスケートをした。もしかしたら彼のバッグかもしれない」

「さあどうかしら。あの晩はレイダーズのファンが出席していたでしょう。レイダーズのバックパックを持っている若い人たちを何人も見たわ。親御さんやシッターもレイダーズのスケートバッグを持っていたし」

「確かにそうですね。でもこれはきっと重大な意味があるはず――」

ビング・クロスビーが歌う『ホワイト・クリスマス』が静かな店内にかすかに流れてきた。

顔をあげると、ビッキ・グロックナーが保存庫のスペースから出てきた。

「またひとつ、ツリーの下にシークレットサンタの贈り物が置かれました」タッカーが声を張りあげた。

「ちがうわ、その逆よ……」ビッキがため息とともにいう。「ひとつ減らしたの。Mに贈るつもりだった〈パープルレタス〉のチケット。ロングアイランドの従兄弟に送るわ。彼、大ファンだから」

Mも大ファンだった。

彼女が殺された晩、ビッキはMが〈パープルレタス〉のファンで、彼らがロングアイランドで活動をスタートさせた時から追いかけていたのだと話した。

〝待って。彼らがロングアイランドで活動をスタートさせた時からですって!?〟

「ビッキ！」わたしは叫んだ。「〈パープルレタス〉が活動を始めたのはいつ？」

彼女は肩をすくめる。「少なくとも四年前からですね」

わたしはマダムを見た。「『エマ・ブロフィー』と『ロングアイランド』で検索して、なにが出てくるのか、試してみます……」

「シークレットサンタの棚にM宛てのプレゼントがもうひとつあるわ。知っている？」懸命にタイプしていると、ビッキがタッカーにいうのがきこえた。

「たぶん、ダンテからのプレゼントだな。いまのところは、そのままにしておこう……」タッカーの声は沈んでいる。

めざす「エマ・ブロフィー」は見つからない。でもあきらめるつもりはない。検索の対象を『ブロフィー』と『ロングアイランド』に変えてみると、これが大正解だった。

ようやく調べ甲斐のありそうな金の鉱脈を掘り当てた。

55

マダムは見栄を張って老眼鏡を〝忘れて〟きたので、わたしが《ロングアイランド・ニューズデー》の記事を音読した。

「『ベーカーのアシスタント、深夜の激しい衝突事故で死亡』と見出しにあります。日付は昨年の十二月です」

記事によると被害者はケイトリン・ブロフィー、二十二歳。アイルランドから移住してきて日が浅い。地元のベーカリーの上階の住居で眠っていたところ、最新モデルのＢＭＷのコンバーティブルが建物に衝突し、オーブンにつながるガス管が損傷して火がついた。オーナーはその建物に住んでいなかったので無事だった。しかし若いアシスタントは助からなかった。運転者は現場から逃走し、行方はつかめていない」

続報はさらに衝撃的だった。

「これを見て！」わたしは叫んだ。「建物に突っ込んだ車の所有者はレイダーズのホッケーチームのキャプテン、ロス・パケット！」

マダムはデミタスカップを取り落としそうになった。「彼が運転していたの？」

「パケットは、事故直後、車が盗難にあったと届け出た。これ以外にはなにも見つからないので、彼は罪に問われなかったと考えられます。それ以降はぱったり報道がとだえているわ」

わたしは手をふってタッカーに合図してカフェインの追加を頼んだ。

頭が猛然と働いている。「ケイトリンが亡くなったのは、ちょうど一年前くらいです。デイブ・ブライスが、確かなにかいっていたはず。昨年のこの時期、Mが自室で泣きじゃくっているのをきいたそうです。翌日、Mは彼からお金を借りて黒い服を買っています。喪服を」

またマダムと顔を見合わせた。

「ケイトリンはマイクがダブリンから取り寄せた書類に『従妹』と記されていた人物にちがいない――その彼女はロス・パケットの車で殺された！　そしてMが殺される直前にまたもやロスが姿をあらわした？　車が盗まれたというのが本当かどうかは別として、これは偶然というにはあまりにも……」（マイクが偶然というものに対してどういう態度を取るのか、わたしにはよくわかっている）

「ではリタ・リモンの場合は？」マダムがたずねる。

「ロリ・ソールズ刑事は別の人物の犯行だと考えています。リタの元夫が目下有力な容疑者です」

マダムが片方の眉をあげる。「あなたの彼氏はアイルランドの犯罪と関係があると考えているんでしょう？　その結びつきはどうなるの？」

「もとはといえば、アイルランドにいた時にMのボーイフレンドが車の盗みに手を染めたところからトラブルは始まったんです。Mはボーイフレンドに不利な証言をし、彼は逃亡した。コーマックというその男はアメリカに来て復讐を企てたのかもしれません」

「それでは、アイルランドでギャングをしていたその男がアメリカに来てロス・パケットの車を盗んだあげくケイトリンを殺したというの？　そして一年後、ストーカー事件の犯人を装ってMを襲ったの？」

「わかっています」わたしは首を横にふりながらこたえる。「確かに、少々飛躍しているかもしれません。でもこう考えてみたらどうかしら。コーマックあるいは彼の仲間がアメリカに来た目的は、復讐と車を盗む以外にもあった」

「たとえば、どんな？」

「たとえば、スポーツを対象としたある種の賭けの運営を始めようとしていた。ロス・パケットはそれに関与しているのかもしれない。ひょっとしたら彼は時々試合で得点を操作して報酬を得たのかもしれない」

「それはあなたのお父さん譲りの発想ね」賛成しかねる、といいたげだ。

「そうかもしれません……あのホッケーのキャプテンとじかに話をする必要がありますね。防具のなかに隠し持っている真実を引き出したい」

「彼はつぎのクッキー交換パーティーに招待されているはずよ」

「数日後ですね。出席しないという可能性もじゅうぶんにありますね。どちらにしても子ども向けのパーティーでは、あまり収穫は期待できないかもしれません。ロスは強いお酒が好きなんです。大量に飲ませて酔っ払わせてしまえば、非凡な天才プレーヤーの口から意外な事実が出てくるかもしれないんですが」

わたしは携帯電話を取り出した。「いまわかっていることをロリ・ソールズ刑事に伝えておきましょう……」

二度目の呼び出し音で彼女が出た。「なにかあった？」

「わかったことがあるの……」デジタルカメラの写真、ロス・パケットへの疑惑、ケイトリン・ブロフィーが殺された件について話した。ロリからはひとこともコメントが返ってこない。あまりにも沈黙が続くので、こちらからきいてみた――。

「どう思う？」

「いまメモを取っているの……」

彼女がなにもいわないので、さらにたずねた。

「捜査の進展状況はどう？」

彼女がはあっと息を吐いた。「鑑識班のおかげで、わたしたち頭がどうにかなってしまいそう。彼らは刃のついた凶器にこだわってテストを繰り返しているの。リタ・リモンの頭の傷に一致するものを見つけようとしている。いちばんあたらしいところではグルカナイフに取り組んでいたわ」

わたしはふたたびコンピューターの画面の隅に視線をやった。拡大した写真に写ったレイダーズのロゴのついた三角形のバッグ。そしてロリにいった——。

「スケート靴を調べてみて」

「スケート靴？　殺人犯がスケート靴を凶器として使ったなんて、どこから思いついたの？」

「ただの直感。自分で撮った写真を見て思いついたの。メールで送るわね……」

「わかった。助かるわ。スケート靴を提案してみる」

「ぜひそうして。じゃあ——」

「ちょっと待って。ひとつききたいことがあるの」

それがダニ・レイバーンのベビーシッターについての質問だったので、驚いた。ロリが描写する女性は、先週の金曜日に玩具店でリタのそばを離れた後にエスカレーターのところで出会ったシッターにちがいない。

「あのクッキー交換パーティー以来、そのシッターとなにか接触はあった？」

「いいえ。彼女は重要参考人なの？」

「ニューヨーク市警は彼女から事情をききたいと考えている、としかこたえられないわ。でも、どうやら行方不明になっているらしい」

「行方不明、さもなければ……」

「行方不明、でしょうね。助言に感謝するわ、コージー。もう行かなくては」

電話が切れた時、ちょうどタッカーがエスプレッソを運んできてくれた。ボリスもやってきた。手にした《スポーツ・イラストレイテッド》誌をふりながら。
「クッキーを冷ましています。その間にこの表紙を見てもらいたくて。ね？　ガリーナ・クリコフスカヤと絶対に似ていますよ」
表紙の女性は美しい。しかし好奇心をそそられたのは、見出しとサブタイトルだった。

ガリーナ、わたしたちはきみを愛している
映画プロデューサー、ブライアン・ケリー、ハウス・オブ・フェン、プロホッケー選手ロス・パケットはなぜそろいもそろってガリーナ・クリコフスカヤを氷上で最高のスターと考えるのか？

「そしてここです」ボリスはページをめくっていく。「ガリーナの練習風景……」
写真をろくに見ることができない。目は忙しく本文を追っている。

「ガリーナのレオタードが着られるなら、ホッケーなんか止めてフィギアスケートに転向しますよ」レイダーズのキャプテン、ロス・パケットは語る……。

マダムの近視は奇跡的に治り、わたしの肩越しにその文章を読んでいる。

「あらまあ……これならきっとミスター・パケットはころっと騙されるわ。あなたがガリーナ・クリコフスカヤのふりをしても」

「そんなの無理です！」

しかしタッカーは興奮した様子でうなずいている。

「まかせて、うまいこと変身させてみせますよ！　少々メイクして、それらしい服を着て、体型を補正して――」

「体型を補正って！」

「いくつか、動きも教えておきましょう。ガリーナがやっている『眠れる森の美女』みたいなのを。なに、かんたんかんたん」

「じゃあ、わたしは偉大なガリーナに変装してバークレイズ・センターのスケートリンクに乗り込んで、ロス・パケットに会いたいといえばいいの？」

「じつはね、マテオとブリアンが今夜バークレイズ・センターでのパーティーに出席するのよ」マダムがいう。「マテオの話では、確かレイダーズが後援するパーティーだそうよ。ミスター・パケットが出席すると断言はできないけれど、試してみる価値はありそうね」

肩にタッカーの手が置かれるのを感じた。「運命ですよ、ＣＣ」

「スケートは滑れないわ」わたしは抵抗する。「オリンピック選手みたいには」

「大丈夫ですって。クリスマスのパーティーですからね。滑ってくれなんてだれもいいませんよ！」タッカーが断言する。

「ロシア語なんて話せない！」

マダムがにんまりする。

「ボリスは話せるわ。彼に教えてもらいましょう」

「もっといいアイデアがあります。通訳します！」ボリスだ。「それなら、そのいかにも優雅なホッケー・パーティーに行ける」

「マテオは絶対に承知しないわ。それにブリアンもいっしょでしょう？　この話はなかったことにしましょう」

「きいてみなくてはわからないわ」マダムが立ちあがる。「わたしからもマテオにはたらきかけてみるわ。成果をかならず結果を知らせてね」

「わたしを見捨てるんですか？」哀れっぽい声になった。

「今夜はオットーが主催するクリスマス・パーティーなの。だから出席しないわけにいかないのよ。ああ忙しい、忙しい……さようなら《オ・ルヴォワール》！」マダムは荷物をまとめて持つと、のんびりした足取りでドアから出ていった。

わたしはタッカーとボリスを見あげる。ふたりはわくわくした表情でにっこりと笑顔を返す。

「わかったわ。マテオに電話する。でもね、いっておくけれど彼は絶対に、なにがどうあっても賛成しないわよ」

56

ブリアン・ソマーのストレッチ・リムジンの車内はあまりにも張りつめた雰囲気で、スケート靴の刃で切り裂くことができそう。

車に乗り込んでからというもの、ベテランのファッショニスタ、ブリアンはひとことも口をきいていない。彼女のむっつりとした態度は車内の空気を重苦しいものにしている。銀色の細身のシースドレスとパシュミナのストールをきらびやかにまとっているブリアンの隣には、マテオ・アレグロが苦虫を嚙みつぶしたような表情で座っている。さっそうとした出で立ちの彼は妻と同様にむっつりと黙り込んでいる。わたしは彼らと向かい合わせに座っている。イーストサイドの住まいからブルックリンのバークレイズ・センターまでの車中、ブリアンは外の景色をじっと見つめ続けている。

わたしの「通訳」のボリスだけは、楽しんでいるようだ。フェンのフォーマルウェアに身を包んだ彼はカフスボタンをすでに十回ほどあれこれいじってはにこにこしている。

「イエーーい、ジェームズ・ボンドみたいにハンサムになった気分だ」

ボリスは姿見に全身を映してきっぱりといった。シンデレラ顔負けの彼の変身をエスターが見るチャンスがありますように。衣装を彼が返す前にぜひともエスターが見られますようにと祈った。

わたしの仮装舞踏会の導入部は、まるでリアリティ番組のワンシーンのようだった。

マテオの説得で妻のブリアンはわたしたちのペテンを成功させるために〝クレアの全面改造〟を引き受けた。彼女がどんな交換条件を出したのか、わたしは確かめていない。特別な便宜？　さらにきつい束縛？　マテオは悪魔と血の契約を結ばされたの？　はっきりしているのは、変装するからには徹底すべきとブリアンが主張したこと。そのためにサットンプレイスのペントハウスの自宅に美容師一名、ワードローブのスペシャリスト二名、ファッション編集者一名をそろえてタッカー、ボリス、わたしを呼んだ。

それだけのエキスパートが顔をそろえていたにもかかわらず、この作品の指揮を執ったのはタッカーだった。長年の芝居の経験を活かし、演劇人の目で髪の色から衣装まであらゆる決断をおこなった。

まずは、わたしがセールで買ったセーターとストーンウォッシュのデニムの姿を全員がじっくりと観察した。一人ひとり順繰りにわたしの顎に手を当てて、値踏みするようにじっと目を凝らす。さらに頭のてっぺんから足のつま先まで査定するようにしげしげと見る（気持ちのいいものではない）。

「ボリスのいう通り、顔はクリコフスカヤに似ている。しかし似ているのはそこまで。スタイルはクリコフスカヤよりもずっと……〝豪勢〟と表現すべきかな？　ガリーナもお尻にそういう〝詰め物〟をすれば、アイスダンスの練習中に何度転んでも楽だっただろう」タッカーはてきぱきとした口調だ。

「まあ、なんと如才ない表現でしょう」

美容師がぐっと身を寄せ、わたしの栗色の髪を軽くなでる。

「すてきな色。毛先まで健康そのもの。ガリーナに比べれば、かなり明るすぎるけれど。急いで黒く染めましょう。それからエメラルドグリーンの目はまずいですね。ミス・クリコフスカヤの目は鮮やかなサファイアブルーですから」

タッカーがうなずく。「コンタクトを合わせる時間がないな。雪目でいくしかない」

「なんですって？」

「『ガリーナ・クリコフスカヤは人生で二度、雪目を煩っている』」タッカーが《スポーツ・イラストレイテッド》誌の彼女のプロフィールを読みあげた。「『一度目は、彼女が十代のころ、〝トビリシ〟のクラ川の凍った浅瀬で練習していた時に。二度目は彼女が金メダルをとったオリンピックの準備期間中に』」

タッカーがファッション編集者のほうを向く。「サングラスが必要です。スタイリッシュで、しかもクレアの目が隠れるくらい大きなものを」

その女性はあわててちょこちょこ走って出ていき、ほかの人たちは作業に取りかかった。

二時間後、鏡に映った自分をあぜんとした思いで見つめていた。

髪の色は黒くなり、くるくるとねじっておだんごにまとめてある。首には青いシルクのリボンが巻かれ（「白鳥らしく」見えるようにという意図はあきらか）、〝豪勢〟な胸はテープで押さえつけられて文字通りぺたんこだ。わたしのオリーブ色の肌は大量のファンデーションで真っ白にされ、くちびるはチェリーパイのフィリングよりも真っ赤。そして補正下着のなかにヒップをねじ込んでいる。わたしの弱々しい抗議もむなしく、そのパンティーの下には、水着用ガードルという二重装備となった。

フェンの青くきらめくドレスをまとい、顔にあれこれ塗りたくられ、ぎゅうぎゅうに平たくつぶされて拷問のように細くされた姿は、とうてい自分とは思えない。

「これなら、ロス・パケットの注意を引きつけるはずだ」タッカーが宣言する。「背番号88をおびきよせるには完璧なできばえです。彼はまっすぐ滑ってくるでしょう！」

そうなることを期待した。一対一で彼を追及するつもりだ。ムーリンが殺される前、パケットは彼女にしつこくからんでいた。リタが殺される前にもそのテーブルを訪れている。そしてちょうど一年前、彼のＢＭＷコンバーティブルは盗難にあい、Ｍの従妹の事件で凶器として使われた。

一つひとつを積みあげていくと、どんな結論が出てくるだろう？

確かなことはなにもわからない。けれどもあくどい殺人犯が罰を受けないままいまも自由に歩きまわっているのは確かだ。なんとしてもこの足し算のこたえを出す。パケットからこたえを引き出すと決めていた。しかしまずは彼を引きつけなくてはならない。つぎからつぎへと女性に手を出すプレイボーイを引きつけるには、かわいくて有名で〝性的な魅力で注目されている〟女性は格好の餌だ。

セックスアピールがだいじなのはわかっている。しかしドレスの面積があまりにも小さいので抗議した。素敵な長い袖はついているけれど（傷のある腕を隠すために）、すそまでの長さはわいせつといっていいほど短い。

この丈は〝スケーターとしての引き締まった脚を誇示するには〟ぴったりだとタッカーはいい張るのだ。

「わたしの脚はスケーターの脚じゃないわ！」

「確かに。しかし引き締まった脚です。みごとな曲線を描いて、とても均整の取れた脚ですよ。ビレッジブレンドで長時間立って過ごし、日々ニューヨークを徒歩で移動していると、自然とこうなるわけです」

「でも、いくらなんでも短すぎる。前にかがむと――」

「アドバイスしておきますから守ってください――かがまないで」

「そんな――」

「よくきいてください。胸の谷間で引きつけることができないのですから、ほかになにか要素が必要なんです。ぐるぐる巻きの状態でホッケーのパックみたいにぺちゃんこの上、脚以外はすべて覆われている。いいですか、めざすゴールはあの運動選手の気を引くことですからね。忘れないでくださいよ」

「肺炎になったりしない？　アイススケートのリンクなのよ」

「凍傷対策はできています!」タッカーがきっぱりとこたえて脇に移動した。

ファッション編集者がやってきて、カズオ・カワサキのサングラスとブリアン所有のくるぶしまでの丈のセーブルのコートを渡した。

「ミズ・ソマーから、これを使うようにとの提案です。ガリーナ・クリコフスカヤは毛皮にくるまっているべきです」

そのセーブルに温かくくるまれて乗っていると、リムジンがバークレイズ・センターに到着した。案内係がドアをあけ、夜の冷たい空気がわたしたちを包む。マテオが最初に車から降りた。

わたしは深呼吸した――が、ストッキングをはいた腿を痛いほど強くつかまれたので、とちゅうでやめた。ブリアンがこちらに身を寄せてささやいた。押し殺した声で叱責するようなきつい口調だ。

「偽物だとばれたら、わたしはあなたに騙されたと主張するわ。しくじらないでよ、クレア・コージー。仮面舞踏会が成功したら、あとは自力でやってちょうだいね」

ブリアンは殺人的なグリップを放し、わざとらしい笑顔でマテオの手を取り車から降りた。

わたしはサングラスをかけた。いささかも動揺はしていない。マテオのあたらしい妻はいつだってあの調子なのだ。やむを得ない場合には力を貸す。しかし、わたしの父親の表現を借りれば「こりゃやばい」となると、だれよりも先に「とんずら」するのだ。

「あなたはガリーナ・クリコフスカヤですからね」ボリスがきっぱりと念を押す。「話すならロシア語で、さもなければいっさい口をひらかないで」

ボリスは母国語のいいまわしをいくつか教えようとした。けれどもこれから名乗る名前の発音すらうまくできない。ボリスが提案したのは、ロシア人がしゃべる英語を真似て〝V〟を〝W〟に変えるという方法だ。しかしロシア語に関してはもう決めていた。

「もう一度いうわよ。〝はい《ダー》〟と〝いいえ《ニェット》〟のふたつだけで押し通すわ。少なくともロス・パケットを尋問するまでは」

ボリスがうなずく。それからマテオに――いや、もしかしたらイエームス・ボンドに――なりきって片手を差し出し、リムジンから降りるのをエスコートしてくれた。

57

このパーティーには数百人のゲストがあつまる。報道陣には非公開なのでパパラッチもいなければ、入り口で取材を受けることもない。アリーナの入り口に案内係がおおぜいいることをのぞけば、イベントがおこなわれていることを示すものはなにもない。広大なホワイエでコートを預ける際に、マテオに小声で話しかけた——。

「こんなことになってしまって、申し訳ないと思っているわ」

「申し訳ない？　どうしてだ？」

「ブリアンはご機嫌ではなさそう」

「すぐに機嫌はよくなる。いっておくが、きみと同じようにぼくもムーリンとリタを殺した犯人を捕まえたいと思っているんだ。それに——」彼が茶目っ気たっぷりのウィンクをして見せる。「これまで強制的に出席させられてきたクリスマス・パーティーは退屈でしかたなかったが、この替え玉作戦のおかげで今回は飛び切り面白いものになりそうだ」

階段をおりると長いトンネルが続き、そこを抜けるとアリーナの中央に出た。ちょうど、スケートリンクの脇だ。アリーナは照明で明るく照らされている。何百人ものゲストがブッフェ・テーブル、バー、子どもたち向けのスナックテーブルの周辺を動きまわっている。

そびえるように立つ鉄骨に支えられた屋根の下の暗がりに、客席があるのがやっとのことで見える。だれも座っていない何千もの椅子が階段状に並ぶ。アリーナにあたらしく設けられた一角を畏怖《いふ》の念とともに見つめていると、よく知っている声がわたしの名前を呼んだ——それはつまりガリーナ・クリコフスカヤの名前、という意味だ。

〈イーヴィル・アイズ〉ことエディ・レイバーンが消火栓のような体型をフォーマルウェアに包み、わたしの片手を取ってうやうやしくキスした。

「お目にかかることができて光栄です」ゴロゴロと喉を鳴らす。

「ダー」わたしはこたえる。

おおぜいのゲストのために、ガリーナのお得意のポーズを真似てみせた。腕を枕の形にする優雅なポーズだ。彼女が氷上で演じる『眠れる森の美女』のバレエはとても有名なので、さっそく盛大な拍手喝采が起きる。

「いらしてくださるとは知らず、大変失礼いたしました」エディがいう。「わたしはこの催しのプロモーターをしています。報道関係者を特別に手配することができましたのに」

わたしは首を横にふりながら、ボリスから教わったいいまわしをひとつつぶやいた（スープを一杯欲しい、といっているはず）。

エディは困惑した表情をボリスに向ける。

「ガリーナは、カメラは許可しないといっています」ボリスはロシア語なまりを強調している。「チャンピオンの彼女は雪目です。明るい光、フラッシュは目のためにウェリー・バッドなのです。ウェリー、ウェリー、バッド」

エディがうなずく。「おお、そうですな――」

突然、元気いっぱいの十歳くらいの男の子がこちらに突進してきた、ボリスを突き飛ばしてわたしのデザイナーズブランドのパンプスを踏んだ。

「アダム！　ジェントルマンらしくお行儀よくしなさい！」ダニ・レイバーンが叫びながら息子を追いかけてきた。はあはあと荒い息で彼女は足を止めてわたしに詫びた。

「あの子は手に負えなくて。シッターがこつ然と姿を消してしまって。つぎの子がまだ見つからないの！」

ガシャーンという音がして、全員の視線がスケートリンクに向いた。アダムがスケート靴をはかずに氷に飛び出してそのまま滑り、ホッケー用のスティックが掛かっているラックに突っ込んでスティックがばらばらに散らばったのだ。

「アダム・レイバーン！　いますぐここにもどっていらっしゃい！」ダニが声を張りあげる。

それをきいて彼女の息子は両手と膝を氷に着き、立ちあがってローファーのまま滑ってもどり、小さなスーツについた氷のかけらを払った。

いっぽう、エディ・レイバーンはゲストをあつめてつぎつぎに紹介していく。わたしは握手して熱のこもった挨拶の言葉を「通訳」を介してききながら、ついにダブル・ディーの片割れを見つけた。

ドローレス・デルーカは、バーのそばでシャンパンフルートを手にしてひとりで立っている。出席者が談笑したり、親友が必死に子どもをしつけようとしたりしている様子をじっと見つめているが、ぼうっとした表情であまり関心はなさそうだ。彼女の視線がわたしをとらえ、表情が一変した。無関心どころか、あきらかに敵意に満ちたまなざしだ。

バーから離れ、こちらに向かってくる。しかしちかづくにつれて敵意が薄れ、疑り深そうな好奇に満ちた表情へと変化した。

まずい。

ドローレスはおバカの相棒より少し賢いらしい——そのぶん棘《とげ》もある。先週の金曜日にはわたしを睨みつけていた。

玩具店でのパーティーの時のことを思い出して、わたしの正体に気づいたの？

幸運にもホッケーのキャプテンに救われた。ドローレスがこちらに接近する前に、ロス・パケットがおおぜいの出席者を肩で押しのけながらやってきてわたしに話しかけた。ミーハーな大ファン丸出しのあこがれの表情だ。

「驚いたな、ミズ・ガリーナ……あ、ですから、ミズ・クリコフスカヤ。お目にかかれてほんとうに光栄です。大ファンなんです」

「ダー、ダー」巨人のパケットにこたえるために首を思い切り伸ばした。わたしは片手を差し出す。あいにくパケットはエディ・レイバーンのようなキスはしなかった。ぎゅっと力を込めて握手して傷を揺さぶった。

招待客のみに限定した『プラクティス・アンド・パーティー』と銘打ったイベントなので、パケットはレイダーズのユニフォーム姿だ。有名な「背番号88」のジャージも身につけている。彼が本来の生息地にいるのを見るのはこれが初めて。よりいっそう大きく堂々とした姿だ――複数の殺人を犯した人物といわれても不思議ではない威圧感を周囲に与える。

「すみません」エディが叫びながら突進してきた。肉付きのいい手に持っているのは、色あせたピンク色のスケート靴だ。「これを憶えていますか？」

ボリスは通訳するふりをする。わたしは首を横にふる。

「それはないでしょう。これは数年前にマディソンスクエアガーデンで、あなたが『眠れる森の美女』を演じた時に履いていたスケート靴ですよ」周囲の注目を引きつけるのにじゅうぶんな音量でエディが続ける。「これを履いて、ぜひ実演して見せてくださいよ」

〝実演？〟

興奮したゲストたちの拍手喝采。パケットも歓声に加わり、自分もスケート靴を履いていっしょに滑るといいだした。ボリスが身を寄せて通訳するふりをする。

「ど、どうしたらいい？」わたしは小声できいた。

ボリスはわたしを座らせてパンプスを脱がせる。スケート靴の紐を結びながら（さいわいにも、ぴったりのサイズ！）ラップで逃げ道を伝授してくれた！

「絶体絶命、助けも呼べない。めそめそ泣かない、わめかない、滑って転んでなんとかなる」

困惑してボリスを見つめると、彼は氷上のほうに視線を向けてホッケーのスティックを示した。

「転ぶんです。かっこよく」

58

歓声と拍手に包まれて氷の上を滑りだした。瀬戸際に追いつめられたせいか、ありがたいことに大昔にマスターしたスケート技術を身体が思い出してくれた。しかしクルクル回ったり飛び跳ねたりするのは、とうてい無理。観衆のほうを向いて、またもや腕を枕にするガリーナの十八番のポーズをとってなんとかごまかす。

片足ずつ滑らかに前に出しながら、滑り続ける。人前で披露できるのは、これだけだ。トウ・ピック（ブレードの先端についているギザギザの部分）すら使えない！　わたしはゴクリと唾を飲み込み、これから待ち受ける痛みに備えて気を引き締めた。

くるりと向きを変え、少しバックで滑る。これからオリンピックレベルのジャンプをすると見せかける。迫真の演技で転倒したかった。が、演技など不要だった。なぜならホッケーのスティックが散らばっている場所までの目測を誤り、思ったよりも早く衝突したから。

すぐには止まらない。身体が宙に飛び、前方のピンク色のスケート靴を茫然と見つめていた——靴の周囲には氷ではなく、なぜか頭上の天井の照明が並んでいる。

盛大に音を立てて尻餅をつき、尾骨を痛めてしまった。

観客がいっせいに息を呑み、シューッと音がきこえる。わたしはうめき声をあげた——真に迫った声が出たのは、ほんとうに痛かったから。

エディ・レイバーンは顔面蒼白だ。頭のなかではオリンピック規模の訴訟の光景が躍っているにちがいない（あんなふうにホッケースティックが散らばっていたのは、彼のきかんぼうの息子のしわざだった）！　だれかの手がわたしの身体を起こし、力強く、そしてやさしく持ちあげた。冷たく硬い氷から身体が浮く。そのまましっかりと抱きかかえられた。

頭上を影が覆う。見あげると、ロス・パケットの顔があった。憧れのスターを気遣う表情だ。

ローマ神話に登場する神のような体格の彼はマーキュリーの翼で飛ぶようなスピードでスケートリンクをすいすいと進む。あっと思った時には、すぐそばにある目立たないドアをあけて入っていた——どうやら救急室らしい。

室内は照明で明るい。彼は診察台にわたしを置くと、ドアを閉めてカギをかけた。

「どこが痛みますか？」彼がたずねる。

「足首が」うめくようにこたえた。ほんとうは尾骨が痛くてたまらない！

パケットはスケート靴を丁寧に脱がし、硬い両手でわたしの足首からふくらはぎのあたりまでさする。「腫れはないな。氷で冷やしましょう」

彼は乱暴にスケート靴を脱いで小型の冷凍庫のところまで行き、保冷剤を取り出した。それをわたしのふくらはぎの下のあたりに当てて慎重に巻きつけた。彼がわたしの目を見つめる。正確にはわたしのサングラスを。

「少しは効きますか？」

わたしはうなずく。「ありがとう」

彼がクスクス笑う。「ロシアなまりがキュートだ」

〝いつものプレイボーイの顔があらわれた——これを待っていたのよ〟。

これみよがしにまばたきをしてまつげをバサバサさせてみるが、サングラスが邪魔して相手には見えていないと気づいた。代わりに手を伸ばして彼の手にふれた。

「タンキュー」おっとりとした声を出す。

このひとことで一気にパケットのたがが外れた。つぎの瞬間、彼がタコのようにからみついてきたので、必死にかわしていた。

「ニエット、ニエット。夫がいます」

「そんなちっぽけなことにこだわらないでもらいたいな」

パケットは、はあはあと息を吐きながら鼻でわたしの首をこする。それをぐっと押しのけた。

〝下がれ、この大男め！〟

「少しリラックスしたほうがいい。さあ、一杯どうぞ」いつもの携帯用の酒瓶を取り出して鼻先にぐいと突き出してきたが、わたしは首を横にふり、それを押しやる。

「練習ありますから」

「なんだよ、おれだって毎日練習している、いちいち気にしていられるか。いいじゃないか、一杯くらい。上等の酒だ。スミノフだ」

「ウォッカあまり飲みません、吐くから」ロシア語っぽく発音できているかしら？

パケットは肩をすくめ、瓶からごくりと飲む。アルコールはたちまち彼のリビドーを刺激して、またもやわたしの貞操を奪おうとする。

「ニエット、わたしの夫は嫉妬深い。とてもとても！」わたしは叫んだ。

「ほんとうの嫉妬など知らないくせに」彼が狡猾そうな笑みを浮かべる。

「知っているわ。夫はわたしを奪おうとする人、殺す。怖い友だちにわたしを見張らせている。アイルランドのギャング。とても乱暴でひどい人たち。アイリッシュ・マフィア、怖い怖い。知っている？」

パケットがまた肩をすくめる。

「アイルランドのマフィアなら、映画の『ディパーテッド』を観たことがある。でも『スカーフェイス』のほうが好きだな。エンディングはこんなだったな」指でピストルの形をつくる。「バン！　バン！『これでも食らえ！』」

「ニエット。ハリウッドのギャングではないわ。本物のギャング。アイルランドの男たち。車を盗んで、ポニーやスポーツに賭けるのが好きな人たち。クレイジーで、嫉妬深くて、夫によく似ている」

パケットは顔をしかめ、酒をもうひと口飲む。

「そうか、ほんとうに嫉妬深いんだな？」

わたしはうなずく。ここをうまく切り抜けなくては。

「ダー。夫はＢＭＷコンバーティブルでわたしのトレーナーを轢《ひ》こうとしたことがある。失敗して車はめちゃめちゃに壊れたわ。夫は逃げ出して車は盗まれたと嘘をついた。保険金を手に入れるために」

「それは奇遇だ」パケットはもう一度ラッパ飲みする。「おれのＢＭＷコンバーティブルも盗まれた。クレイジーな女のせいでめちゃめちゃに壊れた」

「女の人が車をめちゃめちゃに？」

「そうさ。彼女もクレイジーなほどに嫉妬深かった。おれに夢中になって『88は最高』なんてタトゥを日に当たらない部分にいれるほど！」彼がウィンクする。「ある晩、泥酔しておれの車を運転して大破させた」パケットがため息をつく。「気に入っていたのにな、あの車」

「その女の人の名前は？」

「悪いが、それはいえない。こみ入った事情があって……」

驚くべき事実を知らされて、わたしの頭は猛然と働き出す——〝ある女性〟が車を大破させた。彼が〝クレイジーな女〟と呼ぶ女性。パケットは警察に嘘をついて、だれに車を盗まれたのか見当がつかないといった。その女性を守るための嘘なのか。いや、それよりも保身のために嘘をついたのだろう。下劣なスキャンダルで悪評が立たないようにするために。

どんな理由にしても、彼は事実の隠蔽という罪を犯した——でも殺人に関しては潔白だ。

ただしセクシャルハラスメントの加害者で、ウォッカをラッパ飲みしてわたしをテーブルに押しつけている。

「いいじゃないか。ふたりきりなんだし」パケットがわたしの耳元でささやく。「だれにもばれやしない」

「ニエット」パケットの顔をひっぱたいた。彼が後ろに下がったので身体を起こした。「男はみんな同じ。かならず自慢していいふらす！」

パケットは後ずさりして頬をさすった。「そんなことを気にしていたのか」彼がにやりとする。「信用してくれ、おれには分別ってものがある」口にファスナーを閉めるしぐさをして、閉じたままの口でもごもごとなにかしゃべっている。

「なに？」

「だれにもいわない！　確かだと証明できる。こう見えても嫉妬深い夫をよく知っている。きみにスケートをさせた男を憶えているか？」

「レイバーン同志？」

「ダー」ロスはにやにやしてうなずく。「彼こそ、まぎれもなく嫉妬深い夫だ。彼とは販売促進イベントやらなにやらでしじゅういっしょに仕事をしているんだが、そいつの女房といい仲になった——旦那の目と鼻の先でだ。女房もさっきあそこにいたから、きみも会っている。若い男に目がないんだ、ダニは」

危うく診察台から落ちるところだった。

パケットは携帯の酒瓶の中身をすっかり飲み干す。「わかっただろう。〈イーヴィル・アイズ〉はこれっぽっちも気づいちゃいない。そしてダニとおれのことはタブロイド紙には絶対に載らない。どうしてだかわかるかい？」

あまりにも衝撃が大きすぎて言葉が出てこない。わたしは首を横にふった。

「おれには分別ってものがあるからだ。彼女とつきあっていたのは去年の十二月だが、秘密はきっちり守っていた」

〝去年の十二月？　まさか……〟。

ぴったり時期が重なる――Mの従妹の命を奪った自動車事故が起きたのは去年の十二月。その車はパケットとつきあっていた「クレイジーな女」が運転していた。そしてたったいま、彼は去年の十二月に密かに関係していた女性の身元を明かした。

この愚かな男は気づいていないけれど、ケイトリン・ブロフィーを殺したのはダニ・レイバーンであるとたったいま認めた！

パケットがゲップをした。アルコールくさい息がまともにかかる。またもや彼が突進してきて口をふさがれた。逃れようと格闘するうちに、おだんごにしていた髪がほどけた。

これ以上の収穫はなさそうだ。それにかなり差し迫った状況だ。ここから出なくては。すでに脱出のプランはできていた。あとは少々クサい芝居をするだけ。

パケットがさらにキスをしようと迫ってきたので、わたしはサングラスを払いのけた。そして両目を覆って悲鳴をあげた。

「見えない！　見えない！　光で、目がダメになった」

「大変だ。いまメガネをさがすから」酔っ払ったパケットはパニックになっている。そして、なにかが粉々に砕ける嫌な音。「ああ、ちくしょう」パケットがうめく。

〝しまった。カズオ・カワサキの高価なフレームだったのに〟。

わたしがさらに大きな声で叫び続けると、ついにだれかがドアをバンバン叩いた。

「なかに入れろ、さもなければドアを壊すぞ！」ドアの向こう側からボリスが怒鳴る。

「すぐにあける」パケットはあわてふためいて、ドアに向かうとちゅうでつまずいて倒れた。それでもよろよろと立ちあがり、カギをあけていきおいよくドアをひらき、ほっと安堵の吐息をついている。

「彼女をここから連れて出したほうがいい。医者のところに連れていってくれ」パケットがボリスにいう。

「ボリス？　あなたなの？」わたしは目を閉じたまま、やみくもに両手を動かす。

「彼女から離れろ、けだものめ！」ボリスが叫びながら両手をこぶしに握る。「これは立派な暴行だ！　これは国際的な不祥事だ！」

「おれはもう行く！」パケットはボリスを押しのけ、よろよろとした足取りで廊下を歩いて去っていった。

わたしは診察台から転げるようにおり、蹴るようにしてふくらはぎのアイスパックを外した。ボリスがパンプスを渡してくれた。

「ありがとう、同志」パンプスを履きながらささやいた。「ここから出ましょう。今度は裏口から」

59

「コージー、犯人が逃亡した自動車事故からもう一年経つのよ」ロリ・ソールズが翌朝、電話で情報を伝えてくれた。「それに、現場はロングアイランドのナッソー郡だった。だからニューヨーク市警の管轄外なの」

「でも――」

「でも、はないわ。あなたは伝聞としてきいただけで証拠はない。ロス・パケットは、あなたに話した内容をくり返せばなにもかも失い、得るものはないのよ。彼が当局に正式に話すなんて、彼の弁護士が絶対に許さないでしょうよ」

わたしはキッチンで行ったり来たりしながら、せめてファイルを見直してみてはどうかとロリに提案した。

「そんな時間はないわ！　じかにロングアイランドの警察に連絡を取ってみたらどう？　協力を得られるかもしれないわよ。でも、わたしたちの管轄内の未解決の殺人事件とその事件が関係しているとはどうしても考えられないわ」

「関係している。わたしの仮説を検討してくれたら、それがわかる――」

ベッドに入ってもろくに寝ないで、横になったまま二度のクッキー交換パーティーについてくわしく思い出し、確信したのだ。ふたりの人物のうち、どちらかがMを殺した犯人だ。しかしロリはまったく耳を傾けていない。

「――あなたも知っているわね、クィン警部補が発掘した証拠の内容。殺されたあなたの店のスタッフはダブリンの車の窃盗団に不利な証言をした。彼らのうちのひとりはいまも逃走中よ。わたしの相棒の警部補はマイクが立てた仮説に飛びついたわ。復讐による殺人という仮説に。彼は班の半数の捜査官に指示して、ギャングのメンバーのうちアメリカにいるとわかっている者のアリバイを確認させている――」

「きいて。マイク・クィンは確かに有能な麻薬捜査官だけど、Mが殺害された件に関してはアイルランド当局から得た情報ですっかり偏った仮説を立てている。アイルランド側もそれなりに理屈は通っているんでしょうけど、彼らはあのクッキー交換パーティーにも、ブライアントパークの犯行現場にもいなかった。でも、わたしはいた。そしてわたしなりに、店で働いていたMと従妹の死について仮説を立てている。確かに、証明してみせることはできない。でもまちがいなくつじつまは合っている」

長い間があき、ロリが向こうでだれかとぼそぼそ会話する音がきこえた。ようやく彼女が電話口に戻ってきた。

「ねえコージー、今夜店に立ち寄るわ。あなたが立てた仮説について、概要をきかせて。でも先にいっておくわよ――どんな仮説であっても、証拠がなければ子どもを寝かしつけるためのおとぎ話と変わらない」

「はい、刑事さん、ごもっともです」

「それからあのジンジャーブレッドマンを少し、とっておいてね。彼らの頭を食いちぎるのはセラピーよりもずっと安上がりで効き目があるから」そこで彼女が声をひそめる。「エンディコットが指を鳴らしている。行かなくちゃ……」

電話は切れ、わたしはキッチンの椅子にどさりと腰をおろした。

あと少しでMが殺害された事件を解決できるところまできている。それは直感でわかる。ただ、ロリの指摘は正しい。わたしの言い分を認めてもらうには証拠を見つけるしかない。でも、どうやって？


一時間後、階段をおりて店に入った。ごくシンプルなプランを立てていた――それを今日の午後実行すれば、今夜ロリが予定している小さな〝ジンジャーブレッド版エンディコット〟の首切りまでに証拠を確保できる。

ひとつだけ不安材料がある。だれよりも信頼を置いているバリスタの協力が必要なのだ。そして彼がわたしの頼みを断る理由はいくらでもある。

「さあ、彼女の登場です！　偉大なガリーナ、ご本人です！」

ひょろっとした体格のタッカー・バートンはコーヒーカウンターのなかにいて、にこにこと迎えてくれた。

「タッカー、ちょっと話があるの。あなたとわたしの分のダブルエスプレッソをいれて、二階のオフィスに来てもらえるかしら」

60

「どうでした？」わたしがドアを閉めたとたん、タッカーがたずねた。「とくときかせてください！　昨夜、あの好色なホッケーのキャプテンはまんまと引っかかったんでしょう？」

「おかげでMが殺された件について、強力な手がかりがつかめたわ」

「わお。こうなったらニューヨーク市警の専属になって覆面捜査官の衣装を一手に引き受けてもいいな！」

わたしはデスクの前のきしむ椅子に腰を落ち着け、大地の香りのエスプレッソを飲み、カフェインの威力で無事に乗り切れますようにと念じた。

「タッカー、とてもつらいのだけど、残念なことを伝えなくてはならないの」

「あまりききたくない気がしますね」

「アーティストの夢が実現しようとしている時に、それをつぶすような真似だけは絶対にしたくなかった。でも、事実があきらかになった以上、ブロードウェイをめざすあなたとダブル・ディーとのショーはあきらめてもらうしかないのよ」

耐え難い一瞬、タッカーは完全に打ちのめされた様子だ——わたしは生きた心地がしない。

彼はヒューッという音とともにいきおいよく息を吐き出し、椅子に深く座り直した。が、その表情からは彼の感情が読み取れない。

「うーん」うめき声。「ありがたい！」

わたしはあっけにとられる。「ありがたい？」

「そりゃもう、このショーを実現する責任からわたしを〝解放〟してくれるなら、一生恩にきます！」

「なんだか……さっぱりわからないわ。ダニとドローレスといっしょにショーを上演するチャンスでしょう。よろこんでいたのではないの？」

「それは、ほんとうの彼女たちを知る前のことですよ。あのレディたちはリアリティ番組のプロデューサーたちによって、これでもかというほど過剰包装されていました――テレビでは効果があったのでしょう。しかし劇場はべつの生き物ですからね。ステージの上では、いっさいのごまかしはききません。そしてあのレディたちは……どう表現すればいいですかね？　才能を一から十までの目盛りで測ることができるとしたら、あのふたりの数値はマイナスなんですよ」

「キャバレーショーであっても？」

「冗談いっちゃ困りますよ。キャバレーショーには度胸が必要です。それに技術も。歌ったり踊ったり、コメディの間合いも呑み込んでいなくては。最低でも、ささやかながらも舞台上で存在感を示しセリフをいう能力が必要です！　その点、パンチはみごとなものです。いっしょにショーをやるなら、真に天才と呼べる彼と、そして気心の知れた役者たちといっしょにやりたいですね。あのふたりの主婦よりも」

「ほんとうに?」

「ここ数日、どうしたら作品を救えるだろうかと苦心してきたんですよ。パンチは、彼女たちをめぐるドラッグ・クイーン・ショーはどうかと提案してくれました。彼女たちの出番は数回のみに絞って、ボロが出ない程度のかんたんなことだけをさせるという案です。でもエディ・レイバーンはそれを呑もうとはしなかった。なんたって彼の大事なダニと親友のドローレスは〝スター〟なんだからと。おかげで睡眠時間を削ってあれこれ方法を考えていたんです。そりゃあ、莫大《ばくだい》な制作費をかけたショーをやれるならやりたいですよ。制作責任者なら当然、そう思います。でもね、これまでのキャリアを吹き飛ばすほど破壊力のある爆弾なんて使いたくはないですよね」

「タッカー、あなたからそれをきいて心底ほっとしたわ」

「どうぞ安心してください、ボス。わたしもいつの日かブロードウェイに進出できるかもしれないし、できないかもしれない。本音をいえば、あくまでも自分自身の才能と経験をよりどころとして成功をつかみたい——みんなが知っているという理由だけで有名なふたりのレディに成功させてもらおうとは思いませんよ」

わたしはもうひと口エスプレッソを飲んで力を蓄えた。ここからがむずかしい話の残り半分だ。

タッカーがわたしをしげしげと見ている。「それで？　昨夜、なにを突き止めたんですか？　ダブル・ディーのどちらかがMを殺したとパケットが包み隠さず話したんですか？」

「Mではないわ。彼女の従妹のケイトリンよ」

「ききましょう」

「昨年の十二月、パケットは警察に自分のBMWが盗難にあったと述べている。犯人に心当たりはないとも。でも彼は昨夜、嫉妬深いガールフレンドが酔っ払って勝手にその車に乗ったのだと話したわ。名前をいおうとはしなかった。パケットに夢中で『88は最高』というタトゥを入れた女性だそうよ。その後スミノフを何度もあおって、同じ時期に不倫をしていたと口を滑らせたわ。相手はダニ・レイバーン」

「まさか！」

「ほんとうよ！　だからダニ・レイバーンがケイトリンを殺したということよ。彼女がパケットの車を運転してベーカリーに突っ込み、オーブンにつながるガス管を切断した。ベーカリーは炎に包まれ、上階で暮らしてその店で働いていたケイトリンは亡くなった。ダニもパケットも口をつぐみ、ダニは殺人罪を逃れた」

「それがMの殺害とどうかかわっているんですか？」

「Mがアメリカに来た当初はロングアイランドに住んで働いていたのではないかと思うわ。おそらく従妹のケイトリンといっしょに、あの小さなベーカリーで。二年前、Mはニューヨークに移り、プロのレコーディング・アーティストをめざすようになった。彼女の引っ越し先は元ロックスター、デイブ・ブライスの家」

「エバグリーンでボスが会った人物ですね？」

わたしはうなずく。「Mはいつか必ず成功すると信じていたのでしょうね。だからこの街に来た時に名前を変えた――ダブリンでのスキャンダラスな過去をだれにも突き止められないように。昨年、従妹の死を知らされてMは大きな衝撃を受けた。でも彼女は前進を続け、働き、歌を歌い、夢をあきらめなかった。ケイトリンの死については、車を盗んだ人物が起こした悲惨な事故で、犯人は逃走したのだと彼女も信じた。

ロリ・ソールズ刑事によると三カ月前ほど前にMは一通の手紙を受け取っている。手紙の内容についてはMは日記にひとことも書いていない。ただ、その手紙は『恐ろしい知らせ』をもたらしたとだけ書かれている。おそらく彼女はその手紙についてずっと考え続け、『あの手紙がなにもかも変えた』と書いた。死の約三週間前には、〝手紙〟と強調して記すようになり、しまいに『自分のために、そして人々のためによりよい未来を築く』役に立つだろうと書いている」

「それで？」

「問題の手紙には、ケイトリンの命を奪った事故の真相が書いてあったにちがいない。火事を引き起こしたのは名も知れない悪党ではなかった。テレビのなかのスターであるダニ・レイバーンだった。裕福でしかも有名人。なのに自分の過ちの代償を支払っていなかった。Mはダニにそれを支払わせようと決心したのでしょうね。〝手紙〟を利用してダニを脅迫したのよ」

「なんてことだ、それならつじつまが合う……」

「ダニはおそらく支払いに同意した。でもその前に〝手紙〟を見たいと要求した。Mは身の安全を守るために、開放的な場所で会うことを望んだはず。そのいっぽうで、形勢が逆転しないように慎重に場所を選ぶ必要もあった」

「どういう意味ですか？」

「Mがやっていたことは犯罪よ。沈黙を守ることと引き換えにお金を強要した。だれかに見られて、その人物がダニの側に立てばMは脅迫の罪で告発されるかもしれない」

「だからブライアントパークのメリーゴーラウンドを選んだのか」

「そう。故障したメリーゴーラウンドのあたりは、クッキー交換パーティーのあいだはにぎわいがある。でも人目にはつかない。スピーカーからはクリスマス・キャロルが流れ、スケートリンクに人々の関心は集中し、暗い円形のスペースで起きていることに気づく人はいない……」

「それで？」

「Mは〝手紙〟を持って約束の場所に行った。相手はMを撲殺するチャンスをうかがっていた。Mを殺すと犯人は〝手紙〟を手にしてパーティーにもどった。その晩は猛吹雪という予報が出ていたから、Mの亡骸は少なくとも翌日までは発見されなかったはず——わたしが偶然発見していなければ」

「ほんとうに犯人がダニ・レイバーンだと考えているんですか？」

「ダニか、そうでなければ嫉妬深い夫のエディ。妻のために実行した可能性があるわ。クッキー交換パーティーには彼も出席していた」

「エディは過去に暴行をはたらいている。ロス・パケットに関してはどうです？　Mはその〝手紙〟で彼を脅迫したとは考えられませんか？」

わたしは首を横にふって否定する。「パケットがパーティーでMと話しているところをきいていたの。そういう不穏なやりとりではなかったわ。パケットは彼女に冗談をいっていたし、くどこうともしていた。偽証したことを種にMにゆすられているとしたら、とてもそんな態度はとらないでしょう」

「犯人は返り血を浴びたんじゃないですか？　それなら、エディのスーツやコートに血痕がついたはずですよね。そんな証拠をつけたままじゃ、パーティーにもどれやしないでしょう？」

「それについても考えたわ。それで思い出したの。ブリアンが今季は毛皮を自宅にしまいっぱなしだとマテオはいっていた。なぜならこの冬の女性の流行アイテムは――」

「フェンのリバーシブルコート！　そうだったのか！」

「ええ、だから犯人は女性だと思う――ダニであってエディではない。もしもダニのコートが返り血を浴びたとしても、ティッシュで水分を拭き取って裏返せばいいだけ。その後、彼女は暗いメリーゴーラウンドを離れ、しばらくスケートリンクのあたりをぶらついて、氷上のわが子たちの様子を見る。服装を整えてからパーティー会場にもどり、なにごともなかったかのようにふるまった」

「警察は犯行現場でなにも見つけていないんですか？　指紋とか血液とか髪の毛とか」

「ロリ・ソールズの話では、鑑識はMを殺した犯人を特定できるような証拠を見つけていないそうよ。ブライアントパークは吹雪だったから。リタ・リモンが殺害された玩具店の現場からは血まみれの指紋がひとつ検出されている。警察はリタと別居している夫が犯人だと考えて彼の行方を追っているわ。でも……」わたしは首を横にふる。「Mとリタが襲われた手口はあまりにも似ている。だからどうしても同一人物の犯行に思えてしまう。ただ、リタとダニを結ぶ線がまったく見えないのよ。だから──」

「冗談でしょう！　見えないって？」

「どういうこと？」

「リタはベーカリーをひらく前に、レ、レイバ、バーン家のお抱えシェフだったんです！　彼女はダニとエディのために料理をしていたんです！」

わたしは深く座り直した。衝撃的な事実だ。いや、ちがう。頭が猛烈にはたらいて玩具店のクッキー交換パーティーでリタと話した時のことを思い出した。彼女はこの国に来たばかりのころにアリゾナのリゾート・スパで働いたといっていた……。

〝女性のお客さまがわたしの料理をとても気に入ってくださって、ここニューヨークに連れてきてくださった。そしてその裕福な一家のシェフになりました。給料がよかったから……

テレビ番組に出るささやかなチャンスにめぐまれ……〟

ダブル・ディーのリアリティ番組はリタに露出の機会を与え、資金提供者が見つかった。彼女はダニとエディの家での仕事を辞めて自分のベーカリーをオープンさせた。手がかりはそこにあったのだ。わたしはそれを見ようとしていなかった。しかし……問題はタイミングだ。

きしむ椅子に掛けたまま前に身を乗り出した。

「タッカー、わたしは『実録ロングアイランドの妻たち』を観たことがないの。リタは去年の十二月にダニのところでまだ働いていたの？」

彼が元気よく首を縦にふる。「働いていましたよ！　リタはその時期にもちょこちょこ出ていました」

見つかった。これでつながった。わたしの仮説は完全につじつまが合う！　タッカーを両腕でぎゅっと抱きしめた。「ありがとう！」

「なんのお礼ですか？」

「やっぱりリタだったのよ！　〝手紙〟は彼女が書いたにちがいないわ。レイバーン家のお抱えシェフとして働いていたときに、彼女はダニがだれかにすべてを打ち明けるのを盗み聞きしたにちがいない——夫か親友のドローレスに洗いざらい話すところを。そうしてリタはチャンスが到来するのを待った。レイバーン家の仕事を辞めるまで待ち、彼らの家を出ると、もう大丈夫だろうと安心してMに従妹を死に追いやった人物について真相を話した。だから殺された。ダニはリタがMに伝えたことを知ったのよ！」

「なんてことだ」タッカーがうめく。「どうするつもりです？ その一部だけでも証明する方法はあるんですか？ 昨夜ボスがロス・パケットに直撃したみたいに、ダニに直撃してみましょうか？」

「いいえ、仮にダニあるいは彼女の夫が殺人犯だとしたら、そういうやり方はあまりにも危険よ。完璧な解決策を思いついたの。直撃するなら――」

「ドローレス。ですよね！」

わたしがうなずく。「ドローレスはダニの親友よ。ダニの秘密を知る者がいるとすれば、それはドローレス。あの人たちはあまり頭がまわるほうではないから、あなたとわたしで訪ねていってもドローレスはきっとなにも疑わないわ。さぐりに来たなんて気づかないでしょうね。彼女にとってあなたはショーのディレクターで、わたしはコーヒーハウスのマネジャーに過ぎない。なにか理由をこじつけて彼女の家に入りこみましょう。わたしはデジタル式の録音機を隠し持って、ドローレスにワインを飲ませて少々ほろ酔いになったところで――」

「ワインではダメだな。シャンパンでなくては！ ドローレスは大のシャンパン好きですからね。値段が高ければ高いほどいい」

「それならまかせて。彼女を誘導してわたしの仮説の一部でも裏付けられれば、その録音を今夜ロリ・ソールズにきいてもらう。それでロリが納得すれば協力を取りつけられる。つぎはダニを直撃するの。あなたもわたしも盗聴器を身につけて警察のバックアップもある状態でね」

「すばらしいプランだ、シャーリー・ホームズ！」タッカーが片手を差し出し、わたしは力強くその手を打った。

マイクもこれなら大賛成だろう。わたしは悪者に裁きを与えるという点に関しては、少々性急なところがあるかもしれないけれど、このプランにはいっさいリスクがともなわない。タッカーというバックアップを同行して乗り込むわけだし、ほんとうに用心してかかるべき容疑者との接触は避けている。

これ以上安全なプランはない。

61

「ここです」

タッカーはパンチのニッサンを運転して、カーブしたドライブウェイに入っていく。

デルーカ家の自宅はロングアイランドの富裕層が住む地区の閑静な通りに面している。海岸に近い人気のエリアだ。敷地内のたくさんの木々と広大な芝生には雪が積もっている。そのなかに建つ家は、ベルサイユ宮殿やウィンザー城に比べれば「つつましい」と表現してもいいかもしれない。

「家が立派だからといって怖じ気づく必要はありませんからね」安心させようとするタッカーの気遣いだ。「ドローレスはとてもとっつきやすい人ですから」

ミズ・デルーカの敵意のこもった視線をレーザー光線のように浴びた——二度のパーティーで——ことを思い出すと賛成はしかねるけれど、いまさら引き返せない。

玄関まで歩いて両開きのドアの前に立つ。タッカーが呼び鈴を鳴らし、わたしはコートの下に手を入れて、スカートのポケットのなかのデジタル式録音機を作動させた。

ドローレスのことだから、すそまでの丈のシルクのゴージャスな部屋着でも着ているのではないかと予想していた。しかし彼女はダメージ加工を施したデニムパンツと、『ロングアイランドの妻たち』のロゴが入ったグレーのスウェットシャツという出で立ちでわたしたちを迎えた。それでも少しも野暮ったくは見えない。短いトップスの下からはおへそがちらちらのぞいている（おへそのピアスも）。ブロンドの髪とお金のかかっているメイクアップは完璧な仕上がりだ。

ドローレスはタッカーにエアキスをする。つぎにわたしを見る。たちまちしかめっ面が復活した。ぴりぴりとした警戒感が伝わってくる。わたしという存在が彼女をいらだたせ、激しい怒りをもたらすとしか思えない。

リトル・ディーのとげとげしいムードを少しでもやわらげようと、彼女を釣るためのシャンパンを手渡した（ブリアンのバーの冷蔵庫からマテオが失敬した）。すぐに飲めるように、わざわざアイスパックで包んである。

「ドンペリニヨン！　シャンパンを持ってきてくれると知っていたら、それにふさわしい格好をしていたのに！」ドローレスはスウェットシャツを指さす。「ごらんの通り、クリスマスの飾りつけをしていたものだから」

「自分の手で飾りつけをするとは、意外だなあ」タッカーがいう。「限りなく元夫に近いケチな旦那さんが相変わらず金を出し惜しんでいるのかな？」

「子どもたちは父親のところにいるのよ。だからメイドの勤務時間を短くしたの」彼女がこたえる。

「お子さんがいらっしゃらないと、この大きなお家は寂しく感じられるでしょうね」わたしがいった。

ドローレスは肩をすくめ、タッカーの手を取った。「さあどうぞ。なかを案内するわ」けれども家のなかを案内してまわるつもりはないようで、彼女はタッカーとわたしの前に立ってカーペット敷きの廊下を進み、階段をおりて地下のファミリールームに入った。隣は車四台が入るガレージだ。

広々としたファミリールームには大型スクリーンのテレビ、ゲーム機、ビリヤード台が置かれ、棚には高価なおもちゃと安っぽい金メッキのスポーツのトロフィーがぎっしり詰まっている。隅には天井につきそうなほど大きなクリスマス・ツリー。金一色で派手に飾ってあるので、まるでトロフィーのようだ。

「すぐにもどるわ。いっしょに軽くつまみながらいただきましょうね！」ドローレスはてきぱきした様子でシャンパンを持って部屋を出ていき、ドアを閉めた。

壁一面に額が飾られ、思い出で埋め尽くされている。その一つひとつの額を仔細に見ていった。

「これを見て。ロス・パケットの写真よ。小さな男の子とスケートしているわ。この額に入っているのは本物のホッケーのパックかしら？」

「本物ですよ。それから、ご参考までに、その少年の名はディノ。ドローレスの一番上の子です」

パケットのぞんざいな字でメッセージが殴り書きされている。

「〝幸運を招くレイダーズのパック！〟」

「おやおや。ロスが詩人とは知らなかったな」タッカーがいう。

「これはなにを意味するのかしら⁉」

「彼はドクター・スースに影響を受けているみたいですね」

タッカーのシャツをつかんだ。「ドローレスはダニの不倫について知っていたにちがいないわ！　ダブル・ディーはふたりとも、そして彼女の子どもたちもパケットと過ごしていた。この写真はなによりの証拠よ！」

「リトル・ディーからきき出すのは、意外にかんたんかもしれないな」タッカーがつぶやく。

「お待たせ」ドローレスがドアを押しあけながらわたしたちに呼びかけた。

彼女が運んできた重そうなトレーをタッカーが受け取る。ドローレスの手にはすでにシャンパンフルートがあり、シャンパンがなみなみと注がれている。

「待ち切れなくて。乾杯！」彼女は幸せそうにゆっくりと味わう。わたしたちはコーヒーテーブルを囲んで座り、ドローレスはタッカーとわたしのためにシャンパンを注いだ。

形だけ口をつけた。しらふでいると決めていたから（『真実はシャンパンのなかにあり』を実行してドローレスの口から真実を引き出すつもりだった）。

タッカーとはそこまで打ち合わせていなかったので、緊張した様子でシャンパンをゴクゴク飲み干す。ドローレスが彼のグラスにおかわりを注ぐ。

「あなたは飲んでいないのね、クレア」

ドローレスにじっと見つめられ、まったく飲もうとしないのも礼儀に反するように感じた。彼女は自分ひとりで飲むことは望んでいない。それがわかるので、思い切って飲んでみせると、ドローレスは気をゆるめたようだ。

「このグリュイエールはイーストハンプトンのチーズ専門店のものよ。召し上がって！」

わたしはチーズは遠慮した。タッカーは予行演習してきた通りに本題に入った。

「じつは、ショーについて話をしようと思ってこうして来たというわけです。第一稿を書きながら、未知の領域に踏み込む必要があると気づいたのでね」

「未知の領域？」丁寧に整えた眉を片方あげてドローレスがきき返す。

「もっと核心に迫ってみたい。きみとダニの、ありのままの真実の姿に。体裁など取り払った状態のきみたちに」

ドローレスが顔をしかめる。「よくわからないわ――」

「ヒュー、なんだか暑いな」タッカーがいう。

ドローレスはフルートグラスを口に軽く当てる。「続きをきくわ」

「リアリティ番組のリアリティの奥に真実があると感じた。語られていない部分があるのだと。ダニとエディはおとぎ話のようなハッピーな暮らしをしているというが、それはどうやら怪しい。不倫の噂がある」

「エディが不倫しているといいたいの？」

「いいえ、ダニのほうよ」わたしがこたえた。「ロス・パケットと」

「ホッケー選手の？　ダニは彼のことはほとんど知らないのに――」

「ダニはロス・パケットと交流があるわ。そしてあなたも」わたしは写真を指さす。「ほらあそこ。あれはあなたの息子のロスとディノ――じゃなくて、あなたの息子のディノとロスね」

わお、タッカーのいう通りだわ。なんだか暑い！

「ねえクレア、あなただってダニと同じようにロスと交流があるはずよ」

「どういう意味？」

「昨夜、スケートリンクで派手に転倒した後、ずいぶん長い時間、彼とふたりきりで過ごしたわよね」

身体がこわばる。「わたしが？　まさか！」

「救急室でなにもなかったたっていうの？」

「人ちがいじゃないかしら。昨夜は自分の店で働いていたわ。そうよね、タッカー？」

返事がないのでふり向くと、わたしのアシスタント・マネジャーはカウチに座ったままぐったりしている。彼にふれると、そのまま前のめりになってコーヒーテーブルにぶつかり、人造大理石の床に転がった。立ちあがってタッカーの身体をつかもうとしたけれど、両膝に力が入らない。そのままカウチにどさりと尻餅をつく。

まずい、薬物を飲まされた！　シャンパンのボトルに入れたにちがいない。だからドローレスはあらかじめ自分のグラスに注いでおいて、わたしたちに執拗に飲ませようとしたのね！

まぶたが重たくなる。ドローレスがフルートグラスとシャンパンのボトルとチーズを片付けているのがやっとのことで見える。彼女が前屈みになった拍子にスウェットシャツがまくれてタトゥが見えた――『88は最高』という文字。レイダーズのチームカラーの青い色の文字だ。

パケットの車を盗んだ女性について彼がいっていたことを思い出した。「彼女もクレイジーなほど嫉妬深かった……おれに夢中になって『88は最高』なんてタトゥを日に当たらない部分にいれるほど！」

その証拠がいままさに目の前にある。わたしたちはダブル・ディーのまちがったほうに来てしまった！ロスがいっていたのはダニのことではなかった。〝クレイジーなほど嫉妬深かった〟のはドローレスだった！

「ほんとうよ、ミズ・コーヒー・クイーン。昨夜あんなに手間をかける必要はなかったのよ」ドローレスはご機嫌だ。「これは当事者のわたしからのアドバイス。あの人は好みなんてないんだから。手に入るものならいただくの、自分より若けりゃ手当たり次第。十五分くらいいちゃいちゃしていたオレンジ色の髪のあばずれもそう。アイルランド人の性悪女を殴りつけた後でパイパー・ペニーも殺しておくべきだった。でもいくらニューヨーク市警がおバカさんでも、ひと晩に二回も襲うのはやめておけっていったでしょうね」

彼女を絞め殺してやりたい。でもカウチから立ちあがることすらできない！　薬物のせいで身体の自由がきかなくなってきている。

「あなたはけなげに生きていた若い女性を殺した」声はしわがれ、目の焦点が合わなくなってきた。「あの子は天使だった——」

「脅迫をする天使がいったいどれくらいいるのかしら？　あの娘はわたしをゆすろうとしたのよ。あなたもわたしをゆすりに来たの？」

わたしは首を横にふって否定する。

「わたしの姉はニューヨーク市警のオフィスで犯罪統計の情報処理をしているの。あなたのことも知っているわ、クレア・コージー。ずいぶんたくさんの事件で警察に協力しているのね。有名な刑事と親密な仲でもある。盗聴器をつけているの？」

身体検査をされると思った。が、ドローレスは賢明にもちかづこうとしない。

「ないわよね。盗聴器なんてあるわけない。ニューヨーク市警がわたしを罠にかけようとするのであれば、市内におびき寄せるはず。ここはナッソー郡だからあなたは証拠をあさりにきたんでしょう。もしも警察が確実な証拠をつかんでいるなら、とっくに獄中にいるはずだもの」

ドローレスはデニムのポケットから薬瓶を取り出して、自分の口に数錠を放り込む。続いて傷ひとつないフルートグラスのシャンパンを飲み干す。

「些細なことを理由に夫がわたしを捨てたのが始まりだった。それから番組が中止になった。

番組が売れなければお金は入ってこないのに、わたしたちの番組を買いたいという局はなかった！　おかげでわたしは破産してしまったし、ロスとよりをもどすこともできない。親友と関係してわたしを裏切ったことを許してやったというのに！

でもダニには仕返ししてやった。あの愚かな女には当然の報いよ。そうでしょう？　内緒で彼女の夫と寝たのよ。〈イーヴィル・アイズ〉はそれで気がすんだ——わたしもね。もう一度成功してスターになるには、いままで通り彼女と仲のいいふりをするしかないもの」

薬が効いたのか、ドローレスの口調が穏やかになってきたようだ。

「アイルランドから来た名もないベーカーなんて殺したくなかったわよ。あたりまえよね。道理を説いていい含めるつもりだった。取引を持ちかけた。そうしたらあの子は口をつぐむ代償として五万ドルを要求した。一ドルだって受け取る価値などないのに。けれどもタブロイド紙にばらされないためには手を打つしかないと腹を決めた」ドローレスが首を横にふる。「そうしたらロスが、ティーンエイジャーのロックシンガーを連れてやってきた。お酒でも飲まなきゃやっていられなかったわ。そして……かっとなった。メリーゴーラウンドのところに転がっていた敷石につまずいた時、運命が凶器を与えてくれたと思ったのよ。彼女を殺さなければならないという運命」

「〝手紙〟の件で？」ざらざらした声が出た。ほんとうに〝手紙〟がMに真相をもたらしたのだろうか。

けれどもドローレスはそれ以上なにも話そうとしない。重いトレーを持ちあげてドアに向かって歩き出し、足を止めた。

「あなたにはわかっていない、コーヒー・クイーン。いったん手に入れた富と名声を失うことほどつらいことはないのよ」

62

ドローレスがドアから出ていった。彼女がカギをかけたとたん、転がり落ちるように床におりてタッカーを起きあがらせようとした。けれども彼は気を失っている。わたしの身体からはみるみるうちに力が抜けていく。

このままではふたりとも死んでしまう。それを防ぐ方法はある——カウチで身体を支えてうつむいて喉に指を突っ込んだ。胃のなかのものをすっかり吐き出してしまうと、頭が冴えて、力がよみがえってきた。今度はタッカーを強く揺さぶることができる。ようやく彼がうめき声をあげた。

よかった！　まだ大丈夫よ！

無理矢理吐かせてはいけない。まだ意識がもどっていないので、喉に詰まらせたら命取りになる。冷たい水を顔に浴びせたくても、水はない。気付け薬を嗅がせるという方法もとれない。しかたなく顔を叩いた。思い切り平手打ちしたのだ！

彼の目があく。まだ焦点を結んでいない。もう一度、平手打ちした。

「クレア？」悲鳴のような声があがる。彼の頬は真っ赤だ。

失神している間になにが起きたのかを話し、昼に食べたものを吐き出すようにいった。彼の胃袋が空っぽになったちょうどその時、隣のガレージでエンジン音がとどろいた。

「まずい！」タッカーが叫ぶ。「ドローレスがなにをたくらんでいるのかわかったぞ。ドラマ『犯罪心理捜査班《クリミナル・インテント》』で使われていた手だ――ドローレスはあの番組のオーディションを受けている！　既婚の刑事と恋に落ちた警察の速記者が、嫉妬深い妻に〝窒息死〟させられるんだ。ガレージの隣にあるふたりの密会場所で！　車にホースをつないで通風口から排気ガスを部屋に送り込む。わたしたちは死んだら重りをつけられてドラマと同じようにニューヨーク州北部《アップステート》の湖に捨てられてしまう！」

　すでに通風口から排気ガスのにおいが漂っている。ドローレスは二台目のエンジンをかけた。トラックにちがいない。強力な振動で安っぽい金のトロフィーが詰まった棚がガタガタ揺れている。

「あのクレイジーな女は本気でわたしたちを殺そうとしている！」タッカーがわめく。

「落ち着いて。脱出の方法を考えましょう」

「考えるための空気が必要だ」タッカーが咳をする。すぐにわたしも咳が止まらなくなった。

「ほら、これを」スカートの下に手を伸ばしていきおいよくタイツを脱いだ。

　タッカーは仰天したらしく、目を大きく見開いている。「クレア！　いくら死が迫っているからといって、相手をまちがえてますよ！」

「誤解しないで！　このタイツを使って『口笛ディック』のスタントをするのよ！　パンチ

に教えたやり方で」わたしは上のほうを指さした。「ほら、あの窓。地下室の天井のすぐそばよ。明かり取りのためだけに使われて密閉されている。だから割ってしまえばいいわ。パンチがビレッジブレンドのフレンチドアのガラスを割ったみたいに」

タッカーがわたしのタイツをつかむ。「石がいるな……小さくて、重さがあるものが」

壁から額をひとつ外してコーヒーテーブルに叩きつけた。そしてなかからホッケーのパックを取り出してタッカーに渡した。

「これなら二キロ以上はあるな。タイツが破れて飛び出すとまずい」

「厚みを倍にしたらどう？　一方の足をもう一方に入れて」

タッカーは咳き込みながら、いわれた通りタイツを二重にし、そのなかに固いパックを入れた。

彼がタイツをふりまわすあいだにも排気ガスが増えていく。タイツは切れずに伸びていく。

タッカーは天井にちかい密閉された窓を狙い、タイツを飛ばした！

一回目で命中してパックがガラスを粉々に割った。凍るように冷たい外気がファミリールームに一気に流れ込むが、たまった一酸化炭素を追い出すほどではない。これでは助からない。

「窓をもうひとつ割って」喉が詰まりそうだ。

「飛ばすものは？　タイツは外に飛んでいってしまった！」

「じゃあ、わたしたちも出るしかないわ」

窓の下のへりはわたしの頭上三・六メートルのあたり。タッカーに肩車してもらってもそのへりにも手が届かない。タッカーの背中を這い下りて、巨大なクリスマス・ツリーを傾けて壁に寄りかからせた。

マツの木の枝を伝い、けばけばしいモールを取り払う。金色のオーナメントを踏みつぶしながらさらにのぼっていく。ようやく割れた窓まで到達して、下にいるタッカーに呼びかけた。

「コートを投げて！」

タッカーが放りあげたコートをつかんで腕に抱え、ガラスの破片を窓枠から叩き落とした。そして窓から這い出して冷たい地面に出た。

腹這いのまま植え込みを抜けてホッケーのパックを詰めたタイツをさがすと、雪が積もった枝に安っぽいクリスマスのオーナメントのように引っかかっている。

タイツはそのままにして、膝をついて這って進むと庭に出た。疲れ果てていた。むかむかして気持ちが悪い。その場で突っ伏して、そのままごろりと転がって仰向けになり、ひと息ついた。ようやくほっとして身体を起こそうとした時、頭上にぬっと影があらわれて視界をふさいだ。

「これでめちゃめちゃにして殺してやる必要がありそうね」

ドローレスは手に持ったハンマーで、もう一方の手のひらを軽く叩いている。わたしをなじりながら、これから自分がしようとしていることを楽しんでいる。

〝まさしく怪物そのもの！〟

わたしは両腕を身体に巻きつけるようにして、抵抗する体勢に入る。その時、ドローレスの背後の植え込みが動いた。

「やあ、ド・ロー・レ・ス！」

茂みのなかからあらわれたのはタッカー・バートン。投げ縄のようにタイツをぶんぶんふりまわしている。

ドローレスは名前を呼ばれて、そちらを向いた。ガツッという嫌な音とともに、重しを詰めたわたしのタイツが彼女の額に当たった。意識を失った愚かな女は顔から雪のなかに倒れていった。

「ありがとう、口笛ディック！」

タッカーが手を伸ばしてわたしの手を取った。

「礼などいりませんよ。感謝するならミスター・O・ヘンリーに」

63

その日の午後、ようやくロリ・ソールズにいわれたことを実行した。つまり、ロングアイランドの警察に電話したのだ。サイレンが唸りをあげ、制服姿の警察官たちがドローレス・デルーカの身柄を拘束した——タッカーとわたしは地元の警察署に移動した。

わたしたちの体調はかなり早く回復した。警察署では山のような質問にこたえて供述調書が作成された。数時間後、そしてさらに数日休息を取った後、わたしとタッカーはビレッジブレンドという静かなオアシスにもどった……。

店を早じまいして、いよいよ恒例のクリスマス・パーティーが始まる。天井の照明を落として薄暗くし、フレンチドアを縁取る小さな電球がキラキラ輝く光景はうっとりするほど美しい。緑の葉をつけるツリーの大きな枝からは新鮮なマツの香りが漂い、煉瓦の炉床では心地よい火がパチパチと音を立て、炉棚ではマダムの銀の九本枝の大燭台が炎を反射して光を放っている。

この一年、この夜のひとときを待ち焦がれていた。大好きなファララ・ラテをみなで味わい、ジャネルとボリスが差し入れてくれた焼きたてのクッキーを頬張り、だいじなスタッフたちとリラックスして過ごす。マテオに感謝の気持ちを込めてニューヨークチーズケーキ・クッキーを焼き、仕上げに甘いストロベリーシロップを散らした。スピーカーからはジャズ風のクリスマス・ソングが流れ、バリスタたちの友人や恋人も加わってなごやかな雰囲気だ。けれどもわたしは楽しむことができない。パズルのピースが欠けてしまったという衝撃からまだ立ち直れない。

マテオとわたしはフレンチドアのすぐ脇のテーブルに席をとった。小降りの雪を見ながら、わたしはクッキー交換パーティーでドローレス・デルーカが犯したおそろしい連続殺人についてくわしく話した……。

「要するにこういうことか？　きみはクリスマス・ツリーのおかげで命拾いをしたんだな？」

「ツリーとタッカー・バートンのおかげよ。もしもタッカーが『口笛ディック』のショーに備えて女性用タイツを飛ばす方法をマスターしていなければ、あなたはいまごろわたしのお葬式に参列しているはずよ。こうして毎年恒例の『シークレットサンタ・パーティー』を楽しんではいないでしょうね」

マテオが目を丸くした。「口笛なんとか？」

わたしは手をバタバタさせる。「いいから、いいから」

「で、その後はどうなったんだ？　ドローレスはロングアイランドの警察に自白したのか？」

「一部についてだけ。わたしとタッカーに薬を盛ったことは認めたけれど、認めたのはそれだけ。つぎに彼女はロリとエンディコット刑事の取調室に移された。そこでわたしが録音したものを聴かされ、ドローレスはわたしたちを窒息させようとしたことを認めた。さらにケイトリンの命を奪った火事を起こしたことも。弁護士たちは過失致死罪を主張しているわ。ドローレスはMを殴って死なせたと自白したけれど、ドローレスのほうこそ被害者なのだと――脅迫されて絶望的になった末の犯行、というわけ。べつの言葉でいえば痴情のもつれによる犯罪で、計画的殺人ではないということ」

「リタについてはどうだ？　あの娘も無惨に殺された。ドローレスは殺したと認めたのか？」

マテオはキャンディケーン・ラテ（彼が自分でつくった。もちろんかなりの量のペパーミント・シュナップスを加えてアルコール度をアップさせている）のカップを持つ手にぎゅっと力を入れる。

「いいえ。否認している。犯罪現場で警察が採取した血まみれの指紋はドローレスの指紋に符号すると考えられる。でも不鮮明な部分があって法廷で決定的な有罪の決め手とはならない。ほかはすべて状況証拠ばかり。リタとMとのつながりを示すものはどうしても見つからなかった」

「あの〝手紙〟か？」

わたしはうなずき、窓の外を見た。暗くて寒い夜の風景を。

「ドローレスが証拠を隠滅したにちがいないわ」

「万が一に備えて、Mがコピーを取っていた可能性もあるんじゃないのか？」

「そうね。でもいったいどこにあるのか、謎よ。警察は彼女の住まいを捜索したけれど、なにも出てこなかった」わたしはため息をついた。「あの〝手紙〟さえあれば、ドローレスはリタを殺した犯人でもあるという決定打になる。そしてあれが計画的な犯行であったと証明できる」

「どうしてそう断言できるんだ？」

「スケート靴が凶器として使われたというわたしの仮説が実証されたからよ。鑑識の検査結果から、子どもが履くサイズのスケート靴とリタの頭の傷がぴったり一致したの」

マテオが顎をさする。

「なぜそれが計画殺人だったことの証明になるんだ？」

「憶えていない？　二度目のクッキー交換パーティーの時にあなたがいったのよ。世界一有名な玩具店は何千ドルもする巨大な動物のぬいぐるみと宝石をちりばめたお絵描きボードは置いているけれど、スケート靴は売っていない」

「そうだったな。きみのいう通りだ。となると、殺人犯は店にスケート靴を持ち込まなければならなかった。つまりリタの殺害は――」

「リタを殺すという冷酷な計画を立てて実行したモンスターが裁きを逃れようとしていると思うと、たまらない……警察があの〝手紙〟さえ確保できれば――せめてコピーだけでも」

またため息が出た。奇跡が起こらないかと、窓の外を見つめた。数分後に、奇跡を経験するとは露知らず……。

ジングルベルの音とともに正面のドアがあいた。

「ホー、ホー、ホー！　メリー・クリスマス！」

「サンタクロースだ！」

タッカーが歓声をあげて、赤い衣装の男性に駆け寄って抱きしめた。

赤い上下を着たその人物は白い長いひげの向こう側で満面の笑みを浮かべる。

「いい子にしていたかい？」からかうような口調はパンチの声だ。

タッカーのボーイフレンドのパンチは細身なので、赤いスーツの下にクッションを三つも詰めなくてはならなかった。赤いベルベットの袋を背負い、そのなかにはわたしからバリスタへの贈り物と彼らがおたがいに用意したプレゼントがたくさん詰まっている——奥の保存庫に銘々が持ち寄ったシークレットサンタのプレゼントだ。人がちかづくと動きを感知して歌い出す小さなプラスチック製のビング・クロスビーのかたわらに、このひと月のあいだに積みあがっていた。

パンチがプレゼントをおろす。マテオがわたしになにかを話しているのは見えるけれど、声はきこえない。なにもきこえない。わたしは宙を見つめたまま、一瞬にして一回目のクッキー交換パーティーの直前の、あの時に引きもどされていた……。

Mが携帯電話に出る姿が見える。あれは彼女を殺した犯人ドローレスからかかってきていたのだ。今はそれがわかる。あの電話で、故障したメリーゴーラウンドで会うという決定的な約束がかわされた。Mが保存庫のスペースに入っていったのは、ドローレスとの会話をだれにもきかれたくなかったからだ。そしてあの時、小さなビング・クロスビーがか細い声で

『ホワイト・クリスマス』を歌うのがきこえた。

「そうよ！」わたしは飛びあがった。

「どうした？」マテオがたずねる。

パンチのところに猛スピードで駆け寄った。

「サンタさん、そのプレゼントを見せて！」

「どうしようかな。きみはいい子にしていたのかな？」

「もちろんよ！」

わたしは半狂乱でプレゼントをつぎつぎに出して包みをカウンターに置く。半分ほど出したところで、それを見つけた――ビッキが先日いっていた、ムーリン宛ての謎のプレゼントだ。彼女の死後、バリスタのうちだれひとり引き取ろうとしなかった。

だれが置いたものなのか、たずねるまでもない。わかっているから。包装紙を破いて箱をあけてなかを見た。

「なにが入っていた？」マテオが急いでやってきた。

「あった！〝手紙〟よ……」

そう、Mはダブリンで元の交際相手がクリスマス・ツリーの下にピストルを隠すのを見て学んでいたのだ。そしてこの小さなプレゼントは、ピストルに負けないほどの破壊力がある。

箱からバービー・ピンクの紙を取り出した。その〝手紙〟にはドローレス・デルーカがロス・パケットの車を盗み、あのベーカリーに突っ込んで火事を起こしてMの従妹を殺した事件のおぞましい仔細がすべて記されていた。これさえあればと、わたしは興奮していた。が、はたと気づいた――。

「ああ、ダメだわ……」

「どうした？」マテオだ。

「〝手紙〟はタイプされている。それに署名がないわ。リタの署名がなければ、わたしたちにはどうにもできない」

「見ろ」マテオが箱のなかをのぞき込む。「まだなにか入っているぞ……」

その瞬間、わたしたちはついにドローレス・デルーカをリタ・リモン殺害の犯人として仕留めた――箱のなかにあった二通目の手紙のおかげで。それはノートを一枚切り取ったなんの変哲もない紙に手書きで記されていた。

ムーリンへ

わたしはケイトリンの知り合いです。彼女のベーカリーによく行っていました。彼女から、この街の〈ジャネルズ・ペストリー〉で従妹が働いているときいています。だからあなたに宛てて書くことにしました。

同封の手紙にケイトリンの死の真相について書いてあります。ダニ・レイバーンの自宅でわたしが立ち聞きした内容です。その証拠として彼女のステーショナリーを使いました。手紙に署名しなかったのは匿名の存在でいたいからです。でもあなたはこの手紙を使ってドローレス・デルーカに当然の報いを受けさせてやるべきだと思います。

あなたにやすらぎが訪れますように。

リタ・リモン

「やすらぎが訪れますように」という言葉が胸に刺さる——なぜなら、やすらぎなど少しも感じることができなかったから。

Mが殺害された事件に関して、だれが、なにを使って、どこで、どのようにして殺したのかはあきらかになった。なぜ殺したのかという理由もわかっている。しかし、〝なぜMが〟の部分についてはわからないままだ。

Mと『マッチ売りの少女』の主人公を重ねようとする自分がいる。彼女は雪が降るなかで倒れ、夢を見ながら死んでいったのだと。その彼女が脅迫という手段に訴える貪欲《どんよく》さとしたたかさを持ち合わせていたのだと思うと、なにがなんだかわからなくなる。

なぜMはあんなことをしたの？　単にお金が欲しかっただけ？　それともドローレスを罰するため？

どちらもちがう。わたしが知っているMはそんな人ではない。祈っても気持ちに決着をつけることができず、泣き疲れていつしか眠りに落ちた。

64

ロリ・ソールズ刑事が店に立ち寄ったのは、クリスマスの二日前だった。わたしが最後に突き止めた事実の余波について伝えにきてくれた。

暖炉の前のテーブルに着いたロリのところに行くと、ジャネルの有名なチョコレートチップ・クッキーを穏やかな様子で頬張っている。いつも彼女に処刑されてしまうジンジャーブレッドマンはペストリーケースにたくさんあるはずなのに。

「首切りはお休み？」

「ダー、コージー同志……」（ささやかな変装をしてガリーナになりすましたと知って以来、ロリはわざとらしくロシア語のアクセントを強調するようになった）。

席についてロリの皿に並んでいるクッキーを指さした。彼女が組んでいる独りよがりの上司の身代わりになれそうなものはひとつもない。

「処刑を中止した理由は？」

「重要な件から取りかかりましょう。〝手紙〟を発見してくれたお礼をいいに来たのよ。あれさえ手に入れればドローレス・デルーカはどんな申し開きもできない。新聞にも出ている通り、地方検事は彼女がリタ・リモンを計画的に殺害した罪で告発している」

「〈ニューヨーク・ワン〉のニュースできいたわ。マスコミがこぞって報道している」

「彼女の弁護人たちはあわてて司法取引に持ち込もうとしているわ。それは大いに歓迎すべきことよ。彼らはもうおしまいだとわかっているということだから」

わたしは眉をひそめた。「ドローレスは罪を認めて、刑罰を軽くしてもらおうとしているの？」

ロリが首を横にふって否定する。「それはもう手遅れ。今朝わたしの分署に、行方が知れなかったダニ・レイバーンのベビーシッターが入って来た時に可能性は断たれた。彼女はドローレスの自動車事故についてすべてを知っていた。けれども脅迫に加担しようなどとは思わなかった。ムーリンが殺されたとき、あのシッターは不安になったけれど、エンディコットと同じことを自分にいいきかせた――ムーリン・ファガンは無差別に襲うクリスマス・ストーカーの犠牲者なのだとね」

ロリはジャネルのエッグノッグ・ショートブレッド・クッキーをかじり、満足そうに咀嚼《そしやく》して飲み込むと、アメリカーノをごくごくと飲んだ。

「リタが玩具店で殺されたことで、二件の殺人はドローレスのしわざにちがいないとあのシッターは確信した。ただ、証明のしようがない。そしてリトル・ディーの殺害予定者のリストにつぎにあがっているのは自分にちがいないと考えて彼女は姿を消した。ワシントンハイツの従姉妹のアパートに身を隠して、新聞を読んでドローレスがライカーズ刑務所から当分出て来そうにないと知ったそうよ。それで踏ん切りをつけて警察に名乗り出た」

ロリがにっこりする。「あのシッターの証言で、ドローレス・デルーカはちょうどこの小さなお菓子のように――」

そこでジャネルのサクサクしたオートミールクッキー・ブリットルをひとつ取りあげ、ふたつに割った。そしてその半分をコーヒーに浸して頬張った。

「なぜ〝恐怖政治の時代〟は終わりを迎えたの？　ジンジャーブレッドに飽きたのかしら？」

「あなたにお礼をいいたいふたつめの理由がそれよ。遂にフレッチャー・エンディコット刑事から解放されたのよ！」彼女は満面の笑みで続ける。「ミスター・ＤＮＡは休職してクッキー交換パーティー殺人事件の本を執筆するんですって。だから今後はまっとうな相棒と組むことになるわ。スー・エレンの傷病休暇があける二月まで」

「そういうことであれば、お祝いしなくてはね。でもひとつだけいわせて。エンディコット刑事のことを、ミスター・ＤＮＡと呼ぶ理由をまだきかせてもらっていないわ」

「ロックバンドのディーヴォの歌から、でしょう？」ちょうど挨拶をしに（ついでに立ち聞きもしに）きたタッカーだ。

「いいえ、ディーヴォとは無関係よ。ＤＮＡというのはエンディコットがつくり出した架空の人物のイニシャルなの。その名もずばり、ナット・アダムズ刑事《デテクティブ・ナット・アダムス》。デオキシリボース核酸《DNA》刑事」

「そりゃ痛々しいセンスだ」

「こんなのは序の口よ。彼の著書のタイトルを調べるのはお勧めしないわ」

わたしはロリの忠告を素直に受け止めたけれど、タッカーは一目散にカウンターに向かう。なにをするつもりなのか、想像はつく。その直後、ロリはコーヒーを飲み終えた。そしてプフェッファーヌッセを一枚口に放り込んだ——スパイスたっぷりの小さなクッキーに砂糖をコーティングしたこのお菓子はロリ刑事とよく似ている。

「行かなくては」ロリがわたしを軽くハグした。「よいクリスマスを、コージー」

「あなたも……」

彼女をドアまで見送り、カウンターにもどるとタッカーとパンチがクスクス笑っている。

「あら、なにがそんなにおかしいの？」

タッカーがパンチのタブレットを指さした。「エンディコット刑事の著書のタイトルですよ。ＤＮＡのシリーズ。ロリ・ソールズ刑事のいう通り。絶望的に痛々しい！」

「まさか」

タッカーが指さしながら読みあげる。「一冊目の小説のタイトルは『分泌者たち』」

「そもそも彼らはなにを分泌するのか？」パンチがいう。

「その傑作に続いて『遺体袋たち』。さらに『残留物たちと禁止事項たち』」

「あいたたた」

「おつぎはエスニック・ミステリのようだ」

「タイトルは？」

「『精子、先住民』」

「わけがわからないわ。もうたくさん！」

「見て！」パンチが叫ぶ。「クリスマスをテーマとしたミステリもあるんだ！」

「ききたくない……」

「そうはいきません」タッカーがにやにやする。

「じゃあ、当ててみるわ……『ジングルベル殺人事件』？」

タッカーが首を横にふる。「『ヤドリギと盗聴器』」

翌日はクリスマスイブ。お昼のラッシュ前の静かなひととき、店の入り口のドアの鈴が鳴り、顎ヒゲを生やした男性が入ってきた。白くて長いヒゲの持ち主ではなく、きれいに刈り込まれて整えられている。黄褐色のなかに白いものがちらちら交じってクリス・クリングル（サンタクロースの本名）というよりクリス・クリストファーソンのよう。肩まで届く髪はヒップスターらしく短いポニーテールにまとめられ、片方の耳には金色に輝く小さな輪をつけている。彼は赤い服も着ていない。

デイブ・ブライスはかつてのロックスターのクリスマスカラー――黒いジーンズ、黒いセーター、黒い革のジャケット――を着てぶらぶらと入ってきた。彼はあるものを見せるために、クリスマスの前日の午前中にやってきたのだった。それは最初、わたしを暗い気持ちにさせた。しかし闇の先には光があった。

「あら、ミスター・ブライス。どうしたんですか？　もうとっくに娘さんのところに出発したと思っていたのに！」ナンシーの明るい声が歌のようにきこえて、わたしは思わず微笑んでいた。

「あと数時間で発つ予定だ」デイブはFMにぴったりの、ぞくぞくするような魅力的な低音でこたえる。「日没前には着くように娘にいわれているからな。そうすればハヌカーのキャンドルをいっしょに点《とも》すことができる」

わたしは彼に微笑んで挨拶し、カウンター席にどうぞと勧めた。そしてネイビーブルーのスポーツジャケットを持って来た――『チャンネル・シックス・ニュース』のバンをまいた時に彼が貸してくれたものだ。

「ありがとう」

「どういたしまして」彼は店内を見わたしながら弧を描くように片手を大きくふって、厚板張りのフロアから大理石の天板のテーブル、そして錫の天井までを指し示した。「ナンシーのいった通りだ。ほんとうにすばらしい場所だ」

「ようやくコーヒーを飲んでもらえるわね……」

タッカーに頼んでホリデーブレンドをふたりぶんいれてもらい、カウンターでデイブを迎えた。

「ナンシーはエバグリーンの仕事を楽しんでいるそうよ……」

Mの葬儀の晩、ナンシーは「すてきなお年寄り」たちのことが頭から離れないとわたしに打ち明けた。彼女自身の家族は国じゅうに散っていて、これまで高齢者と交流する機会がなかったという。

「それなら、ミスター・ブライスと話してみたらどう?」ナンシーに提案してみた。「あなたに仕事を教えてくれるんじゃないかしら。パートタイムで働いていたMの仕事の一部でも引き継げるかもしれないわ……」

彼女はさっそく実行して、たちまち溶け込んでしまった。

「入居者はみなナンシーのことが大好きなんだ。そしてホームでは今夜のビッグショーのことでもちきりだ。この店のみなさんが急遽ショーを開催してくれるとは、ほんとうにありがたい」

「みんな、Mのためにやっているのよ。彼女はお年寄りを悲しませたり、がっかりさせたりしたくなかっただろうから。せっかくのクリスマスイブに……」

コーヒーを運んできたタッカーにデイブはうなずいて感謝を伝えた。それからホリデーブレンドを口に運び、おいしそうな音を立ててごくりと飲む。「今夜のショーのためにジャネルが特別なお菓子を用意しているときいたが?」

わたしはうなずく。「Mを偲んでパーティーをひらくと知って、どうしてもクッキーを提供したいといってくれたのよ」

「食べられないのが残念だ。彼女のチョコレートチップ・クッキーは世界一だからな。問題は、つくる量が少ないってことだ。注文しようとするとかならず売り切れだ」

「じゃあ、わたしが約束するわ。彼女はこれから格段にたくさんクッキーを焼くことになります。そして帳簿づけにかかる時間は格段に減る……」

今週の初めジャネルに店に来てもらい、あるお客さまに紹介した。そのお客さまが求職中であることは知っていた——履歴書をばらまいた元銀行幹部だ。しわくちゃになった履歴書には学歴と職歴の要約が記載されていた。その一枚をしまっておいたのだ。幅広い業務の経験が豊富で、小規模事業の経営者への財務コンサルティングも手がけていた。そこで彼に電話をして来てもらったのだ。

さいわいにもジャネルのバックオフィス部門をテコ入れするのに彼は理想的な人材であるとわかった。そしてジャネルのようなクライアントが増えれば、彼は二度とフルタイムの仕事をさがす必要はなくなるはず。

確かに彼はやり場のない怒りを爆発させた。でもあれはあくまでも一時的なこと。どんなに善良な人でも負の感情に支配されてしまう日はある。それをいけないという権利はだれにもない。しかしドローレス・デルーカの場合はあまりにもそれが強すぎた……。

ボリスができたてのお菓子を運んできた（偶然にもデイブのお気に入りのクッキーだ）。焼きたてでまだ温かいクッキーはトフィーのような食感で、チョコレートチップはまだやわらかい。デイブはさっそく口に運び、たったいま死んで天国に来たみたいな気分だと語った。

「皮肉なものね。前回あなたと食事した時には地獄について話したわ」

「〝名声〟について話をしたんだ」デイブがため息をつく。「名声を得る時、そして失う時、そこには大変な苦しみがともなう場合がある。しかしそれは自分自身がつくりだす地獄だ」

デイブがいいきっかけをくれたので、質問しやすくなった。

「Mもそれで脅迫へと駆り立てられたのかしら。あなたはどう思う？」われながらひどいことをきいていると思う。でもきいておきたかった。「彼女は名声を手に入れようとして焦ったの？」

「Mは、ひとりでも多くの人のために歌うチャンスを求めていた。それはまちがいない。人を楽しませることが大好きだった——それがMと彼女を殺したモンスターとの決定的なちがいだ。ムーリンのような娘は地獄には行かない。絶対に。ちょうどきみから話が出たことだし、これを見てもらいたい……」

デイブはジーンズのポケットから折り畳まれた紙を一枚取り出した。

「なにかしら？　楽譜みたいね」

「そうだ。いつだったか、自分のデスクに置いてあるのを見つけた。きみから電話をもらうまで、これがなにを意味するのかわからなかった……」

〝手紙〟が見つかった翌日、わたしはデイブに電話でそのことを知らせ、Mがなにを考えていたのかを示すようなものがあれば〝わたしに〟知らせてほしいと頼んでおいた。

彼は楽譜をひろげて折り目を伸ばし、裏返した。裏面はいたずら書きと走り書きでいっぱいだ。

「Mは感謝祭の直前にこの曲をつくった。ここを見てくれ、この隅のところ……」

ケイトリンの父親――二万五千ドル
リタ――五千ドル　ベーカリー開業資金
EFTF――七千ドル
生活費支払い――三千ドル
デイブ――一万ドル
合計――五万ドル

「五万ドル」わたしはつぶやいた。「Ｍがドローレスに支払いを要求した金額とぴったり一致するわ」

　デイブがうなずく。「昔のわたしにとってはちょうど一年の酒代だ。ドローレス・デルーカなら？　おそらくワンシーズンの衣装代だろうな」

　わたしは紙を指さした。「これはなにかしら？　ＥＦＴＦ？」

「それはエバグリーン・フィールド・トリップ・ファンドのことだ」彼は感情の高ぶりを懸命にこらえている様子だ。「数カ月前、Ｍは高齢者たちをコンサートに連れて行きたいといい出した。が、そのための費用はわれわれには出せない。それなら〝遠足《フィールド・トリップ》〟の資金のために積み立てを始めよう、そして元気な高齢者たちを外に連れ出そうと彼女は提案した。なに夢みたいなことをいっているんだと、わたしはいったよ――どっちを向いても金を持っている知り合いなどいないからな」

「これは……」わたしは指で示す。「あなたの名前よ。ムーリンはあなたに一万ドルの支払いをするつもりだといっていたの？」

「冗談じゃない！　Mみたいな無名のアーティストはたいてい貧乏暮らしだ。その彼女から金を受け取ろうなんて考えたこともない」

わたしは指でトントンと紙を叩いた。「Mが自分のために使おうとしていたのは三千ドルだけのようね。生活費の支払いのために……」

時間を巻きもどしたい。Mがどんなふうに暮らしていたのかをもっと知り、なにもかもうまくいくようにしてあげたい。胸をかきむしられるような思いに襲われた。Mは夢を叶える資金をつくるために昼も夜も働いた。ビレッジブレンドで働くバリスタたちも、Mと同じだ。仕事に精を出し、ひとかどの人物になるために奮闘し、善いことのために情熱を注いでいる。

感情的になりたくなかった。マイクみたいに落ち着いていたかった。けれどもどうしようもない激しい憤りがこみあげてくる。ドローレス・デルーカをひっぱたいてやりたい。彼女のような女性すべてを。薬物を盛られて意識がもうろうとしたタッカーの目を覚まさせるために叩いたときよりも強く。そしていいたい。目を覚まして、いま手にしているものの価値に気づいて、それを大切にしてほしい――ないものねだりをしてすべてを失ってはいけない。

ドローレスは愛車を一台売るだけで済んだかもしれないのに。Mにバーキンとコーチのバッグ、デザイナーズブランドのドレスと靴をあげるくらい、たやすいことだっただろう。イーベイのオークションでそういうブランド品をお金に換えて若いMに渡し、話をつけることだってできたはず。

けれどもMのほうもまちがっていた。なぜ警察に届けなかったのだと叱ってやりたい。手っ取り早く事を運ぼうとしても、たいていはうまくいかないとアドバイスしてあげられたのに。

タッカー・バートンにはそれがちゃんとわかっていた。

エディ・レイバーンやダブル・ディーのように口がうまくて調子がいい人たちには、ちかづかないのが一番だとタッカーは知っている。あくまでも自分の才能を使い、経験を積むことで先に進んでいくしかないのだと彼はわかっているのだ。デイブは数週間前にわたしにこういった。「なにもないところに火を熾しても、あっという間に消えてしまう」

名声という炎の破滅的な威力を、今回の事件ではつくづく思い知らされた。ドローレスは興奮に包まれたはしごを下りているところだった。Mは昇ろうとしていた。ふたりはブライアントパークの円形の暗いスペースで出会い、たがいを滅ぼした。

悲劇としかいいようがない。しかし、それもまた、人生。ハンス・クリスチャン・アンデルセンはそれを知っていた。彼は『マッチ売りの少女』を救うことができなかった。わたしはムーリンを救えなかった。それでもデイブが訪ねてきて彼女の考えていたことを知り、少しずつやすらぎをおぼえるようになっていた……彼女の運命についても。

デイブがコーヒーを飲み終え、わたしは彼に借りたスポーツジャケットを手に取った。

「おっと、忘れるところだった」彼は黒いジャケットから銀色ものを取り出した。「これはクリスマス・プレゼント。Mの歌が入っているCD－Rだ。彼女の歌詞は美しい。あんなふうに殺されて報道されたのがきっかけで、一流のアーティストふたりがわたしにコンタクトしてきた。Mの歌をいくつかレコーディングしたいという話だ。Mはプロとしてアルバムをつくるだけの資金がなかったが、こうして四曲入りのラフなEPをつくった。ぜひきみに一枚コピーを持っていてもらいたい……」

「ありがとう」彼の身体に両腕をまわしてハグし、彼もわたしをぎゅっと抱きしめた。デイブが出ていった後、またもやチリンチリンと鈴が鳴った（エルフの帽子をかぶったナンシーだ）。

「デイブって最高にクールですよね？」彼女が興奮した様子でまくしたてる。

「こりゃいかん」タッカーだ。「あたらしい恋の病が発生しているのを感じるぞ」

きっとうまくいかない。だからといって若い女の子は夢見るのを決してあきらめたりしない……。

CD－Rをタッカーに渡し、店のオーディオで流してほしいと頼んだ。すぐに、ピュアで甘い声が店内に満ちた。苦悩とあこがれ、そして決して届かない愛をMは歌う。

彼女の言葉と、言葉が伝える強烈な思いをききながら、ボリスと目が合った。

「ウェリー・ナイス。声は美しいし歌詞もいい。でも作品としての価値は……」ボリスは首を横にふって親指を下に向ける。「ニエット。プロとしてのレコーディングをするにはすごくお金がかかります。スタジオの使用料だけでも一万ドル」

一万ドルといえば、あの走り書きでムーリンがデイブに贈るつもりでいた金額だ。彼女はデイブに歌のプロデュースをしてもらいたいと望んでいたのだろう。お金を支払うことでようやく応じてもらえるとわかっていても。

Mの歌詞は強く心に訴えかけ、感情を揺さぶる。そしてまぎれもない事実を示している。ロス・パケットとバリスタのダンテはMをくどこうとしたけれど、時間を無駄にしただけだった。彼女の気持ちはまったく動かなかった。が、それはアイルランドでの出来事のせいではない。

デイブ・ブライスにCD制作の専門知識以上のものを求めていたからだ。彼女は愛を求めた。プロのレコーディングだけでなく、もっともっとたくさんのことを彼と共有したいと夢見ていた……。

「最後の歌をもう一度かけて」わたしは頼んだ。

その曲をききながらフレンチドアの外を見つめた。今朝の日差しは冬の太陽にしては強く、薄く積もった雪は溶け始めている。空中で雪片がくるくる渦を巻いている。それがMの姿に見えた。旅立つ前にちょっと立ち寄って外からわたしたちの様子を見ている。

地上での姿ではなくなっているけれど、かといってぼうっとした幽霊になっているわけでもない。いまの彼女は雪のよう。澄み切っていてこの世のものとは思えない。ひたすら明るく、そして美しい。幼いころの記憶がよみがえる——白い雪に横たわって手と足を動かして描いた、あの特別な形。

ようやく、いまのMがなにに姿を変えているのかを理解した。

天使。

今日の真夜中、天使たちが『ハレルヤ』を歌うとき、きっと彼女は自分の場所を見つけているだろう。

エピローグ

「じゃあ明日、クリスマスのディナーで……」

マイクにさよならをいい、メリー・クリスマスと祈った。それから携帯電話をマナーモードにしてゆっくりと深呼吸した。マイク・クィンはクリスマスイブにここでわたしといっしょに過ごす予定だった。でも急な仕事が入ってしまい、またもや彼はワシントンに足止めだ。がっかりしないように努めた。前向きな考えに集中した——今夜、エバグリーンのプレイルームはメトロポリスの電力をまかなえるほど旺盛な活気にあふれている。

クリスマスに外出する予定のあったお年寄りまで、迎えにくるのは明日にしてくれと家族に話していた。それくらい、みんながこのショーを楽しみにしているのだ。

「そうよ、『ザ・クリスマス・ストッキング』はなかなか見応えのあるショーですからね」わたしは両側の席にいるマテオとマダムに自信たっぷりにいった。

マテオがビーチに面した板ガラスの窓を指さす。「どうかな。クライマックスにはソックスに石を入れて投げるわけだからな。それよりはパンチが演じるドラッグ・クイーンのバージョンの『ホワイト・クリスマス』のほうが今宵の出し物としては安全だろうな」

マダムが片方の眉をあげて、わたしにプログラムをふって見せる。

『ホワイト・クリスマス』が〝ドラッグ・クイーン〟バージョンになるとは知らなかったわ」

「お気にさわりましたか？」グリニッチビレッジの人々との長い歴史を持つマダムにしては意外な発言だ。

「気にさわった、ですって？」マダムはむっとした調子で甲高い声を出す。「まさかあなたがそんなことをいい出すなんて！『トーチソング・トリロジー』（ゲイの男性を描いた舞台劇）はビレッジブレンドの二階で、初めての読み合わせをおこなったのよ！」

「ごめんなさい」わたしは頰の内側を嚙んで笑いをこらえる。

マダムがこちらに身を寄せる。「わたしが心配しているのは、あなたのお友だちの俳優さんたちのことよ。ここにいる年配のジェントルマンたちのなかには警戒すべき人がいますからね」マダムはパントマイムに切り替えて、なにかをつまむような指の形にして自分のお尻に向けた。

「おふくろのいう通りだ。ここにいる老人たちの一部にはそういう衝動が残っているし、おまけに視力が弱っている」

わたしは片手をふって否定する。「ご心配にはおよばないわ、パンチはちゃんと自分の身は自分で守れるから」

『ホワイト・クリスマス』のショーが始まった。歌あり踊りあり、当意即妙なコメディの芝居ありのショーをゆっくりと鑑賞してすばらしい夜を満喫した。パンチがヴェラ＝エレンみたいな金髪のウィッグをつけている姿はじつにすばらしい。クジャクのような青いきらびやかなドレスを着たパンチは、どこからどう見ても女性にしか見えない。

舞台に立って演じるということについて、タッカーの言葉がすべて正しかったわけではないということか。このクリスマス・シーズンは、偽名、まちがった手がかり、変装、そして殺人に翻弄された。最終的にわたしが行き着いた結論は……。

〝目に映るものと手にするものが同じとは限らない〟。

数時間後、わたしはペンシルバニア駅で列車の座席について出発を待っていた。

こうする以外、考えられない。マンハッタンまでマテオに送ってもらい、ひとりになると、二フロアぶんの住まいはたまらなく虚ろな空間に感じられた。だからマイクのクリスマスの朝食をつくると決めた——特製の〈パネトーネ・パン・ペルデュ〉を。

いまならまだ間に合う。

レールの上を列車が走る数時間、うたた寝をしていればワシントンに着く。クリスマスの朝日が昇る時にはきっとマイクを驚かせることができる。これ以上のすてきなサプライズはないはず。

わたしは微笑み、彼の両腕に抱きしめられるところを想像した。いっしょに朝食を楽しみ、教会に行くところも。彼にプレゼントした雪の結晶の柄のビレッジブレンド・ブルーのマフラーがリンリンリンと鳴るのがきこえそう。マイクはずっとあのマフラーを身につけている。それがわたしの心にぬくもりを与えてくれている。

リンリンリン……。

え？　思わずパチパチと何度もまばたきしてしまった。窓の外に視線をやり、到着した列車のほうを見た。べつの列車が出発し、プラットフォームが見えた。そして鈴がついたマフラー――マイク・クィン！　ほんとうに？

クレイジーな彼がわたしと同じことを思いついたの？　夜更けの列車に乗ってクリスマスの朝、わたしを驚かそうと思いついたの!?　もしもあれが本物の彼なら、急いで行動を起こさなければ。さもなければ彼はわたしの住まいでひとりぼっちのクリスマスを過ごすことになる。そしてわたしも彼のアパートでひとりきり！

彼に呼びかけたい。けれどもはめ殺しの窓はあかない。いきおいよく立ちあがって混雑した通路を移動した。まだあいている列車の戸口にたどり着くと、思い切り叫んだ――。

「マイク！　マイク・クィン！　あなたなの!?」

男性がふり向き、プラットフォームの向こうからこちらに目を凝らす。

「クレア！」

やはりマイクだった！

つぎの瞬間、エアブレーキがシューッと音を立てて列車が動き出してしまった。あわてて席までもどり、一泊用の鞄をつかんでふたたび出口をめざす。が、車内は大混雑でなかなか出口にたどり着けない！

ようやくふたたび出口のドアに立つと、マイクがわたしの名前を呼びながらプラットフォームを駆けてくるのが見えた。鞄を放り、彼がそれをキャッチした。

「飛び降りろ！」彼が叫ぶ。「受け止めるから！」

深呼吸して覚悟を決め、思い切って飛んだ。マイクは約束を果たし、わたしはその腕のなかに落ちた。おたがいに笑い、そして抱き合った。

「家に帰りましょう」

いっしょに階段をあがって駅の広大な待合室のスペースに入ると、がらんとしている。わずかにひとつのベンチだけに人の姿がある。一人旅の人たちが身を寄せ合って座り、コーヒーを飲んでいるのだ。彼らの足元にはギターケースがあけっぱなしで置かれている。そのなかのある男性がギターをかきならして『聖《きよ》しこの夜』を弾き始めた。若い女性がそれに合わせて歌い出す。彼女の髪は黒く笑顔が美しい。ピュアな声は新雪を連想させた。いきなり、発着を知らせる大きな掲示板がパタパタとめくれて表示が変更され、列車の最新の出発情報になった。ムーリンのことを思った。彼女の旅は完了したのだ。いま彼女はやすらぎのなかにいる。

「ほら。真夜中を過ぎた」マイクが駅の時計を指さす。

「ええ」

「メリー・クリスマス……」

わたしも彼にメリー・クリスマスといった。彼がわたしにキスしようと動いた瞬間、あっと思って彼を制止した。

「大変。たったいま思い出した。あなたへのプレゼントをトートバッグに入れておいたの。ツリーのところに置くためにちゃんと準備していたのに、列車のなかに置きっぱなし！」

泣きたかった。せっかく念入りに丁寧にラッピングしたのに。

「ごめんなさい。あなたのクリスマス・プレゼントがなくなってしまった！」

「そんなことはないよ」彼がささやいてわたしの頬にふれる。「ちゃんとここにある」

彼が微笑み、わたしもにっこりした。よく響く待合室のスペースに『クリスマス・キャロル』のデュエットが響き渡る。魔法のようなひとときだ。彼がもう一度こちらに身を寄せてうつむき、なにより心のこもったクリスマスの贈り物を交換した。

今日の賢者たちへの最後の言葉として、こう言わせていただきましょう。
贈り物をするすべての人のなかで、
このふたりが最も賢明だったのです……彼らこそほんとうの賢者なのです。

O・ヘンリー『賢者の贈り物』

ジャネルのジンジャーブレッド・クラックルクッキー

バリスタのエスターはこのクッキーを「クリスマスのクラック・コカイン」と呼ぶが、なかなかうまい表現だとクレアは思っている。スパイス、ブラウンシュガー、糖蜜を混ぜた生地をオーブンに入れると、そこから漂うのはまさにクリスマス・シーズンならではのアロマ。

ジャネルのこのクッキーは香り豊かでバランスが取れていて、スパイスのきいたクッキーとしては最高の部類に入る。中心部分は噛みごたえがあってスパイシーな味わいが強く感じられ、表面はサクッとした食感で甘みが強く感じられる。この絶妙なコントラストをつくりだすためのジャネットの秘訣をお教えしよう。中央部分を軟らかくしてくれるのは、適量のバターと糖蜜。そして内部には精製糖を使うのに対し、外側のパリッとした食感は粗糖を使ってつくりだす。

ジャネルからの厳しいアドバイスは、くれぐれもレシピを正確に守ること。焼く前にクッキーの生地をまるめてナチュラルブラウンシュガーやデメララ糖の上で転がす。ここで普通の白いグラニュー糖で代用すると、ビレッジブレンドのお客さまが恍惚となるすばらしいクッキーにはならないのでご注意を。

クリスマスの季節ならではお楽しみのクッキーをどうぞ堪能してください！

つくり方は次頁へ →

【つくり方】

1. 生地をつくる

室温にもどしておいたバターと２種類の砂糖を電動ミキサーでふわふわのクリーム状になるまで混ぜる。卵、糖蜜、バニラエクストラクト、ジンジャー、シナモン、オールスパイス、重曹、塩、コショウを加えてよく混ぜる。ミキサーを止めて中力粉を加え、ざっくりと全体を混ぜる（この段階で混ぜすぎるとグルテンが生じてクッキーは硬くなってしまうので注意）。

2. 生地を冷やす

生地は軟らかく粘り気があるのでラップで覆って３時間以上冷蔵庫で冷やして硬くする（一晩置いてもよい）。この間にスパイス類が生地に浸透してすばらしい風味となる。

3. 砂糖をまぶす

生地の準備ができたらオーブンを190度で予熱する。天板にオーブン用シートを敷く。生地がつかないように手にバターを塗り、生地を小さなボールに丸める（直径約3.8センチ）。丸めた生地を粗砂糖（ナチュラルブラウンシュガーやデラメ糖）の上で転がして全体にまぶす。砂糖をまぶしたボール状の生地を天板に並べる。焼いているあいだに膨らむので、適当な間隔をあけておく。

4. 焼く

190度に予熱しておいたオーブンで12～15分焼く。ボール状の生地は平たくなり表面に割れ目（クラック）ができる。クッキーが軟らかいうちにオーブンから取り出す。硬くなっていたら焼きすぎなので注意！　天板をオーブンから取り出し、熱くて軟らかいクッキーを少し落ち着かせてからラックに移して冷ます。

ジャネルのジンジャーブレッド・クラックルクッキー

【材料】３ダースぶん

無塩バター …… ¾カップ
ダークブラウンシュガー …… ½カップ
（きっちり詰めて量る）
グラニュー糖 …… ¾カップ
卵 …… 大１個
糖蜜（硫黄処理されていないもの、廃糖蜜ではないもの）
…… 大さじ２
ピュアバニラエクストラクト …… 小さじ１
ジンジャーパウダー …… 小さじ２½
シナモンパウダー …… 小さじ１¾
オールスパイス（パウダー） …… 小さじ¼
重曹 …… 小さじ１½
塩 …… 小さじ¼
黒コショウ（粉） …… ひとつまみ
中力粉 …… ２¼カップ
ナチュラルブラウンシュガー …… ½カップ*

＊ これを白いグラニュー糖で代用しないように。すばらしい仕上がりにするために、きめの粗いナチュラルブラウンシュガー（Tubinado生サトウキビ砂糖）を使う。イギリスでは「Sugar in the Raw」というブランド名で売られており、デメララ糖と称される。

つくり方は次頁へ ➔

チョコレート
キャンディケーン・クッキー

このクッキーはビレッジブレンドのクリスマスのヒット商品。軟らかいチョコレートクッキーの甘美な風味、そしてクリスマスにつきもののキャンディケーンの楽しげなペパーミントのクリスピーな食感を味わえる。

そのままでもじゅうぶんおいしいけれど、タッカーのピンク色のキャンディケーン・フロスティング——かんたんなのに華やかで、市販のブラウニーミックスの粉でつくったクッキーに使えばクッキー交換会にぴったりの仕上がりとなる——をトッピングすれば、さらに魅力的。

【つくり方】

1. 生地をつくる

電動ミキサーを使い、バターと2種類の砂糖を混ぜてふわふわにする。ヨーグルト、卵白、バニラエクストラクトを加えて混ぜる。ココアパウダー、エスプレッソパウダー、塩、ベーキングパウダー、重曹を加えて滑らかになるまで混ぜる。最後に中力粉を加える。全体に混ざったら、砕いたキャンディケーンを加える。この段階で混ぜすぎないように気をつける。

2. 生地を冷やす

生地がべとべとしているので、ラップで覆って冷蔵庫で2時間以上冷やす(一晩冷やしてもよい)。こうして休ませることで生地が扱いやすくなりフレーバーが引き立つ。

3. 丸めて焼く

オーブンを180度で予熱する。手にバターをつけてから、生地を小さなボールの形に丸める。1個ずつグラニュー糖の上で転がして全体にむらなくまぶす。オーブン用シートを敷いた天板に生地を並べる。膨らむ際にくっつかないように間隔をあけて並べる。8～12分焼く。焼きすぎないように注意する。焼き上がりの目安は縁が硬くなった状態。熱い天板から外してラックの上で冷ます。

【材料】 3ダースぶん

無塩バター …… 大さじ6（室温にもどしておく）
ライトブラウンシュガー …… ½ カップ
（きっちり詰めて量る）
グラニュー糖 …… ½ カップ
プレーンヨーグルト …… ⅓カップ
卵白 …… 2個ぶん
ピュアバニラエクストラクト …… 小さじ1
ココアパウダー（甘くないもの）…… ¾ カップ
インスタントエスプレッソパウダー …… 小さじ ½
塩 …… 小さじ ½
ベーキングパウダー …… 小さじ ½
重曹 …… 小さじ ½
中力粉 …… 1カップ
キャンディケーン（細かく砕いたもの）…… ½ カップ

仕上げ用

グラニュー糖 …… ¼ カップ

クッキーの材料

バニラケーキミックス …… 1箱

グラハムクラッカー（細かく砕く）…… 大さじ2

卵 …… 大2個

キャノーラ油 …… ½カップ

ピュアバニラエクストラクト …… 小さじ1

レモンエクストラクト …… 小さじ¼

【つくり方】

1. チーズケーキ・フィリングをつくる

室温にもどしておいたクリームチーズ、粉砂糖、バニラエクストラクト、塩をボウルに入れる。電動ミキサーを使って全体が滑らかになるまで混ぜる。大さじまたはクッキースクープを使って球状のフィリングを10個つくり、ディナー皿またはパイ皿にワックスペーパーを敷いた上に置く。その皿を冷凍庫に入れて4時間以上冷やす。

2. 生地をつくって冷やす

グラハムクラッカーをフードプロセッサーで細かく砕く。手で作業する場合には、ビニール袋にクラッカーを入れてのし棒や重いもので叩く。砕いたクラッカーを大きなボウルに入れる。そこにケーキミックス、卵、キャノーラ油、バニラエクストラクトとレモンエクストラクトを加える。電動ミキサーで、全体をよく混ぜる。生地がべとべとして扱いにくい状態なので、必ずラップで覆って約2時間、硬くなるまで冷蔵庫で冷やす（一晩置いてもよい）。

次頁へ ➔

クレア・コージーの
ニューヨークチーズケーキ・クッキー
キャンディード・ストロベリー・ドリズルがけ

この感動的なクッキーはクレアと結婚していた当時のマテオの大好物のひとつ。いまでもクレアは折にふれて彼のためにこのこれを焼く。ケーキミックスを利用するので、とてもかんたん。細かく砕いたグラハムクラッカーを加えるだけで、どことなくニューヨークチーズケーキに似た味わいとなり、甘くしたクリームチーズのフィリングはフレーバーの錯覚を引き起こす。仕上げに、クレアお手製のキャンディード・ストロベリー・ドリズルをたっぷりかける。これでホリデーシーズンのお祝い気分満点のクッキーとなる。目を閉じてひとくち味えば、クレアとマテオとともにビレッジブレンドのカフェテーブルを囲んで座っている気分になれるはず。

【材料】 コーヒーハウス・サイズの大きなクッキー 10 枚ぶん

チーズケーキ・フィリングの材料

クリームチーズ …… 4オンス

粉砂糖 …… 2カップ

ピュアバニラエクストラクト …… 小さじ1

塩 …… 小さじ⅛

ドリズルを手づくりする時間がないという場合は、市販のストロベリーアイスクリームをトッピングするという簡単な方法もあるので、ぜひ！

クレアのお手製の
キャンディード・ストロベリー・ドリズル

【材料】

グラニュー糖 …… ½〜¾カップ（お好みで）
コーンスターチ …… 小さじ2〜3
水 …… ½カップ
イチゴ（解凍したものでもよい） …… 2カップ

【つくり方】

大きな片手鍋にグラニュー糖、コーンスターチ、水を入れて混ぜる。粗いみじん切りにしたイチゴを加える。火にかけて約20分、スプーンですくって垂れないくらいの濃度になるまで煮詰める。ハンドミキサー、スティックミキサー、フードプロセッサーなどを使ってピューレにする。ピューレをうらごしし、果肉を取り除く。完成したストロベリー・ドリズルを室温に冷まして、冷めたニューヨークチーズケーキ・クッキーにフォークでふりかける。

残りのドリズルはプラスチック製の容器やスクイーズボトルに入れて冷蔵庫で保存する。冷やすとドリズルは硬くなるので、使う際には室温にもどしておく。急ぐ場合には容器をお湯につける、または電子レンジに8〜10秒かけるとよい。

3. 組み立てる

生地の硬さが子供用の工作粘土くらいになっていればじゅうぶん。オーブンを180度に予熱する。ディナー皿あるいはパイ皿にワックスペーパーまたはクッキングシートを敷いて冷蔵庫または冷凍庫に入れる。クッキーの組み立ては、まずゴルフボールほどの大きさの生地を手に取り、手のひらで平らにする。その中央に、凍った球状のチーズケーキ・フィリングを置き、生地で完全に包み込む。てっぺんで生地と生地をぴったり密着させ、中身が表から見えないようにする。それを丁寧にボール状に丸め、さきほど冷蔵庫あるいは冷凍庫に入れておいた皿に置く。クッキーをすべて成形したらクッキングシートの下にベーキングシートを敷き、天板に移す。

［クレアのコツ］このクッキーは焼いている間にかなり広がるので、一度に数枚以上焼くことはお勧めしない。

4. 焼く

よく余熱したオーブンで12～14分焼く。クッキーは平たくなり、表面にヒビが入り始める。オーブンから取り出して５分間オーブンシートの上で冷まし、それから慎重にクッキングシートごとクッキーをラックに移して冷ます。２日以上クッキーを保存したい場合には、プラスチック製の容器に入れて冷蔵庫へ。必ずクッキーとクッキーの間にワックスペーパーを挟む。

5. ドリズル（アイシング）で仕上げる

クッキーが冷めたら、クレアお手製のキャンディード・ストロベリー・ドリズルで仕上げる。このドリズルの甘くてぴりっとした風味は、甘いクリームチーズを詰めたシュガークッキーのバターのような食感とカラメルの豊かな風味の両方を引き立てる。

【材料】約48枚ぶん（1枚の大きさによる）

レモンシュガーの材料

レモンの皮のすりおろし
（白い部分は苦いので使わない）…… 大さじ1
粉砂糖 …… 小さじ½
グラニュー糖 …… ½カップ

クッキーの材料

バター …… 大さじ8
グラニュー糖 …… 1カップ
ピュアバニラエクストラクト …… 小さじ1
塩 …… 小さじ¼
レモンの皮のすりおろし …… 小さじ4
卵 …… 大1個
ベーキングパウダー …… 小さじ½
中力粉 …… 2½カップ
レモン果汁 …… ¼カップ
（レモン大2個または小2個を搾ると適量になる）

つくり方は次頁へ →

ジャネルの
レモンシュガー・クッキー

　マダムのお気に入りのこのクッキーは、カリッと歯ごたえがいいスイートタルト・クッキー。ニューヨーク市警のエマヌエル・フランコ巡査部長はこのクッキーが並ぶ皿を見て、「少しばかり乙女っぽい」という見解を示した。

「しかし女性とレモンの関係は謎だな。レモンケーキ、レモンパイ、レモンバー。レモンタルトをあげてもいいが、レディにあらぬ誤解をされてはまずい」フランコはクレアとマダムに疑問を投げかけた。

　だが、フランコ刑事の問いに対するこたえは出ないままだ。問いかけそのものが意味をなさなくなったから、というのが大きな理由。クレアがマダムを説得してエバグリーン退職者ホームに覆面捜査に出かける時には、レモン風味のおいしいクッキーの大部分をフランコがあらかた食べ尽くしてしまっていたのだ。

3. 生地を冷やす

生地は水分が多くてべとべとしているので、冷やして固める。生地をラップで覆い(あるいはくるみ)、冷蔵庫に2～3時間置く。厳重に包んでそのまま一晩冷蔵庫に置いてもよい。焼くまで3日間は置いておくことができる。

4. 丸めて砂糖をまぶす

オーブンを180度で予熱する。天板にオーブンシートを敷く。生地を直径約3センチのボール状に丸める。ボールにレモンシュガー（手順1でつくったもの)をまぶす。用意しておいた天板に生地を並べ、グラスの底にバターを塗ってレモンシュガーをまぶしてから生地をそっと押して平らにする。

[ジャネルからの注意] グラスの底は1回ごとにレモンシュガーをまぶして生地を押す。さもないと生地がグラスの底についてしまう。

5. 焼く

オーブンで12～15分焼く。オーブンによって時間は多少異なる。クッキーの縁と底がうっすらときつね色になれば、焼き上がり。熱々のクッキーをラックに移して冷ます。急いでいる場合には皿にのせて冷蔵庫に入れる。冷蔵庫だとごく短時間でスイートタルト・クッキーになり、歯ごたえも申し分ない。このクッキーは冷凍保存にも向いている。冷凍用のビニール袋に入れれば冷凍庫で保存できる。

【つくり方】

1. レモンシュガーをつくる

レモンの皮をすりおろし、粉砂糖を入れたボウルに入れて水気がなくなるまで混ぜる。それをグラニュー糖と混ぜ合わせる。清潔な指あるいはフォークを使い、レモンの皮をグラニュー糖に混ぜ込んでいく。小型のフードプロセッサーを使う場合には軽く1度か2度、攪拌する(混ぜすぎないように注意)。よく混ぜたら、そのまま置いておく。

2. クッキー生地をつくる

大きなボウルでバターとグラニュー糖を電動ミキサーでクリーム状になるまで混ぜる。そこにバニラエクストラクト、塩、レモンの皮のすりおろし、卵、ベーキングパウダーを加えて混ぜる。中力粉を加えてごく短時間でざっくりと混ぜる。最後にレモン果汁を加えて生地が滑らかにまとまるくらいまで混ぜる。この段階で混ぜすぎるとクッキーが硬くなってしまうので注意する。

[ジャネルからの注意] 手順2の混ぜ方の指示を忠実に必ず守ること。レモン果汁を加えるのは混ぜるプロセスの最後。その前に加えてしまうとバターが凝固してしまう。

つくり方は次頁へ ➔

クレアの
エッグノッグ・クラム・マフィン

　クレアはおぞましい恐怖を経験した翌朝、このクリスマスの甘いマフィンを焼いてマイク・クィンを起こした。軟らかくて風味豊かなこのマフィンは朝のコーヒーとよく合う――マイクもまちがいなくそれを実感したはず。彼はベッドのなかでその香りを吸い込んでハッピーになりクレアをベッドに引っ張り込んでから、マフィンを味わった。
　長年のうちにクレアは２通りのレシピを編み出した。どちらのレシピでもクリスマス・シーズンならではのエッグノッグとナツメグの風味のおいしいマフィンをつくることができる。つぎにご紹介するのは「一から手づくりする」バージョンのレシピ。マフィン６個をつくることができる。親しい人との朝食、コーヒータイムに焼きたてを味わいたい時にはこちらがおすすめだ。ニュージャージーでジョイを育てている間、クレアはケーキミックスを利用して大量につくるレシピを開発した。こちらのバージョンを利用すれば、一気に２ダースのマフィンが焼けるので、パーティーに学校のイベント、ベークセールと大活躍する。

クレアのエッグノッグ・クラム・マフィンを「たくさんつくる」ためのレシピは、著者クレオ・コイルのオンライン上のコーヒーハウス、こちらのwww.coffeehousemystery.com からダウンロードできる。

【マフィンのつくり方】

オーブンを 190 度に予熱しておく。ボウルにバターと砂糖を入れて電動ミキサーでふわふわになるまで混ぜる。そこに卵、エッグノッグ、ナツメグ、塩、ベーキングパウダー、重曹、バニラエクストラクトを加える。よく混ぜたところで中力粉を加え、全体が均一に滑らかな状態になるまで混ぜる。混ぜすぎないように注意する。マフィンカップ6個にペーパーライナーを敷き、生地を注ぐ。トッピング用のクラムをつくり、マフィン生地に均等にのせる。20 分間焼く。焼き上がりの目安は、楊枝を刺して生地がつかない状態。オーブンから出して冷ます。

【トッピング用クラムのつくり方】

［フードプロセッサーを使う場合］
すべての材料を入れて大きめのそぼろ状になるまで混ぜる。

［フードプロセッサーを使わない場合］
ボウルに中力粉、ブラウンシュガー、ナツメグ、ベーキングパウダーひとつまみを入れて全体を混ぜ合わせる。そこに“冷たい”バターを加え、清潔な指またはパイブレンダーで大きめのそぼろ状になるまで混ぜる。プラスチック製の容器に入れれば、冷蔵庫で最長3日間保存できる。

【材料】6個ぶん

マフィンの材料

無塩バター …… 大さじ5(室温にもどしておく)
グラニュー糖 …… ⅓カップ
ライトブラウンシュガー …… 大さじ2
卵 …… 大1個(フォークで軽く混ぜておく)
エッグノッグ …… ⅓カップ
ナツメグ(粉末) …… 小さじ¼
塩 …… 小さじ¼
ベーキングパウダー …… 小さじ1
重曹 …… 小さじ½
ピュアバニラエクストラクト …… 小さじ½
中力粉 …… 1カップ

トッピング用クラムの材料

中力粉 …… ¼カップ
ライトブラウンシュガー …… ¼カップ(きっちり詰めて量る)
ナツメグ(粉末) …… 小さじ¼
ベーキングパウダー …… ひとつまみ
無塩バター …… 大さじ2½(冷たいままで賽の目に刻む)

[クレアからの注意] このレシピではバターは“冷たい”状態で使う。冷たくないとクラムにはならず、べたべたした生地になってしまう。

【**材料**】40個ぶん

甘いコンデンスミルク …… 1缶（14オンス入り）
バター …… 大さじ1
甘いココア …… 大さじ2＊
甘くないココアパウダー …… 大さじ1
塩 …… 小さじ¼

仕上げ用

チョコレート粒、粉砂糖、細かく砕いたナッツ、
甘いココナッツのフレーク、カラフルなスプリンクルなど

クレア流のアレンジ

エスプレッソパウダー …… たっぷり
ダークラム …… 大さじ1
（またはラムエクストラクト …… 小さじ1½）

＊ 甘いココアの材料には粉乳が含まれていないことを必ず確認しよう。材料の表記を見て、ココアと砂糖が含まれている、つくる際に牛乳（水ではなく）を加える、という商品を選ぶ。

つくり方は次頁へ →

ブリガデイロ
(ブラジルのチョコレートトリュフ)

キャラメルのような食感のこのチョコレートトリュフは、クッキース交換パーティーでリタのテーブルにディスプレイされていた。マテオ・アレグロがそれをめざとく見つけたのは、コーヒーの買いつけで何度もブラジルを訪れているから。ブリガデイロはブラジルでとても人気の高いお菓子で､子どもたちのバースデー・パーティーには欠かせない。幼い子どもたちも参加してお手伝いしてもらいながら手づくりするのも楽しい。生地をきちんとつくっておけば、小さな手がチョコレートボールに丸めてくれる。

このお菓子が発明されたのは第二次大戦中の食料難の時期にあたり、当時のブラジルの有名な空軍の准将にちなんでこのような名前がつけられた。

クレアはリタのレシピを少々アレンジしてエスプレッソパウダーをひとつまみ加える——これでどんなレシピでもチョコレートの味わいが深まる、ベーカリーの奥の手。塩を加えてコンデンスミルクの甘さとバランスを取るのもクレアのお勧めのアイデアだ。またイタリア食品店をいとなむ祖母ナナに育てられたクレアは、祖母がケーキをラムに浸してから店頭にならべるのをいつも見ていた。その影響で、時々このレシピにラムまたはラムエクストラクトを加えることがある。伝統的な味わいとはちがうけれど、まちがいなくおいしい!

3. 丸めてコーティングする

手にバターをつけてチョコレートを直径3〜4センチに丸める。丸めたトリュフを好きなようにコーティングする――チョコレート粒、粉砂糖、ローストして細かく砕いたナッツ、甘いココナッツのフレーク、カラフルなスプリンクルなど。複数のコーティングでバラエティ豊かなトリュフをつくるのがブラジルでは一般的。

4. クリスマスらしくおしゃれに飾る

クレアは一つひとつのチョコレートトリュフを紙製のカップに入れて出す。ミニマフィンの焼き型用のペーパーライナーがちょうどよい。クリスマスカラーのカップを買って小さなトリュフを入れれば、デザートやコーヒーとともにつまむためのトレーに出しても季節感を演出できる。箱に詰めてリボンをかければ甘くてかわいいクリスマスのギフトになる。愛情をたっぷり込めて手づくりし、皆で楽しく召し上がれ！

【つくり方】

1. チョコレートづくり

チョコレート・ボールを上手につくるコツは、じゅうぶんに時間をかけて加熱すること。また、ずっとかき混ぜていなければ焦げてしまうので、気をつけよう。コンデンスミルク、バター、甘いココア、甘くないココア、塩を片手鍋に入れて弱めの中火にかける（エスプレッソパウダーを使う場合には、ここで加える）。約15～20分かけて煮詰める。火からおろす目安は、スプーンを鍋底につけたまま手前に引いて鍋底が見えるかどうか。鍋の底が1秒間見えたら、さらに1分加熱すればじゅうぶん。スプーンに鍋の中身を取り、冷たい皿（冷蔵庫で冷やしておく）に垂らして最終的に確認する。流れずにすぐに固まればできあがり！　火からおろす（ラムあるいはラムエクストラクトを加えるなら、このタイミングで入れて混ぜる）。

2. チョコレートを冷ます

天板にオーブン用シートを敷いておき、そこに鍋の熱いチョコレートを移し、約1時間そのまま置いて室温に冷ます。あるいは、冷蔵庫で30分冷やす。

ビレッジブレンドのペストリーケースでスライス単位で販売している人気のケーキを、手間をかけずにつくるための簡略バージョンのレシピ。ジャネルのパンプキン・ルーラードをヒントにクレアはこれを開発した。シートケーキを巻くのは難しく、ドキドキしながらの挑戦になりがちなので、このレシピはそれを避け、なおかつパンプキンのロールケーキの味わいを楽しめるように工夫されている。

甘いクリームチーズの「波模様」は味蕾に幸福を運ぶだけでなく、ケーキを見た人たちをあっと驚かせるだろう。粉砂糖を軽くふってブランチにしてもいい。かんたんにつくれるグレーズできれいに飾れば、クリスマスの美しいデザートとしても最適だ。

このケーキには熱々のカスタードソースもよく合う。チャイナタウンのベーカー、ミセス・リーはエッグカスタードタルトのつくり手としてニューヨークでは有名だが、クレアは大好きなミセス・リーのすばらしい「伝統的」なレシピにヒントを得て、熱々のカスタードソースのレシピを開発した。それもぜひご紹介しよう。

つくり方は次頁へ →

クレア・コージーのかんたんなクリームチーズ・パンプキン・波模様バントケーキ

このレシピについてはクレオ・コージーのオンライン上のコーヒーハウス www.coffeehousemystery.com で手順を追った写真を紹介している。

【つくり方】

1. ケーキ生地をつくる

オーブンを180度に予熱しておく。大きなボウルに卵を4個割り入れる。フォークで軽く混ぜ、バントケーキ用の残りの材料をすべて加える。電動ミキサーで低速で約30秒混ぜる。ボウルの側面についた中身をへらで落とし、ミキサーのスピードを中にして2分間(2分を超えてはいけない)混ぜる。できあがった生地は空気を含んで容量が増している。混ぜすぎると小麦粉のグルテンができて、ケーキが硬い仕上がりになってしまう。2分経ったらミキサーを止めてボウルを置いておく。

2. 模様のためのクリームチーズをつくる

別のボウルに卵1個を割り入れ、フォークで軽く混ぜる。室温にもどしておいたクリームチーズ、粉砂糖、バニラを加える。ここでも電動ミキサーを使う。ダマが見えなくなったら、滑らかでふわっとクリーミーになるまで1分間混ぜる。

3. 組み立てる

スタンダードな約26センチ四方(12カップ)のバントケーキ型、あるいはほぼ同じ大きさの縦に溝のあるチューブ型の内側にたっぷりバターを塗る。チューブ型の中央の部分にもバターを塗るのを忘れずに(ノンスティック・スプレーは使わない。使うとケーキの色が黒っぽく、硬くなり、表面のカリッとした食感が薄れる)。型にケーキの生地を半分ほど注ぐ。模様のためのクリームチーズを均等な厚さに注ぐ(スプーンの背を使って平らにする)。ナイフをクリームチーズとケーキ生地まで深く差し込んでぐるぐると渦を巻くように動かしながら1周する。ケーキ型に残りの生地を注ぎ、スプーンの背で平らに均す。

次頁へ →

【材料】 バントケーキ1個ぶん（約12スライス）

卵……大4個
イエローケーキミックス……1箱
（プリンの素が入ったもの。このレシピには
15.25～18.25オンス入りのケーキミックスを使う）
インスタントバニラプリンミックス……1箱
（3.4オンス入り。しっとりしてしっかりとしたケーキにするため）
ピュアメイプルシロップ……⅓カップ
（パンケーキシロップではない）
キャノーラ油……¼カップ
缶詰のパンプキンピューレ……1カップ
（パンプキンパイのフィリングではない）
塩……小さじ¼
パンプキンパイ・スパイス……大さじ1＊

クリームチーズの波模様のために
卵……大1個
クリームチーズ……1パック（8オンス。室温にもどしておく）
アイシング用粉砂糖……¾カップ
バニラ……小さじ1

＊パンプキンパイ・スパイス（小さじ1）を手づくりする場合。
シナモンパウダー小さじ½、ジンジャーパウダー小さじ¼、オールスパイスまたはクローブ小さじ⅛、ナツメグ小さじ⅛を混ぜる。

かんたんなバントケーキのグレーズ

【材料】

製菓用粉砂糖……1½カップ
ハーフ・アンド・ハーフ(またはライトクリーム)……大さじ3

＊牛乳と水でも代用できるが、リッチな味わいに欠けてしまうので濃度をつけるために砂糖を少し多めに使うとよいだろう。

【つくり方】

粉砂糖にハーフ・アンド・ハーフ（またはライトクリーム）を加えて砂糖がすっかり溶けてしまうまで混ぜる。泡立て器かフォークで、ダマがなく滑らかになるまで混ぜる。皿の上に垂らしてみる。濃度が薄すぎず水っぽさもなく、すっと垂れ、約10分で固まる状態がよい。

［トラブルの解決］グレーズの濃度が足りない、そして水っぽい場合には少し砂糖を加える。濃すぎる場合には、少量の水を加える。濃度がちょうどよければバントケーキの上部と側面にスプーンでグレーズをかけ、とろりと自然に垂れるようにする。

［クレアのコツ］バントケーキの真ん中部分にはどうしてもグレーズが溜まってしまう。ボウルのなかのグレーズを全部かけてしまったら、溜まったグレーズを小さなスプーンですくい、ケーキにかけてしまおう。15分置いて固まったら……おいしく召し上がれ！

4. 焼く

180度で予熱しておいたオーブンで40～50分焼く。使用するオーブンによって焼き時間は調整する。バントケーキの表面に焼き色がついたら焼き上がり。心配な場合は、ケーキの割れ目に楊枝を刺して生地がついてこなければよい。焼きすぎないように注意する。

5. 冷ましてグレーズをかける

残念な事態を避けるため、30分間じゅうぶんに冷ましてからケーキを型から外す。それよりも早く外そうとすれば、ケーキがべたついて手についたり割れてしまったりするかもしれない。ケーキを外す際にはケーキ型に盛り皿をかぶせ、ケーキ型を皿ごとひっくり返す。重いスプーンまたはナイフの柄の部分でケーキ型全体をコツコツ叩いてケーキが型から外れるようにする。そして慎重に型を持ち上げて外す。ケーキがしっかり冷めてからグレーズをかける（かんたんなバントケーキのグレーズのレシピをご紹介するので、ぜひ参考にしていただきたい）。

【材料】

牛ランプロースト(アイオブラウンド)骨なし …… 1塊
(1.3～2キログラム)

粗精製塩(シーソルト)…… 大さじ1

黒コショウ(粗くつぶした状態)…… 大さじ1

白コショウ(挽いたもの)…… 小さじ1

クミン(挽いたもの)…… 小さじ¼

クッキングオイル
(オリーブ油、キャノーラ油、コーン油、植物油)…… 大さじ1

つくり方は次頁へ ➔

クレア・コージーの
コショウをまぶしたローストビーフ

マイク・クィンが冬の猛吹雪のなかで消息を絶った時、クレアは心配で心配でたまらず――やがて空腹を覚えた。きっと状況は好転する、そうしたら恋人のマイクといっしょにコショウをまぶした風味豊かなローストビーフを食べるのだと固く決意しているのに、元夫マテオ・アレグロが差し出した豪勢なパティメルトの誘惑に屈してしまった。

しかしマイクがいつ帰宅してもいいように、見事なできばえのこのローストビーフを冷蔵庫に待機させておいてよかったと、クレアは実感することになる。冷やしてスライスしたこのローストビーフでつくるサンドイッチはまさに絶品。熱々のポテトと野菜を添えれば、愛情のこもったすばらしい冬の食事になる。クラスティロール（表面がパリッとした丸いパン）をテーブルに用意するのを忘れずに――したたり落ちる肉汁もこれで吸い取って。

クレアがローストビーフに好んで使うのはアイオブラウンド（外モモの一部の赤身肉）だが、ランプローストの3種類（トップラウンド、アイオブラウンド、ボトムラウンド）すべてでつくることができる。クレアのホースラディッシュ・ソースもぜひトライしてみて。爽やかでクリーミーでピリッとした風味のソースは、こってりしたビーフサンドイッチには欠かせない。

4. 休ませる

重要なステップだ。オーブンから肉を取り出したら最低30分待ってからスライスする。さもなければおいしい肉汁が流れ出して、パサパサしたお肉になってしまう。ビーフをアルミニウムでふわりと覆って冷めてしまわないように注意を払い、スライスしておいしく召し上がれ！

クレアのホースラディッシュソース

【材料】

マヨネーズ …… ⅓カップ
ホースラディッシュの瓶詰め
（辛口、またはマイルド）…… ¼カップ
白コショウ …… 小さじ⅛
リンゴ酢（白）…… 小さじ⅛

【つくり方】

材料をボウルに入れてよく混ぜる。水っぽいと感じられるだろうが、冷蔵庫で15分冷やすと、とろりとしたソースになる。熱いローストビーフ、冷やしたローストビーフ、その他の肉のサンドイッチによく合う。

【つくり方】

1.下準備

ビーフを水で洗い、水気を拭き取り、天板に置く。40分～最高1時間まで室温に置く。肉を冷たいまま熱いオーブンに入れると火の通りが均一にならず、肉が硬くなってしまう。

2.香辛料などをまぶす

オーブンを180度で予熱する。水気のついていないボウルでシーソルト、コショウ2種類、クミン（お好みで）を混ぜ合わせる。よく混ぜてから、平らな皿またはまな板にそれを移す。肉にクッキングオイルをまんべんなく塗り、コショウ類を全体に均一にまぶす。

3.ローストする

肉の脂身を上にして天板に置く。肉1ポンドをレア（内部の温度約63度）に仕上げる場合、180度のオーブンで17～19分、ミディアムレアからミディアム（内部の温度が約66～71度）に仕上げる場合は20～25分ローストする。肉1ポンドをウェルダン（内部の温度約74度）に仕上げる場合は27～30分ローストする。クレアは肉の内部を約66度に仕上げるようにローストする。「オーブンから取り出した後、肉の温度は約5度上昇する」からとクレアは理由を述べる。

［クレアのコツ］肉の内部の温度を測るには肉用温度計を使う。ひんぱんに肉に温度計を刺すと貴重な肉汁を失ってしまうので注意する。調理時間の終わりに近づいたころまで待ってから肉の温度を測る。そして可能であれば、測るのは一度か二度に。

【材料】4人ぶん

鶏胸肉（骨や皮のない状態）
……約450〜680グラム
辛口マルサラワイン……1¾カップ
（レシピの指示通りに分ける）
オリーブオイル……大さじ4
バター……大さじ3（分けておく）
ニンニク……6片（つぶす）
コーシャソルトまたはシーソルトを挽いたもの
……小さじ¼（分けて使う）
黒コショウ（挽きたて）……小さじ¼（分けて使う）
中力粉……½カップ
タマネギ……大1個（賽の目に刻む）
マッシュルーム（スライスする）……3カップ
（ベビーベラ、クレミニ、ボタン、またはミックス）
チキンストック……1カップ

つくり方は次頁へ ➔

クレアがマイクのためにつくる チキン・マルサラ

　チキン・マルサラは世界じゅうのイタリアンレストランでもっとも人気のある料理のひとつ。チキンがバターのように溶け、マッシュルームは大地の豊かな味わいをもたらす。が、なんといっても重要な材料は（そしてこの料理の魅力の秘訣は）辛口のマルサラワイン。これはシチリア産の酒精強化ワイン。醸造過程でアルコールを添加してアルコール度数を高めたワインで、シェリーやポートワインに似ている。

　フライパンひとつでできてしまうこのレシピにクレアはひとつ余分に手間をかける——簡単なマリネだ。この手間を惜しまないように。マリネすることで風味が格段にまし、この料理はまるで別物の味わいになる。

　チキン・マルサラは伝統的にパスタにかけたり、ポテトを添えて出されるが、クレアがマイク・クィンに出す際には、ニューヨークの街で多くのイタリアンレストランが出しているスタイルにした——皮がパリッとした焼き立てのイタリアンロールにのせて。マイクがわが子とクリスマス休暇のお出かけをして過ごした一日の後にとる、夜遅い時間帯のサンドイッチとしては完璧だ。

3. 野菜をソテーする

賽の目に刻んだタマネギをフライパンの油に入れ、透明で軟らかくなるまで中火でソテーする(約5分間)。フライパンにバター大さじ1を加える。バターが溶けたらスライスしたマッシュルームを入れてソテーする。マッシュルームはすぐに油を吸収するが、そのまま縁が茶色になるまでソテーを続けると、ふたたび水分が出てくる。

4. ワインを加えて煮詰める

フライパンに残りのマルサラワイン1カップを加える。火を強めてぐつぐつと弱めに煮立たせる。水分が半分になるまで煮詰める(5～6分間)。チキンストックを加えて、さらに3分間ぐつぐつと煮る。

5. 鶏肉にソースをからめる

フライパンに鶏肉を戻す。鶏肉をのせていた皿に残った肉汁も加える。火を弱めて鶏肉が温まってソースの濃度が濃くなるまで加熱する(約5～7分間)。残ったバター大さじ1、塩小さじ⅛、黒コショウ小さじ⅛をフライパンに加える。熱々のうちに召し上がれ。

【つくり方】

1. 鶏肉の下準備をしてマリネする

鶏胸肉を水で洗い半分に切る。まな板の上に鶏肉を置き、肉叩きハンマーで叩いて薄くする（または切り身になった状態の鶏肉を購入してもよいが、めざすのは軟らかくすることなので、“叩く”作業は省いてはいけない）。ボウルにマルサラワイン¾カップ、オリーブオイル大さじ1、ニンニク6片をつぶしたもの、塩小さじ⅛、黒コショウ小さじ⅛を入れて混ぜる。ここに鶏肉を入れてふた、またはラップなどで覆って冷蔵庫で30分〜3時間マリネする。

2. 鶏肉をマリネ液から取り出してソテーする

マリネ液から鶏肉を取り出す。マリネ液は洗い流さない（残りのマリネ液は捨てる）。鶏肉に中力粉½カップをまぶす。大きなフライパンにオリーブオイル大さじ3を入れて弱火にかける。油が熱くなったらバター小さじ1を加え、中力粉をまぶした鶏肉をそっと入れて、きつね色になるまでソテーする（片面3分、裏返すのは一度で火が通る）。火が通ったら肉をフライパンから取り出す。

【材料】直径9インチ（約23センチ）のパイ

リンゴ …… 約1.4キロ
（クレアはゴールデンデリシャスを7個使う）
搾り立てのレモン果汁 …… 小さじ2
グラニュー糖 …… ¼カップ
ライトブラウンシュガー …… ¼カップ
（きっちり詰めて量る）
無塩バター …… 大さじ3
中力粉 …… 大さじ3
シナモン(粉) …… 小さじ1
ナツメグ …… 小さじ½
塩 …… 小さじ¼
加熱していないパイ生地 …… 1枚
（市販のものでも手づくりでもよい）

【つくり方】

1. リンゴの下ごしらえ

リンゴの皮を剥いて芯を取り、厚さ約6ミリにスライスする。清潔な手でレモン果汁をかけ、2種類の砂糖をかける。大きな片手鍋を中火にかける。バターを入れて溶かし、リンゴを加えて8～10分間、リンゴが軟らかくなるまで混ぜながら加熱する。中力粉、シナモン、ナツメグ、塩を加えて混ぜ、全体に煮詰まるまで1分間加熱する。鍋を火からおろして室温で冷ます。

つくり方は次頁へ →

クレアの
アップルスパイス・クラムパイ
ミセス・リーの熱々のカスタードソース添え

お手製のチキン・マルサラの後にマイクとデザートを食べたいとクレアは考えた。寒い冬の夜に暖炉の火が赤々と燃える家庭のぬくもりをそのまま伝えてくれる甘いデザートを。このアップルスパイス・クラムパイはまさにぴったり。フルーツの甘さ、カリカリとしたトッピング、熱々のクリーミーなカスタードソースの組み合わせにマイクは恍惚となった（カスタードソースは、クレアが大好きなチャイナタウンのベーカー、ミセス・リーのレシピを参考にしたもの）。

クレアは焼く前にリンゴを調理することでリンゴがキャラメル化しやすくなると気づいた。伝統的なパイ生地の代わりにクラムをトッピングすると、昔ながらのコブラーパイのような家庭的な味わいが加わり、冬の暗い夜でも元気になれるデザートとなる。

わらなかったけれど、香港の伝統を守るベーカー、ミセス・リーとクレアはやがて一緒にビジネスをするようになり、たがいに業務上の秘密を明かす間柄となる。クレアはとっておきのエッグノッグ・クラム・マフィンのレシピをよろこんで提供し、それと引き換えにミセス・リーの風味豊かで熱々の伝統的なカスタードソースのレシピを手に入れた。これはコーンスターチなどを使わない昔ながらのつくり方で、あくまでも卵黄、牛乳、砂糖、少量のバニラだけでつくる。弱火にかけて辛抱強く混ぜてつくるので完成までに時間はかかるけれど、いったんできあがれば、冷ましておいて、混ぜたり再加熱してさまざまな秋冬のデザートと組み合わせることができる。この熱々のカスタードを、フルーツパイ、コブラーパイ、ケーキ、とりわけスパイスケーキの豪華でシルクのように滑らかなトッピングとしてぜひ試してみていただきたい。クリスマスの時期にはクレアはこの熱々のカスタードソースをジャネルの「ニューオリンズ・ジンジャーブレッド」またの名をスパイスのきいたケイジャン・ガトー・ド・シロップに添える。

【材料】 約1カップぶん

卵黄 …… 6個ぶん
グラニュー糖 …… 大さじ3
ホールミルク …… 2カップ
（ハーフ・アンド・ハーフを使うとさらに豊かな味わいに*）
バニラエクストラクト …… 小さじ1

［※クリスマス用のバリエーション］クリスマスの時期にはエッグノッグが手に入るので、クレアは時々ミルクの半分をエッグノッグに替え、ラムエクストラクトを少量加え、ナツメグを少量散らす。

つくり方は次頁へ →

2. パイを組み立てる

パイ生地で冷ましたリンゴを包む。トッピングのクラム（つくり方は後述）をリンゴの上に均等に散らす。焼くための準備として、細長く切ったアルミホイルでパイ生地の厚い縁を包んでいく。パイ生地が焦げないようにするためだ。市販のパイシールドを持っている場合は、ここで使う。パイの上部にホイルをふわりとかぶせてクラムが焦げるのを防ぐ。パイを冷蔵庫に入れて、オーブンの準備をする。

3. パイを焼く

オーブンを210度で予熱する。オーブンシートを敷いた天板を一番下の段に入れて30秒間温める。熱くなったオーブンシートに冷やしておいたパイをのせ、オーブンの温度を190度に下げて45分間焼く。かぶせておいたアルミホイルと縁を覆っていたアルミホイルを外してさらに15～20分間パイ生地がきつね色になるまで焼く。ラックにのせて冷ましてからカットし、熱々のカスタードソースを添えて召し上がれ。

ミセス・リーの熱々のカスタードソース

レシピはwww.coffeehousemystry.comでご覧になれます。

　クレア・コージーが初めてミセス・リーに会ったのは、正体を隠してチャイナタウンの彼女の厨房を訪れた時。かなり奇異な状況で、ミセス・リーは中国の祖母たちだけが会得している古代の武術のデモンストレーションをクレアたちに披露することになるのだが、それは別のお話（『謎を運ぶコーヒー・マフィン』というお話だ）。このように初対面は決してなごやかなムード では終➚

トッピング用クラム

【材料】

中力粉……¾カップ
ライトブラウンシュガー……½カップ
（きっちり詰めて量る）
グラニュー糖……¼カップ
シナモン……小さじ1
無塩バター……大さじ5（冷たいまま賽の目に刻む）

［クレアからの注意］このレシピではバターは“冷たい”状態で使う。冷たくないとクラムにはならず、べたべたした生地になってしまう。

【つくり方】

［フードプロセッサーを使う場合］
ボウルに材料をすべて入れ、豆粒ほどの塊ができるまで混ぜる。

［手で混ぜる場合］
ボウルに中力粉、砂糖2種類、シナモンを入れてよく混ぜる。冷たいバターを加え、清潔な手または泡立て器でバターを混ぜ込んでいき、豆粒ほどの塊になるまで混ぜる。プラスチック製の容器に入れれば、冷蔵庫で最長三日間保存できる。

【つくり方】

1. 卵黄を泡立てる

耐熱性のボウルに卵黄とグラニュー糖を入れてレモンイエローになるまで混ぜたら、いったん置いておく。

2. 熱を加えて混ぜる

片手鍋にミルクを入れて中火にかける。煮立ったら火からおろしてバニラを入れて混ぜる。1のボウルに鍋のミルクを「極力ゆっくり」注ぎながら、絶えずボウルのなかを混ぜる。「ゆっくり」ミルクを注ぐのは、卵黄に火が通ってしまったり凝固したりするのを防ぐため。

3. 最長45分間加熱する

2のボウルの中身を片手鍋に戻し、弱火にかける。絶えず中身をかき混ぜる。やがて濃度がついてくる。このレシピは伝統的なカスタードのつくり方であり、コーンスターチなどの濃縮剤はいっさい使わない。つまり濃度がつくまで時間がかかるということ。濃度がつき始めたら、鍋を傾けて濃度の状態をチェックする。鍋の面をソースが覆うようになれば、完成間近だ。スプーンの先でソースに線をつけてみる。線が消えれば、加熱を続ける。線が鮮明に残れば火からおろして熱々のソースを盛りつける。

クレアはあらかじめこのカスタードソースをつくっておいてふたつきの小さな耐熱皿に入れ、低温のオーブンに入れておく。取り出して混ぜて滑らかな状態にして、秋冬のパイやコブラーパイに添える。

【材料】10オンスぶん

冷たい牛乳

（ホールミルクまたは脂肪分2%でコクが出る）

冷たいエッグノッグ……⅔カップ

コーヒーのアイスキューブ…… 6個

（ひじょうに濃いコーヒーを

アイスキューブ用のトレーに注ぎ冷凍庫で凍らせる）

ホイップクリーム

ナツメグを挽いたものを少量

【つくり方】

牛乳、エッグノッグ、コーヒーのアイスキューブをミキサーにかけて約1分間混ぜる（氷がすべて細かく粉砕されるまで）。グラスに注ぎ、ホイップクリームでトッピングしてナツメグを散らす。北極にいるみたいに冷たい味わいを召し上がれ！

クレアがマイクのためにつくる フローズン・エッグノッグ・ラテ

　マイクがワシントンDCに移って以来、彼の酒量が増していることにクレアは気づいている。とりわけ夜、飲む量が増えている。ムーリンが殺された後、しらふのマイクと話をするつもりでクレアがつくったのが、このクリーミーで爽やかなクリスマスらしいドリンク。その効果はあり、マイクはクレアに心配しないようにとアドバイスした。

　このドリンクは正確にはラテとはいえないのかもしれないけれど(スチームミルクを使っていないので)、冷たいクリームのような豊かなおいしさをマイクはとても気に入り、ぜひビレッジブレンドのクリスマスメニューに加えるようにクレアに提案している。

【材料】16オンスのドリンク

フレーバーつきシロップ
……1½〜2オンス(大さじ3〜4)
炭酸水……10オンス
アイスキューブ……4オンス(約4個)

【つくり方】

16オンス入りのグラスの約⅓まで氷を入れる(約4個)。そこにシロップと炭酸水を注いでよく混ぜる。

[フレーバーを混ぜる時のコツ] 2種類のシロップを混ぜて新しい味をつくる際には(たとえばレモンシロップとライムシロップを混ぜてレモン・ライムをつくる)、同量ずつ混ぜても、どちらかをうんと多くしてもよい。あるシロップを1オンス、別のシロップを½オンスというふうに。たとえばオレンジを1オンス、クランベリーを½オンス混ぜればオレンジ・クランベリーになる。比率を逆にすれば、クランベリー・オレンジになる。想像力とあなたの味蕾を駆使して、配合を工夫して混ぜて実験して……楽しく飲もう!

ビレッジブレンドの
ガムドロップ・スプリッツァー

玩具店でひらかれたクッキー交換パーティーで、クレアとバリスタたちはエスプレッソ・バーのシロップを使ってカラフルなガムドロップ（グミ）風味のドリンクをつくった。これが大好評で、子どもたちを虜にした。それもそのはず、ヨーロッパでは昔から「グルメエスプレッソ・バー」のフレーバーシロップを炭酸水に加えてつくるおいしい「イタリアンソーダ」が大人気だ。

北米ではシロップをフレーバー・ラテとカプチーノに使うのが一般的だが、最近ではシロップのメーカー各社がコーヒー店だけではなく家庭向けにもバラエティ豊かな商品を提供している――バターラム、キャロットケーキ、ピンクグレープフルーツ、キウイ、スイカ、マンダリンオレンジ、イングリッシュトフィー、ピスタチオ、ピニャコラーダ、トーステッドマシュマロ、ティラミスなど。クラクラしそうな組み合わせだ――そして思わずヨダレが出そう。

自宅でバリスタになるためのちょっとしたコツを伝授しよう。パーティーを企画する際は、ボトル入りのシロップ各種、氷、炭酸水、ガムドロップをたっぷり、かき混ぜるマドラーもたくさん用意してテーブルに並べる。そしてゲストに思い思いにガムドロップ・ドリンクをつくってもらおう（クレアからのアドバイス――くれぐれもマドラーはたっぷり準備して！）。

【つくり方】

1. チョコレートを溶かす

耐熱性のボウルに牛乳とホワイトチョコレートを入れる。片手鍋の深さの約⅓まで水を入れて沸騰させ、そこに牛乳とホワイトチョコレートを入れたボウルをのせる（湯の量はボウルに触れないように調整する）。チョコレートが溶けるまで混ぜ続ける。チョコレートに水分が一滴も入らないように注意する。

2. 泡立てる

バニラとペパーミントシロップを加えて泡立て器またはハンドミキサーで混ぜる。温かいチョコレートがふわっとなるまで約１分間混ぜる。

3. ドリンクをつくる

大きなマグを２個用意して、エスプレッソ１～２ショットをそれぞれに注ぐ（量をさらに増やせばコーヒーの風味が強くなりカフェインの量が多いドリンクとなる）。ホワイトチョコレート入りのスチームミルクをそれぞれのマグに注いで混ぜ合わせる。ホイップクリームをのせ、砕いたキャンディケーンを散らし、マドラーとしてキャンディケーン１本を添えて召し上がれ（このドリンクはまさに至福の味。熱々の、コーヒー入りのパペーミントミルクシェイクみたいなリッチな味わい！　きっと堪能できるはず！）

ペパーミントシロップのつくり方は次頁へ →

かんたんにつくれる
キャンディケーン・ラテ
手づくりのペパーミントシロップ入り

ペパーミントのフレーバーのおいしいラテ。マテオはビレッジブレンド恒例のシークレットサンタのパーティーでこれを味わった。彼は自分のぶんのコーヒードリンクをすべて自分でつくり、キャンディケーン・ラテにはクリスマスの景気づけにペパーミント・シュナップスをたっぷり加えた（いかにも彼らしい）。ここでご紹介するのはクレアのノンアルコールのレシピだが、お好みでシュナップス、イエガーマイスター、ミントフレーバーのウォッカ、ミント・リキュールを手順3で加えて、あなただけのワクワクしたクリスマス気分を味わってみてはいかが。

【材料】 8オンスのドリンクを2人ぶん

牛乳…… 1カップ
細かく刻んだホワイトチョコレート……½カップ
バニラエクストラクト……小さじ¼
クレアお手製のペパーミントシロップ……大さじ2
（後述のレシピを参照のこと。
またはペパーミントエクストラクト……小さじ¼～½）
熱いエスプレッソまたは濃いコーヒー…… 2～4ショット
（分けて使う）
ホイップクリーム（お好みで）

クレア・コージーのペパーミントシロップ
キャンディケーンを材料として

キャンディケーンが余ってしまった？　それなら、このすてきなペパーミントシロップにぜひとも活用してみて。使い勝手のいいこの甘いシロップはスプーンからそのままなめてもおいしいけれど、アイスクリームにかけたりホットチョコレートに混ぜたり、クレアとバリスタを真似てキャンディケーン・ラテとカプチーノに混ぜれば驚きのおいしさを楽しむことができる。

【材料】

水……１カップ
グラニュー糖……１½カップ
キャンディケーン……大８本(砕いて使う)

【つくり方】

大きな片手鍋に水と砂糖を入れ、よく混ぜてから中火にかける。キャンディケーンを砕いた粒を加えて混ぜ続ける。キャンディケーンが溶け始めると全体の色がミルキーピンクになる。沸騰するまで混ぜ、３〜４分沸騰させて火からおろす。鍋に入れた状態でシロップを冷まし、それから保存容器やボトルに移す。シロップの濃度が濃すぎて注げないようであれば、湯煎にかける、または電子レンジに10秒かけて温めればよい。

コージーブックス

コクと深《ふか》みの名推理《めいすいり》⑫

聖夜《せいや》の罪《つみ》はカラメル・ラテ

著者　クレオ・コイル
訳者　小川敏子《おがわとしこ》

2014年　12月20日　初版第1刷発行

発行人　成瀬雅人
発行所　株式会社　原書房
〒160-0022 東京都新宿区新宿1-25-13
電話・代表　03-3354-0685
振替・00150-6-151594
http://www.harashobo.co.jp
ブックデザイン　atmosphere ltd.
印刷所　中央精版印刷株式会社

落丁・乱丁本はお取り替えいたします。

定価は、カバーに表示してあります。

©Toshiko Ogawa 2014 ISBN978-4-562-06034-4 Printed in Japan